ちくま学芸文庫

古事談 下

源顕兼 編
伊東玉美 校訂・訳

筑摩書房

目次

第四　勇士

第六　亭宅諸道

古事談　下

【凡　例】

一、本文は丹鶴叢書本を底本とした。巻末の〔古事談逸文〕（一）の本文は『古事談抄全釈』に、（二）の本文は『大日本史料』三編二六冊によった。

一、各話冒頭の標題は新訂増補国史大系・古典文庫・新日本古典文学大系・新注古事談などを参照して新たに付し、各巻毎の説話番号を付した。

一、翻刻にあたっては、底本の表記法の忠実な再現ではなく、読みやすさを優先した。漢文体を平仮名交じりに読み下し、適宜改行を加えた。

一、漢字は原則として通行の字体に直したが、通行とは異なる用字を残した場合もある（愛太子《あたご》、一人等千、脇足、居《す》うなど）。

一、漢字表記のうち助詞、助動詞などは適宜平仮名に直し、送り仮名を加えた。あて漢字は行わなかった。

一、反復記号・踊り字は用いなかった。

一、底本の割注には〔　〕を付した。底本の傍注は採らなかった。

一、会話文、引用文には「　」『　』を付した。

一、ルビは校注者が現代仮名遣いに従い新たに施した。

一、明らかな誤字、脱字、脱文など、本文の傍注や諸本等によって、最小限本文を改めた場合がある。主なものにはその旨「注」「評」で言及した。

一、日本年号を西暦に直す場合、その年の大半と対応する西暦年を記すのを原則とした。

一、「注」は人名を対象とした。

一、「訳」は逐語訳ではなく、解釈に必要な説明を適宜補い、現代語訳としての読みやすさを心がけた。

一、「評」は『古事談』の理解を助ける内容に限定し、簡潔を旨とした。

一、同類話は、原則として、『古事談』が用いた資料を考える上で有効と思われるものに限って言及し、読者が参照する場合の便宜を優先した形式で掲出した。

(「第三　僧行」五一までは上巻)

五二　性信親王の寿命の事

大御室《おおおむろ》は(1)、御寿命十八を以て限りたるべき由《よし》、宿曜《すくよう》の勘文《かんもん》あり、と云々《うんぬん》。これにより、十八歳の春、尊勝法を修し祈請せしめ給ふ間、ある人の夢想に、炎魔王宮に火付きて、すでに焼けしむるの間、王宮騒動甚《はなはだ》し。「件《くだん》の御寿命十八を限る由、札文《さつもん》すでに明白なり。しかるに炎上難治《なんじ》により、八の字を鉤《かぎ》しをはんぬ」と云々。果して八十の御歳九月二十七日、御入滅。

(1) 大御室　性信。応徳二年(一〇八五)九月二七日没、八十一歳。

訳　大御室性信は、御寿命十八歳と、(密教の占星術である)宿曜道による答申書が出されていたということだ。それで、十八歳の春に尊勝法(尊勝仏頂を本尊として、尊勝陀羅尼を唱え、息災・滅罪を祈る密教修法)を行って、寿命を祈らせなさった。ある人の夢に、閻魔王宮に火がつき焼けたので、王宮は大騒ぎである。「親王の寿命を十八までとすることは、寿命を記した金札に明瞭に書かれているが、なかなか火が鎮まらないので、八にかぎをつけた」とのことだった。果たせるかな、十八ではなく（あたかも返り点をつけたように）八十の年の九月二七日にお亡くなりになった。

評　尊勝法は「専ら延齢の功あり」（頼瑜『秘鈔問答』）、「破地獄の法」（『渓嵐拾葉集《けいらんしゅうようしゅう》』）と言われるが、まさにそのお手本のような逸話である。性信十八歳といえば、師の済信から伝法灌頂を受ける前年。尊勝法の力で切り開かれた八十年の生涯だったのだ。

五三　性信親王、世間の病者を癒す事

この御室《おむろ》(1)、世間に疾病蜂起の時は、私《ひそか》に御在所を出、ただ一人、御棚の菓子などを御懐中に取り入れしめ給ひて、大垣の辺《あたり》の病者に次第にこれを給ひ、真言《しんごん》を誦し掛けて過ぎしめ給ひければ、病者立ちどころに減を得、皆以て尋常なり、と云々《うんぬん》。御所に還《かえ》り入らしむる時は、玉輿《ぎょくよ》に駕し、天童ら多く御共にて入らしめ給ふ由《よし》、見奉る人あり、と云々。

（1）御室　性信（一〇〇五～八五）。東宮時代の三条の子。仁和寺二代門跡。

訳　この性信入道親王は、世の中に病気が蔓延すると、ひそかに仁和寺の房を出られて、たった一人、室内の棚にある菓子などを懐に持ってお出かけになり、寺周りの築地塀《ついじべい》あたりにいる病人たちに順にお与えになり、呪文を唱えかけて回られたので、病人たちは見る間に軽快し、回復した。御所に戻られる時には、玉の輿に乗り、多くの護法童子たちがお供をしながらお入りになる姿を、実際に拝見した人があるという。

評　『古事談』の中では、偉人の死を語った後、生前の象徴的な姿を回顧する場合がしばしば見られる（巻第一王道后宮の一条・後三条天皇など）が、本話もその一つ。性信は、室内に籠もりきっての居行《いおこな》いの人ではなく、苦しむ人々のもとに自ら出向き、食べ物や祈りを与える菩薩行《ぼさつぎょう》の人であった。

五四　文範、余慶を誇り報を受くる事

文範卿《ふみのり》(1)いはく、「余慶僧正《そうじょう》(2)を験者《げんじゃ》といひては、人の妻を犯さるるか」と云々。僧正、この事を聞く後、かの卿の宅に向ふ処《ところ》、その意を得、所労の由《よし》を称し、出会はず。僧正、

「なほ大切に申すべき事あり」と示されけれど、なほ出会はず。ここに僧正、「えあらじ。さらば投げ出せ」と責めらるる時、屛風の上より打ち出、悶絶す。僧正「さこそは」とて、帰られをはんぬ。三ヶ日亡ずるがごとし、と云々。これにより、一門子息ら、二字を僧正に献ず。よつて免さるる後、存命す、と云々。

（1）文範　九〇九～九九六。藤原元名《もとな》の子。従二位中納言民部卿に至る。明法博士惟宗公方《これむねのきんかた》が左遷されることになった、相論の相手（『江談抄《ごうだんしょう》』二―一五）。（2）余慶　九一九?～九九一。筑前国早良郡の人。明詮・行誉の弟子。園城寺長吏《おんじょうじちょうり》。法性寺座主《ほっしょうじざす》・天台座主になるが、いずれも山門派の反対で早々に辞任した。観音院僧正。験力《げんりき》が強く、空也の曲がった臂《ひじ》を祈禱で治した説話でも知られる（『宇治拾遺物語』一四二）。

訳　藤原文範卿が「余慶僧正は験者だと言われているが、人妻と関係していらっしゃるらしい」と言った。僧正はこの話を聞いた後、文範卿の邸を訪ねたが、用向きの見当がついた文範は、用事があると言って会おうとしなかった。僧正は「それでも是非申さねばならない事がある」とおっしゃったが、文範はやはり対面しない。それで僧正は「そうはいかない。では投げ出しなさい」と（目に見えぬものに向かって）厳しく祈り、文範は屛風の上から飛び出て悶絶した。僧正は「これで懲りたであろう」と言ってお帰りになった。文範は三日間、死んだような状態だった。そのため、家族・子どもたちは揃って僧正に名《みよう》簿《ぶ》を提出し、臣従を誓った。それで僧正が術をお解きになり、文範は息を吹き返した。

評 祈禱に殊に秀でた性信の話群に続き、本話からは園城寺の験者たちの逸話が並ぶ。名僧と女性関係の醜聞は、実否とかかわりなく一種のつきもの。験力の強い権者《ごんじや》が、目隠しの調度の外に相手を飛び出させる様は、相応和尚が、不当な扱いへの腹いせもこめて、染殿《そめどの》の后《きさき》を御簾の外へ転げ出させ、空中に浮かせては叩き付けて物の怪《け》を退治した説話(『宇治拾遺物語』一九三)でも有名である。

五五　心誉、物の怪を渡す事

心誉僧正(1)は強《こわ》き物の怪《け》渡らざる時は、しばらく目を閉ぢ、観心に入り給ひければ、邪気は渡る、と云々。後日、人問ひ申しければ、「『止観』に先徳示さるる文侍るなり。それを思へば、渡るなり」と云々。

（1）心誉　九七一〜一〇二九。藤原重輔《しげすけ》の子。観修・穆算《ぼくさん》の弟子。験力抜群で、藤原道長にも篤い信任を受ける。園城寺長吏、法成寺《ほうじようじ》別当。実相房僧正と称された。

訳　心誉僧正は、強い物の怪が離れない時は、しばらく目を閉じ、観念なさると、邪気が離れて行った。そのことについて、後日人が尋ねると「『摩訶止観《まかしかん》』に、先達《せんだつ》の示された本文があります。それを想起すると、邪気が離れるのだ」と答えた。

評　『摩訶止観』は、『法華玄義《ほっけげんぎ》』・『法華文句《ほっけもんぐ》』と並ぶ、天台（法華）三大部の一つ。心誉が想起した句は八上「それ諸の病は心の作にあらざることなし。心に憂愁の思慮あらば邪気入《う》ることを得。いま痛をもってこれにせまれば、すなわち横想に暇《いとま》あらず、邪気去り病除かるるなり」ではないかと考えられる。

五六　心誉、頼通の病を療ずる事

高陽院《かやのいん》作事の間、宇治殿（1）、御騎馬にて御覧じ廻り、帰らしめ給ふ後、樋殿《ひどの》に渡御《とぎょ》せしめ給ふ間、顛倒せしめ給ひて、御心地例に違《たが》はしめ給ふ。よつて心誉僧正（2）にいのらせむとて、召し遣はす程に、速やかに参る以前に、女房の局《つぼね》なる小女《こおんな》に、物付きて申していはく、「別事の思ひにあらず。きと目を見入れ奉るにより、かくのごとくおはしますなり。僧正参られざる前に、護法前立《さき》ちて参りて、追ひ払ひ候へば、逃げ候ふ」とこそ申しけれ。すなはち尋常に成らしめ給ひにけり。心誉いみじかりける験者なり。

(1) 宇治殿　藤原頼通(九九二〜一〇七四)。(2) 心誉　前話参照。

訳　高陽院(一〇二一完成)を建設されている間、頼通公は、馬に乗って、工事の進《しん》捗《ちょく》を御覧になっていたが、お帰りになる際、便所を使われている間にお倒れになり、具合がお悪くなった。それで心誉僧正を呼んで祈らせようと、使いを走らせたところ、早速参上するよりも早く、女房の局に仕えていた少女に、物の怪がついて申すには「特別なことではありません。頼通公にちょっと目線を合わせ申し上げたので、このようになりなだけです。僧正ご本人がいらっしゃる前に、護法童子たちが先払いしていますので、退散します」と申し上げた。そして、頼通公は普段通りに戻られた。心誉僧正は大変な験者である。

評　『富家語《ふけご》』一三六に拠る。心誉には、人の目には見えない護法童子が常に仕えており、簡単な物の怪などは予め退散させるらしい。

五七　業遠、観修の加持にて蘇生の事

業遠《なりとお》(1)朝臣卒去《しゅつきょ》の時、入道殿（御堂《みどう》(2)）仰せられていはく、「定めて遺言の事あらんか。不便《ふびん》の事なり」とて、観修僧都《そうず》(3)を召し具し、業遠の宅に向ひ給ひ、加持の間、死人たちまちに蘇生し、要事等を遺言の後、また以て閉眼す、と云々。

（1）業遠　高階《たかしな》業遠（九六五〜一〇一〇）。敏忠《としただ》の子。丹波守。藤原道長・頼通父子に親しく仕えた。（2）御堂　藤原道長（九六六〜一〇二七）。（3）観修　九四五〜一〇〇八。余慶僧正に師事。道長の帰依《きえ》を受け、修験《しゅげん》に秀で、大僧正に至る。園城寺長吏。僧都であったのは正暦二年（九九一）〜長徳四年（九九八）。

訳　高階業遠朝臣が亡くなった時、入道殿（道長公）が「きっと遺言したいことがあったはずだ。気の毒なことだ」とおっしゃって、観修僧都を召してお連れになり、業遠の家

に向かわれた。加持をすると、死人はすぐに息を吹き返し、大事なことなどを遺言した後、再び目を落とした。

評 業遠臨終時に、観修はすでに故人なので、史実ではありえないが、不慮の死に対して、思い通りの臨終を迎えさせるため「死に直させる」説話はしばしば見られる。

五八　源泉の説法に四天王出現の事

最勝講の時、道場の中に四天王の座を儲《もう》けらるる事は、後朱雀院《ごすざくいん》(1)の御時、長久《ちょうきゅう》のころ、最勝講に源泉(2)僧都、説法殊勝たり。この時、四天王、道場に現ず。天皇のほか、余人これを見ず。これにより勧賞し、源泉、当座に法印に叙せられをはんぬ。その後、四天王の座を儲けらるるなり、と云々。

（1）後朱雀院　在位一〇三六～四五。（2）源泉　九七七～一〇五五。播磨国の人。慶祚に師事。最勝講での説法の見事さゆえに長久元年（一〇四〇）、法眼に叙された。天台座主となるがほどなく辞任。法輪院僧正と称された。

訳　（清涼殿で陰暦五月の吉日に五日間、東大寺・興福寺・延暦寺・園城寺の僧を選んで、『金光明最勝王経《こんこうみょうさいしょうおうきょう》』を朝夕講じさせ、国家の安泰を祈る）最勝講の道場に、仏法を護る四天王（持国天・広目天・増長天・多聞天もしくは毘沙門天《びしゃもんてん》）の座を設けることは、後朱雀天皇の時代、長久（一〇四〇〜四四）の頃、最勝講での源泉僧都の説法が見事だった時、四天王がこの道場に現れたが、天皇以外の人の目には見えなかった。この褒美として、源泉はその場で法印に叙せられた。この一件以後、最勝講に四天王の座を設けられることとなった。

評　最勝講は一条天皇の長保四年（一〇〇二）五月に初めて行われ、その後年中行事化した。僧の見事な弁舌を聞きに神仏がやってくるというのは、三―三五話の道命の説話でも語られるところだが、本話はそれが、宮中の年中行事の座席の設営に反映したという創始譚《たん》。『雲図抄《うんずしょう》』最勝講事にも「四天座」が描かれ、行道の煩いにならぬよう、うち二枚は立てかけておくとの故実が記されている。

五九　深覚、宝蔵破壊の事

禅林寺僧正、(1)宇治殿(2)へ消息を報ぜられていはく「宝蔵破壊《はえ》して侍り。修理を加へ給ふべし」と云々。よつて家司〔某《なにがし》朝臣〕に仰せ付けられ、損色を採らんがため、下家司《しもけいし》を遣し、その由《よし》を示す。僧正、この由を聞き、御使を召し、直《じき》に仰せていはく「いかにかく不覚にはおはしますや。か様《よう》にては、君の御後見いかが」と云々。御使帰り参り申していはく「宝蔵の破壊を見せられず。ただ御前に召し、直《じき》にかくのごとく申せと候ひつるなり」と申す時、殿下、意を得しめ給はず、すでに迷惑す。その時、衰老の女房、その御前に祗候し、申していはく「あはれ、御腹中の損じたるを、法の蔵とは仰せられ候ふにこそ」と申しければ、「さもありなむ」とて、魚味の御菜《ごさい》等調《ととの》へ遣したりければ、「材木給はりて、宝蔵の破壊繕《つくろ》ひ侍りぬ」と申されけり。

(1)禅林寺僧正《そうじょう》　深覚（九五五〜一〇四三）。藤原師輔《もろすけ》の子。寛忠・寛朝に師事。東寺長者、禅林寺座主。治安三年（一〇二三）に大僧正。高徳の験者として知られる。(2)宇治殿　藤原頼通（九九二〜一〇七四）。

訳　禅林寺僧正深覚が、頼通公に「宝蔵が壊れました。修理をお願いします」と手紙をよこされた。それで頼通公は、家司〔某朝臣〕に命じ、壊れ具合を見るため、下級の家司を遣わして様子を見せて頂きたい旨を言わせた。僧正はそれを聞くと、やって来た使いを呼び、直々に「どうしてそう分かりが悪くていらっしゃるのか。こういうことでは、天皇の御後見が務まるやら」とおっしゃった。使いは頼通公のもとに帰ると「宝蔵の損傷具合はお見せにならず、ただ御前に呼ばれ、直々にこのように仰せつかりました」と申した。頼通公は、意味がお分かりにならず、困ってしまわれた。その時、年老いた一人の女房が御前に伺候していたが「ああ、お腹の具合が悪くなられたのを、法の蔵が、とおっしゃたのでございましょう」と申し上げたので「そうかも知れない」ということで、魚を使った料理などを作ってお届けしたところ、深覚は「材木を頂いて、宝蔵を直すことができました」と申された。

評　次話にかけて『今鏡』九に拠る。僧侶は原則として動物性タンパク質を摂らないが、必要な栄養を十分に摂れない時などに、魚肉を食することはあった。宝蔵ならぬ腹蔵が壊れたのでご援助願いたい、は腹塩梅が悪くて栄養が摂れないので、魚を食べさせてほしい、の意味だったのである。上品な別称は、年長者でないと知らないことが多いのは今も昔も変わらない。

六〇　深覚、囲碁にて教通の病を療ずる事

件《くだん》の僧正、(1)大二条殿《おおにじょうどの》(2)御病危急の時〔御腹ふくる〕、参入して、囲碁をあそばすべき由《よし》、これを申し行ふ。諸人これを嘲《あざけ》る。しかるになほ強《あなが》ちに申されければ、あひ構へて掻き起こし奉り、囲碁一局あそばす間、病症たちまちに平癒し、すでに以て尋常たり。諸人奇となす、と云々。

(1) 件の僧正　深覚。前話参照。(2) 大二条殿　藤原教通《のりみち》。

訳　深覚は、教通公が危篤でいらした時〔お腹が腫れた〕、参上すると、囲碁をなさいませと指示申し上げた。人々は冗談だろうと思ったが、あまり言い募られるので、左右を抱えて起き上がらせ申し上げ、囲碁を一局なさる間に、症状はすっきり改善し、元に戻った。人々はこれを驚くべきことだと思った。

評　囲碁は双六などと違い上品な遊びとされ、白と黒の相剋を、対立する価値観のせめ

ぎあいとして観念するといった、哲学的な遊戯とみなす場合があった。しかし、教通の治療に囲碁がどのように効果的だったのかは分からない。

六一　深覚、祈雨の事

長和《ちようわ》五年夏、炎旱旬月《えんかんじゆんげつ》に渉《わた》り、人民これを愁ふ。よつて公家旁《あまね》く祈禱を致さるといへども、その験なき処、深覚僧都、(1)六月九日の暁、雨を祈らん為、独身神泉苑《しんせんえん》に向ふ。内府、(2)この事を聞き及び、使《つかい》を遣はし制止していはく「もしその応なくは、世の為に咲《わら》はれんか。もつとも不便《ふびん》」と云々。僧都いはく、「深覚、田畠を作らず。全く炎旱を愁ふべからず。ただし、国土の人民を思ふ為ばかりなり。試みに祈請せんと欲す」と云々。香炉を執り、乾臨閣《けんりんかく》の壇上に於いて、苦《ねんごろ》に祈請の間、未《ひつじ》の刻《とき》に及び、陰雲たちまちに起こり、雷電声あり。暴風頻りに扇《あお》ぎ、雨脚沃《うきやくい》るがごとし、と云々。時人これを随喜す、と云々。

(1) 深覚　前々話参照。当時、権大僧都。(2) 内府　藤原公季《きんすえ》(九五七〜一〇二九)。深覚の同母弟。従一位太政大臣に至る。当時、内大臣。

訳　長和五年（一〇一六）夏、旱《ひでり》が一カ月にも及び、人々が苦しんだ。それで朝廷は広く祈禱を行わせたが、効果がなかった。深覚僧都が、六月九日の明け方、祈雨のため一人神泉苑に向かった。弟の内大臣公季は、これを聞き、使いを遣わして制止した。「もし効験がなかったら、天下の物笑いになる。それはあまりにみっともない」と言った。これに対して権大僧都は「わたくし深覚は、田畑を作っていないので、旱でも困りません。しかし、国土の人民の苦しみを思えばこそのこと、効果は分かりませんが祈ってみます」と答えた。香炉を取り、神泉苑の乾臨閣の基壇趾《あと》（乾臨閣は先年顚倒していた。『小右記《しょうゆうき》』）で一心に祈ったところ、午後二時頃、暗い雲が突然湧いてきて、雷鳴がする。暴風がひどく吹き、強い雨が注ぐように降った。人々は歓喜した。

評　『小右記』に基づく。深覚が、失敗した時の恥を顧みず、人々のために進んで祈雨を試み、天が感応した話。神泉苑での祈雨は三―一一話にも。なお豊楽院《ぶらくいん》の正殿《せいでん》を、はじめ乾臨閣と称したが、神泉苑の正殿にこの呼称を用い、豊楽院の正殿の称は豊楽殿《ぶらくでん》に改めた。

六二　後三条天皇東宮の時、薬智を召す事

後三条院《ごさんじょういん》(1)、在藩の時、御持僧勝範座主(2)に仰せられていはく「今生《こんじょう》の事を思ひ棄て、真言・止観を兼ね知り、外典《げてん》に洞《あきらか》なる者選び進らすべきなり」と云々。勝範、仰せを奉ずる後、山上にこれを求む。後に申していはく「すでにその仁《じん》を得《う》。これ西塔《さいとう》の益智なり(3)」。すなはち勝範の消息を持たしめ、東宮に参る。すなはち御前に召し、その体《てい》を御覧ずるに、墨染《すみぞめ》の布衣《ほい》、狩袴《かりばかま》等を着す。今生の事を思ひ棄つる旨《むね》、すでにその体に見《み》ゆ。すなはち御簾《す》の前に召し、まづ御簾の下より『止観』を差し出さしめ給ふ。書の上を以て益智の方に向け、書の上に居て、これを読むこと数枚、次にその義趣を問はしむる処、一々これを解釈するに滞停なし。次に真言の事を問はしめ給ふ。また以て執啓泥《なず》む事なし。次にまた外典の事を仰せらる。ほとんど鴻儒のごとし。御感極まりなし。次に往生浄刹《じょうさつ》の事を仰せ合はせらる。申していはく「極楽、都卒《とそつ》の望み、共に遂げ難かるべきなり。よつて幼年より『法華経《ほけきょう》』を読誦す。件《くだん》の善因を以て、長寿鬼と成り、慈尊の下生《げしょう》に逢ひ奉らんと欲す」と云々。幾《いくばく》ならず益智、逝去しをはんぬ。

後三条院、この事を以て、覚尋座主(4)に説き仰せらる。覚尋申されていはく「西塔の覚空(5)、生年十八歳より、両界供養法《ごんぎょう》を勤行し、願ひていはく『長寿鬼と成り、慈尊の下生に逢はん』と云々。これある経の中に、鉄囲《てっち》山《せん》中に二人の鬼あり。一鬼は経を読み、一鬼は呪を

持し、慈尊の出世を待つ、と云々。件《くだん》の人々、この文を見て、この願あるか」と云々。

（1）後三条院　一〇三四〜七三。在位一〇六八〜七二。二十四年間東宮に留め置かれた。（2）勝範　九九六〜一〇七七。延暦寺の僧。覚慶・皇慶の弟子。天台座主、僧正。勝範の天台座主就任は、後三条が園城寺の反対を押し切る形で行われた。（3）益智　薬智。『天台血脈《てんだいけちみゃく》』（東寺観智院金剛蔵）に、皇慶の弟子（勝範の相《あい》弟子）として名が見える。（4）覚尋　一〇一二〜八一。延暦寺の僧。藤原道隆《みちたか》の曾孫、忠経《ただつね》の子。明快の弟子。皇慶より灌頂《かんじよう》を受け、後冷泉《ごれいぜい》・後三条の護持僧。天台座主は承暦元年（一〇七七）から。（5）覚空　？〜一〇二九。藤原遠量《とおかず》の子。延暦寺の僧。聖救の弟子。石泉房と号す。法橋《ほつきよう》に至る。

訳　後三条天皇が東宮（藩王は親王の唐名《からな》）でいらした時、護持僧勝範座主に「今生での栄達は諦め、天台宗の二つの学業、遮那《しやな》業《ごう》と止観業の両方に詳しく、漢籍にも通じている者を推薦せよ」と仰せられた。勝範はこれを受け、適切な人材を比叡山で探した後、「ふさわしい人物がおりました。西塔の薬智です」と申し上げた。早速勝範の手紙を持参させ、薬智が東宮（後三条）のもとに参上した。東宮は早速薬智を御前に召して様子を御覧になった。（俗でも出家でもない）墨染めの狩衣・括袴《くくりばかま》などを着ており、今生での栄達をあきらめていることは、装束にも歴然としていた。すぐに御簾の前まで呼び、はじめに御簾の下から『摩訶止観』を差し出された。書の上側を薬智の方に向け、薬智は文字を逆様に見ながら読み下すこと数枚、次に東宮がその意味をお尋ねになると、一つ一つの説明は淀みない。続いて真言についてお尋ねになる。またもやりとりは流れるようだった。次に漢籍のことをおっしゃったが、返答はまるで大学者のようだった。東宮はこの上なく感嘆し、往生について語り合われた。すると薬智は「わたくしは極楽浄土や都卒浄土に往生する望みをかなえることはできないでしょう。それで幼い頃から『法華経』を読誦し続けています。その善行で、長寿鬼となり、弥勒菩薩《みろくぼさつ》（が衆生《しゅじょう》のためにこの世にいらして下さる釈迦《しゃか》滅後五十六億七千万年後）の下生をお待ちしたいと思います」と言った。これからほどなくして、薬智は亡くなった。

後三条天皇は、この時のことを、（薬智と同じく皇慶の弟子である）覚尋座主に説明なさった。覚尋は「西塔におりました覚空は、十八歳の時から両界供養法を行い「長寿鬼となって、弥勒菩薩の下生にめぐり会いたい」と願っていました。これは、ある経の中に、（仏教的宇宙観で、須弥山《しゅみせん》を囲む九山八海《くせんはっかい》の、最も外辺にある山）鉄囲山に二人の鬼がいて、一人は経を読み、一人は陀羅尼《だらに》を唱え、弥勒菩薩の下生を待つとあります。薬智も覚空も、この経文を見て、そのような願を抱いたものでしょうか」と申された。

評『今鏡』二に同話。東宮時代の後三条が出会った、博識で独特な願を強く持っていた僧の逸話。長寿鬼は未詳。例えば『地蔵菩薩本願経』に「鉄囲山の内、無量の鬼王あり」と記される類か。また「ある経」も未詳。

六三　永超、魚食の事

南京の永超(1)僧都は、魚肉なき限りは、時《とき》、非時《ひじ》もすべて食はざる人なり。公請《くじよう》勤めて在京の時、久しく魚食せず、窮屈して下向の間、丈六堂の辺《あたり》に於いて、昼破子《ひるわりご》の時、弟子一人、近辺の在家《ざいけ》にて魚味《ぎよみ》を乞ひて、これを勧めしむ、と云々《うんぬん》。件《くだん》の魚の主、後日に夢に見る様、おそろしげなる者共、在家を注しけるに、わが家を注し除きければ、子細を問ふ処、使者らいはく「永超僧都に贄《にえ》立つる所なり。よつてこれを注し除く」と云々。その年、この村の在家、ことごとく疾病を遁《のが》れず。死する者ははなはだ多し。この魚の主の宅ただ一宇、その難を免《まぬか》る、と云々。よつて僧都のもとに参向し、この子細を申す。僧都、この由《よし》を聞き、被物《かずけもの》一重《かさね》を賜ひ、これを返し遣はす、と云々。

(1) 永超 一〇一四〜九五。橘俊孝《としたか》の子。興福寺の学僧。主恩の弟子。権大僧都、法隆寺別当。『東域伝燈目録』を編む。

訳 南都の永超僧都は、魚がないと、午前・午後の食事のどちらも食べない人だった。朝廷から召されて京にいる時、長く魚を口にできず、ままならぬまま奈良に帰る途中、奈島の丈六堂のあたりで、昼の弁当を使う際、弟子が一人、近くの民家に行き、魚料理を頼んで作らせ、僧都にさし上げた。この魚料理を提供した人が、後日夢で、恐ろしい様子の者たちが、民家に印をつけてまわり、この人の家だけはつけなかったので、理由を聞くと、その使者たちが「永超僧都に捧げ物を届けた家だ。それで印をつけないのだ」と言った夢を見た。この年、この村の家々は、皆ことごとく病気になり、死者も多数出た。この魚を提供した家だけが、たった一軒、病気を免れた。それで、永超のもとに参上し、以上の次第を申し上げた。僧都はご褒美を与えて、お返しになったという。

評 奈島の丈六堂は奈良街道沿い、現京都府城陽市の青谷川と木津川が合流するあたりの要衝にあった堂で、旅人の宿泊・休憩に使われていた。本話の永超は、魚食がきっかけで、鬼神らにさえ敬意を払われていたことを知るが、女犯《にょぼん》が発端で、諸神が自分の読経《どきょう》をいつも聴聞に来ていたことを知る三―三五話の道命に似ている。真言宗の深覚、天台宗の薬智、興福寺の永超の、神秘的な説話が続く。

六四　永観、出挙の事、並びに東大寺拝堂の事

永観(1)律師《りつし》、始めは法勝寺《ほつしようじ》の供僧《ぐそう》に補《ふ》す。供米《くまい》を請《う》けて、時料に宛てらるるなり。後には「この事あし」とて「その米を出挙《すいこ》に成して、多くなしてとらむずれば」とて、供僧を辞し申されをはんぬ。さて「出挙取りける者には請文《うけぶみ》をもせさせず、人をも遣りて徴すまじ。ただ秋の時、各持ち来て弁ずべし」といはれければ、その旨《むね》を約し、分散しをはんぬ。秋の時に臨み「今や今や」とあひ待たるといへども、一切に見えず。来房の人ら「人を遣はし、尋ぬべき」由《よし》いひけれど、「契約限りあり」とて、無沙汰《ぶさた》にて止《や》みにけり。さて時料欠乏しければ、また供僧に還補《かんぽ》すべき由申されければ、「いかに軽々《きようきよう》には」と御不審ありけるに、子細を「かうかう」と、申す人ありければ、哀れがらせ給ひて、供僧二分を宛てられけり。

また東大寺の別当に補し、拝堂のため南都に下向す。歩行《かち》にて藁沓《わらぐつ》はきて小法師《こぼうし》二人〔一人皮古《かわご》を負《お》ふ〕を具せらる。木津川の辺《あたり》にて、南京の方より人走り向かひていはく

「京より下らしめ給ふ人か。今日、東大寺の別当御房《ごぼう》、御拝堂のため御下向あるべし、と云々。いかが聞かしめ給ふや。ただ今何程《いかほど》下らしめ給ふらん」と問ひければ、律師いはく「この乞丐人《こつがいにん》こそはそれよ」と示されければ、使《つかい》、走り帰りてこの由をいひけり。寺の家司《けいし》ら、帰依《きえ》渇仰《かつごう》して御儲《もうけ》等に奉仕す、と云々。

(1) 永観 一〇三三〜一一一一。源国経《くにつね》の子。石清水《いわしみず》別当法印元命の養子。深観の弟子。東大寺で三論・法相《ほっそう》・華厳《けごん》を学び、山城光明山寺、禅林寺に住する。康和元年（一〇九九）権律師に任ぜられ、翌日辞任。康和二年東大寺別当。浄土教の布教に力を入れ、往生講を行い、『往生拾因《おうじょうしゅういん》』・『往生講式』などを執筆。『拾遺往生伝《しゅういおうじょうでん》』下に詳伝がある。

訳 永観律師は、初めは法勝寺（白河院の御願で承暦元年（一〇七七）一二月に供養）の本尊に仕える供僧に任ぜられた。米を拝領して生活費に宛てていたが、後には「これではよくない」と言って、「拝領した米を貸し付けて成長させねば」と思い、供僧を辞退申されてしまった。そして「出挙で貸し付けた相手には、証文もとらず、取立の人も送るまい。ただ秋になったら、当人が自主的に支払いに来れば良い」と言われたので、借りた人々はその旨口約束して分かれて行った。秋になり、今か今かとお待ちになったが、誰も来ない。房を訪れた人々は「人をやって、催促すべきでしょう」と申し上げたが、「約束には限度がある」とおっしゃっただけで、対処をせずに沙汰止みになった。こうして食費に事欠くようになったので、もう一度供僧にして頂きたい旨申し上げたが、「どうしてそのような軽々しいことを」と（白河院が）いぶかしがられ、事情を「これこれ」と申し上げた人がいたので、院は同情して、二人分の米をあてがわれた。

また、東大寺の別当に任ぜられ、（別当が初めて本尊を拝礼しに行く）拝堂のため、奈良に下向した。徒歩で、（長距離用の履き物である）藁沓をはき、小法師二人（一人には行李《こうり》を背負わせた）だけをお連れになった。京都南部の淀川と木津川が合流するあたりで、奈良から人がこちらに走ってきて「都から下向していらした方か。今日、東大寺の新別当様が、御拝堂のため奈良に向かっていらっしゃるそうだ。何か消息をお聞きになっていないか。どのあたりまでいらしているのだろう」と聞いたので、律師は「この乞食《こつじき》が、まさにその新別当だ」とおっしゃったので、使いは走り戻ってそれを伝えた。東大寺の役職者たちは、心から僧都を信奉して、おもてなし申し上げた。

評　『発心集《ほっしんしゅう》』二―二に同類話。支給された経費を人に貸し、成長させねばと考えたと聞くと少し驚くが、古代以来、寺社による米・稲などの貸し付け自体は一般的なことだった。寺社は経済活動の信頼できる窓口でもあったのである。法勝寺の供僧を列挙する史料（『水左記《すいさき》』）に永観の名は見えないが、法勝寺建立の功徳《くどく》について白河院に聞かれた際「決して罪にはなりますまい」と答えた説話（『続古事談』一―一四）は有名である。

六五　永観、臨終の事

永観律師（1）終焉《しゆうえん》の時、「苦病やおはする」と問ひ奉りければ、「寿尽時歓喜、喩如捨衆病」といふ文を示されけり。また、無下《むげ》によわくなられて後、念仏の声もきこえざりければ、「いかに念仏は」と問ひ申しければ、「何況憶念」と示されて、やがて命終す、と云々。この文の上は「但聞一仏二菩薩名、除無量劫生死之罪」と云々。

（1）永観　前話参照。天永二年（一一一一）一一月二日没。

訳　永観律師が臨終の時、「どこかお苦しいところがありますか」とお尋ね申し上げると、『倶舎論《くしやろん》』三の「寿の尽くる時の歓喜は、喩へば衆病を捨つるがごとし」（この世の寿命が尽きる時の解放感は、全ての病気が全快するようだ。「喩」は原経では「猶」）を引き、

「だから、どこも苦しくない」とおっしゃった。また、ひどく弱られて、念仏の声も聞こえなくなってきたので「念仏はどうなさいました」と励ましてお尋ねすると、『観無量寿経』の「いかにいはんや、憶念せんをや」を引き、憶念しているのだから心配ない、とおっしゃって、そのまま息をひきとられた。この句の前は「ただ仏の名と二菩薩の名を聞くすら、無量劫の生死の罪を除く」（ただ阿弥陀仏の御名と観音・勢至菩薩の名を聞くだけでも、無限回繰り返される生死の罪が除かれる）である。

評　『拾遺往生伝』下二六に同話。浄土を願う人に、最後の十念を促すのは看取る人の責務でもある。「念仏はどうされました」と励まされた際、永観は、「大丈夫。憶念しているから」と、念仏という行為の源に、内面的信心があることこそが大切だ、と言い残して亡くなった。本質を指摘しつつの、学僧永観にふさわしい終わりの言葉である。

六六　了延房阿闍梨・実因、法談の事

(1)了延房阿《あ》闍梨《じゃり》、日吉社に詣づる帰路、辛崎の辺を行くとて「有相安楽行、此依勧発品」といふ文を誦しければ、浪の中に「散心誦法花、不入禅三昧」と末文を誦する声あり。不

思議の思ひを成し「いかなる人のおはしますや」と問ひければ、「具房僧都《ぐぼうそうず》実因(2)」と、なのりければ、湖のきはに居て法文を談じけるに、少々僻事《ひがごと》共を答へけるに、「これは僻事なり。いかに」といひければ、「よく申すとこそ思ひ候へども、生《しょう》改まりぬれば、力及ばざる事なり。われなればこそこれ程も申せ」といひけり。

(1)了延房　伝未詳。比叡山の僧か。(2)実因　九四五〜一〇〇〇。橘敏貞《としさだ》の子。比叡山西塔弘延の弟子。長徳四年(九九八)大僧都。具足房僧都、小松僧都とも称される。『法華経』の読誦・説法にすぐれ、『拾遺集』入集歌人。怪力であったなど、多岐に亘る逸話が残る。

訳　了延房阿闍梨が、(延暦寺の麓にある鎮守神)日吉大社に参詣した帰り道、琵琶湖西岸の唐崎のあたりを、(『摩訶止観《まかしかん》』の注釈書、『止観輔行伝弘決《しかんぶぎょうでんぐけつ》』二之二の一節)「有相《うそう》の安楽行については法華経の勧発品《かんぼつほん》に記されている」という部分を唱えると、琵琶湖の波の中から、その続き「散漫な心で『法華経』を誦しても、禅定を得た心の状態には入れない」を唱える声がした。不思議に思い「どなたがいらっしゃるのですか」と聞くと「具足房僧都実因だ」と名乗ったので、波打ち際に座って法文について語り合った。すると実因が、少し間違えたことを言ったので「それは間違いです。どうなさいました」と言うと

「うまくやりとりできていると思いましたが、一度死んでいるので、限界があるのだ。わたくしだからこそ、今でもここまで語り申せるのだ」と言った。

評　実因は、少なくとも仏法への執着のため、一種の魔道にさまよっているようだ。『元亨釈書《げんこうしゃくしょ》』四には、法性寺座主《ほっしょうじざす》就任を願って許されず、実因の死霊が一条天皇を悩ませるので、観修が祈禱して縛するが、「生前あれほど極められていた天台宗の教えについては、覚えておられますか」と霊に聞くと、「生を隔てると、言葉として理解すること、心に観じようとすることの益は忘れてしまう。まして迷いの世界にあるわたくしはなおのこと」と『法華玄義』六之下に拠って答え、今なお学識と弁舌を保っていることで周囲を慨嘆させた、とある。

六七　覚行親王、法親王の初めの事

白川院(1)の御時、中御室《なかのおむろ》(2)御修法勤行《ごんぎょう》の間、初夜の時に昇らしめ給ひたりけるに、「この仏、きと供養し給へ」とて、諸人見知らざる絵像一鋪《ふ》を献ぜらる。すなはち密々御聴聞あり、と云々。その像を本尊の前に懸け奉り、やがて供養せしめ給ひて、新たに図絵供養せられ給へり。常倶利《じょうくり》童子《どうじ》とて、その天の功能《くのう》、本誓《ほんぜい》、目出たく釈せしめ給へり。試み奉らんがために、にはかにこの儀あり、と云々。御感《ぎょかん》の余り、後朝に、法親王の宣旨を下さる、と云々。法親王の始めなり。

（1）白川院　院政一〇八六～一一二九。永長元年（一〇九六）出家。（2）中御室　覚行（一〇七五～一一〇五）。白河皇子。仁和寺《にんなじ》第三代門跡《もんぜき》。性信・寛意の弟子。応徳二年（一〇八五）出家、寛治六年（一〇九二）一身阿闍梨・伝法灌頂、康和元年（一〇九九）親王宣下。尊勝寺検校《けんぎょう》、二品《にほん》。

訳　白河院の時代に、中御室覚行が祈禱のお勤めを担当され、初夜の時間帯（午後八～九時頃）に御所にお上がりになると、「この仏を供養なさいませ」と、誰もが知らない絵像一幅を、院が覚行にお渡しになられた。そして、秘かに説法を聴聞されたという。この像を本尊の前に掛け申し上げながら本来の供養をなさり、もう一度新たに、この図絵のための供養をなさった。常倶利童子と言って、祈った時の功能、どのような宿願を持っている神仏なのかなど、見事に説明なさった。覚行の実力をお試し申し上げるため、抜き打ちでこのことを行われたという。白河院は感嘆して、翌朝法親王に任ずるとの命令を下された。これが法親王の初例である。

評　常倶利童子は常瞿利童女《じょうくりどうにょ》とも言い、多面多臂《ひ》で蛇を巻き付けた姿で描かれ、一切諸毒を除くとされる（『阿娑縛抄《あさばしょう》』一四七）。『今鏡』八によれば、藤原師通《もろみち》は「出家した皇子に親王を与えた例はない」と反対したが、白河院が「内親王があるように法親王があってよい」とした。『初例抄』上・法親王始は「鳥羽殿朝覲行幸の、仙院御賞なり」と記す。本話以下、真言宗関係の僧の話が続く。

六八　仁海、父の死後牛となるを夢みる事

仁海僧正《そうじょう》（1）の父は上野上座《こうずけのじょうざ》（2）といひけり。死する後、僧正の夢に、牛に成りたるとみえければ、その牛を買ひ取りて、労《いたわ》り飼はるる間、また夢に「所役なくて、罪かろまず」とみえければ、田舎へ遣《や》りて時々仕《つか》はれけり。牛斃《たお》れて後、得脱の由《よし》、また夢の告げあり、と云々。

（1）仁海　九五四？〜一〇四六。雅真・元杲《げんこう》・覚源の弟子。東大寺別当、東寺長者。長暦二

年（一〇三八）僧正。小野曼荼羅寺《おのまんだらじ》（後の随心院）を創建し、小野流を開く。雨僧正と言われるほど祈雨にすぐれた。（２）上野上座　仁海の父は宮道惟平《これひら》と言われるが、呼称の由来は不明。

訳　仁海僧正の父は上野上座（上座は役僧の名称）といった。死後、僧正の夢に、牛になったと見えたので、その牛を買い取り、大切に世話していたところ、また夢に「労役がなくて罪が軽くならない」と見えたので、田舎に遣わして、時々、わざと労役させた。牛が死んだ後、「生死の迷いを脱した」旨、また夢のお告げがあった。

評　牛に生まれ変わって、前生の罪や借財を償う、というのは三―六話にも。『日本霊異記《にほんりょういき》』には寺の物（仏物《ぶつもつ》）・僧侶のもの（僧物《そうもつ》）・人間の物（人物《じんもつ》）を借りて返さなかったため、それぞれ牛に転生した例が、多数見られる。仁海が、夢で母が牛に転生しているのを知り、その牛の死後、皮をはいで両界曼荼羅を描き、本尊としたのが小野曼荼羅寺の始めとする伝承（『山城名勝志』一七他）も、本話と関連があるか。

六九　仁海の貌、空海に似る事

成典僧正《そうじょう》(1)、法服《ほうぶく》を着して、仁海(2)のもとへおはしたりければ、房人《ぼうにん》ら「思ひ懸けざる事なり」と驚きて、仁海に告げ申しければ、この僧正は「夢みてけり」とて、また法服を着して出遭ひたりければ、成典地に下り礼拝して、座に昇り申していはく「大師(3)の尊貌を礼し奉らんと欲する志、すでに多年に及ぶ。しかるに去ぬる夜、夢に『大師を礼し奉らんと欲さば、仁海を見るべき』由《よし》、その告げあり。よつて参《さん》入する所なり」と云々。

（1）成典　九五九〜一〇四四。仁海の弟子。後朱雀《ごすざく》護持僧。東寺長者。長暦二年（一〇三八）権僧正。（2）仁海　前話参照。（3）大師　弘法大師《こうぼうだいし》空海（七七四〜八三五）。真言宗開祖。

訳　成典僧正が、法服で正装して師の仁海のところにいらしゃったので、房の人々は「思いがけないこと」と驚いて、その旨仁海にお伝え申し上げたが、仁海僧正は「夢で知っていた」とおっしゃって、こちらも法服で正装して出迎え申し上げたので、成典は地面に下りて礼拝し、座に登ると「弘法大師空海のご尊顔を拝し申し上げたいとの願いを、長年持って参りました。そして昨晩、夢で『大師を拝み申し上げたいのなら、仁海を見よ』とのお告げがあり、それで参上しました」と申し上げた。

評　『中外抄《ちゆうがいしよう》』上二一に拠る。容貌が似ていることを転生の証と感じる習慣があったことは、三―九八話の寂照や六―三話の藤原有国《ありくに》の説話にも見られるところ。自分や他人への夢の知らせがきっかけで、自らの尊さを知る点では、三―三五話の道命、三八話の義昭・千観などと共通する。

七〇　仁海、鳥を食ふ事

仁海僧正(1)は食鳥の人なり。房にありける僧の、雀をえもいはず取りけるなり。件《くだん》の雀を、はらはらとあぶりて、粥漬《かゆづけ》のあはせに用ゐけるなり。しかりといへども有験《うげん》の人にておはしまされけり。大師(2)の御影《みえい》に違はず、と云々。

（1）仁海　前々話参照。（2）大師　弘法大師空海。前話参照。

訳　仁海僧正は鳥を食べる人だった。房にいる僧で、雀を見事にしとめる者がいた。その雀をぱりぱりと炙って、粥のおかずに使った。しかし大変な験力《げんりき》の持ち主でいらした。

容貌は弘法大師の御影そのものだったという。

評 本話も『中外抄』上二一に拠る。『古事談』は説話の配列順を逆にしている。

七一 成尊、仁海の真弟子たる事

成尊(1)僧都は、仁海(2)僧正の真弟子《しんでし》と云々。ある女房、かの僧正に密通する間、たちまちに懐妊し男子を産生す。母堂いはく「この児、成長せば、この事自《おのずか》ら披露せしめんか」とて、水銀を嬰児《みどりご》に服せしむ、と云々。水銀を服せしむる者、もし存命せば、その陰全からず、と云々。これにより、件《くだん》の僧都は男女に於いて、一生不犯《ふぼん》の人なり。

(1) 成尊 一〇一二〜七四。仁海の弟子。興福寺仁盛威儀師《いぎし》の猶子、真喜僧正の童子延命丸の子、仁海法師僕隷の子(『野沢血脈集《やたくけちみゃくしゅう》』他)など諸説がある。権少僧都。後三条護持僧、東寺長者。(2) 仁海 前話参照。

訳 成尊僧都は仁海僧正の真弟子(実子である弟子)である。ある女房が仁海と密通し、懐妊して男子を生んだが、男子の母親は「この子が大きくなると、余計なことが露顕してしまう」と思い、水銀を、この乳飲み子に飲ませた。水銀を飲ませられると、生き残った場合、生殖機能が不全になる。このため成尊僧都は、男女どちらとも、一生不犯の人だった。

評　一生不犯は聖僧の証であり、生殖器不全は「聖なる人」の逸話に散見される（小野小町、『本朝法華験記《げんき》』下の比丘尼《びくに》舎利《しゃり》など）。聖人《せいじん》の母親が、幼時期のわが子を殺そうとするのは、『宇治拾遺物語』一四二の空也の母の行動などと同様。牛に転生した父、空海そっくりの容貌、食鳥の人、そして母親に水銀を飲まされた真弟子と、仁海の短い記事群は、劇的に展開して終わる。

七二　定海、祈雨の効験の事

炎旱《えんかん》の時、定海僧正（1）、勅を奉じ雨を祈られけるに、一両日の間、夕立沃《い》るがごとく二時《ふたとき》ばかりしたりければ、叡感ありて勧賞を仰せらるる処《ところ》、僧正申していはく「これは海《かい》の雨にあらず。よつて賞せらるる能《あた》はず。海の雨は、明日など、乾《いぬい》の方より事起こりて、降るべきなり。もししからば、その時に賞せらるべし」と云々。翌日、果して乾の方くもり始めて、甘雨降り、三ヶ日休まず。よつて勧賞を仰せらる、と云々。

(1) 定海　一〇七四〜一一四九。真言僧。源顕房《あきふさ》の子。義範・勝覚の弟子。醍醐寺座主・東大寺別当・東寺長者。保延元年(一一三五)権僧正、保延四年大僧正。白河・鳥羽の仏事で活躍。醍醐寺三宝院流の祖。

訳　旱《ひでり》の時、定海僧正が勅を賜り雨を祈られると、一・二日間、夕立が四時間ほど降り注いだので、感心なさって褒美を賜わろうとされたが、僧正は「これは、わたくし定海の降らせた雨ではありませんので、ご褒美を頂くことはできません。わたくしの祈った雨は、明日あたり、北西の方から変化が起きて降る予定です。もしその通りになったなら、その時に褒美を頂きます」と申し上げた。翌日、果たせるかな、北西から曇り始め、恵みの雨が降って三日間止まなかった。それで褒美を賜った。

評　「自分の祈りに神仏が感応しての降雨は、いつどちらからやって来る」との、天気予報のようなことまで、定海は行えたという説話。

七三　覚猷、臨終の処分の事

覚猷《かくゆう》僧正（1）、臨終の時、処分すべき由《よし》、弟子らこれを勧む。再三の後、硯《すずり》紙等を乞ひ寄せ、これを書くなり。その状にいはく「処分は腕力によるべし」と云々《うんぬん》。遂に入滅す。その後、白川院（2）、この事をきこしめし、房中しかるべき弟子、後見などを召し寄せて、遺財等を注《しる》さしめ、えしもいはず分配し給ふ、と云々。

（1）覚猷　一〇五三～一一四〇。源隆国《たかくに》の子。覚円の弟子。四天王寺別当・園城寺長吏《おんじょうじちょうり》・天台座主・法成寺《ほうじょうじ》別当・法勝寺《ほっしょうじ》別当。大僧正。鳥羽離宮に住み、鳥羽僧正と呼ばれた。画業に秀で、鳥羽絵の祖とされ、『鳥獣人物《ちょうじゅうじんぶつ》戯《ぎ》画《が》』の作者に擬せられる。（2）白川院　一〇五三～一一二九。覚猷死亡時にすでに故人。当時の天皇は崇徳《すとく》（一一一九～六四。在位一一二三～四二）で、治天《ちてん》の君《きみ》は鳥羽院（院政一一二九～五六）。

訳　覚猷僧正が臨終の時、遺産分配をするよう、弟子達が勧めた。再三頼んだところ、硯と紙を持って来させて遺言状を書いた。そこには「遺産分配は腕力で決めるように」とあった。そして亡くなった。その後、この話をお聞きになった白河院（実際は鳥羽院か）は、覚猷の房の主立った弟子や補佐役などを集め、遺産の目録を作らせ、見事に分配なさった。

評　財産分与は腕力で、とは、僧侶らしからぬふざけた遺言だが、当時は僧兵による強《ごう》訴《そ》など、僧侶の武装化が著しい時期、「今はやりの武力で決めよ」という風刺でもある。噂を聞いた院が采配して、見事な遺産分配がなされたが、院の介入を期待しての遺言だったかは分からない。覚猷の悪ふざけの有様は、『宇治拾遺物語』三七に、画業に優れた弟子に因縁をつけ容赦なく言い返された逸話が、『古今著聞集《ここんちよもんじゆう》』画図に見える。

七四　増誉、相撲人遠方の腫物を療ずる事

鳥羽院（1）、初度の相撲節《すまいのせち》の時、右の相撲人遠方《すまいびととおかた》（2）、傍輩に勝つ。よつて殊勝の賞翫《しようかん》す、と云々。節日《せちにち》の刻限に臨み参仕していはく「今日、角力《かくりよく》する能《あた》はず」と云々。人々驚きて子細を問ふ処、申していはく「この暁よりにはかに腫物出来《はれものいでく》。且つは御覧を経《ふ》べし」とて、胸を掻き出したりければ、乳の上に土器《かわらけ》ばかり、紫色にて腫物出たり。苦痛しせん方なし、

と云々。その時、方《かた》の大将(3)已下、愁嘆少なからず。あひ議していはく「事の体《てい》、すでに常にあらず」と。一乗寺僧正(4)〔御持僧〕、桟敷《さじき》を賜り見物す。方の大将已下あひ率ゐ、かの桟敷に向かひ歎き合ふ処、僧正いはく「力の及ぶべき事にあらず。ただし、もしやと三宝《さんぼう》に申し試みるべし」とて、しばらくこまぬかれければ、腫物、かたはしより、堤などのくづるるやうに次第にへりて、立ちどころに尋常なり、と云々。左の合手《あいて》〔某《なにがし》〕敵すべからざる由《よし》を存じ、有験《うげん》の陰陽《おんみょう》を以て式を伏せしむる由《よし》、後日風聞す、と云々。

(1) 鳥羽院　在位一一〇七〜一一二三。(2) 遠方　未詳。(3) 方の大将　当時の右近衛大将は藤原家忠《いえただ》(一〇六二〜一一三六)。師実《もろざね》の子。(4) 一乗寺僧正　増誉(一〇三二〜一一一六)。藤原経輔《つねすけ》の子。行観・明尊の弟子。修験《しゆげん》に勝れ、叔父の御室戸《みむろと》僧正隆明と並び称せられる。白河院の熊野詣の先達《せんだつ》をし、初めて熊野三山《くまのさんざん》検校に補された。園城寺長吏・天台座主・大僧正。白河・堀河御持僧。

訳　(全国から召集した相撲人《すまいびと》を対戦させる)相撲節が、鳥羽天皇の時代で最初に行われた(のは天永二年(一一一一)八月二〇日だったが、事前に実力を確かめ、伯仲した者同士を対戦させるための内取りの)時、右方の相撲遠方は、仲間に勝利した。それでお褒めにあずかった。節会の当日、約束の時刻にやって来た遠方は「今日は相撲ができません」と言った。人々が驚いて事情を聞くと、「今朝から急に腫物が出て来ました。御覧になって下さい」と申し上げて、胸をはだけると、乳の上に、小皿大の紫色の腫物ができている。痛みがひどいとのこと。それで、右方を率いる大将以下、ひどく残念がり、皆で「この症状はただ事でない」と話し合った。ちょうど、〔御持僧の〕一乗寺僧正増誉が桟敷席を賜って見物に来ていた。右大将以下こぞってその桟敷席に向かい、どうしたらよいだろうと嘆き合ったところ、僧正は「わたくしにもどうもできはしないでしょうが、〔仏・法・僧の〕三宝に祈り申してはみましょう」と言って、しばらく両手を交差させなさったところ、腫物は、端の方から、堤などが崩れるように順に引いていき、見る間に正常に戻った。左方の相撲〔某〕が、遠方にとてもかなわないと思い、験力のある陰陽師に依頼して式神《しきがみ》を潜ませたのだと、後日噂になった。

評　増誉の験力が、陰陽師の術を上回り、たちどころに効果が出た話。同じ天台座主経験者の逸話だが、前話と随分趣きが違う。

七五　顕意、鳥羽法皇御前の番論義に神妙の事

鳥羽法皇、(1)御登山《とうざん》の時、中堂に於いて十番の番論義を行はる。一、二番の論義劣るにより、皆あられをふらして追ひ立てられをはんぬ。その時法皇、刑部卿忠盛朝臣《ぎょうぶきょうただもり》(2)を以て御使として、大衆《だいしゅ》中に仰せられていはく「論義劣る時の作法はすでに御覧ぜられをはんぬ。また神妙に答ふる僧の時は何様《いかさま》ぞや」と云々。衆徒ら申していはく「よく答へ候ひぬれば、なりを留めて、扇を一同にはらはらとつかひ候ふなり」と云々。ここに第三番問ひていはく「経文に『寿命無数劫、久修業所得』といへり。果位の寿命を指すか、因位の寿命を指すか」と云々。顕意阿闍梨《(3)あじゃり》〔横川《よかわ》の法師。後に法橋《ほっきょう》〕答へていはく「医王宝前に跪《ひざまず》きて、幸ひに『寿命無数劫、久修業所得』の文を得たり。忝《かたじけな》くも無上法皇の果位の御寿命を差し申す、と答へ申すべし」と云々。問者《もんじゃ》、なほ物いはむの気色ありけるを、伯法印《はくのほういん》覚豪(4)、証誠《しょうじょう》にて候ひけるが、いひていはく「存ずる旨《むね》ありて答へ申すか。重難に及ぶべからず」と云々。その時三千衆徒、一同に扇をつかひけり。

(1) 鳥羽法皇　前話参照。永治元年（一一四一）三月出家。康治元年（一一四二）九月、延暦寺に御幸（『本朝世紀《ほんちょうせいき》』）。(2) 忠盛　一〇九六〜一一五三。平正盛《まさもり》の子、清盛の父。白河・鳥羽院の近臣。正四位上。「刑部卿忠盛」は通称（『平家物語』・『保元物語』）。(3) 顕意　横

川南楽房の僧。栄西に付法。（4）覚豪　源顕仲《あきなか》の子。東塔北谷恵光坊の僧。最厳の弟子。大僧都、法印。

訳　鳥羽法皇が比叡山に登られた時、根本中堂で十番の番論義を行われた。一、二番目の論義は内容に迫力がなく、聴衆はあられを撒いて論者を退場させた。その時法皇は、刑部卿平忠盛朝臣を御使として、衆徒に向けて「論義が貧弱だった時のやり方は今見せてもらった。見事だった時のやり方はどのようなのか」とおっしゃった。衆徒らは「見事なやりとりでしたら、無言で扇を一斉にばたばたと使います」と申し上げた。ここで第三番の対戦が始まり、問者が「『法華経《ほけきょう》』如来寿量品《にょらいじゅりょうほん》に「寿命の無数劫なるは、久しく業を修して得たる所なり」とある。これは果位（悟りを開いた後）の寿命を指すか、因位（仏になるため菩薩《ぼさつ》として修行している時）の寿命を指すか」と問うた。これに対して、答者の顕意阿闍梨〔横川の法師で、後に法橋になった〕は「根本中堂の本尊である薬師如来の宝前に跪き、幸い「寿命無数劫、久修行所得」の文を出題して頂いた。ここは、もったいなくも、十善の王たる法皇の、悟りを開いた仏の御寿命が永遠だという意味だとお答え申すべきでしょう」と言った。問者は、これに対して、定式通り質問を重ねようとしたが、伯法印覚豪が、判定役の証義として祇候していたが、「考えあっての答えだと思われる。重ねての質問に及ばない」と言った。それを聞いて、三千衆徒は（見事な答えと判定だと）一斉に扇を使った。

評 比叡山での論義の際、答えに誤りがあると、板敷を突いて音を立て笑うという作法があった（『台記《たいき》』）が、あられを降らすやり方があったことは、未見。本来論義は、質問に対して法文を根拠に回答、それに対して反論、再び回答、という手順で進められる。答者は、法文の解釈に沿って答えるべきだが、顕意は御幸下さった法皇を仏者として言祝《ことほ》ぐ答えをし、それを以てやりとりを打ち切った証義役覚豪の仕切りの見事さとあわせて、衆徒は扇を使って褒め、称賛の作法を法皇のお目に掛けた。

七六　退凡下乗の卒都婆の銘の事

昔、公家の御祈りのため八講を行はれけるに、「退凡下乗の卒都婆《そとば》の銘、いかが書きたる」と問ひたりければ、「金輪聖王《こんりんじようおう》、天長地久、御願円満とこそ書きたれ」と答へけり。

訳 昔、朝廷の法会《ほうえ》で法華八講を行われた時、「（釈迦《しやか》が霊鷲山《りようじゆせん》で説法した時、摩竭陀国《まかだこく》の王が通路に立てた）退凡下乗の卒都婆の銘には、何と書いてあるか」と問者が問うたところ、（実際は世の無常を記してあるが）「金輪聖王の御代は天地長久で、御願は全て満たされる、と書いてある」と（王を言祝ぐ内容に変えて）答えた。

評　退凡下乗の卒都婆については、『大唐西域記《だいとうさいいきき》』・『徒然草《つれづれぐさ》』二〇一に見える。卒都婆に書かれていたのは、本当は「諸行無常、是生滅法《ぜしょうめっぽう》」（『叡山略記』）。本話と同じ説話は、『名語記《みょうごき》』四に引かれ、そこでは、論義の場で答えを忘れた答者が、苦し紛れに王への言祝ぎで凌ごうとしたところ、「祝言の座興」ということで許されたとある。臨席している王への祝言のため、論義の場で、当意即妙の回答をした例として、『古事談』三―七五・七六話は並んで配置されたと考えられる。

七七　房覚の僧伽の句の事

法性寺《ほっしょうじ》入道殿(1)の発《おこ》り心地、少将阿闍梨房覚(2)祈り落し奉る時〔律師《りっし》に補《ふ》する度なり〕、僧《そう》伽《ぎゃ》の句にいはく「南無《なむ》熊野、三所権現、五体王子」と云々。後日、件《くだん》の事申し出す人ありければ、仰せられていはく「しかるごとき僧伽の句は、近来は御子《みこ》験者《げんざ》とて劣るなる事なり。平等院僧正《そうじょう》(3)、郁芳門院《いくほうもんいん》(4)祈生し奉る度、始めていへる言なり。一乗寺(5)の、尼一品宮(6)祈生し奉る度などは『四十九重摩尼《まに》宝殿、都史多天《としたてん》上弥勒菩薩《みろくぼさつ》』とこそあげられけれ」。

（1）法性寺入道殿　藤原忠通《ただみち》（一〇九七～一一六四）。応保二年（一一六二）出家。『兵範記』によれば本話の祈禱は保元二年（一一五七）七月九日に行われ、当時忠通は従一位関白。（2）房覚　一一〇二～八四。源顕房《あきふさ》の孫、信雅《のぶまさ》の子。園城寺長吏、僧正。後白河天皇の瘧《わらわやみ》を治して権律師になり、次いで忠通の物の怪《け》を払ったと、『兵範記』に見える。（3）平等院僧正　行尊（一〇五五～一一三五）。小一条院《こいちじょういん》の孫、源基平《もとひら》の子。鳥羽・崇徳の護持僧。園城寺長吏、熊野三山検校《けんぎょう》。天台座主《ざす》、大僧正。験者として高名。歌人。（4）郁芳門院　媞子内親王（一〇七六～九六）。白河天皇鍾愛の皇女。堀河の同母姉で准母。（5）一乗寺　増誉（一〇三二～一一一六）。三―七四話参照。（6）尼一品宮　延久二年（一〇七〇）、増誉が瘧病の加持の賞で権律師に任ぜられた「一品内親王」は後三条皇女聡子内親王（一〇五〇～一一三一）と考えられる（『僧綱補任《そうごうぶにん》』）。延久元年、一品宮准三宮。延久五年出家。仁和寺に大教院を建立。

訳　法性寺入道忠通公の物の怪を、少将阿闍梨房覚が祈り落とし申し上げた時（後白河天皇の瘧を治して権律師に任ぜられたすぐ後である）、本尊を呼び覚ますための祈禱の句に「南無熊野、三所権現、五体王子（熊野九十九王子のうち最も尊崇された五つの王子社)」と言った。後日この文句を(見事だったと)申し上げる人がいたので、(忠通公が)仰せられるには「こういう僧伽の句は、神子《みこ》を扱う験者などの使う、一枚落ちるやり方だと言われている。平等院僧正行尊が、郁芳門院を祈りで生かし申し上げた時、初めて使った文句だ。一乗寺僧正増誉が、尼一品宮を祈りで生かし申し上げた時は『弥勒菩薩の都卒《とそつ》内院の、宝珠でできた四十九院、都卒天の弥勒菩薩』という風に呼びかけられた」。

評 同文的な『古事談抜書』一一四では、本話の続きに「さてやがて、都史多天上、弥勒菩薩、有三十二相、大菩薩衆と読まれける、ゆゆしくより所もありて聞こえけり」とある。例えば『寺門高僧記』には「常に僧伽の句に曰く、七歳で母の懐を離れ、十一歳より以来《このかた》、未だ帯を解かず」(四・隆明)と見え、『平家物語』三・御産の例などとあわせると、僧伽の句は、祈禱の場の本尊や、読経《どきよう》中の経にまつわる仏ではなく、験者が日来信心している神仏を列挙し、句の中には数字にまつわる対句《ついく》(数対《すうつい》。房覚の句では「三所権現」「五体王子」)を織り込み、名調子に傾く傾向があったようだ。『古事談抜書』は、増誉の句の場合、弥勒の居所の四十九院、仏の三十二相という、典拠とするにふさわしい普遍性のある表現を用いているところに見識(節度)がある、と言っているものと考えられる。

七八　観智、鬼道に堕つる事

安芸《あき》僧都《のそうず》観智(1)は、能説《のうぜつ》の名徳なり。一生請用《しょうよう》を事として世路《せいろ》を渡る。しかるに、慈悲忍《にん》辱《にく》、憐愍《れんびん》親疎なし。これにより臨終の時、苦痛なく正念に住す。弟子ら西方に舁《か》き向けんとしければ、空中に音あり。達摩《だるま》和尚(2)の文の次句を告げていはく「正念を以て西方を見るなかれ。西方は西方にあらず」と。「心に西方を念ずべし」といふ文を誦して「同事なり」といひけり。すべて種々の要文を唱へ、咲《え》むがごとく命終す。これを見る輩《やから》「疑ひなき往生なり」とて、悦びて止《や》みをはんぬ。

しかるに中陰《ちゅういん》以後、後房《こうぼう》〔兼尊律師《りっし》(3)の母堂〕の夢中に房主庭上に来て、その姿影《かげ》のごとく、大略裸形《らぎょう》の体《てい》なり。後房問ひていはく「彼はいづこに生れしめ給ふや。臨終の義、神妙に候ひしかば、心安く思ひ給ふる処に、この御姿こそ悲しく候へ」といふに、答へていはく「さればこそかなしく候へ。鬼道に候ふなり。忍び難き苦痛を受け候ふなり。事の体見せ奉らんがため、参りて候ふなり」とて、縁《えん》のきはを庭中の辺にゐざり出ければ、無量の布施《ふせ》布《ぬの》、虚《そら》より降り、地より出て、その身を埋む。すなはち火炎出来てこの布に付き、焼けけり。焼けをはりて、灰の中に消炭《きえずみ》のごとくにてみえけり。やうやくまた人の正体に成りて、「一日に三ヶ度、かくのごとき苦を受け候ふなり」とて、泣きて退き帰りをはんぬ、と云々。

（1）観智　生没年未詳。安芸守藤原尹通《ただみち》の子。権大僧都だった当時、後白河院の「寵僧第一」で「説法優美」だった（『玉葉《ぎょくよう》』安元二年（一一七六）七月二四日）。（2）達摩　達磨。インド僧。中国禅宗の始祖。生没年未詳。（3）兼尊　観智の子。園城寺僧、阿闍梨、律師。

訳　安芸僧都観智は、説法の名手として知られた名僧で、生涯、法事に招かれては世の中を渡っていた。しかし、慈悲忍辱の姿勢で、誰にでも情け深かった。それで、臨終の時、苦痛もなく、しっかりとしていた。弟子たちが西方極楽浄土の方向に向けようとすると、空中に声が聞こえ、達磨和尚の文章の「正念で西方を見てはいけない。西方は西方ではない」とお告げがあった。観智は「心の中で西方を念ずることが大切だ」という文を唱え「どちらも同じことなのだ」と言い、様々な経文の要文を唱えながら、ほほえむように息絶えた。これを見た者たちは「疑いない極楽往生だ」と言って、喜んだ。

しかし、四十九日が済み、妻〔兼尊律師の母上〕の夢に、観智が庭に来て、その姿は影のように弱々しく、裸に近かった。妻が「あなたはどこにお生まれになったのです。臨終の様子が立派でいらしたので、安心しておりましたのに、そのお姿は悲しいです」と言うと、「わたくしもそう思っていたので悲しいのです。餓鬼道に堕ちています。耐えられない苦しみを受けています。その様子をお見せしようと思って参りました」と答え、縁のへりから庭にいざり出た途端、大量の布施布が空からは降り、地面からは湧き出てきて、観智の身を埋め尽くし、そこから炎が出て布について焼けた。全てが焼け終わり、灰の中で、観智は消し燠《おき》のように見えた。しばらくして、やっとまた人の姿になり「一日三度、このような苦を受けているのです」と言って、泣きながら帰って行った。

評　例えば頼瑜の『薄草子《うすぞうし》口決《くけつ》』に「西方は西方にあらず、わが心すなはち西方なり」の句は見えるが、「達摩和尚の文」は出典未詳。どこまでがその句かは、仮にみなした。観智は説法も人柄もすぐれていたが、説法で布施をもらう生業が、布施目当ての「邪命説法」(『沙石集《しやせきしゆう》』六―一二)とされ、後世でその罪を償っている。死者が半裸でいるのは、苦患を受けている象徴。生前の仏事にまつわる罪を見せつけられるといえば、『宇治拾遺物語』一〇二の藤原敏行《としゆき》は、あの世への道中、汚れた心身で写経した墨の色の黒い大河を見ている。

七九　澄憲、祈雨の勧賞の事

高倉院(1)の御宇《ぎよう》、承安《じようあん》四年、最勝講御八講に権少僧都澄憲(2)、講師《こうじ》を勤仕す。第二日の夕座《ゆうざ》に当たり、演説玉を吐く。近日天下大旱魃《かんばつ》、民戸農業を忘れ、衆流すでに竭《つ》きる間、ことにこの事を啓白す。その詞にいはく「諸天善神に祈り申すべき事ありていふ」。この言の後、如法、富楼那《ふるな》(3)の弁舌も何ならず。満座膺賞《ようしよう》し、すでに驚き聞く。しかる間に天気靉靆《あいたい》し陰雲四起し、たちまちに甘雨を降らすこと、車軸のごとし。その詞、すでに天竜の聴きに達するか。仏法の霊威、末代といへども奇特と謂ふべし、と云々。

　翌日結願の日、摂政〔松殿《まつどの》〕(4)、事の由《よし》を奏聞し、勧賞を行はる。その由風聞により、覚長(5)僧都の門弟ら「当座の超越、恥辱たるべし。出仕すべからざる」由《よし》、頻《しき》りに以て諷諫す。しかるに承引せず、座に着す。すでに勧賞を仰せられ、奉行の職事《しきじ》、蔵人《くろうど》右少弁左衛門権佐光雅《みつまさ》(6)、これを仰す。綱所《こうしよ》の惣在庁覚俊(7)、仰せていはく「権大僧都澄憲の従僧、草座《そうざ》を直すべし」と云々。従僧参上し、上敷《うわしき》を覚長僧都の上に引く。居下りてこれに居る。緇《し》素《そ》目を驚かし、光花身に余る。後に聞く、覚長示していはく「今日の出仕、面目を失ふべしといへども、稽古により名を揚ぐる事、後昆《こうこん》を勧めんがためなり」と云々。これを憐れむべし。

　件《くだん》の表白《ひようびやく》、召しによりこれを注進す。人毎《ごと》にこれを捧げ、握翫せざるなし、と云々。

（1）高倉院　在位一一六八〜八〇。後白河皇子。（2）澄憲　一一二六〜一二〇三。藤原通憲《みちのり》（信西入道《しんぜいにゅうどう》）の子。珍兼の弟子。比叡山東塔竹林院の里房安居院《あぐい》に住した。平治元年（一一五九）、平治の乱で下野国に配流され、後に帰京。子の聖覚と共に唱導に秀で、安居院流の祖。（3）富楼那　仏十大弟子の一人。説法第一と称された。（4）松殿　藤原基房《もとふさ》（一一四五〜一二三〇）。忠通の子。当時従一位関白。（5）覚長　一一一〇〜？。興福寺の僧。藤原宗兼《むねかね》の子。第二日朝座《あさざ》の講師。この年八月、権大僧都。一〇月一七日に関白基房が請じた「能説《のうぜつ》五人」の一人（『玉葉』）。（6）光雅　一一四九〜一二〇〇。藤原光頼《みつより》の子。後白河の信任篤く、検非違使別当《しべっとう》、権中納言に至る。（7）覚俊　？〜一一七八。詳伝未詳。園城寺の僧。少なくとも仁安三年（一一六八）一二月までは惣在庁（長官不在時に僧綱所で寺務を取り扱った留守居役の長）。各種法会《ほうえ》で活躍し、治承二年五月二日没（『山槐記』他）。

訳　高倉天皇の時代、承安四年（一一七四）、宮中での最勝講御八講に、権少僧都澄憲が講師を勤めた。第二日目（五月二五日）の夕座で、見事な説法をした。その頃、国中旱魃で、人々は農業を行えず、多くの川が干上がっていたので、特にその事を啓白に盛り込んだ。「諸天善神に祈り申し上げたいことがあります」。この言葉からはじまり、教法に従った見事な弁舌は、説法第一の釈迦の弟子富楼那の弁舌も何のその、満座感心驚嘆しながら聞き入った。その間、天には雲が覆い暗雲が四方に広がり、早速恵みの雨が降ること地面に刺さるようだった。澄憲の言葉が天の竜神に聞こえたのだろうか。仏法の奇跡は、末代であってもこのように顕著なのだった。

翌日（関白〔基房公〕は、この間の経緯を奏上し、三日後の）結願の日、勧賞を行った。その情報が伝わって来たので、（澄憲の上席にあたる）覚長僧都の門弟たちは「満座の前で澄憲に超えられるのは恥となることです。今日は出仕なさるべきでありません」としきりに覚長を諫めたが、覚長は聞き入れず、出席着座した。勧賞が宣言され、担当の蔵人、右少弁左衛門権佐藤原光雅が、その人事を発表した。僧綱所の惣在庁の覚俊が「権大僧都澄憲の弟子の僧よ、座席を直しなさい」と申し付けた。弟子の僧が近付いて、澄憲の座を覚長僧都の上座に置き直した。澄憲はもとの座を離れ、上座に座り直した。この光景に、出家も在家も感嘆し、澄憲は光栄なこと身に余る様子だった。後で聞くところによれば、覚長は「今日出仕すると、面目を失うことは分かっていたが、修行により名前を挙げる場を公開することで、後進たちを励まそうと思ったのだ」と言った。その思いを多とすべきである。

澄憲の表白は、お召しがあって、あらためて文章に書いて提出した。人々はそれを写し、皆が味読感嘆した。

評　この時の表白は澄憲の説法の中でも代表的なもの。一連の出来事は『玉葉』に詳しく、『源平盛衰記』三にも名場面として描かれる。

八〇　澄憲、論義の故実を存ずる事

松殿(1)の御舎利講に、澄憲法印(2)、論義を勤仕《きんじ》し、退出の後、殿下仰せられていはく「平座《ひらざ》の論義の作法、澄憲故実を存す。高座《こうざ》の時には、かはる事なり。舞も舞台の時と庭立《にわだち》の時とは、かはりたる所あるなり」。

（1）松殿　藤原基房。前話参照。有職故実に非常に詳しかった。（2）澄憲　前話参照。任法印は、寿永二年（一一八三）七月一日。

訳　松殿摂政基房公の舎利講（仏舎利を供養する法会）で、澄憲法印が論義を担当し、退出した後、基房公は、「平敷《ひらしき》で行う論義の作法について、澄憲はよく故実を知っている。高座で行う時と異なるのだ。舞も、舞台で行うのと庭に下り立って行うのとで違うのと同じことだ」とおっしゃった。

評　説法の故実を集めた『法則集』でも、「高座の儀式は法会と称し、平座は仏事という」と説明されている。澄憲は、華麗な表白《ひょうびゃく》を書き、それを説法として見事に演じるだけでなく、作法の心得も深い、と故実に詳しい基房が感心した話。

八一　智海、癩人と法談の事

智海(1)法印、有職《うしき》の時、清水寺に詣で、深更の時、帰路せしむ。橋上に「唯円教意、逆即是順、自余三教、逆順定故」といふ文を誦する音あり。「貴き事かな。いかなる人の誦するならん」と思ひて、近寄りてこれを見れば、白癩《びやくらい》の人なり。傍に居て、法文の事をいふに、智海ほとんどいひまはされにけり。「南北二京にも、これ程の学生《がくしよう》はあらじ物を」と思ひて、「いづこにあるぞ」と問ひければ、「この坂に候ふなり」といひけり。後日、度々尋ねけれど、尋ね遇はず止《や》みをはんぬ。もし化人《けにん》か。

(1) 智海　一一〇四〜一一九二?。比叡山の僧。澄豪の弟子、明禅の師。林泉房法印。毘沙

門堂流の祖とされる。寿永二年（一一八三）法眼、文治元年（一一八五）少僧都。

訳　智海法印が、まだ有識（已《い》講《こう》・内供《ないぐ》・阿闍梨）だった時、清水寺に詣で、夜中にお帰りになった。清水橋（昔の五条橋）の上で、「唯円教意…」（ただ円教――究極の教え、すなわち『法華経』の教えに於いては、順縁すなはち逆縁――正当な事柄と悪しき仏縁は同じだが、他の三教――三蔵・通・別教――では、両者は別のものだ）との『法華《ほっけ》文句《もんぐ》記《き》』釈提婆達多《しゃくだいばだった》品《ほん》の有名な句を唱える声がした。「尊いことだ。どんな人が唱えているのだろう」と思って、近寄ってみると、皮膚が白くなる皮膚病の人だった。そばに座り、法文の事を語ると、ほとんど智海が、言葉巧みに論破されるありさまで、「奈良と京都に、これほどの大学者はいるまいものを」と感嘆し、「どこに住んでいるのか」と聞くと「清水坂におります」と言った。後日、何度も捜しに行ったが、ついぞ再会することなく、それきりになった。もしかすると、神仏が姿形を変えて現れたのかも知れない。

評　神仏は社会的弱者の姿を借りて、視察に来たり、教導したりすることがある。本話の場合、それは難病の人である。智海のもとに現れたのは、思わぬところに実力者が隠れていることを知らせるための、清水の観音からの戒め――下さりものだったのかも知れない。

八二　良宴、念仏を唱へず臨終の事

大納言法印良宴、(1)建暦《けんりやく》二年九月、雲居寺《うんごじ》の房に於いて入滅〔春秋八十六なり〕の時、最後に弟子ら念仏を勧めければ、法印、いきのしたにいはく「年来、瑜伽《ゆが》上乗の教へを翫《もてあそ》ぶ。すでに九旬に及びをはんぬ。今、臨終の時、何ぞその志を変へんや。観念の乱るるに、しばらくも、なのたまひあひそ」とて、西方に向き、手に定印《じょういん》を結び、居ながら命終す、と云々。

(1) 良宴　一一三〇?～一二一二。権大納言藤原仲実の孫、季輔《すえすけ》の子。延暦寺の僧。尋応・家寛の弟子。本名良観。法印・権大僧都。多くの付法の弟子がおり、藤原俊成《しゅんぜい》の子静快もその一人で、俊成女健御前《けんごぜん》の出家の戒師も務めた（『天台血脈《てんだいけちみゃく》』他）。

訳　大納言法印良宴が、建暦二年（一二一二）九月に、雲居寺の房で亡くなった〔八十六歳である〕時、最後に弟子たちが念仏を勧めると、法印は弱った声ながら「長年、瑜伽の観念が最高だとの教理に従い、九十になんなんとするまで生きてきた。今、臨終に当たって、その志を変えるつもりはない。観念が乱れるから、しばらくの間、何もおっしゃらないでほしい」と言い、西に向かい、手には（阿弥陀の）定印（禅定《ぜんじよう》状態に入ったことを示す印）を結び、端座して息を引き取った。

評　良宴が亡くなった建暦二年は、『古事談』の中でもっとも新しい年号。雲居寺は、説法の名手で歌人として知られる瞻西《せんさい》が住し、阿弥陀念仏を推奨、天治元年（一一二四）には金色の八丈阿弥陀如来像を建立《こんりゆう》した。密教僧として多くの弟子に付法・指導して来た良宴は、臨終にも観念こそ最要だとの姿勢を貫きたいと、その雲居寺で周囲に語り、念仏を唱えることなく終わりをとったのである。三―六五話の永観を連想させる。

八三　勧修寺の八講の捧げ物の牛車の事

宗頼《むねより》卿（1）、家の長者たる時、勧修寺《かんじゆじ》の八講の捧げ物に牛車を引く、と云々《うんぬん》。しかるに成宝（2）僧都分の車、厳親別当入道（3）、三ヶ度まで乞ひけれど、遂に惜しみて献ぜず。よつて禅門忿《ふん》怨《えん》して、放言に及ぶ、と云々。この事を台蓮房〔成頼《なりより》卿入道（4）〕、高野に於いてこれを聞き、一首を詠ぜらる。

椎《しい》の輪はつみはじめける車かな乞ふもをしむもうしとこそきけ〔椎輪《ついりん》は大輅《たいろ》の初《はじめ》と云々。」

（1）宗頼　一一五四〜一二〇三。藤原光頼《みつより》の子。叔父成頼の猶子。正二位、権大納言に至る。藤原兼実《かねざね》の家司《けいし》。卿二位藤原兼子の夫。勧修寺《かじゅうじ》（一門は「かじゅうじ」、その中心となる寺は「かんじゅじ」と訓んでおく）長者。（2）成宝　一一五九〜一二二七。宗頼の叔父惟方《これかた》の子。建久七年（一一九六）権少僧都、正治二年（一二〇〇）権大僧都。勧修寺長吏《ちょうり》。東寺長者・東大寺別当などを歴任。大僧正。（3）別当入道　藤原惟方《これかた》（一一二五〜?）。顕頼《あきより》の子。勧修寺長者。二条天皇の乳母子で、側近として敏腕を振るったが、後白河院不敬事件のため永暦元年（一一六〇）に長門国に配流、出家。仁安元年（一一六六）召還。歌集に『粟田口別当入道集《あわたぐちべつとうにゅうどうしゅう》』。（4）成頼　藤原成頼（一一三六〜一二〇二）。顕頼の子。後白河院の近臣。妻大弐三位藤原成子（邦綱《くにつな》女）は六条天皇の乳母。勧修寺長者。頭弁、周防守などを歴任。参議、正三位に至る。承安四年（一一七四）出家。高野宰相入道と号する。『平家物語』五で源雅頼《まさより》の青侍の夢を政権交代の予兆と夢解きし、延慶本《えんきょうぼん》『平家物語』七では平氏の滅亡を預言する人物。『新勅撰集』に一首入集。

訳　藤原宗頼卿が、勧修寺長者だった時、勧修寺で、（勧修寺流の祖、高藤《たかふじ》の子定方《さだかた》の忌日八月四日に、勧修寺家長主催で行った恒例の）法華八講の布施に、牛車をさしあげた。（宗頼にとっては従兄弟に当たる）成宝僧都にさしあげた牛車を、成宝の父入道惟方は、三回も欲しいと言ったが、成宝は惜しんでさしあげなかった。それで惟方入道は怒りの余り暴言を吐くに到った。それを聞いた惟方の同母弟台蓮房（成頼卿入道）は、高野でこの話を聞き、一首の歌を詠まれた。

椎の輪は……（古代の粗末な車椎輪《ついりん》は大輅、すなわち王の乗り物の源だ、と『文選《もんぜん》』の序にあるが、粗末な車は罪を積み重ねる源ですね。欲しがる方も惜しがる方も、牛ならぬ憂し——心憂いこと、と聞いています）〔「椎輪は大輅の初め」を下敷きにした歌とのことだ。〕

評　臣節の冒頭二一話を髣髴とさせるような牛車をめぐる逸話。前話とは一転、出家者同士とは思えぬ親子のやりとりを、『平家物語』でも時局を見据える人として登場する成頼が、得意の和歌で揶揄している。

八四　忠快、北条時政の孫娘を加持する事

関東北条(1)の孫の小女〔十二歳〕、にはかに絶入したりければ、しかるべき験者《げんざ》などもなくて、折節、忠快(2)僧都の鎌倉を経廻る時なりければ、請ひていのらせむとしけるに、小女に天狗付きて、種々の事等いひければ、忠快いはく「これは験者などにて加持し奉るべき儀にあらず。やむごとなき人、一念の妄心によりあらぬ道に堕し給ふ事、不便《ふびん》なれば、経を誦《よ》みてきかせ奉りて、菩提《ぼだい》をも祈り奉らんとするなり。さるにても誰にておはしますや」といひければ、「はづかしければ、詞にてはえ申しいでじ。書きて申さむ」といひければ、硯《すずり》紙などとらせたりければ、はかばかしく仮名などだに、いまだ書かざる小女、「権少僧都良実(3)」と書きたりければ、「周防僧都御房《ごぼう》のおはするにこそ侍るなれ」とて、物語などしけり。「全く害心も侍らず。ここを罷《まか》り通る事侍りつるに、縁《えん》に立ちて候ひつるに、きと目を見入れて候ひつるなり。今は退き還り候ひてん」とて退散す。小女、無為《ぶい》と云々。

（1）関東北条　傍注「時政」。北条時政《ときまさ》（一一三八～一二一五）は時方の子。鎌倉幕府初代執権。北条政子・義時らの父。孫娘は未詳。（2）忠快　一一五九～一二二七。平教盛《のりもり》の子、清盛の甥。覚快法親王に入室。壇ノ浦で生け捕りとなり、伊豆に配流されるが帰京。台密《たいみつ》小川流

の祖。源実朝《さねとも》の帰依《きえ》を受けて度々関東に下り、修法を行った。建仁三年（一二〇三）、権少僧都。楞厳院《りようごんいん》検校、法印、権大僧都に至る。（3）良実　一〇八九～一一三一。藤原孝清《たかきよ》の子、祖父良綱《よしつな》の猶子。祖父・父共に周防守。広隆寺別当、崇徳護持僧。権律師・権少僧都の拝賀が華美で人々を驚かせた（『中右記』他）。

訳　関東の北条時政の孫娘（十二歳）が、急に息絶えた。ふさわしい験者なども周囲におらず、ちょうど、忠快僧都が鎌倉を回っていた時分だったので、頼んで祈らせようとしたところ、孫娘に天狗がついて、様々のことを言うので、忠快が「これは験者などが加持申し上げる性質の事ではない。尊い方が、何かを思い詰めたことが原因で、魔道に堕ちてしまわれたのがお気の毒なので、経を読み聞かせ申し上げ、あなたの菩提をも祈り申し上げようとしています。それにしてもどなたでいらっしゃるのでしょう」と言うと、「恥ずかしいので、言葉に出してはとても申し出られない。書いて申し上げよう」というので、硯紙等を持たせると、まだまともに仮名も書けない少女が「権少僧都良実」と書いたので、「周防僧都様がいらっしゃるのでしたか」と言って、忠快は霊と物語などした。「全く、危害を与えようなどと思っていません。ここを通りましたところ、娘が縁に立っていましたので、ちょっと目線を合わせただけなのです。もう帰ることにします」と言って霊は退散した。孫娘は回復したという。

評　建暦《けんりやく》から嘉禄《かろく》にかけて（一二一三〜一二二六年頃）、鎌倉で忠快がしばしば修法を行った様子は、『吾妻鏡《あずまかがみ》』に見える。物の怪《け》の類に目線を合わせられ、具合が悪くなる話は三一五六話にも見られた。

八五　丹後普甲寺の住僧、大般若経虚読の事

丹後国普甲《ふこう》といふ山寺の住僧、『大般若《だいはんにや》』の虚読《そらよみ》を好みて業とす。すでに年序を経《へ》をはんぬ。ある時、手に経巻を披《ひら》き、虚読の間に、後頭をつよく殴らるとおぼゆるほどに、両眼抜けて経巻の面《おもて》に付く、と云々。件《くだん》の眼ひつきたる経は、今にかの寺にあり、と云々。

訳　（現京都市北部普光山一帯にあった）普甲寺という山寺の住僧は、『大般若経』の諳誦が好きでなりわいにしていた。相当の年数を重ねていた。ある時、手に経巻を開いて、いつものように諳誦していると、後頭部を強く殴られた、と思った瞬間、両目が抜けて、経巻の表面についてしまった。その目のふっついた経は、今でもその寺にあるという。

評　普甲寺は、「梟鴨《ふかふ》」（『沙石集』一〇本九）とも記し、延喜《えんぎ》年中（九〇一～九二三）の建立、普賢菩薩《ふげんぼさつ》を祀り、美世上人《しょうにん》が本願であった（『伊呂波字類抄《いろはじるいしょう》』他）。「そらよみ」は「いたかの経《きょう》のやうに空よみ」（『七十一番職人歌合《しちじゅういちばんしょくにんうたあわせ》』）のごとく、中身を学ぶ気持ちはなく、ただ暗記して読経《どきょう》する様を言い、「文字の法師」（学問だけの僧）に対する「暗証の禅師」（実践だけの僧。『徒然草《つれづれぐさ》』一九三）に相当する。目が抜けて経にくっついてしまったのは、どうせ目はいらないのだろうの意とも、目玉をむいてよく見なさいの意ともとれる奇譚である。

八六　五壇法の金剛夜叉の事

ある人いはく「『五壇法の中、金剛夜叉《こんごうやしゃ》は、年少の者用ゐるべからず』と云々。本文にいはく『四十未満の者、この法を修すべからず。もしこれを修すれば、自《みずか》らを損じ他を損ず』と云々」。

訳　ある人が言うには「『（五大明王（不動・降三世《ごうさんぜ》・軍荼利《ぐんだり》・大威徳・金剛夜叉もしくは烏《う》

枢沙摩《すさま》）それぞれの壇を設け、同時に行い、調伏《ちょうぶく》・安産などを祈る）五壇法の修法で、金剛夜叉は、年少の者に担当させてはいけない』とのことで、典拠となる資料には『四十歳未満の者は、この修法を行ってはならない。もし行おうとすると、自らを害し、周りの者をも傷つける』とある」。

評　守覚法親王の『左記《さき》』には「五壇法の金剛夜叉については故実があるので、臈次《らつし》を乱してでも、しかるべき法流の、修法に詳しい阿闍梨《あじやり》を選んで担当させねばならない」とあり、『覚禅鈔』金剛夜叉の項には「行者《ぎようじや》が修法を習う時には、慎んで悪心を起こしてはならない。自分も他人も傷つけてしまう。……四十歳未満の者も自他を傷つけてしまう」とある。前話は、そらよみの、本話は五壇法の金剛夜叉担当の、危険性について語る。

八七　寛忠、孔雀経法を修する事

仁和寺《にんなじ》の人いはく「請雨経法《しょううきょうほう》は醍醐なり。孔雀経は仁和寺の人、修すべきなり」。石山僧都(1)いはく「村上(2)の御時、孔雀経法を修せらるる間、鳥入りて御明《みあかし》を啄《ついば》み、檜皮《ひわだ》の間に差し入る。よつて内裏《だいり》焼亡《じょうもう》す、と云々。内裏焼亡の初度なり。故《ゆえ》に件《くだん》の法を停止せらる。後日、寛忠(3)僧都、この法を修するを請ふ。帝、先年の事により、これを許容せられず。僧都、重ねて奏していはく『もし遮碍《しゃがい》あらば、永く停止《ちょうじ》せらるべし』てへり。よつて勤仕する間、勝利掲焉《けちえん》なり。これより以来、聯綿《れんめん》して絶えず。件の寛忠僧都は醍醐の人なり。いはんや仁和寺をや」。

（1）石山僧都　石山僧都と称される僧のうち、真紹（七九五〜八七三。禅林寺を建立）は時代的に早く、花《か》山《ざん》皇子深観（一〇〇三〜一〇五〇。深覚の弟子。東大寺別当・東寺長者などを歴任）、花山の孫良深（一〇二五〜一〇七七。昭登《あきなり》親王の子。深覚・深観らの弟子。東寺長者などを歴任）らが知られるが、永承二年（一〇四七）、東寺で孔雀経法を行った経歴のある深観が適当か。（2）村上　在位九四六〜九六七。（3）寛忠　九〇六〜九七七。宇多《うだ》の孫、敦固《あつかた》親王の子。広沢流《ひろさわりゅう》の寛空、小野流《おのりゅう》の淳祐《しゅんにゅう》より受法。東寺長者、少僧都。池上僧都と呼ばれ、孔雀経法にすぐれた。

訳　仁和寺の人の言うには「請雨経法は醍醐寺（小野流の拠点）が伝えて来た修法だ。孔雀経法は仁和寺（広沢流の拠点）の人が修すべき法だ」とのことで、石山僧都は次のように語った。「村上天皇の時代に、孔雀経法をおさせになったところ、鳥が入ってきて御燈をついばみ、檜皮の間にいれ、内裏焼亡があった。これが（平安遷都後）内裏焼亡の初例だった。それで、孔雀経法を停止なさった。後日、寛忠僧都が、孔雀経法を行いたいと申請したが、村上天皇は先年のことがあって、お許しにならなかった。僧都は重ねて『もし問題が起きたなら、永久に禁じて下さい』とまでおっしゃって奉仕なさったところ、すぐれた効果が顕著にもたらされた。それ以来、今日に到るまで伝統が連綿と続いている。寛忠僧都は（広沢流の寛空の弟子でもあるが、小野流の淳祐の弟子で）、醍醐寺の流れの人だ。まして（孔雀経法の本家である広沢流の）仁和寺の人が修したなら、その効果は言うまでもない」。

評　『貞信公記《ていしんこうき》』などにも、神泉苑で請雨経法、宮中真言院で孔雀経法を行って降雨を祈った様が記されている。例えば仁和寺の守覚法親王の『追記』に「孔雀経法は広沢流の大秘法で、小野流は孔雀経法を行うことがないではないが、朝廷からの要請に応ずるのは、昔から今に至るまで広沢流ばかりである。一方請雨経法は小野流の有する大法で、広沢流が修すべきでない」とあり、本話冒頭の「仁和寺の人」と同じ見解である。石山僧都の語る逸話の同類話は未見。平安京遷都後、初めての内裏火災は村上天皇の天徳四年（九六〇）九月二三日（一―一三話参照）。なお、寛忠は孔雀経法に優れていたが、天徳四年五月から一〇月にかけて複数回孔雀経法を修したのは、師の寛空（八八四〜九七二。宇多法皇の弟子。蓮台僧正・香隆寺僧正）である（『東寺長者補任《とうじちょうじゃぶにん》』）。

八八　聖宝、初めて賀茂祭に大路を渡る事

加茂祭に聖人《しょうにん》渡る事は、聖宝僧正《そうじょう》(1)渡り始めけり。その後、増賀上人(2)渡らる、と云々。

（1）聖宝　八三二〜九〇九。醍醐寺開山・東大寺東南院創建・小野流の祖。真雅の弟子。

（2）増賀　僧賀とも。九一七〜一〇〇三。比叡山で良源の弟子となるが、応和三年（九六三）、多武峰《とうのみね》に隠棲。名聞《みょうもん》を嫌い奇行の逸話が多い。

訳　賀茂祭の行列に上人が渡った初例は聖宝僧正である。その後、僧賀上人が渡られたという。

評　『宇治拾遺物語』一四四によれば、聖宝は上座法師《じょうざ》の慳貪《けんどん》（けち）を治そうと敢えて彼とあらがい、半裸で牝牛《めうし》に乗り、干鮭《からざけ》を太刀に佩《は》いて一条大路を練り歩く。僧賀は師

良源の任大僧正（『私聚百因縁集《しじゆひやくいんねんしゆう》』八―三）の慶び申しの行列に、やはり牝牛に乗り、干鮭を太刀に佩いて加わり、世俗に染まる師を批判した（『発心集《ほつしんしゆう》』一―五他）。本話以降、大寺院に属する僧ではなく、「聖《ひじり》」というべき宗教者たちの説話が語られていく。

八九　仁賀、堕落の噂の事

仁賀(1)上人は増賀(2)の弟子なり。世以て帰依渇仰《かつごう》の上人なり。この事を傷《いた》み、一人の寡婦をあひ語らひ、その宅に寄宿し、妻を儲《もう》くる由《よし》を披露す。これにより諸人惜しみ悲しむ間、「仁賀は偽りて落堕の由を称す。実には片角《かたすみ》にて、よもすがらなき居たるなり」と聞きて、帰依弥《いよいよ》倍す、と云々。なほこの事を思ひ跡を暗くす、と云々。

（1）仁賀　生没年未詳。大和国（『二中歴《にちゆうれき》』では近江国）の人。興福寺の英才だった（『続本朝往生伝』）。（2）増賀　前話参照。

訳　仁賀上人は僧賀の弟子である。世間がこぞって帰依崇拝する上人だった。そのことを嘆いて、一人の寡婦に近づき、その家に住んで、妻を儲けたと世間に広めた。それで、人々が残念がり悲しがりしたが、「仁賀は偽って、破戒僧を称し、実は部屋の片隅で、一晩中泣きながら座っているのだ」と聞いて、人々の帰依はいやまさりした。仁賀はこれを嫌い、とうとう姿をくらましてしまったという。

評　『続本朝往生伝』の類話は、寡婦と通じるなど悪人のふりをして、興福寺僧の役を担当せず、念仏一筋の生活を送ったとし、『宇治拾遺物語』の類話では、僧の名は「仁戒」、より詳しく物語っている。仁賀・仁戒が最終的に恐れていたのは、人々に崇められることで信念が揺らぎかねない、自分自身の心の弱さである。

九〇　僧賀、中堂に千夜通夜の事

増賀(1)上人は、恒平《つねひら》(2)の宰相の息なり。叡岳住山の学侶なり。しかるに千ヶ夜中堂に通夜し礼拝せられて、微音に「付き給へ」と祈り申しけり。これを聞く人、不審を成し、「何事を付くべきや。もし、天狗付くべきか」など、興言《きようげん》しけり。やうやく七、八百夜ばかりに及ぶ間、なほ微音に「道心付き給へ」と申しけり。九百夜ばかりより、高声《こうしよう》に「道心付き給へ」と叫喚す、と云々。これを聞く者、奇しむ間、番論義の時、投餐《とうさん》を投げ棄てけるを、乞食《こつじき》、非人など競ひ取りけるに、この増賀交りてこれを取り、食せらる、と云々。諸人これを惜しみ悲しみけり。

（1）増賀　僧賀。（2）恒平　九二二～九八三。橘敏行《としゆき》の子。正四位下参議に至る。僧賀の父としては年代が矛盾。

訳　僧賀上人は、参議橘恒平の子で、比叡山の学僧だった。しかし、千日間、東塔の根本中堂にお籠もりして礼拝し、小さな声で「おつけ下さい」と祈り申し上げた。これを聞いた人はいぶかしく思い「何をつけてもらうのだろう。もしかして、天狗などをつけてもらおうというのか」と冗談を言った。七、八百夜にもなろうかという頃からは、なおも小さな声で「道心をおつけ下さい」と申し上げ、九百夜頃からは、高らかに「道心をおつけ下さい」と叫んだという。これを聞いて人々は異様に思っていた。番論義の後、饗膳のお下がりを投げ与えるのを、乞食《こつじき》たちが競って受け取るのは当時の恒例だったが、僧賀は彼らに交じって食べ物を拾って召し上がったという。人々はこの行動を残念がり悲しがりした。

評　『発心集』一―五に同話。揚狂隠実、名利《みようり》を避けるために狂気を装えとは、『摩訶止《まかし》観《かん》』の説くところでもあるが、悪を装って仏教界の公人を引退し、自らの信仰一筋に生きようとする僧賀の行動を、本話の周囲の人々は、ひたすら惜しみ、悲しんでいる。

九一　性空、僧賀に紙を送る事

増賀上人(1)、『止観』を書写せんがため、草紙を願はれけり。書写上人(2)、暗にこれを知り、紙を送らるる消息にいはく、「紙、これを進《まい》らす。これにて『止観』は書かしめ給ふべし」と云々。返事にいはく、「かくのごとく、人の思ふ事を暗に知らしめ給ふ、哀れに候ふ事なり」と云々。

（1）増賀　僧賀（九一七～一〇〇三）。（2）書写上人　性空《しょうくう》（九一〇？～一〇〇七）。橘善《よし》根《ね》の子。比叡山で学び、播磨書写山に円教寺を開創。

訳　僧賀上人が、『摩訶止観』を書写するため、冊子の紙が欲しいと思われた。すると、書写上人性空がそれを感じ取り、紙をお送りになった時の手紙に「紙を進呈する。これで

『止観』をお書き下さい」と書いた。僧賀からは返事に「このように、人が思っていることを暗に読み取られるのは、まったくありがたいことです」と書いた。

評 性空と僧賀は、実際に、同じ法要の同役を勤めるなどしていた間柄（『叡岳要記』上）。『徒然草』六九に、性空は、豆と豆殻《がら》の会話が聞き取れた、とあるように、普通の人の知覚できないことをできる境地の人と思われていた。

九二　空也、松尾明神に逢ふ事

空也上人(1)、雲林院《うりんいん》より、七月ばかり、大宮大路を南に行きけるに、大垣の辺に、常人とも覚えざる俗の、術《ずち》なく寒気を歎く気色にて逢ひたりけるが、奇しかりければ、「何人《なにびと》のおはしまさしめ給ふや。炎天のころ、さしもさむげにおはしまさしめ給ふは」と、問ひ給ひければ、俗いはく「その事に侍り。空也上人とは、御事にて侍るにや。日来《ひごろ》いかでかと思ひ給へつるに、今日うれしく逢ひ奉り候ふ。われをば松尾明神《まつのおみようじん》とぞいはれ侍る。般若の衣は時々着し侍れど、法花《ほつけ》の衣、無下《むげ》に薄くして、妄想顚倒の嵐はげしく、悪業煩悩の霜あつくして、かくのごとくさむく侍るなり。しかるべくは、法花の衣給はらんや」と仰せらるるに、上人、いとたふとくおぼして「さ承り候ひをはんぬ。御社へ詣でて法施をたてまつらむ」と。「いと忝《かたじけな》く侍れど、これこそこの四十余年、法花経《ほけきよう》よみしめて侍る衣よ」とて、下に着られたりける帷《かたびら》の、垢《あか》付ききたなげなりける、脱ぎて奉られければ、悦びながら衣給はりて、やがて着給ひて、気色もたちまちに直りて、「法花の衣を着侍りつるより、悪業の霜きえ、煩悩の嵐も吹き止みて、いといとあたたかに成り候ひにたり。仏になり給はむまでは護るべし」とて、上人を礼《らい》して去り給ひにけり。

（1）空也　九〇三〜九七二。出自未詳。諸国を歴遊し尾張国国分寺で出家。口称念仏《くしようねんぶつ》（踊り念仏）を弘め、阿弥陀聖・市聖《いちのひじり》とも称された。延暦寺延昌の弟子で光勝の戒名を得たが、沙弥《しやみ》名の空也を用いた。東山に西光寺（後の六波羅蜜寺）を建立《こんりゆう》し、同寺で没。

訳　空也上人が、雲林院から、七月頃、大宮大路を南に行くと、大内裏を囲む築地塀の東側あたりに、普通の人とも思えない俗人が、ひどく寒気がするのを嘆く様子でいるのに出会った。いぶかしく思って「どなたでいらっしゃいますか。炎天下に、そのように寒そうでいらっしゃるのは」とお尋ねになると、俗人は「そのことでございます。空也上人とは、あなたのことでしょうか。常日頃、きっとお目に掛かりたいと思っておりましたが、今日、嬉しくもお目に掛かることができました。わたくしは松尾明神と呼ばれております。『大般若経』の衣は時々着ます（読みかけてもらいます）が、『法華経』の衣はひどく薄く（読経《どきよう》が足りず、読経で力を増してもらわないと仏教の悟りを得られない神の身であるわたくしには）誤った考えの嵐が吹き荒れ、悪業の霜が厚く下りて、このように寒いのです。ですから、『法華経』の衣を頂けませんか」とおっしゃったところ、空也上人は、たいそう尊いことだと思われ「かしこまりました。松尾神社に参って読経いたしましょう。大変恐縮ですが、これは、この四十年間、読んだ法華経が染み込んだ衣です」と言って、下に着ていた下着の、垢がついて汚なそうなのを脱いでさしあげたので、松尾明神は喜びながら衣を頂き、そのままお召しになり、様子もすぐに元気そうになり「『法華経』の衣を着ましたので、悪業の霜が解け、煩悩の嵐も吹き止んで、とてもとても暖かくなりました。あなたが仏におなりになる日まで、きっとお守りしましょう」と言って、上人を拝んで去っていかれた。

評　『百座法談聞書抄《ひやくざほうだんききがきしよう》』三月八日や『発心集』七―二に同話。紫野《むらさきの》の雲林院は天台宗の寺で、『法華経』の講説を行う菩提講でも有名。桂川右岸の松尾神社は二十二社（平安時代中期から中世にかけて、朝廷から特別の尊崇を受けた神社）の一つ。六波羅蜜寺内の鎮守社にも祀られた（『雍州府志《ようしゅうふし》』四他）。

九三　師氏、空也の引導にて極楽に生まるる事

師氏《もろうじ》(1)大納言、病席に臥す後、つらつら生涯を顧るに、一善を貯へず、思ひながら空しく馳せ過ぎをはんぬ。今に於いて後悔無益《むやく》なるべしとて、慮《おもんぱかり》を廻らし、名籍《みょうせき》を書き、空也(2)上人に奉られていはく、「奉公隙《ひま》なきにより、いまだ一善を修せざる間、すでに病患を受け、死路時を待つがごとし。地獄の業報、またこれを脱《のが》るべき方なし。願はくは、上人助成を加へ、必ず哀愍《あいみん》を垂れ給へ」と云々《うんぬん》。上人この状を披《ひら》き、「こはいかに。こはき事をも示さるる物かな。さるにても閻王《えんおう》に申し試むべし」とて、消息を書きて、立文《たてぶみ》にして、「薨逝《こうせい》し給はば、葬送の時、この状を棺《ひつぎ》の上に置きて葬すべし。もし裁せらるれば、この状焼くべからず。裁せられずは、この状定めて焼失せんか」とて、これを遣はしけり。亜《あ》相《しょう》、すでに天禄《てんろく》元年七月十四日、薨逝す〔春秋五十〕。よつて、かの命に任せ、葬りをはんぬ。後朝、灰の中を見るに、この立文、いささかも焼けず焦げず、これあり。ここに上人の引導により、悪趣を脱《のが》れて、浄刹《じょうせつ》に生まる、と云々。

（1）師氏　藤原師氏（九一三〜九七〇）。忠平《ただひら》の子。正三位大納言に至るが、同母兄弟師輔《もろすけ》・師尹《もろただ》らに比べ不遇だった。桃園《ももぞの》・枇杷《びわ》大納言と号する。家集に『海人手古良集《あまのてこらしゅう》』。（2）空也　前話参照。

訳　師氏大納言が病床に臥した後、よくよく一生を振り返ってみると、仏教的な善行は一つとして積まず、何とかせねばとは思いながら、ただ慌ただしく時を過ごして来てしまった。今さら後悔しても仕方ない、と思い、考えた上で、自らの氏名を書いた臣従の証《あかし》の札を書き、空也上人にさしあげて「宮仕えで時間がなく、まだ善行の一つも積んでいないのに、病気になり、死は時間の問題です。地獄で報いを受けること、逃れようもありません。どうか上人、お助け下さり、哀れんで下さい」と申し上げた。空也上人は、この手紙を開くと「何ということ。ままならないことを言ってよこされた。しかし、閻魔王に試しに申し上げてみよう」と、手紙を書き、正式な立文にして「お亡くなりになったら、葬式の時、この手紙を棺の上に置いて野辺送りなさい。裁許されれば、この手紙は焼けないだろう。裁許されなければ、この手紙はきっと焼けてしまうだろう」と言って、届けさせた。大納言は、天禄元年七月一四日に亡くなった〔五十歳〕。それで、空也の指示通りに野辺送りした。翌朝灰の中を見ると、例の立文は、全く焼けることも焦げることさえもなく、そのままあった。それで、空也上人の導きで、悪道に堕ちることなく、往生できた（と分かったとのことだ）。

評 『空也誄《るい》』に類話。前話で神から頼られた空也は、本話で閻魔王に手紙を書いて、願いを聞き届けられる。師氏の没年は諸書で一致せず、五十歳の根拠は不明。

九四 空也・和泉式部の和歌の事

空也上人(1)いはく、
極楽はなほき人こそまゐるなれまがれる事を永く留めよ

和泉式部(2)
ひじりだに心にいれてみちびかばまがるまがるも参り付きなむ

（1）空也 前々話参照。（2）和泉式部 九七七頃～一〇三六頃。同時代人から、恋多き女性として認識されていたことが、『紫式部日記』などから知られる。家集に『和泉式部集』・『和泉式部続集』。

訳　空也上人が

極楽は……（極楽はまっすぐな人が参るところだ。曲がったことはしてはならない）

と詠んだのに対して、和泉式部は

ひじりだに……（お上人が気持ちを込めて導いて下さるなら、曲がりながらも到りつけるでしょう）

と返した。

評　両歌共、典拠未詳。和泉式部が性空に贈った「くらきよりくらき道にぞ入りぬべきはるかにてらせ山のはの月」（『拾遺集』哀傷）は、「ひじりだに」と似た趣きだが、実際には、和泉式部が生まれたと考えられる頃、空也は既に亡くなっている。

九五　性空、生身の普賢を見る事

書写上人《しょうにん》(1)、生身《しょうじん》の普賢《ふげん》を見奉るべき由《よし》、祈請し給ふ。夢告ありていはく、「生身の普賢を見奉らんと欲さば、神崎の遊女の長者を見るべし」と云々。よつて悦びながら神崎に行き向かふ。長者の家をあひ尋ぬる処《ところ》、ただ今、京より上日《じょうにち》の輩《やから》、群来し、遊宴乱舞の間なり。長者、横座《よこざ》に居て鼓を執り、拍子の上の句を弾ず。その詞にいはく、

周防《すおう》むろつみの中なるみたらひに風はふかねどもささらなみたつ

と云々。その時、聖人《しょうにん》奇異の思ひを成し、眠りて合掌する時、件《くだん》の長者、普賢の貌《かたち》を応現し、六牙《ろくげ》の白象《びゃくぞう》に乗り、眉間《みけん》の光を出し、道俗の人を照らし、微妙《みみょう》の音声《おんじょう》を以て、説きていはく、

実相無漏《むろ》の大海に五塵六欲の風は吹かねども随縁真如《ずいえんしんにょ》の波たたぬときなし

と云々。その時聖人、信仰恭敬して、感涙を拭ふ。目を開く時は、また元のごとく女人の貌となり、周防室積を弾じ給ふ。眼を閉づる時は、また菩薩《ぼさつ》の形を現し、法文を演《の》ぶ。かくのごとく数ヶ度敬礼の後、聖人涕泣しながら退き帰る。時に件の長者、にはかに座を起《た》ち、閑道より聖人のもとに追ひ来て、示していはく「口外に及ぶべからず」といひをはり、すなはち逝去す。時に異香空に満つ、と云々。

長者にはかに頓滅する間、遊宴興を醒ます、と云々。

（1）書写上人　性空《しょうくう》。播磨書写山に入り円教寺を開創。『法華経』持者としての声望が高かった。

訳　書写の上人性空が、生きた普賢菩薩を拝見したいと祈られた。夢で「生きた普賢菩薩を拝見したいなら、神崎（現兵庫県尼崎市付近）の遊女の長者を見るように」とお告げがあった。それで、喜んで神崎に向かった。長者の家を訪ねると、ちょうど京都から下向する連中がたくさんやって来て、宴まっさかりであった。長者は主賓の座にいて鼓をとり、フレーズの上句を演奏した。その歌詞は、

周防むろつみの……（周防灘に面した室積の泊（現山口県光市）の御手洗湾《みたらいわん》（室積湾）には、風が吹かなくてもさざ波が立つ）

という浦ほめの歌だった。その時、性空はおかしいと感じ、目を閉じて合掌すると、例の長者は普賢菩薩の相貌を現し、六本の牙の生えた白象に乗り、眉間から光を出して、出家在家にかかわらず人々を照らし、美しい声で

実相無漏の……（絶対不変の真実の大海に、五境に由来する六欲の風は吹かないが、縁に従って不変の真実が現れる随縁真如の波はいつも寄せている）

と説いていた。その時、性空は、謹み敬って感涙した。目を開くと、また元通りの女人の姿で、周防室積を褒めて唱っていらっしゃる。目を閉じると、また普賢菩薩の姿になり、経文を説いている。このようにしながら何度か拝礼し、性空は泣きながら退席した。する

と例の長者は急に席を立ち、人影のない道を通って性空に追いつき「口外してはならない」と言い終わるや、死んでしまった。その時、えもいわれぬよい薫りが空に広がったという。

長者が急死してしまったので、宴はただ白けて終わった。

評　弘法大師《こうぼうだいし》の容貌を知りたかった成典は、仁海を見るがよいとの夢告を得た（三―七一話）が、本話の性空は神崎の遊女の長者を示される。神崎は江口と並ぶ遊女の里。室積も含め、海路の要衝の地で歓楽街でもあった。「この人、もし行《あゆ》みもしくは立ちて、この経を読誦せば、われはその時、六牙の白象王に乗り、大菩薩とともにその所に詣《まい》りて、自ら身を現わし、供養し守護して、その心を安んじ慰めん」（『法華経』普賢勧発品《ふげんかんほっぽん》）と経文に説かれているような奇跡を、今生《こんじょう》で体験したいとは、例えば『宇治拾遺物語』一六「尼、地蔵見奉る事」の丹後国の老尼も思ったところ。菩薩が急死したのは、性空に正体を示し、この地との縁が尽きたためだろう。

九六　性空、六根清浄を得る事

この聖人(1)は、六根浄を得《う》る人なり。ある時、客人来臨し対面する間、懐中に蚤《のみ》をとりて捻《ひね》りけり。時に聖人いはく、「いかにさは、のみをば捻り殺さむとはし給ふぞ」とて、大きに悲歎し給ひけり。客人恥ぢて退散す、と云々。

（1）この聖人　性空。

訳　この性空上人は、六根清浄（眼・耳・鼻・舌・身・意を通じて認知する物事への執着を絶ち清浄になること）の境地に至っていた。ある時、客人が来て対面している時、蚤を見つけて懐中でひねり潰した。すると上人は、「どうして蚤をひねり殺そうとなさるのだ」とひどく歎かれた。客人は恥ずかしくなって退散した。

評　六根浄を得ると、超人的な目や耳の能力を持つとされ、『徒然草《つれづれぐさ》』六九の性空は、豆と豆殻《がら》の会話を聞き取った。本文が六根浄に言及する以上、客人の所作に気づいて見とがめたのではなく、蚤の声が聞こえたから、と解すべきだろう。

九七　叡桓、普賢に祈り病平癒の事

睿桓《えいかん》公[1]、重病に沈む時、普賢に愁へ申しけり。しかる間、枕がみに大犬の白色なるあり、と見給ひて、みあげ給ひけるほどに、立ちて犬のその毛をひとつかみ取り給ひたりければ、病すなはち平癒しをはんぬ。件《くだん》の毛は宝幢院《ほうどういん》の宝蔵に今にあり、と云々。

（1）睿桓　叡桓。寛和元年（九八五）、比叡山横川《よかわ》飯室谷に安楽院を開いた。長徳二年（九九六）までは存命。

訳　叡桓公が重病になった時、普賢菩薩に愁訴申し上げた。すると、枕上に、大きな犬の白いのがいる、と御覧になり、見上げなさり、立って犬の毛をひとつかみお取りになったところ、病はすっかり直った。その毛は、比叡山西塔《さいとう》宝幢院の宝蔵に、今もあるという。

評　前々話と同じく普賢菩薩の奇跡。叡桓は、母の比丘尼《びくに》釈妙共々『本朝法華験記』にも記される往生人。宝幢院は、恵亮によって、嘉祥年中（八四八〜八五一）に比叡山西塔《さいとう》に建立されたが、叡桓との関係は未詳。普賢菩薩の乗り物である白象ならぬ白犬が、霊力を発揮する説話は、『日本書紀』・『風土記』以下に散見される。

九八　寂照の前身の事

参川入道《みかわのにゆうどう》(1)は、前生《ぜんしよう》に唐の峨眉山《がびさん》に寂照とておはしましけり。師匠と法門の義を論じ、われ勝ちたりと思ひて入滅の後、その執《しゆう》あるにより、往生を遂げず、日本に生まる。入唐せしむる時、一僧ありて、唐帝(2)に申していはく、「峨眉山に寂照といひし僧の影《えい》に、この人、極めてあひ似る」と云々。

（1）参川入道　？～一〇三四。俗名大江定基《さだもと》。斉光《ただみつ》の子。従五位下、三河守・図書頭・蔵人《くろうど》。寂心（慶滋保胤《よししげのやすたね》）を師として出家、法名寂照（昭）。源信や仁海に学ぶ。五台山巡礼を志して長保五年（一〇〇三）に入宋、皇帝から、円通大師の号を贈られる。長元七年、中国杭州で没。

（2）唐帝　当時の皇帝は北宋の真宗《しんそう》。在位九九七～一〇二二。

訳　三河入道寂照は、前世には中国の普賢霊場峨嵋山に、寂照という名でおいでになった。師匠と法文について論義し、自分が勝ったという思いを抱いて亡くなったので、その執着のため往生できず、日本に生まれた。入唐なさった時、一人の僧がいて、皇帝に「峨媚山にいた寂照という僧の肖像画と、この人は非常によく似ている」と申し上げた。

評　前話と、普賢信仰の要素でつながる。

九九　舜見、鹿の体をなす事

大和国に、狩を以て業とする者、舜見上人（1）、常に制止せらるといへども、敢へて承引せず。これにより五月下暗夜《しもつやみ》、件《くだん》の狩者、照射《ともし》に出たりと聞きて、上人、鹿皮をかづきて鹿の体《てい》を作し、野に臥す。ここに猟者、これを見付け、進み寄り、すでに射んと欲する時、その眼、鹿に似ず。よつて奇しみを成し、矢をさしはづして、よくこれを見れば、法師の首《かしら》に似る。驚き奇しみ、問ひていはく「彼は何物ぞや」。答へていはく「舜見なり」と云々。男いはく「こはいかに。すでに射殺し奉らんとして候ひつるなり。なにわざし給ふぞ。あさましき事なり」と云々。上人いはく「獣を殺し給ふ事、さばかり制止申せども、聞き給はず。さりともこの法師を射殺し給ひては、しばらくも止《や》み給ひなむとて、鹿の体をまねびて侍るなり」と云々。その時、狩者、たちまちに発心し、本鳥《もとどり》を切り、法師と成りて上人の弟子となり、道を修す、と云々。

（1）舜見　伝未詳。『宇治拾遺物語』七の同話は大和国「竜門（現奈良県吉野郡吉野町）の聖《ひじり》」とする。

訳　大和国に、狩をして暮らしている者がいて、舜見上人が、いつもやめるように言ったが、聞く耳を持たなかった。それで、五月下旬の深い闇の晩、その猟師が照射に出たと聞き、上人は、鹿皮をかぶって鹿を装い、野原でうつ伏していた。猟師はそれを見つけ、進み近付いて、まさに射ようとした瞬間、眼が鹿と違うと感じ、おかしいと思って、弓から矢を外してよく見ると、法師の頭のように見えてきた。驚いてわけがわからず「あなたは誰」と聞くと、「舜見だ」と答える。猟師が「何事です。もう少しで射殺し申し上げるところでした。一体何をなさっているのです。あきれたことです」と言った。上人は「獣を殺しなさるのを、あれほどお止めしてもお聞きにならない。しかし、もしこのわたくしを射殺しなさったなら、しばらくの間だけでも殺生はおやめになるだろうと思い、鹿のふりをしてここにいたのです」と言った。その時猟師は、即座に仏道心を起こし、髻《もとどり》を切ると法師になり、上人の弟子になって仏道に志したという。

評　照射は、火串《ほぐし》につけた松明の、炎を見る鹿の目が光るのを利用して、鹿の居場所を突き止める猟の仕方。和歌にもよく詠まれる。鹿の皮は、例えば『梁塵秘抄《りょうじんひしょう》』に「聖の好むもの　木の節鹿角《わさづの》鹿の皮…」とあるように、聖の身の回りによくあるものの一つだった。猟師が即座に出家したのは、自分ごときのために舜見が自らを犠牲にしようとしてくれた思いの深さに打たれたからである。

一〇〇　通房、重勤の再誕たる事

通房《みちふさ》(1)大将は、奈良の重勤(2)聖人《しょうにん》の再誕と云々。件《くだん》の上人、菩提院に住す。春日行幸の時、大将の威儀を見、執《しゅう》を起こして生まれ替はる、と云々。大将として春日行幸に供奉《ぐぶ》の後、程なく薨逝《こうせい》す、と云々。十九歳。

（1）通房　一〇二五～四四。藤原頼通《よりみち》の子。長久五年（一〇四四）四月、二十歳で没。正二位権大納言。右大将任官は長久四年一一月。（2）重勤　伝未詳。正暦三年（九九二）菩提院三十講創始の「朝勤上人」（菅家本『諸寺縁起集』）や、菩提院に住み長和二年（一〇一三）三月一八日に稚児《ちご》観音像を感得、往生を遂げた「朝欣上人」（『長谷寺験記』下）と同一人物か。

訳　通房の大将は、奈良の僧重勤上人の再誕である。この上人は、興福寺の別院菩提院に住したが、春日大社への行幸の際、時の大将の晴れ姿を見て執着心が生まれ、再び生まれて来た。大将となり、春日行幸に供奉したが、それから程なく亡くなってしまった。十九歳だった。

評　三―九八話と同じく、僧が執着心から転生した逸話で、前話と大和国の説話で共通する。頼通鍾愛の跡取り息子通房の、晴れ姿が記憶に残る中、若くして亡くなったことから生まれた逸話のようだ。ちなみに通房在世時の春日行幸は、長暦二年（一〇三八）一二月（『一代要記』他）で、当時通房は大将ではなく右中将、十四歳。没年に近い行幸では、長久三年九月の高陽院への駒競《こまくらべ》行幸がある（『栄花物語』他）が、この時通房は近衛の官を帯びていない。

一〇一　良忍、尾張局の志を知る事

大原の良仁聖人(1)は権者《ごんじや》なり。白川院(2)の女房尾張局《おわりのつぼね》(3)〔尾張守高階の為遠《ためとお》(4)の女なり〕壮年の時、『止観』を読まんため、常に歩行《かち》にて、小女一人をあひ具し、大原に入る。ある時、女、まづ来迎院に参向す。上人、例時を読まるる間、しばらく閑所《かんじょ》に居《お》り、心中に思ふ様、「深く学問の志ありといへども、女の身、頻《しき》りに寺に入りて夜宿す、上人のおんため、定めて悪名出来《いでこ》んか。還りて罪業《ざいごう》たるべし。今は参詣すべからず」と思慮の間、例時卒《おわ》りて、上人来ていはく、「ただ今、心中に思はしめ給ふ事あり。学問の退心、さらにあるべからざる儀なり」と云々。

件《くだん》の女房、遂に出家して大原に住し、来迎院の大檀越《だいだんおつ》となる、と云々。

(1) 良仁　後に良忍。融通念仏の祖。一〇七三〜一一三二。尾張国富田領主の子。比叡山で良賀に師事、東塔阿弥陀房に住して天台教学を学ぶ。園城寺《おんじようじ》禅仁から受戒。嘉保元年（一〇九四）、大原別所に隠棲後、永縁らに学び、天台声明《しょうみょう》中興の祖とされる。大原に来迎院と浄蓮華院《こんりゅう》を建立。天治元年（一一二四）、勅命により内裏《だいり》で融通念仏会《ゆうずうねんぶつえ》を開く。往生人。(2) 白川院　一〇五三〜一一二九。(3) 尾張局　一一〇三?〜?。尾張守高階為遠女。母は源経信《つねのぶ》の孫で基綱《もとつな》女。大原の尼と称され、白河院の命で源有仁《ありひと》から琵琶の伝授を受ける（伏見宮本『文《ぶん》机談《きだん》』二）。(4) 為遠　生没年未詳。白河院の寵臣高階為家の子。蔵人、伯耆・尾張・丹後守等を歴任。

訳　大原の良忍上人は神仏の生まれ変わりのようにすぐれた人である。白河院の女房の尾張局〔尾張守高階為遠女である〕が壮年の頃、『摩訶止観《まかしかん》』を読めるようにと、いつも歩いて、付き人の少女一人を連れ、大原に通った。ある時、尾張局は、まず（大原の延暦寺別院）来迎院にお参りした。上人は（天台宗の例時作法で毎夕行う）『阿弥陀経』読誦の最中だったので、尾張局はしばらく、目立たぬところで待ちながら、ふと思ったのだが「わたくしの『止観』を学びたいという志は真剣だが、女の身で、しきりと寺に来ては泊まり込んでいると、上人のために、きっといけない噂が立つだろう。それでは却って罪業になる。これからは通うのをやめねばならない」と考えた。例時作法が済み、良忍がいらっしゃるや「今、心の中で思っていらしたことがある。学問に躊躇するのは、まったくあってはならないことです」と言った。

尾張局は、最後には出家して大原に住み、来迎院の後援者の要《かなめ》になった。

評　良忍が心を見透かしたこと、学問こそ最優先にすべきだと言ったことの両方に、尾張局は打たれたのだろう。音楽の大家《たいか》たちの説話でもある。

一〇二　薬仁、吉田斎宮の臨終に参り会ふ事

薬仁(1)聖人〔本学坊〕、吉田斎宮(2)の御臨終に参会し、「釈迦牟尼仏《しやかむにぶつ》、名毘盧遮那《びるしやな》」と唱へしむ〔『普賢経《ふげんきよう》』の文か。かの文にいはく〕「一切処々、其仏住処、名常寂光」とのたまひて、咲《え》む相を現じ、閉眼せしめ給ふ。時に祗候の女房ら、「多年の御本懐、すでに満足せんか。心安く候ふ」とて、立ち去らんと欲する処、聖人念仏を罷《や》め、慈救呪《じくじゆ》を唱へしむる時、宮、蘇生し、「あらねたや。具し奉りゆかむと思ひつる物を」と仰せられて、また小時念仏を唱へ、眠るがごとく気絶せしめ給ふ。上人いはく、「これこそ実《まこと》の御終焉《しゆうえん》」と云々。

（1）薬仁　伝未詳。『発心集《ほつしんしゆう》』七—五のいう薬忍が本来だと考えられるので、底本「蓮仁」を改めた。薬忍（一一〇八〜六〇）は勝林院永縁の子。良忍の弟子。本覚房。後に縁忍と改名。良忍の跡を継ぎ来迎院二世長老。（2）吉田斎宮　?〜一一六一。鳥羽皇女妍子内親王。伊勢斎宮（一一四二〜五〇）。『今鏡』八に出家の記事があるが、時期など詳細は未詳。

訳　（良忍の弟子）薬忍上人〔本覚房〕は、吉田斎宮の御臨終の時に参会し、「釈迦牟尼仏、名毘盧遮那」とお称えになった。〔『仏説観普賢菩薩行法経《ぶつせつかんふげんぼさつぎようぼうきよう》』の一節か。その経文に〕「一切処々、其仏住処、名常寂光」とある続きの部分を、斎宮は唱えられ、ほほえんで眠

を閉じられた。側近く仕えていた女房たちが「長年の御本懐を遂げられたのでしょう。安心しました」と言って場を離れようとした時、薬忍上人は念仏をやめ、（魔を払う効果があるとされる）不動明王の真言である慈救呪を唱えられると、宮は息を吹き返し「ああ悔しい。お連れ申そうと思ったのに」とおっしゃり、もう一度短時間念仏を唱え、眠るように息を引き取った。上人は「これこそが本当の御臨終だ」と言った。

評 『普賢経』は『法華経《ほけきょう》』の結びに当たる結経。本話にかかわる部分は「釈迦牟尼名毘盧遮那遍一切処。其仏住処名常寂光」。例えば『栄花物語』一八で尼が「釈迦牟尼仏を毘盧遮那と名付けたてまつる。一切の所に遍じたまへる故《ゆえ》に、その仏の住所をば常寂光と名付く」と「『普賢経』の文を言ひ聞か」せている。臨終の際、人を魔縁に引き入れようとする魔物と、死に行く信者・善知識の僧との攻防は、『発心集』四―七にも印象的に描かれている。

一〇三　仙命、人の信施を受けざる事

神蔵寺の上人覚尊[1]、無動寺の仙命[2]上人は、同時の人なり。覚尊は常に出洛して、知識勧《かん》

進《じん》しけるを、仙命は「由《よし》なき事をし給ふ物かな」といひて、「人の信施を受けず」とて、ただ一人房に籠居して、(3)智得といひける法師に往来一部を預け、一日に一度、時《とき》をして指し入れければ、食して、不断念仏をのみし給ひけり。白川院(4)の御時、女御《にょうご》(5)のおはしましけるが、「有智《うち》徳行の貴僧を供養せばや」とおぼしめして、「当時、誰か貴き」と、御尋ねありけるに、人々申していはく、「無動寺の仙命上人にすぎたる聖《ひじり》、候ふべからず。ただし、人の施を一切受けず候ふ」と云々《うんぬん》。女御、智得の子細をきこしめす。智得を召し寄せて、謁せしめ給ひて、袈裟《けさ》を一つ給はりて「これ汝《なんじ》が志《こころざし》の様にて構へて、上人に奉ぜよ」と仰せられければ、智得、袈裟を賜り「不慮に人の給ひて候ふ。己れは懸くべくも候はぬうへに、御袈裟のやれて候へば」とて、上人に献ぜしめけり。仙命思ふ様は「かかる袈裟、この小法師《こぼうし》にとらすべき様《よう》、これなし。われに志すなめり」とて、呪願して「三世《さんぜ》の諸仏得給へ」とて、懸け作りなる房なれば、谷底へ投げ入れをはんぬ、と云々。また隣房の人、大和瓜《やまとうり》を儲《もう》けて食ひけるが、よかりければ、切りさしたる半分を指し向けて「これ食し給へ。殊勝なれば」とて進《まい》らせたりけるも、食する様にて、谷へ投げ入れ給ひけり。

神蔵寺の上人は、先立ちて遷化《せんげ》して、仙命の夢に、「由なし、と制止し給ひし事をきかで、下品下生《げぼんげしょう》に生まれて候ふなり」と示しけり。仙命はたしかに上品上生に生まれたるよし、これを示す。

（1）覚尊　生没年未詳。『続本朝往生伝』は念仏・止観・頭陀《ずだ》に明け暮れたと記す。（2）仙命　一〇一四～九六。丹波国の人。法華三昧・弥陀念仏を行とした（『拾遺往生伝』）。（3）智得　未詳。（4）白川院　前々話参照。（5）女御　白河の后宮の女御は延久五年（一〇七三）に女御となった藤原道子（能長《よしなが》女。一〇四二～一一三二）。承香殿《じようきようでん》女御。『発心集』は「時の后の宮」とする。

訳（比叡山五別所の一つで、比叡山僧の代表的な隠遁の地）神蔵寺（東塔東谷）の上人覚尊と、（比叡山東塔無動寺谷の、相応が開いた）無動寺に住する仙命上人とは、同時代の人である。覚尊はいつも都に出て、寄付を募っていたのを、仙命は「つまらぬことをなさることだ」と言い、「人の施しは受けない」と、たった一人房に籠もり、智得という法師に、奉加帳《ほうがちよう》（寄付者名簿）一式を預け、（それに従って）一日に一度、午前中の食事を運んで来ると、それを食べ、不断念仏に明け暮れていらした。白河院の時代に、女御がいらしたが、「智慧と徳行にすぐれた尊い僧侶を供養したい」と思われ、「今だと、誰が尊いか」とお尋ねがあった。人々は「無動寺の仙命上人以上の聖はおりません。しかし、人の布施を一切受け付けませんのです」と言った。女御は、弟子の智得の存在をお聞きになると、召してお会いになり、袈裟一つをお与えになって「これを、お前からの捧げ物のようにはからって、仙命上人にさしあげよ」とおっしゃったので、智得は袈裟を頂戴し「思いがけず、人から頂きました。わたくしごときが着られるようなものではございませんし、先生の袈裟が破れていらっしゃいますから」と言って、上人に献上した。仙命は「このような袈裟を、この小法師に与えるなどということはあり得ない。わたくし宛てであろう」と思い、呪を読みかけ「過去・現在・未来の仏たち、お受け取り下さい」と言って、崖にさしかけて作った房なので、すぐそこの谷底に向けて、袈裟を投げ入れてしまった。また、近くの房の人が、思いがけなく大和瓜が手に入って食べたのだが、美味しかったので、切った半分を届けて来て「これを召し上がれ。とてもおいしいですから」と言ってさしあげたのさえ、食べたふりをして、谷へ投げ入れてしまわれた。

神蔵寺の上人覚尊は、この仙命より先に亡くなり、仙命の夢に出て来て「つまらぬこと、とお止めになったのにそれを聞かず、下品下生に生まれました」と連絡した。仙命からは(後に)、たしかに上品上生に生まれたとの連絡があった。

評　『続本朝往生伝』は覚尊が鴨川の堤の修理の勧進をし、人々が大いに協力したことなどを記し、末法でありながら古に恥じない道人の往生者とみている。『発心集』二―五には、覚尊は、留守番してもらう仙命とトラブルにならぬよう、出かける時に物に封をつけていったほどの心用意の人であったが、極樂往生の修行自体が足りなかったため、やっとのことで下品下生に往生した、とあり、「仙命は上品上生に生まれることが決まっている」と覚尊が存命中の仙命に、夢の中で告げている。

一〇四　北山の奥の僧の事

美作守顕能《みまさかのかみあきよし》(1)のもとに、賤《いやし》からざる体《てい》の僧、一人出来たり、『法花経』貴く綴《つづ》り読みけり。守、これを聞き、「打ち任せたる乞食《こつじき》にはあらざめり。いづこより何様《いかさま》の人来たるや」と、問はしむる処《ところ》、答へていはく「乞食に侍り。門毎《かどごと》に乞ふ態《わざ》をば仕《つかまつ》らず。西山の辺《あたり》に候ふが、いささか申し上ぐべき事侍りて、参上する所なり」と云々。物いふ気色など様《よう》ある体なれば、委《くわし》くこれを問ふ処、「申し出づるに付けて、いと異様《ことよう》の事には侍れど、ある人の青女《あお》房をあひ語らひて、洗濯など誂《あつら》へ侍るが、不慮に懐妊の事候ふ。今月その期に当り侍り。ひとへに己れの過《とが》により候ふ故《ゆえ》、彼が籠居して候はむ程、形のごとく活命の計を与へばやと思ひ給ふるが、その計略なく候ふ間、もし御哀憐《あいれん》もや候ふとて」と、いとつつましげにいふを、事の体は、誠に存外なれど、心中察せられていとほしければ、「安き程の事」とて、押し計りて、夫《ぶ》一人に持たせて、副《そ》へ遣はさんとする処、「自《みずか》ら持ちて罷《まか》り帰るべし」とて、持たるる程負ひて出ぬ。家主なほ奇しみ思ひて、物に心得たる雑色《ぞうしき》を一人付けて、とさまをやつしてみかくれ、みかくれに行く間、北山の奥をはるばると分け入りて、人跡絶えたる深谷の介《はさま》に至りぬ。方丈の庵室の内へ入りて、物を打ち置きて「穴《あな》苦し。三宝《さんぼう》の御助けなれば、安居《あんご》の食《じき》も儲けたり」とひとりごちて、足打ち洗ひてしづまりぬ。この使、不思議に聞き居たり。日も暮れぬれば、帰洛する能《あた》はず。木の本《もと》に居たり。夜やうやく深更に及び、『法花経』を読み奉る声哀れなり。実に事、喩へを取るに物なし。随喜の涙、千行す。天の曙《あ》くるを待ち、帰洛して、主君にこの子細を語る処、「さればこそ。直《ただ》にあらざる人とはみき」とて、両三日の後、案内していはく「不慮に安居の御料と承れば、一《ひと》日《ひ》の物は定めて足らず侍らんか。よつてこれを献ぜしむ」とて、長櫃《ながびつ》一合に様々の物調じ入れて、この雑色あひ具して遣りたりければ、明障子《あかり》の内に読経《どきょう》してありけるが、障子をひきあけてうちみて、あさましげに思ひて引きたてて、返答に及ばず。数刻に成りければ、庵室の檐《のき》に物をば取り置きて、帰りをはんぬ。

その後、また十日ばかりありて音信《いんしん》の処に、今度は人もなくて、先の物をばとりて、他処へ移りたるとおぼしくて、後度《ごど》の送り物をば、さながら置きたりければ、禽獣皆食ひ散らして、所々に散りたりけり。貴かりける僧なり、と云々。

（1）顕能　藤原顕能（一一〇七～一一三九）。顕隆《あきたか》の子。鳥羽の乳母子《めのとご》で寵遇され、越前・備前・讃岐守などを歴任。任美作守は天承二年（一一三二）閏《うるう》四月、長承四年（一一三五）三月に見任。

訳　美作守藤原顕能のもとに、品の悪くない様子の僧が一人やって来て、『法華経』のいろいろな部分を貴い声で読んでいく。守はこれを聞き「ありふれた乞食《こつじき》ではあるまい。どこからどのような人が来たのか」と尋ねさせると、僧は「乞食でございます。一軒一軒募っては参りません。西山あたりにおりますが、少々申し上げたいことがございまして、参上しました」と言う。話し方などしかるべき様子なので、詳しく尋ねると「口にするのもはばかられることではございますが、ある所の女房めいた女と懇《ねんご》ろになり、洗濯などさせておりましたが、思わぬことに女が懐妊しました。今月は産み月に当たります。全てわたくしの過《あやま》ちが源なので、女が仕事に出られません間、形ばかりも生活費を与えたいと思いましたが、手立てもございませず、もし哀れんで頂けるかと思いまして」と、大変面目なさそうに言う。事情は本当に思いのほかだが、当人にしてみると苦しいだろうと気の毒に思われ「お安いことです」と言い、必要そうなものを見繕《つくろ》い、下働きの者一人に荷物を持たせ、住まいまで一緒に行って届けさせようとしたところ、「自分で持って帰ります」と言って、背負える範囲のものを背負って出て行った。家主の顕能は、なおいぶかしく思い、そういったことに心得ている下仕えの者一人をやり、目立たぬ姿で、気付かれないように隠れながら僧の跡をつけさせた。僧は西山ではなく北山の奥に遥々と入って行き、人里離れた深い谷合に到着した。約三メートル四方の庵に入り、荷物を置くと「ああ苦しい。三宝のお助けで、夏安居《げあんご》用の食糧を得られた」と独り言を言い、足を洗った後は静まりかえった。後をつけた使いは、これを不思議な気持ちで聞いていた。日も暮れたので、もう都の邸には戻れず、木の根方にいた。夜が更けて、『法華経』を読み申し上げる声は実にしみじみとしている。まったくそれは喩えようもない風情で、使いは感涙を押さえられなかった。夜が明けるのを待って都に戻り、主君に以上の様子を語ると「やはり。ただ者でないと思った」と言い、二、三日して「思わぬことで、夏安居用のお支度と分かりましたので、先日のものではきっと足りませんでしょう。それでこれも進呈します」と口上を言わせるべく、長櫃いっぱい、いろいろなものを整えて入れ、最前の下仕えの者を同道させて遣わした。北山の聖は、明かり障子の中で読経していたが、障子を開け、ちらっと見ると、あきれた様子で戸を立て、返事をしなかった。何時間も経ったので、使いは庵の軒に物を置いて帰った。

それから十日ほどして様子を見させると、今度は無人になっていて、最初の布施は受け取って、別のところに移動したらしく、後から持って行ったものは、そのまま置きっ放しになっていたので、獣が食い散らしてあった。まことに尊い僧だった。

評　『発心集』一―一二に同話。北山の聖の行動は、「徳を縮め瑕《きず》を露《あらわ》せ、狂を揚げ実《じつ》を隠せ」の『摩訶止観』の精神にかなうが、人に尊敬されることを嫌うのは、人々に対応する時間が惜しいだけでなく、尊敬されて初志を貫けなくなる自分の弱い心を恐れるからである（三―八九、九〇話）。

一〇五　重源、入唐に教長の手跡を持参の事

東大寺聖人舜乗坊、(1)入唐の時、教長《のりなが》(2)の手跡の『朗詠』を持ちて渡る。唐人、育王山《いくおうざん》の長老以下、これを見、感歎極りなし。その中に天神の御作(3)「春之暮月、月之三朝」の句、ことに以て褒美す。感懐に堪へず、遂に乞ひ取り、育王山の宝蔵に納む、と云々。

この上人《しょうにん》、昔、高野山に参籠の時、夢中に大師、(4)「汝は東大寺を造るべき者なり」と仰せらる、と見けり。焼失の後、果たして夢のごとし。これを以てするに、直《ただ》なる人にあら

ざるか。

（1）舜乗房　俊乗房重源《ちようげん》（一一二一～一二〇六）。紀季重《すえしげ》の子。醍醐寺で出家後、各地で修行、仁安二～三年（一一六七～六八）などに入宋経験があると考えられる。平家による南都焼討の後、造東大寺大勧進職に任ぜられ大仏殿以下の再建に尽力、建仁三年（一二〇三）には東大寺の総供養を行った。また、高野山の新別所、専修往生院を建立し、不断念仏の結社「蓮社」を組織した。（2）教長　一一〇九～？。藤原忠教《ただのり》の子。歌人。能書。保元《ほうげん》の乱で崇徳方に与して出家、常陸に流されて後、許されて帰京した。正三位参議。（3）天神　菅原道真《みちざね》（八四五～九〇三）。学者出身で従二位右大臣に到るが、昌泰四年（九〇一）大宰権帥に左遷、同地で没した。御霊《ごりよう》として恐れられ、死後正一位太政大臣を贈られ、天満天神として崇められる。（4）大師　弘法大師《こうぼうだいし》空海（七七四～八三五）。真言宗開祖。

訳　東大寺の聖人俊乗房重源が入唐した時、藤原教長の書いた『和漢朗詠集』を持参して渡航した。中国の人々は、（阿育王の八万四千塔の伝承で有名な阿育王寺の長老をはじめ、それを見て大いに感嘆した。その中の、菅原道真公の序「春の暮月、月の三朝」（春の終わりの月、その月の三日。『和漢朗詠集』上・春）の句を、特に褒め称えた。感心のあまり、重源から譲ってもらい、阿育王寺の宝蔵に収めた。

この重源上人は、昔、高野山に参籠した時、夢で弘法大師空海から「お前は東大寺を造る運命の人間だ」と言われた。南都焼討の後、果たして夢の通りになった。それを考えると、やはり普通の人ではないのだ。

評　（阿）育王山は、平重盛が沙金を寄進（『平家物語』三・金渡）、重源は周防の材木を寄進（『南無阿弥陀仏作善集』）するなど、平安時代後期以降、五台山に代わる巡礼の聖地となった。重源が九条兼実《かねざね》に招かれ、天台山や阿育王山参詣時の珍しい話をした記事が、『玉葉《ぎよくよう》』寿永三年（一一八三）一月二四日に見える。本話以下、『古事談』と同時代の聖《ひじり》たちの説話が並ぶ。

一〇六　貞慶、誕生幼少の間の事

解《げ》脱房《だつぼう》(1)は、弁の入道貞憲《さだのり》(2)の息なり。母堂、夢中にやんごとなき聖人《しようにん》来て、腹中に宿らんことを請ふ。ここに弁の室いはく、「かくのごとき不浄の腹中、いかでか宿らしめ給ふべきや。ただし、誰とか申すや」と。重ねていはく、「宿因あるによるなり。名をば貞慶と申すなり」と云々。また答へていはく、「縁おはしまさば、固辞する能《あた》はず。承はりをはんぬ」と云々。この夢の後、懐妊し産む所の人なり。件《くだん》の名字、鏡の裏に記し付くるばかりにて、口外せず。年序を経る間、忘却せられをはんぬ。この児、幼稚にて師匠に付き、南京にあり。母堂、隙《ひま》なき間、南都に親近せず。出家の後、母堂に消息を通ず。表書きに貞慶とあり。母堂驚きて「さる事ありし物を」とて、取り出して鏡の裏を見れば、敢へて違はず、と云々。不思議の事なり。

六、七歳ばかりの童稚《どうち》の時、夢中に悪鬼出来て、害を成さんとす。児、怖畏に堪へず、なにともなき事を口に唱へけり。これにより、鬼神怖るる気有り、退散しをはんぬ。夢覚むる後、件の唱へ言を覚悟して僧に語るに、十一面観音の呪なり。不思議の事なり。

（1）解脱房　貞慶（一一五五〜一二一三）。藤原通憲《みちのり》（信西入道《しんぜい》）の孫で、貞憲の子。興福寺に入り、叔父覚憲に師事。十一歳で出家受戒。後に遁世して笠置山《かさぎ》に隠棲、海住山寺《かいじゅうせんじ》に移る。戒律復興に尽力。元久二年（一二〇五）の「興福寺奏状」で、法然の念仏宗を論難。弥勒、観音などを篤く信仰。『愚迷発心集』などを著す。（2）貞憲　生没年未詳。藤原通憲の子。従四位下、少納言権右中弁。平治《へいじ》の乱に連座して土佐に配流、後に出家して大原に住む。

訳　解脱房貞慶は、弁入道藤原貞憲の子である。母親の夢の中に尊い聖人がやって来て、腹に宿りたいと言った。貞憲の室（である貞慶の母親）は「わたくしのような汚れた人間の腹に、どうして宿られますでしょう。それにしてもあなたはどなたですか」と聞くと、相手は重ねて「長い因縁があるからなのだ。名は貞慶と申す」と言った。それで母親は「縁がおありなのでしたら、固辞することはできません。分かりました」と言った。この夢の後、懐妊して産んだのが貞慶である。母親は、夢で見た名字を鏡の裏に書き付けただけで、誰にも語りはしなかった。そして歳月が過ぎ、自然に忘れてしまった。産まれた子どもは、幼くして師匠に付き、奈良にいた。母親は忙しくて奈良に行けなかった。出家した後、子は母親に手紙を書いた。その上書きに「貞慶」とあった。母親は驚いて「この名前は見たことがある」と思い、鏡を取り出して裏を見ると、果たして同じ名前が書いてあった。全く不思議なことである。

六、七歳頃の幼い時分に、貞慶の夢の中に悪鬼が出て来て、害せられそうになった。子どもだった貞慶は、怖ろしさのあまり、意味もない言葉を口にした。すると鬼神は怖れるような様子で、去って行った。夢から覚め、先程の唱え言を覚えていたので僧に語ると、十一面観音の呪文だった。これも不思議なことである。

評　貞慶をめぐる出生時と幼時の不思議。『仏説十一面観世音神呪経』にも、十一面観音の呪によって数々の鬼難を避けられるとある。晩年、観音信仰に大きく傾斜した貞慶が住した海住山寺の本尊もまた、十一面観音である。

一〇七　大原の上人、河内の賤僧のもとに宿る事

大原の上人《しょうにん》、四、五人ばかり、高野山に参詣の路次《ろし》、河内国石川郡に宿《しゅく》しにけり。家主賤《いや》しき僧なり。歳六十ばかりなるが、紺の直垂《ひたたれ》を着す〔袴を着せず〕。日高《ひだか》く宿する間、聖人〔俊盛《としもり》卿(1)の息、円舜坊(2)〕、『止観』一巻を取り出し、これを復す。家主の僧、問ひていはく、「何事ぞや」。聖人答へていはく、「これは『止観』と申す文なり。ただし、四巻《しかん》ある文にはあらず」と云々。賤しき僧、また重ねていふ事はなくて、内の方へ立ちて行くとて、微音に誦していはく、「此之止観、天台智者(3)、説己心中、所行法文」と云々。その時、聖人ら、赤面し、舌を巻きて止みをはんぬ。件《くだん》の僧は、本これ叡山修学の僧なり。しかるに落堕の後、所縁により、ここに居住す、と云々。上人ら、山に帰りて語る所なり。

(1) 俊盛　一一二〇～?。藤原顕盛《あきもり》の子。備後守、太皇太后宮権大夫等を歴任、正三位に至

る。（2）円舜房　書陵部本『十訓抄』は「俊成卿息円寂房」、国会本他『十訓抄』は「俊成卿息円斎房」。いずれも未詳。（3）天台智者　天台宗開祖智顗《ちぎ》（五三八～五九七）。『摩訶止観』・『法華玄義』の作者、『法華文句』の講述者。

訳　大原の上人が四、五人ほど、高野山に参詣の途中、河内国石川郡（現大阪府の富田林市から河内長野市北部にかけて）に泊まった。家主はみすぼらしい僧で、年は六十歳くらい、紺色の直垂を着〔袴もつけていなかった〕。日中に到着し、上人〔俊盛卿の子、円舜房〕が、〔叡山の修学で最も重視される〕『摩訶止観』一巻を取り出して繰り返し唱えた。家主の僧は「どうされたのか」と聞いた。聖人は「これは『止観』という仏典だ。でも四巻あるわけではないよ」と言った。みすぼらしい僧は、やりとりを続けることなく、中へ入って行ったが、小さな声で「此之止観……」（この止観は、天台智者が己心中に行ぜしところの法門）と、『摩訶止観』第一上の文句を唱えた。その時、上人たちは赤面し、言葉を失ってしまった。

このみすぼらしい僧は、元は比叡山で学んだ僧だった。しかし破戒して還俗した後、縁を頼ってここに住んでいたのだった。上人たちが延暦寺に戻って語ったところである。

評 比叡山北西麓の大原は、聖《ひじり》の集住する地として知られ、藤原為忠《ためただ》の三人の子息（大原の三寂《さんじやく》）が住したことなどは特に有名だが、延暦寺と縁が深く、例えば叡山三門跡《さんもんぜき》の一つ三千院内の往生極楽院は、比叡山の別所だった。元《もと》山僧が暗証した『止観』の句は、うっかり相手を軽んじた言葉を吐いた現役の僧たちに、学問や仏性の重さを、あらためて感じさせただろう。

一〇八 東国の修行僧、双六を打つ事

京方より東国に修行の僧、武蔵国に落ち留まりて、『法花経《ほけきよう》』など時々読みてありけるが、国人《くにひと》と双六《すごろく》を打つ間、多く負けて、身をさへ掛けて打ち入れをはんぬ。勝つ男、奥へ将《い》て入りて、馬に替へんとしけるを、熊がえの入道(1)が弘めおきたる一向専修《せんじゆ》の僧徒、これを聞き、「不便《ふびん》の事なり」とて、各布を出し合ひて請け留めんとしければ、この僧も悦び入り、勝つ男も「三百段を以て上人を請け替へらるべしといへども、憐愍《れんみん》を発し奉り、請け給はしむる事なれば、半分をば取るべからず。今百五十段を給はりて、免《ゆる》し奉るべきなり」といひければ、念仏者の輩も「神妙なり」とて、すでに請け出さんと欲する間、念仏の輩いはく、「この恩を思ひ知りて、自今以後、専修たるべきなり」と云々。ここにこの

僧いはく、「たとひ馬の直《あたい》となりて、縄つらぬきて奥へは罷《まか》り向ふとも、『法花経』を棄て奉り、一向専修には入るべからず」とて涕泣す。これにより、念仏の輩「しからば、請け出す能《あた》はず」とて、たちまちに分散す。よつて縄付けられ、以て追ひ立てられ、陸奥の方に入りをはんぬ。

(1) 熊がえの入道　熊谷直実《くまがいなおざね》（一一四一～一二〇八）。直貞《なおさだ》の子。平治の乱で源義朝方だったが、京都大番役中に平知盛《とももり》に仕える。石橋山の戦いで平家方の大庭《おおば》景親《かげちか》に従ったが、頼朝に服し、勲功によって武蔵国熊谷郷（現埼玉県熊谷市）を安堵される。一の谷の合戦で平敦盛《あつもり》を討ち取った。建久三年（一一九二）、境相論《さかいそうろん》裁定への不満により遁世し、法然門下となる。法名蓮生。

訳　京の方から東国に修行の旅をして来た僧が、武蔵国にとどまって、『法華経』など時々読んで暮らしていたが、土地の人と双六を打ち、負けが込み、わが身をさえ懸物《かけもの》にして打った。勝った男は、僧を陸奥へ連れて行き、馬と替えることにした。熊谷入道が地元に広めた念仏宗の門徒たちがこれを聞き、「それは気の毒だ」と、それぞれ布を提供して僧の負けの肩代わりをしてやろうということになり、負けた僧も大変喜び、勝った俗人も

「布三百巻《まき》で上人を請け戻してもらわねばならないところだが、皆さんが憐れみの心を発こされ請け戻されようとのことなので、半分は頂かぬことにします。百五十巻を頂いて、では請け出そうという段になって、念仏宗の面々も「よい心がけだ」と言って、では請け出そうという段になって、念仏宗の面々が「この恩を思って、これからは一向専修、もっぱら念仏宗に帰依《きえ》しなさいよ」と言った。すると例の僧は「たとえ馬の代金として、縄でつながれて陸奥に行くことになっても、『法華経』をお捨て申し上げて一向専修に加わることはできない」と言って泣いた。それで、念仏宗の面々は「では、請け出すことはできない」と言って、すぐに散り散りになってしまった。それでその僧は、縄を付けられ、追い立てられながら、陸奥の方に連れて行かれてしまった。

評　いつもは博打にのめり込んでいるような僧が、我が身を売られても『法華経』と別れることはできない、というのは、例えば三―八二話の良宴が、臨終時に「瑜伽上乗の教えを離れることはできない」と念仏の勧めを断った姿勢などにも、実は似ている。前話同様、意外な人物が、意外な場面で示した、僧らしいふるまい――僧行――の逸話である。

第四　勇士《ゆうし》

一　源満仲宅の強盗の事

天徳《てんとく》四年五月十日の夜、強盗、武蔵権守《ごんのかみ》源満仲《みつなか》(1)の宅に入る。ここに満仲、類人《るいにん》倉橋弘《ひろ》重《しげ》(2)を射留む。弘重、中務卿《なかつかさ》親王(3)第二の男(4)、及び宮内丞中臣良村《なかとみのよしむら》(5)、土佐権守蕃基《しげもと》(6)男らの所為と指し申す。検非違使《けびいし》右衛門志《うえもんのさかん》錦文明《ふみあき》(7)、参内《さんだい》し奏聞す。中務親王の家人《けにん》申していはく、「件《くだん》の孫王《そんのう》(8)、今暁、親王家に入る。その同類、紀近輔《ちかすけ》(9)、中臣良村ら、この家にあり」と。よつて事の由《よし》を以て親王に告ぐ。親王申さしめていはく、「男親繁、日来《ひごろ》重く痢病を煩ひ、この家内にあり。起居に堪へず。平安の時を待ち進《まい》らすべし」てへり。宣旨により、使《し》の官人らをして、同類の輩《やから》を親王家内に捜し求めしむ。遂に捕獲せず。成子内親王(10)家内に於いて、紀近輔を捕獲す。近輔申していはく、「親繁《ちかしげ》王、首《かしら》として満仲家に入る、事実なり。贓物《ぞうぶつ》はことごとくかの親繁王の家にあるべし」と云々《うんぬん》。勅にいはく、「男を進らせざるにより、たちまちに親王に罪を科す。なほ親繁の外に出づるを伺ひ、召し捕ふべし」てへり。

（1）満仲　九一二～九九七。源経基《つねもと》の子。左馬助、村上天皇の御鷹飼。安和《あんな》の変（九六九）で、源高明《たかあきら》の謀叛の疑いを密告、正五位下に叙された。摂津守。（2）倉橋弘重　未詳。（3）

中務卿親王　醍醐皇子、式明《のりあきら》親王（九〇七〜九六六）。三品《さんぼん》。（4）第二男　親繁王。未詳。（5）中臣良村　未詳。『扶桑略記《ふそうりやっき》』では「良材」。（6）蕃基　源蕃基。貞真《さだざね》親王の子。従五位下土佐権守。『尊卑分脈《そんぴぶんみゃく》』には、子に「雅行《まさゆき》」の名が見える。蕃基の弟源元亮《もとすけ》は経基の娘婿で、その子孝道《たかみち》は満仲の養子。（7）錦文明　未詳。（8）孫王　親繁王。（9）紀近輔　未詳。（10）成子内親王　？〜九七八。宇多《うだ》皇女。天暦一一年（九五七）二月落飾。

訳　天徳四年（九六〇）五月一〇日の夜、強盗が武蔵権守源満仲の家に押し入った。そこで満仲は、一味の倉橋弘重を射て捕らえた。弘重は、中務卿式明親王の次男親繁王および宮内丞中臣良村、土佐権守源蕃基の子らの犯行だと白状した。検非違使右衛門志錦文明が参内し、事情を奏聞した。式明親王の家人は「問題の孫王親繁王は、今朝、親王の家に来た。その仲間の紀近輔・中臣良村らはこの家にいる」と申し上げた。それで、そのことを式明親王に告げ知らせた。親王は「息親繁王は、このところ重い下痢を患って、邸内にいる。起き上がることができないので、体調が回復したら身柄をきっと差し出す」と使いに言わせなさった。宣旨に従い、検非違使庁の役人たちを派遣し、一味の者たちを親王邸内で捜索させるが、とうとう捕えられなかった。（今上《きんじょう》村上の叔母）成子内親王の邸内で、紀近輔を捕らえた。近輔は「親繁王を首領として、満仲の家に押し入ったのは事実だ。盗んだものは全て、親繁王の家にある」と申し上げた。「息を出頭させないので、親王を罪科に処す。引き続き親繁王の外出をうかがい、捕えよ」との勅が、村上天皇から下った。

評　源満仲が登場するので、てっきり彼の武勇譚《たん》かと思いきや、大胆不敵にも満仲の邸に押し入った盗賊がおり、その頭目が時の天皇の甥で、それを匿《かくま》っているのは天皇の兄弟、また盗賊団の一人は天皇の叔母の家で逮捕されるという、意外性に満ちた事件から巻第四はスタートする。典拠と考えられる『扶桑略記』で応和元年（九六一）五月一〇日の出来事であるのが、『古事談』では前年天徳四年五月一〇日になっている理由は不明。

二　源満仲、発心出家の事

前《さきの》摂津守満仲(1)、多田《ただ》の宅に於いて出家の日、同じく出家する者、男十六人、女三十余人と云々。件《くだん》の日、恵心僧都《えしんそうず》(2)、戒師となる。受戒の時、第一不殺生戒、眠りて保つ由《よし》を称せず。第二戒より、皆保つ由を称す。その夜、夜半ばかり、新発《しんぼち》ただ一人、密々僧都の宿所に向かひていはく、「第一戒の時、心中には深く保つ由を存すといへども、家人以下、あなづりもぞし侍るとて、眠る体《てい》に候ひて保つ由を称せず。定めて御不審候ひつらんとて、子細を申さしめんがため、参会する所なり」と云々。

この出家は、子息源賢(3)法眼《ほうげん》、父の罪業深重なるを見わびて、恵心僧都、院源(4)座主《ざす》などのわかかりけるを、心を合はせて、自然なる体にて多田の家に将《い》て行きて、便宜を以て小仏事を修すべき由、いひ勧めて、演説せしむる間、たちまちに発心《ほっしん》し、にはかに出家を遂ぐる所と云々。夏飼ひの鷹三百放ち棄て、多くの網など焼き棄つ、と云々。

（1）満仲　源満仲。前話参照。出家は永延元年（九八七）八月（『小右記』）。（2）恵心僧都　源信（九四二～一〇一七）。良源の弟子。天禄年間（九七〇～九七三）、横川《よかわ》の恵心院に隠棲し、寛和元年（九八五）『往生要集』を撰述。天台浄土教の盛行をもたらした。（3）源賢　九七七～一〇二〇。源満仲の子。頼光の同母弟。幼名美女丸。源信に師事、元慶寺《がんぎょうじ》別当、法眼。私家集『源賢法眼集』。（4）院源　九五一～一〇二八。比叡山で良源・覚慶に師事。天台座主、僧正《そうじょう》。

訳　前摂津守源満仲が多田（現兵庫県川西市）の邸で出家した日、同じく出家した者は男十六人、女三十余人だったという。その日、恵心僧都源信を戒師として、満仲は（沙弥《しゃみ》が受ける十の）戒を受ける際、第一の不殺生戒の時は、寝たふりをして「守ります」と声に出さず、第二戒以下は、全て「守ります」と唱えた。その夜、夜中頃、新たに入道した満仲は、ただ一人、秘かに恵心僧都の宿所に向かい「第一の不殺生戒の時、心の中では深く、守ります、と思っていたが、家人たちが侮るといけないと思いまして、寝たふりをして、守りますと言わなかった。きっとおかしいとお思いになっただろうと、事情を申し上げるため参上しました」と言った。

この出家劇は、満仲の子源賢法眼が、父親の罪業が深いことを見かねて、若い時分の恵心僧都や院源座主などと心を合わせ、ふらっと立ち寄った体にして満仲の多田の家に二人を連れて行き、ちょうどよいから小さな仏事をしようと父親に持ちかけ、二人に説教してもらったところ、満仲はすぐさま仏道心を起こし、急な出家を遂げたという。そして、(多くの動物を餌にする)夏飼いの鷹三百を解き放ち、(狩猟用の)多くの網なども焼き捨てた。

評 殺生とかかわりの深い武士は、仏教の対極に存在すると同時に、悔い改めて仏道に帰依《きえ》することも多く、直情的と言えるような決断力で仏道に入り、修行に邁進する姿もしばしば描かれる。本話の満仲は、武士団の棟梁として、一門を統括し続ける立場との葛藤と共に描写されている。

三　平貞盛、平将門の反乱を予言の事

仁和寺《にんなじ》式部卿宮(1)の御もとに、将門《まさかど》(2)参入す。郎等五、六人を具す、と云々。御門を出づる時、貞盛《さだもり》(3)また参入す。郎等をあひ具せず。すなはち御前に参り、申していはく、「今日郎等候はず。もつとも口惜しき事なり。郎等ありせば、今日殺してまし。この将門は、天下に大事を引き出すべき者なり」と申しけり。

(1) 仁和寺式部卿宮　宇多皇子敦実《あつみ》親王(八九三〜九六七)。醍醐の同母弟。天暦四年(九五〇)に出家して覚真と号し、仁和寺に住した。宇多源氏の祖。音楽に秀で、源家音曲の祖と言われる。(2) 将門　?〜九四〇。桓武《かんむ》曾孫高望《たかもち》王の孫。平良持《よしもち》の子。都で藤原忠平《ただひら》に仕えた。承平元年(九三一)、女事により伯父平良兼《よしかね》と対立。また伯父平国香《くにか》を殺害して禁獄された後、恩赦帰国するが、同族間の争いが激化、天慶二年(九三九)、新皇を称するが、翌年、藤原秀《ひで》郷《さと》・平貞盛らに討たれた。(3) 貞盛　生没年未詳。平国香の子。伊勢平氏の祖維衡らの父。藤原秀郷と共に、従兄弟の将門を滅ぼし、従五位上に叙される。鎮守府将軍《ちんじゆふしようぐん》・陸奥守を歴任、従四位下に到る。

訳　仁和寺式部卿宮敦実親王のもとに、平将門が参った。郎等を五、六人連れていた。御門を出る時、平貞盛が参入した。貞盛は郎等を連れていなかった。親王の御前に参ると、「今日は、郎等を連れておりませんでした。大変残念です。郎等がいたら、今日将門を殺しておりました。あの男は天下に大事を惹き起こす者です」と申し上げた。

評　後に父国香を将門に殺害されることになる従兄弟の貞盛は、将門の危険性を知っていた、という逸話。敦実親王が仁和寺宮と呼ばれるのは出家以後で、その時、すでに将門は没しているので、ここでの宮の呼称は後年のもの。将門・貞盛と敦実親王との具体的接点は未詳。

四　平将門、藤原忠平に書状を献ずる事

将門(1)の逆乱《げきらん》は、天慶《てんぎょう》二年十一月、始めて披露す、と云々。東八ヶ国を領し、官鎰《かんやく》を奪ひ、国司を任じ、すべて除目《じもく》を行ひ、大臣以下文武百官、皆以て点定す。ただし欠くる所は、暦博士《れきはかせ》ばかりなり。また、書状を太政大臣《だじょうだいじん》(2)のもとに献ず。その状にいはく、

将門、一国を討滅す。罪科、百県《ひゃっけん》に及ぶべし。これにより朝儀を待つ間、坂東諸国を

虜掠《りょりゃく》しおはんぬ。伏して昭穆《しょうぼく》を検するに、将門、柏原《かしわばら》帝王(3)五代の孫なり。たとひ永く半国を領ずるとも、あに非運といはんや。昔、兵威を振《ふる》ひ、天下を取る者、皆史書に審《くわ》しく見る所なり。将門、天の与ふる所、すでに武芸にあり。しかるに公家すこぶる褒賞なく、譴責の符を下さる。身を省みるに多く恥ぢ、面目いかに施さん。推してこれを案ずるに、はなはだ以て幸《さいわい》なり。将門少年の日、名簿《みょうぶ》を太政大臣殿下に奉る。数十年の間、われ勤公の誠を致す。しかるに相国《しょうこく》摂政の世、意《おも》はざるにこの事を挙ぐ。歎念の至り、勝《あげ》て言ふべからず。将門傾国の謀《はかりごと》を萌《きざ》すといへども、何ぞ旧主を忘れ奉らん。貴閣《きかく》且つこれを察し賜はば幸《さいわい》なり。一を以て万を貫け。将門謹言す。

天慶二年十二月十五日　　　　　　平将門　上《たてまつる》

謹々上太政大臣

少将閤賀《(4)こうが》恩下

(1) 将門　平将門。前話参照。(2) 太政大臣　藤原忠平《ただひら》(八八〇～九四九)。藤原基経《もとつね》の子。当時、摂政太政大臣。(3) 柏原帝王　桓武(七三七～八〇六)。在位七八一～八〇六。光仁皇《こうにん》子。将門は桓武皇子葛原《かずらはら》親王からかぞえて五代目にあたる。(4) 少将　藤原師氏《もろうじ》(九一三～

九七〇）。忠平の子。承平四年（九三四）閏《うるう》正月から左少将。

訳　将門の反乱は、天慶二年（九三九）一一月に初めて報告された。関東の八か国を占領し、（公権力の象徴である）正倉《しょうそう》の鍵を奪い、国司を勝手に任命して除目を行い、新政府の大臣以下すべての役職の人事を行った。しかし、暦博士だけは任命できなかった。また、将門は太政大臣藤原忠平のもとに書状を献呈した。その内容は次のようだった。

将門は常陸一国を滅ぼし、その影響は全国に及ぶでしょう。朝廷の決定を待つ間に、坂東諸国を支配するに到りました。王家の系譜をたどると、将門は桓武天皇（の皇子葛原親王）から数えて五代目の子孫です。もし日本の半分を領有したとしても、どうして分不相応と言われましょう。昔、武勇を振るって天下を取った者は、みな史書に名が見えています。将門は、天から武芸を授かりました。しかし、朝廷は褒賞を下さらず、譴責の命令書を下され、自分の身の上を辱められました。これでどうやって面目を施せましょう。しかし考えてみると、非常に幸いなことがあります。将門は若き日に、太政大臣殿下に臣従を誓い、数十年間お仕えして来たことです。しかし太政大臣摂政が首班でいらっしゃる当代に、思いがけなく今回の事態に立ち至りました。その歎きは言い尽くすことができません。将門は国家を危うくする謀を企てたとしても、どうしてかねてからの主君であるあなた様のことを忘れ申し上げましょう。事情をご賢察願えれば幸いです。
この文章を以て万事をお察し下さい。将門、謹んで言上します。

天慶二年十二月十五日　　平将門

謹んで太政大臣（のご子息）左少将師氏閣下のみもとに奉る

評　『扶桑略記』に拠る。末尾の「恩下」は『扶桑略記』・『将門記《しょうもんき》』と異同がないが、他の用例未詳。藤原忠平の日記『貞信公記《ていしんこうき》』には天慶二年三月三日に、武蔵介《すけ》源経基《つねもと》より、武蔵権守興世《おきよ》王・平将門らが謀叛を起こしたと告訴して来た由《よし》が見える。私君の理解と助力を求めつつ、天から武芸を授かったと自認する将門は、どういう運命をたどるのだろう。
本話以下四―七話まで、『扶桑略記』に基づく記事が続く。

五　浄蔵、平将門を調伏の事

同三年正月二十二日、善相公《ぜんしょうこう》(1)の息、定額《じょうがく》僧沙門《しゃもん》浄蔵(2)、将門(3)を降伏《こうぶく》せんがために、延暦寺首楞厳《しゅりょうごん》院に於いて、三七日《さんしちにち》大徳威法を修す。しかる間、将門、弓箭《きゅうせん》を帯し、燈盞《とうさん》に現れ立つ。伴僧《ばんそう》、弟子ら、これを見奇しむ。また、鏑《かぶら》の声、壇中より出、東を指して去りおはんぬ。ここに浄蔵いはく、「すでに将門降伏を知る」と。また公家、大仁王会《だいにんのうえ》を行はる。浄蔵、待賢門の導師たり。この日、京洛騒動していはく、「ただ今、将門の輩《やから》、すでに入洛す」と云々。ここに浄蔵奏していはく、「将門の首、ただ今持参すべきなり」と云々。ここに絶入の宮人《みやひと》、この言を聞きたちまちに蘇生す。果してその言のごとし。

（1）善相公　三善清行《きよゆき》（八四七〜九一八）。備中介・文章博士《もんじようはかせ》・大学頭《だいがくのかみ》などを歴任。延喜一四年（九一四）、醍醐天皇に「意見十二箇条」を上奏。（2）浄蔵　八九一〜九六四。三善清行の子。宇多法皇の弟子。祈禱にすぐれ、本話および父清行を蘇生させた逸話などは特に有名。（3）将門　平将門。前々話参照。

訳　天慶三年（九四〇）正月二二日、三善清行の子で、（朝廷から供養料を支給される）定額僧浄蔵が、将門を調伏するため、延暦寺の首楞厳院で、二十一日間の、大威徳明王を本尊とする祈禱を行った。途中、将門が武装して、照明用の油皿の上に現れた。随伴の僧たちはこれをいぶかしく思った。また、鏑矢の音が祈禱の壇の中から聞こえ、東に向かって通り過ぎた。この時、浄蔵は「はや将門を調伏できたと分かった」と言った。また、朝廷は、（鎮護国家のため各所で高座を設ける）大仁王会を行われた。浄蔵は待賢門での導師を担当した。この日、京中が「今、将門らが入京して来る」と大騒ぎになっていた。そこで浄蔵は「将門の首が、今、持参されて来る」と奏上した。これを聞いて、気絶しかかっていた官人たちは息を吹き返し、果たせるかな、浄蔵の言葉通りとなった。

評　典拠である『扶桑略記』には、将門調伏の祈禱は各所の神社仏寺で行われ、追討前後に、各地で様々な奇瑞があったとの伝承が記されている。

六　藤原忠文、発遣の事

二月八日、天皇(1)、南殿《なんでん》に出御《しゅつぎょ》し、征夷大将軍右衛門督《うえもんのかみ》藤原忠文(2)に節刀を賜ひ、坂東の国に下し遣はす。すなはち参議修理大夫兼右衛門督藤原忠文を以て大将軍とし、刑部大輔《ぎょうぶのたいふ》藤原忠舒《ただのぶ》(3)、右京亮同国幹《くにもと》(4)、大監物《けんもつ》平清基《きよもと》(5)、散位《さんに》源就国《なりくに》(6)、同経基《つねもと》(7)らを副将軍とす。二月一日、下野国押領使《おうりようし》藤原秀郷(8)、常陸掾《じょう》平貞盛(9)ら、四千余人の兵〔ある説に一万九千人〕を率ゐ、下野国に於いて将門と合戦の間、将門の陣、すでに討ち靡《なび》かされ、三兵の手迷ひ、身を四方に遁《のが》る。矢に中《あた》り死する者、数百人なり。

（1）天皇　朱雀《すざく》（九二三～九五二）。在位九三〇～九四六。醍醐《だいご》皇子。（2）忠文　八七三～九四七。藤原枝良《えだよし》の子。左馬頭・修理大夫などを経て正四位下参議民部卿に到り、中納言正三位を追贈される。『扶桑略記』も「征夷」とするが、『公卿補任《くぎょうぶにん》』等の「征東」大将軍が正しい。征東大将軍および右衛門督に任ぜられたのは、天慶三年（九四〇）一月一九日。（3）忠舒　藤原忠文の弟。従五位上相模権守大蔵大輔。天慶三年一月一日に追討東海道使。（4）国幹　生没年未詳。藤原山陰《やまかげ》の孫、兼三《かねみ》の子。従四位下上総守。（5）清基　生没年未詳。常陸平氏重幹《しげもと》の子。正五位下常陸介。常陸国東部を支配。（6）源就国　未詳。（7）経基　？～九六一。貞純《さだずみ》親王の子。六孫王《ろくそんのう》と称される。清和源氏の祖。武蔵介として、平将門の行動を反乱と報告した功により従五位下となり、将門追討の征東副将軍。藤原純友《すみとも》の乱では小野好古《よしふる》と鎮圧に当たる。正四位上に到り、内昇殿を許される。（8）秀郷　生没年未詳。下野大掾《しもつけのだいじょう》藤原村雄《ひらお》の子。俵（田原）藤太《とうた》と称する。下野国を本拠地にし、下野国司から度々訴えられたが、将門の乱鎮定の功により従四位下下野守、武蔵守となり、北関東に勢力を張った。当時下野掾。（9）貞盛　生没年未詳。乱後、従五位上右馬助。（10）将門　平将門。

訳　天慶三年（九四〇）二月八日、朱雀天皇が紫宸殿《ししんでん》にお出ましになり、征東大将軍右衛門督藤原忠文に（特命大使の標として）節刀を賜い、坂東に遣わす。参議修理大夫兼右衛門督藤原忠文を大将軍とし、刑部大輔藤原忠舒、右京亮藤原国幹、大監物平清基、散位源就国、源経基らを副将軍とする。（しかし一行を派遣する以前の）二月一日、下野押領使藤原秀郷、常陸掾平貞盛らが、四千余人〔一説には一万九千人〕の兵を率い、下野国で将門と合戦し、将門の陣は打ち破られ、兵士たちは四方に惑い逃げた。矢に当たり死んだ者は数百人に及んだ。

評　本話も『扶桑略記』に拠る。前話で、あらかじめこの将門の乱の結末が示され、時間を遡って、追討の道筋がたどられる。忠文たちの任命と発遣。武功を賞されるのは誰か。

七　平将門、誅せらるる事

同十三日、貞盛(1)、秀郷(2)ら、下総国に至り、将門(3)を征《せ》め襲《おそ》ふ。しかるに将門、兵を率ゐ、嶋広山に隠る。将門の館《たち》より始め、士卒の宅に至り、皆ことごとく焼き廻る。同十四日未の刻、同国に於いて、貞盛、為憲《ためのり》(4)、秀郷ら、身を棄て命を忘れ、馳せ向ひ射合ふ。時に将門、風飛の歩を忘れ、梨老の術を失ひ、すなはち貞盛の矢に中《あた》り落馬す。秀郷、そこに馳せ至り、将門の頸を切り、以て士卒に属す。貞盛下馬し、秀郷の前に到る

〔『合戦章《かっせんしょう》』にいはく、現に天罰を被《こうむ》り、神鏑《しんてき》に中《あた》る、と云々〕。その日、将門の伴類の射殺さるる者、一百九十人と云々。

将門を誅する勧賞、藤原秀郷を従四位下に叙し、兼て功田を賜ひ、永く子孫に伝ふ。更に追ひて下野、武蔵両国の守に兼ねて任ず。平貞盛を従五位上に叙し、右馬助に任ず。また告せる経基(5)を従五位下に叙し、兼ねて大宰小弐に任ず。

(1) 貞盛　平貞盛。前話参照。(2) 秀郷　藤原秀郷。前話参照。(3) 将門　平将門。(4) 為憲　常陸介藤原維幾《これちか》の子。工藤氏ら伊豆駿河武士団の祖。(5) 経基　源経基。前話参照。

訳　天慶三年(九四〇)二月一三日、貞盛・秀郷らは、下総国に到着して将門を襲った。将門は兵を連れ、嶋広山(『将門記』では「幸嶋の広江」)に隠れた。将門の館をはじめ、士卒の邸を、ことごとく焼いて回った。

二月一四日午前三時頃、下総国で貞盛・為憲・秀郷らは、身命を捨てて馬を馳せ矢を射合った。将門は馬が風を切って飛ぶような歩みを忘れ、驚異的剣術を失い、貞盛の矢に当たって落馬した。秀郷がそこに馳せ来たって、将門の首を斬り、士卒らに示した。貞盛は馬から下り、秀郷の前に進んだ〔『合戦章』(『将門記』を指すと考えられる)によれば、将門は天罰を蒙り、神の射た矢に当たったという」。その日、将門の一味で射殺された者は百九十人であったとのこと。

将門を誅殺した褒美として、藤原秀郷は従四位下に叙され、不輸租《ふゆそ》の功田を賜って、永く子孫に伝えた。次いで下野・武蔵の国守を兼任した。平貞盛は従五位上に叙され、右馬助に任ぜられた。また通報者源経基を従五位下に叙し、大宰小弐を兼任させた。

評　『扶桑略記』に拠る。将門はついに首をとられ、追討した者たちに褒美が与えられる。謀反人は誅殺され見事に論功行賞が行われるはずが、怨みを残すことになったらしい。次話へと続く。

八　藤原忠文、勧賞の沙汰の事

忠文卿(1)、勧賞の沙汰の時、左大臣(2)定め申されていはく、「疑はしきをば質《ただ》すなかれ」と云々。右大臣(3)申されていはく、「刑の疑はしきをば質すなかれ。賞の疑はしきをば、これを許す、とこそ候へ」と申されけれども、左府の申す詞を用ひらるるにより、遂にその沙汰なし、と云々。忠文、この事を畏まり申すにより、後日、富家《ふけ》の券契を九条殿《くじょうどの》に奉る、と云々。小野宮殿《おののみやどの》をば怨心を結び、子孫を失はんと誓ひ、永く霊と成る、と云々。

忠文卿、勧賞〔将門(4)副将軍〕の沙汰の時、小野宮殿〔関白〕「疑はしきを質すなかれ」と申し定めらるるにより、行はれず、と云々。その時、九条殿「刑の疑はしきをば質すなかれ。賞の疑はしきをば許せとこそ侍れ」と申されけれど、遂に行はれず、と云々。この詞を畏まり申すにより、後日、富家の券契を奉る、と云々。

罪疑惟軽、功疑惟重〔刑疑附軽、賞疑従重〕。『尚書《しょうしょ》』の文なり。

（1）忠文　藤原忠文。前々話参照。宇治民部卿と称される。将門追討の征東大将軍、藤原純友追討の征西大将軍に任ぜられたが、いずれの場合も戦功を挙げるに至らなかった。（2）左大臣　藤原実頼《さねより》（九〇〇〜九七〇）。小野宮殿と称される。忠平の子。天慶三年（九四〇）当時は大納言で、左大臣は極官《ごっかん》。（3）右大臣　藤原師輔《もろすけ》（九〇八〜九六〇）。忠平の子。実頼の弟。九条殿と称される。当時権中納言。（4）将門　平将門。

訳　忠文卿の恩賞の評議の時、左大臣実頼公〔当時大納言〕は「疑わしいことはとりあげるべきでない」と（『礼記《らいき》』に基づいて）発言された。右大臣師輔公〔当時権中納言〕は「刑罰について疑わしい時には追求するな――疑わしきは罰せず――なのであって、褒美の疑義は許容する――疑わしい功績は容認する（との『書経《しょきょう》』の本文に就くべきだ）」と申されたが、実頼公の仰せが採用され、結局忠文には恩賞が与えられなかった。忠文はこのやりとりについて恐縮申し、後日、富家の権利書を師輔公にさしあげた。実頼公には怨みを持ち、子孫を根絶やしにすると誓い、永く霊となってとりついたという。

忠文卿の勧賞〔将門の乱の副将軍〕の評議の時、小野宮殿実頼公〔関白〕は「疑わしいことはとりあげるべきでない」と申され決定したので、賞を行われなかった。その時、九条殿師輔公は「刑罰について疑わしい時には追求するな。疑わしい功績は容認せよ、と本文にございます」と申されたが、とうとう賞は行われなかった。〔忠文は〕師輔公のこの言葉に恐縮し、後日、富家の権利書を師輔公にさしあげた。

罪の疑はしきは惟《こ》れ軽くし、功の疑はしきは惟れ重くす〔刑の疑はしきは軽きに附き、賞の疑はしきは重きに従ふ〕。これは『尚書』〔『書経《しょきょう》』〕の本文である。

評　本話後半のない本もあり、底本は本話前半・四―九話・本話後半の順に記し、複数の欄外注記がある。これらを勘案し、本話前半と後半を併記した。ちなみにこうした異文の併記は、六―二話「東三条殿の事」にも見られる。忠文の邸跡は、『本朝麗藻《ほんちょうれいそう》』下の藤原伊周《これちか》の詩などから、宇治川のほとり、深草の西岸であったと考えられる。宇治には藤原忠実《ただざね》の邸宅富家殿《ふけどの》があったが、本話の指す「富家」の地と同一か否かは、説が分かれている。

九　藤原忠文、不眠の事

忠文卿(1)、近衛の将たる時、陣直の夜毎に、寮の御馬一疋《いっぴき》を取りに遣はし、枕辺に立てて馬の蒭《まぐさ》を食《は》むを聞く。眠らざるの故《ゆえ》なり。

(1) 忠文　藤原忠文。前話参照。延喜一九年(九一九)一月、左衛門権佐から右少将に転じ、延長四年(九二六)まで勤めた。

訳　忠文卿が近衛の少将だった時、警固の晩毎に、馬寮《めりょう》の御馬一匹を取りに人をやり、枕辺に立たせて、馬が飼い葉を食べる音を聞いた。こうしないと眠れないからだった。

評　『江談抄《ごうだんしょう》』(二—四二)に拠る。末尾の部分、『江談抄』は「不眠の計」とし、「眠り込んでしまわないように」と読む余地があるが、『北山抄《ほくざんしょう》』九・陣中事の裏書に「性馬の芻を喰ふ音を聞かざる時、よく寝るあたはず」とあるように、馬がそばにいないと眠れない、の意だろう。忠文が、鷹と並んで馬の扱いに傑出していたことは、『江談抄』一―一六に見える。江談抄二―四三には、「炎暑の時は暇《いとま》を請ひて宇治の別業《べつぎよう》に向かひ暑さを避」け、ざんばら髪で宇治川で泳いだとあり、公卿に到る忠文の、身についた武士の習性を描く。

一〇　藤原純友、逆乱の事

天慶二年十一月二十一日、勅ありて、内供奉《ないぐぶ》十禅師明達(1)を摂津国住吉神宮寺に遣はし、西海の凶賊、藤原純友《すみとも》(2)を降せんとし、二《に》七《しち》ヶ日、毘沙門天調伏《びしやもんてんちようぶく》の法を修せしむ。門徒二十口《く》、伴僧を引率す。時に海賊純友ら、遂に以て捕得す。

『純友追討記』にいはく、伊予掾《じよう》藤原純友、かの国に居住し、海賊の首《かしら》たり。ただ受くる所の性、狼戻《ろうれい》を宗《むね》とし、礼法に拘《かかわ》らず。多く人衆を率ゐ、常に南海、山陽等の国々に行き、濫吹を事とす。暴悪の類、かの威猛を聞き追従稍《やや》多し。官物を押し取り、官舎を焼亡す。これを以てその朝暮の勤めとす。遥かに将門(3)の謀反《むほん》の由《よし》を聞き、また逆乱を企て、ようやく上道せんとす。このころ、東西二京、連夜放火あり。これにより、男は夜を屋上に送り、女は水を庭中に運ぶ。純友の士卒、京洛に交り致す所と云々。ここに備前介子高《さねたか》、(4)この事を風聞し、その旨《むね》を奏聞せんがため、十二月下旬、妻子をあひ具し、陸路より上道す。純友これを聞き、まさに子高を害せんとし、郎等文元《ふみもと》(5)らをして追はしむ。摂津国兎原《うはら》郡須岐駅に及び、文元ら、矢を放つこと雨のごとし。遂に子高を獲《え》、耳を截《き》り鼻を割き、妻を奪ひ将《い》て去りをはんぬ。子息ら、賊のために殺されをはんぬ。公家大きに驚き、固関《こげん》使《し》を諸国に下す。かつ純友に教諭の官府を給ひ、兼て栄爵に預からしめ、従五位下に叙す。しかるに純友の野心いまだ改めず、猾賊いよいよ倍す。讃岐国、かの賊軍と合戦し大破す。矢に中《あた》り死する者数百人。介《すけ》藤原国風《くにかぜ》(6)の軍敗る。警固使坂上敏基《としもと》(7)を招き、ひそかに阿波国に逃れ向かふなり。純友国府に入り放火焼亡し、公私の財物を取るなり。介国風、更に淡路国に向ひ、具《つぶ》さに状を注し、飛駅にて言上す。二ヶ月を経《へ》、武勇の人を召集し、讃岐国に帰り、官軍の到来をあひ待つ。時に公家、追捕使《ついぶし》左近衛少将小野好古《よしふる》(8)を遣はし長官とし、源経基(9)を以て次官とし、右衛門尉藤原慶幸《よしゆき》(10)を以て判官とし、左衛門志《さかん》大蔵春実《はるざね》(11)を主典《さかん》とす。すなはち播磨、讃岐等二ヶ国に向かひ、二百余艘の船を作り、賊地伊予国を指し、艤《ぎ》し向かふ。ここに於いて純友儲《もう》くる所の船、千五百艘と号す。官使いまだ到らざる以前、純友の次将藤原恒利丸《つねとしまる》(12)、賊陣を脱け、ひそかに逃れ来て、国風の処に着く。件《くだん》の恒利、よく賊徒の宿所、隠家《かくれが》ならびに海陸両道の通塞《つうそく》の案内を知る者なり。よつて国風、置きて道の指南とし、勇捍《ようかん》の者を副《そ》へ賊を撃たしむ。大敗して散ること、葉の海上に浮くがごとし。かつは陸路を防き、その便道《びんどう》を絶つ。かつは海上に追ひ、その泊る処を認む。風波の難に遭ひ、共に賊の向かふ所を失ふ。あひ求むる間、賊徒大宰府に到る。更に儲くる所の軍士、壁を出、防き戦ふ。賊のために敗らる。時に賊、大宰府累代の財物を奪ひ取り、火を放ち府を焼きをはんぬ。寇賊郡内の間、官使好古、武勇を引率し、陸路より行き向ふ。慶幸、春実ら、棹を鼓し、海上より筑前国博多津に起ち向かふ。賊、すなはち戦を待ち、一挙に死生を決せんと欲す。春実、戦酣《いくさたけなわ》にして、袒《かたぬ》ぎ髪を乱し、短兵を取りて振り、呼びて賊中に入る。恒利、遠方《とおかた》(13)ら、またあひ随ひ、遂に入りて数多《あまた》の賊を截《き》り得たり。賊陣、更に船に乗り戦ふ時、官軍、賊船に入り、火を着けて舟を焼く。凶党遂に破れ、ことごとく擒《きん》殺《さつ》に就く。取得する所の賊船八百余艘、箭《や》に中《あた》り死傷する者数百人、官軍の威を恐れ、海に入る男女勝《あげ》て計《かぞ》ふべからず。賊徒の主伴、あひ共に各離散し、あるいは亡び、あるいは降《くだ》り、分散すること雲のごとし。純友、扁舟に乗り、伊予国に逃れ帰る。警固使橘遠保《とおやす》(14)のために擒《とら》はる。次将ら皆、国々処々に捕へらる。純友を捕へ得て、その身を禁固す。獄中に於いて死す〔月日たしかならず。追ひて考へ入るべし〕。

(1) 明達　八七一?～九五五。俗姓土師《はじ》氏、摂津国住吉の人。比叡山で天台座主《ざす》尊意に師事。

平将門の乱の際、美濃国中山南神宮寺で四天王法を修し、その功績で、内供奉十禅師に補《ふ》された。(2)純友　?〜九四一。藤原良範《よしのり》の子で、良範は忠平の従兄弟。伊予掾、伊予国警固使となり、追捕の功績を挙げるが、将門の乱が起きたのとほぼ同時期に戦乱を起こす。(3)将門　平将門。(4)子高　生没年未詳。中納言藤原諸葛《もろくず》の孫、末業《すえなり》の子。越後・讃岐などの守を歴任。(5)文元　?〜九四一。藤原。弟の文用《ふみもち》と、乱後僧侶に姿を変えて潜伏するが、但馬国朝来郡で殺された。(6)国風　生没年未詳。讃岐介。藤原佐高《すけたか》の子。伊勢守・河内守を歴任。(7)坂上敏基　未詳。(8)好古　八八四〜九六八。小野葛絃《くずお》の子、道風《とうふう》の兄。承平《じょうへい》の乱に続き、天慶の乱でも追捕山陽南海両道凶賊使に任ぜられた。天暦元年(九四七)、六十四歳で任参議。(9)経基　?〜九六一。清和源氏の祖。(10)藤原慶幸　未詳。(11)大蔵春実　未詳。『扶桑略記』は「右衛門志」とする。(12)藤原恒利丸　未詳。(13)遠方　未詳。『扶桑略記』は「遠保」とする。(14)遠保　?〜九四四。天慶元年(九三八)、武蔵国での興世王《おきよ》・源経基と武蔵武芝《たけしば》の衝突を政府に報告した橘近保《ちかやす》の兄弟。平将門の乱当時は相模掾。天慶四年、伊予国警固使として藤原純友の乱の追討に当たった。追討の功により伊予国宇和郡を賜る。美濃介。天慶七年、帰宅の途中殺害された。

訳　天慶二年(『扶桑略記』は三年。九四〇)一一月二一日、勅命があり、内供奉十禅師明達を摂津国住吉神宮寺に遣わし、瀬戸内の凶悪な賊、藤原純友を降伏させようと、十四日間、(武神)毘沙門天調伏の法を行わせた。一門の僧二十人を伴った。この修法を行って、海賊純友らは、とうとう捕えられた。

『純友追討記』には次のようにある。伊予掾藤原純友は、その国に居住する海賊の頭《かしら》だった。ただ備わった性質は狼のように欲深く道理に悖《もと》り、礼法を守らなかった。多くの人々を率い、いつも南海・山陽の国々で狼藉を働いていた。暴悪の輩は、純友の猛々しい様子を噂に聞き、従うものがだんだんと増えていった。公の物を強奪し、官舎に放火し、これらを日課にしていた。遠く将門謀叛の情報を得て、自分らも叛逆を企て、上京しようとした。この頃、都の東西で、毎晩放火があった。そのため、男たちは屋根で夜を過ごし、女たちは庭に水を運んだ。純友の配下の者たちが、都に紛れ込み、放火していたのだ。その時、備前介藤原子高がこのことを知り、奏上するため、一二月下旬、妻子を連れて陸路上京を企てた。純友はそれを知り、子高を殺そうとして、郎等の文元らに跡を追わせ、摂津国菟原郡酒岐の駅に到達した。文元らは雨のように矢を放ち、とうとう子高を捕らえると、耳を切り鼻を削ぎ、妻を奪って去った。子高の子息たちは賊のために殺されてしまった。朝廷はこれを聞いて大いに驚き、三関《さんかん》(近江国逢坂、伊勢国鈴鹿、美濃国不破)を守る固関使を各地に派遣した。純友には教諭の官符を与える一方、栄爵を授け従五位下に叙し(懐柔を図っ)たが、純友は野心を改めることなく、狼藉の勢いを増した。讃岐国の軍勢はこの賊軍と合戦し、大敗した。矢に当たって死ぬ者は数百人、讃岐介藤原国風の軍は敗れ、警固使坂上敏基を招いて、共に密かに逃れ、阿波国に向かった。純友は讃岐の国府に入り、火を放って焼き滅ぼし、公私の財物を奪った。讃岐介国風は、さらに淡路国に逃れ、状況を記し駅馬を飛ばして報告した。二カ月後、武勇の人々を召集して讃岐国に戻り、官軍の到来を待った。朝廷は、左近衛少将小野好古を追捕の長官とし、源経基を次官、右衛門尉藤原慶幸を判官とし、左衛門志大蔵春実を主典として遣わした。播磨・讃岐の二国に向かい、二百余艘の船を作り、賊徒の地伊予国を目指して船を発向する。この時点で純友の設けた船は千五百艘と豪語していた。朝廷からの使が到着する前に、純友配下の次将藤原恒利丸が、純友の陣を抜け、ひそかに逃げて讃岐介国風のもとにやって来た。この恒利は、賊徒らの停泊地や隠れ家、海陸両道の通り道の情報を知っている者だった。よって国風は恒利を案内役にし、勇敢の者をつけて純友たちを撃破させた。賊の大敗ぶりは、海上に葉が浮かぶようだった。陸路を塞ぎ、退路を断ち、海上で追い詰めて、停泊地を尋ねあてたところに、風波の難が加わって、賊は身動きがとれなくなった。捜索すると、賊徒らは大宰府に移動した。重ねて募った兵士たちは、防護の壁から出て、防ぎ戦ったが、賊徒たちに敗れた。賊徒は大宰府累代の財物を奪い取り、放火して大宰府を焼き払った。郡内に悪逆の賊たちがいるところに、官使好古が、武勇の者を連れて陸地から攻撃した。判官慶幸・主典春実らは船を操って、海上から筑前国博多津を目指す。賊徒は一行を待ち受け、一挙に生死を決しようとした。春実は火のように戦い、肌脱ぎして髪を乱し、短い武器をとって振りかざし、叫びながら賊に切り込んだ。恒利や遠方らもまたこれに続き、敵中に入って多くの賊を切り倒した。賊徒一行はさらに船に乗って戦い続け、官軍が賊船に乗り込み、火を付けて船を焼いた。凶賊たちはとうとう敗北し、ことごとく捕縛されたり殺害されたりした。官軍が得た賊の船は八百余艘、矢に当たって死傷した者は数百人、官軍の威を恐れて自ら海に身を投げる男女は数え切れなかった。賊軍の主と家来とは、皆散り散りになり、ある者は死に、ある者は投降し、雲のようにばらばらになった。純友は小舟に乗って伊予国に逃げ帰ったが、警固使橘遠保に生け捕りにされた。次将たちも皆、それぞれの国や土地で捕えられた。こうして純友を捕縛することができ、禁固した。(純友は)獄舎で死亡した〔月日ははっきりとしないので、後に調査して記入せよ〕。

評　純友らが自分たちの庭とも言うべき海を舞台に、船を操って神出鬼没に攻め、あるいは逃げて回った様子がうかがわれる。本話でも、一連の将門記事同様、はじめに乱の結末が記され、そこに到る顚末を記す形式をとるのは、典拠である『扶桑略記』の通り。

一一　平維衡、出家の事

維衡《これひら》(1)、年来《としころ》、黒葛筥《つづらばこ》の口なきを、脇足《きょうそく》の様に抑へて持ちたりけり。出家の時、切り放ちこれを見るに、袈裟《けさ》、剃刀《かみそり》を納むるなり。参河入道《みかわのにゅうどう》(2)に受戒し、周羅を落とす日、これを得《う》、と云々《うんぬん》。年来全く人に知らせず、と云々。

（1）維衡　生没年未詳。平貞盛の子。伊勢平氏の祖。一条天皇女御《にょうご》藤原顕光《あきみつ》女元子のために堀河院を修造、藤原道長や藤原実資《さねすけ》にも接近した。下野守・伊勢守・上野介・常陸介などを歴任。（2）参河入道　?～一〇三四。俗名大江定基《さだもと》。参議斉光《ただみつ》の子。参河守・図書頭などを勤め、永延二年（九八八）出家、法名寂照（昭）。長保三年（一〇〇三）に入宋。中国杭州で没。

訳　平維衡は、長年、丈夫な葛《かずら》で編んだ（通常かぶせ蓋のある）つづら箱の口のないのを、脇息のように抱えて持ち歩いていた。出家した時、この箱を切ってみると、中には袈裟、剃刀を入れてあった。三河入道寂照に受戒して周羅髪（頭頂に残した髪など諸説がある）を落とした日、これらを与えられたという。長年全くこのことを人に知らせなかった。

評　授戒の時から寂照には、将来維衡が出家にまで到ることが予見されていたので、中身を言わず箱を維衡に与え、持ち歩くよう命じたとの、寂照の眼力に焦点を当てた解釈があるが、全体を維衡の主体的な行動と解したい。武士の棟梁が、部下の統率のため、仏門に帰依《きえ》して勇猛心を失ったと見られぬよう心したとは、四―二話の源満仲の説話にも見られたところ。本話の場合は、誰にも知られず信仰心を維持し続け、遂に出家に到った維衡の信念の強さを表しているだろう。

一二　源頼光、頼信を制止の事

頼信(1)は町尻殿《まちじりどの》(2)の家人《けにん》なり。よつて常にいはく、「わが君のおんため、中関白《なかのかんぱく》(3)を殺すべし。われ、剣戟《けんげき》を取りて走り入らんに、誰人かこれを防禦《ぼうぎょ》せんや」と云々。頼光(4)この事を漏れ聞き、大きに驚き制止していはく、「一つには、殺し得《う》る事、極めて不定《ふじょう》なり。二つには、たとひ殺し得といへども、その悪事により、主君の関白となる事、不定なり。三つには、たとひ関白となるといへども、一生の間、隠れなく主君を守る事、また不定なり」と。

（1）頼信　九六八～一〇四八。源満仲の子。河内源氏の祖。上野・常陸・伊勢などの受領を歴任、甲斐守の時、平忠常《ただつね》の乱（一〇二八）を平定して名声を決定的にし、美濃守に任ぜられた。(2)町尻殿　藤原道兼《みちかね》(九六一〜九九五)。兼家《かねいえ》の子。長徳元年(九九五)四月一〇日に関白道隆《みちたか》が没した後、関白・氏長者《うじのちようじや》となるが、五月八日に没し、七日関白と称された。贈太政《ぞうだじよう》大臣《だいじん》正一位。(3)中関白　藤原道隆(九五三〜九九五)。兼家の子。道兼・道長《みちなが》らの同母兄。伊周・隆家《たかいえ》・中宮定子らの父。一条朝の関白・摂政。(4)頼光　九四八?〜一〇二一。源満仲の子。頼信の兄。摂津源氏の祖。一条朝を代表する武者とされ、酒呑童子《しゆてんどうじ》退治の主人公として語られる。藤原兼家や道長に、莫大な財力をもって奉仕。正四位下、摂津守。

訳　源頼信は道兼公の家人だった。それで頼信はいつも「わが君のため、道隆公を殺そうと思う。わたくしが武器を持って走り込んで行ったなら、だれが防御できようか」と言っていた。兄の頼光がこれを洩れ聞いて、非常に驚いて制止するには「一つには、確実に道隆公を殺しおおせるかどうか、ひどく不確実だ。二つには、もし殺せたとしても、その悪事のため、主君道兼公が関白に就任できるか、不確実だ。三つには、もし関白になれたとしても、一生の間、確実に主君を守り通せるかもまた、不確実だ」と言った。

評　花山《かざん》天皇の電撃的出家を促したのが五位蔵人《ごいくろうど》だった道兼で、その時、兼家の命令で天皇を護衛した「なにがしかがしといふいみじき源氏の武者たち」(『大鏡』花山院)が、満仲とその周辺であった可能性は高い。道兼は花山を退位させ、一条の早期の即位を実現した立役者なのに、兼家から摂政を譲られなかったことが不満で、父の喪に服さなかった(『大鏡』道兼)。結局兼家の後をとったのは嫡男の道隆で、道兼の家人だった頼信も、それに不満だった、というわけだが、軍事貴族として道長をはじめとする摂関家への奉仕を続けた頼光と、『今昔物語集』二五などに見られる、東国の武士の気風に通じ、武威により彼らを従えていった頼信という人物像を、印象的に対比する一話である。

一三　源斉頼、よく鷹を知る事

出羽守源斉頼《ただより》(1)は、若冠の昔より、衰暮の時に至るまで、鷹を飼ふを以て業とす。春夏冬を分かたず、家中にも二十ばかりこれを飼ふ。家人のもと、所領の田舎などにも、また巨《こ》多《た》に置きたりけり。七旬の後、目に雉《きじ》の觜《くちばし》おひ出て、両眼損じにけり。しかるに、自身仕《つか》ふ事はなけれども、少々はなほ飼ひて、あけくれ手に居《す》ゑて、掻き撫でて愛しけり。

ここに、ある人、信濃鷹《しなのたか》を儲けたりけるを、この斉頼のもとへ持ち来ていはく、「西国に侍る者、この鷹を給ひて候ふ。今は御覧ぜねば、詮なく侍れど、申し合はせ奉らんとて、居《す》ゑて参り侍るなり」と云々。病席に沈む者、この事を聞き、起き出ていはく、「興ある事かな。西国の鷹も賢くは、あへて信濃鷹、奥鷹《おくたか》に劣らざる物なり。将《い》ておはせ。すゑて探らん」といひければ、進み寄りて鷹を移しければ、白髪に帽子かづきて、たふの直垂《ひたたれ》小袴に、九寸ばかりなる腰刀のつかに、くすねいと巻きたる、脇つぼにさして、鷹を居ゑ移す後は、気色も事のほかにすくよかげに成りて、たかたぬきより探り上げて、取手など探りて、右拳をにぎりて、足二つの間にさし入れて、打ちうなづきて、また肩崎《かたさき》の程、探り廻して、打ちうなづきうなづきしていはく、「心浮き事かな。盲になりたりとてはかり給ひけるな。これは信濃の腹白が栖《す》の鷹にこそ侍りけれ。西国の鷹はかやうの毛ざし、骨並《ほねなみ》のしたらばこそあらめ」といひけり。

最後には鳥の毛遍身に生《お》ひて死にけり。

（1）斉頼　生没年未詳。源忠隆《ただたか》の子。前九年《ぜんくねん》の合戦平定のため天喜五年（一〇五七）に出羽守に任ぜられるが、源頼義《よりよし》らに協力せず、安倍頼良《よりよし》（頼時《よりとき》）の弟、僧良昭が出羽に逃れた際には、捕縛して京に送った。「政頼」とも表記、後代、鷹飼《たかがい》の家の政頼《せいらい》流は諏訪流と並び称された。狂言「政頼《せいらい》」（餌差十王《えさしじゆうおう》）の主人公。

訳　出羽守源斉頼は、若い時分から老年に到るまで、鷹飼を専門にした。春でも夏でも冬でも、家の中でも二十羽ほど飼った。家人の家や所領の田舎などにも、また大量の鷹を預け飼わせていた。七十歳を過ぎてからは、(鷹狩の主な獲物である) 雉の嘴が目から生え出てきて、両眼が見えなくなった。それでも、自分でせっせと飼うことはなくなったものの、少しは身の回りに鷹を置いて、朝な夕な腕に止まらせては撫でて愛玩していた。

そんな頃、ある人が、信濃の鷹を手に入れ、この斉頼のところに持って来て「西国におります者が、この鷹をくれました。今は目がお見えにならないのでどうしようもございませんが、わたくしが耳からお聞かせし、鑑定して頂きたいと思って、連れて参りました」と言った。病を養っていた斉頼は、これを聞くと起き出して来て「おもしろい。西国の鷹も、賢いものは、信濃や奥州の鷹に劣らないものだ。ここに連れていらっしゃい。腕に止まらせて触ってみよう」と言うので、客人が近付いて来て斉頼の腕に鷹を移し止まらせると、白髪に鷹飼用の綿《わた》帽子を被り、太布《たふ》(樹皮の繊維を紡いだ粗い布) の裾の短い小袴に、二十七センチメートルほどの腰刀の、柄《え》に (松脂《まつやに》と油を混ぜて煮たものを表面に塗りつけた、強度のある) 薬練《くすね》糸《いと》を巻いたのを、脇の下にはさみ、鷹を腕に移し止まらせた後は、気分も非常によくなった様子で、(鷹を据える腕覆いである) 鷹手貫《たかたぬき》から、鷹の足緒をつけるあたりなどを探って、右の拳を握って両足の間に入れて (鷹足の良し悪しを探り) 頷くと、また肩先の辺りを探り回して頷き頷きして言うには「情けないことだ。目が悪くなったからとわたくしをだまされましたな。これは、信濃の、腹の羽毛が白い鷹の、巣の中にいた雛を捕って成長させた巣鷹《すたか》でございましょう。西国の鷹は、このような毛や骨格をしているはずがない」と言った。
最後には、全身に鳥の毛が生えて来て死んだ。

評　前話の頼光・頼信の父満仲の、弟満正の孫が本話の斉頼で、放鷹《ほうよう》（鷹匠《たかじょう》）の名人の逸話。鷹狩が殺生の報いを受ける話題は数多いが、本話の斉頼の場合は奇譚。衰えぬ鷹鑑定の実力と、染みついた長年の習性が描かれている。

一四　藤原保昌、平致頼に逢ふ事

丹後守保昌《やすまさ》(1)、任国に下向の時、よさむの山に白髪の武士一騎逢ひたるが、路傍なる木の下に、すこぶる打ち入れて立てたりけるを、国司の郎従らいはく、「この老翁、何ぞ下馬せざるや。奇怪なり。咎《とが》め下ろすべし」と云々。ここに国司いはく、「一人等千《いちにんとうぜん》といふ馬の立て様なり。直《ただ》なる人にあらざるか。咎むべからず」と制止して、打ち過ぐる間、二、三町《ちょう》ばかりさがりて、大矢左衛門尉《おおやのさえもんのじょう》致経《むねつね》(2)、数多《あまた》の兵を引率し、これに逢ふ。国司と会釈の間、致経いはく、「ここに老者や一人逢ひ奉り候ひつらん。致経の愚父、平五太夫《へいごたゆう》(3)に候ふ。堅固の田舎人にて子細を知らず。定めて無礼を現ぜんか」と云々。致経過ぎて後、国司「さればこそ」といひけり。

(1) 保昌　九五八〜一〇三六。藤原致忠《むねただ》の子。正四位下。藤原道長・頼通の家司《けいし》。大和守・摂津守・左馬頭などを歴任。(2) 致経　平致頼《むねより》の子。生没年未詳。藤原頼通に仕え、長い矢を愛用したため「大矢」と呼ばれた。治安元年（一〇二一）、東宮史生安行《やすゆき》殺害が発覚し、いくつもの殺人および殺人未遂が露顕、平維衡《これひら》の子の正輔《まさすけ》に逮捕された。本拠地伊勢で、同族の維衡流平氏と度々軍事衝突を起こした。(3) 平五太夫　平致頼（?〜一〇一一）。一条朝の勇士として名高い。国香の弟良兼の孫で、公雅《きんまさ》の子。長徳四年（九九八）暮れ、伊勢国で平維衡と合戦に及び、隠岐遠流の処分を受けたが、長保四年（一〇〇二）本位に復した。

訳　丹後守藤原保昌が任国に下向する時、(京都府西北部、丹後と丹波の境である) 与謝《さ》峠で、馬に乗った白髪の武士一騎と出会ったが、路傍の木の下の、ぐっと引っ込んだ位置に馬を立たせていた。保昌の郎等らが「この老翁はなぜ下馬しないのだ。無礼である。ひきずりおろそう」と言った。しかし保昌は「一人で千人にも相当する、一人当千の武者の馬の立て方だ。ただ人であるまい。かまってはいけない」と制止し、黙って通過したところ、二、三〇〇メートルほど遅れて、大矢左衛門尉平致経が、多くの兵を引き連れて向こうからやって来た。保昌と会釈した後、致経が「今、ここに老人が一人行き会い申し上げましたでしょう。致経の愚父、平五大夫致頼でございます。全くの田舎者で礼儀を知りません。きっと無礼をしでかしたにちがいない」と言った。致経一行が通り過ぎた後、保昌は「やはり」と言った。

評　思わぬ伏兵の実力を、道の達人だからこそ見抜くことができた、という逸話。本話の登場人物たちは、軍事貴族として、権門の警固に勤めると同時に、時には暗殺者として活動する、プロの武人たちだった。『古事談』の読者は、そうした彼らの素顔についての知識も持ちつつ、本話を享受したと考えられる。

一五　源頼義、母に不孝の事

頼義《よりよし》(1)と御《み》随身《ずいじん》兼武《かねたけ》(2)とは一腹なり。母(3)、宮仕《みやづかえ》の者なり。件《くだん》の女を頼信(4)愛して、頼義を産ましむ、と云々。その後、兼武の父(5)、件の女のもとなりける半物《はしたもの》を愛しけるに、その主の女、「おのれが夫、われにあはせよ」とて、進みて密通の間、うみたるなり。頼義、この事を聞き、心憂き事なりとて、永く母を不孝して、うせて後も、七騎《しちき》の度、乗りたりける大葦毛《おおあしげ》が忌日《きにち》をばしけれども、母の忌日をばせざりけり。

(1) 頼義　源頼義（九八八〜一〇七五）。頼信の長男。相模守、陸奥守、伊予守などを歴任。鎮守府将軍《ちんじゆふしょうぐん》。父に従い、長元四年（一〇三一）平忠常の乱を鎮定。康平五年（一〇六二）には安倍氏との前九年の役を平定し、東国における支配を確立した。(2) 兼武（大《おお》）中臣兼武《なかとみ》（生没年未詳）。近衛舎人《とねり》。藤原頼通の随身。人長《にんじよう》として評判が高く、中臣氏人長の祖とされる『続古事談』五―三四）。ちなみに『徒然草』二三八の「御随身近友《ちかとも》」は、兼武の子。(3) 母　修理命婦《すりのみようぶ》。伝未詳。(4) 頼信　九六八〜一〇四八。源満仲の子。頼光・頼親の弟。(5) 兼武の父　未詳。

訳　源頼義と、頼通公の御随身（大）中臣兼武とは同腹の兄弟である。母は宮仕えの者で、この女を源頼信が寵愛して、頼義を産ませた。その後、兼武の父が、この頼義の母に仕えていた召使いを寵愛したが、女主人（頼義の母）は「お前の夫とわたくしを引き合わせよ」と言い、自ら進んで兼武の父と密通して、（兼武を）産んだのだった。頼義はこのことを耳にして、非常に情けないことだと言って、長い間母に親不孝をし、母が亡くなった後も、前九年の合戦の黄海《きのみ》の戦い（一〇五七）で頼義が大敗し、子の義家らとともに七騎になってしまい、頼義の馬も射殺された「七騎の度」の時乗った大葦毛（葦毛は白い毛に青・黒・褐色などの毛色が混じる）の馬の命日には仏事を行ったが、母の忌日に仏事を行わなかった。

評　典拠の『中外抄《ちゆうがいしよう》』下五三では、仁平四年（一一五四）三月二九日の座談で取り上げられた逸話。『中外抄』の語り手藤原忠実は、本話に続けて、頼義の長男義家《よしいえ》の母が能登守平直方《なおかた》女であり、義家の孫で義親の子為義《ためよし》の母は大学頭藤原有綱《ありつな》女なので「すでに華族」、貴族であることを語る。忠実にとっては、家格を急上昇させている河内源氏の武者たちの、数代前にはこのようなこともあった、という関心から本話を語っているらしい。『古事談』はというと、武士が長く怨みを忘れず、直情的でもある姿を映し出そうとしているようだ。

一六　源頼義、極楽往生の事

伊与入道頼義(1)は、壮年の時より、心に慙愧なく、殺生を以て業となす。いはんや十二年の征戦の間、人を殺す罪、勝《あげ》て計《かぞ》ふべからず。因果の答ふる所、地獄の業を免かるべからざる人なり。しかりといへども、出家入道遁世の後、堂〔みのはだう〕を建て、仏を造り、滅罪生善《しょうぜん》の志、猛利炳焉《へいえん》なり。件《くだん》の堂に於いて、悔過《けか》悲泣の涙、板敷より縁《えん》に伝ひ流れて地に落ちけり。その後、いひていはく、「われ、極楽往生の望み、決定《けつじょう》果たし遂ぐべし。勇猛強盛の心、昔、衣河《ころもがわ》の館《たち》をおとさむと思ひし時に違はず」と云々。果たして臨終正念に往生しをはんぬ。具《つぶさ》に伝ふる所と云々。

(1) 頼義　源頼義。前話参照。康平六年（一〇六三）二月、任伊予守。

訳　伊予入道源頼義は、壮年の時から、反省し恥じ入る気持ちがなく、殺生を専らにしていた。まして、都合十二年に亘る前九年の合戦（一〇五一～六二）で人を殺した罪は数え切れなかった。因果応報により地獄に堕ちることは免れられない人だった。しかし、出家遁世の後、堂〔みのわ堂〕を建て、仏を造り、罪滅ぼしをし善行を行おうとの気持ちが著しく強かった。その堂で、前非を悔い、悲しみ流す涙は、板敷から縁を伝い流れて地面に落ちた。その後、頼義は「わたくしの極樂往生の望みはきっと果たせると思う。勇猛この上ない強い気持ちは、昔、衣河の城柵《じょうさく》を落とそうと思った時と同じだ」と言った。実際、臨終時に正念を保ち、遂に往生を果たした。詳しく伝わっている通りである。

評 『続本朝往生伝』、『発心集』三―三は同話。殺生を業とする、仏法の対極に位置するような存在でありながら、武士の直情的な一途さが信仰に向いた場合、とてつもない力を発揮することがある例。『沙石集』四―三も「昔の武士は王位をも奪はんとし、将軍の名をもけがさんとしき」として平将門・畠山重忠《はたけやましげただ》の例を挙げ、「かかりし武士の親類骨肉、家を出て道に入りしは、皆、智恵賢く、修行激しく、器量強く、志大きなり」と語っている。五―五三話には、堂建立の縁起を記す。

一七　源義家、源国房父子と確執の事

九条民部卿大理《だいり》(1)の時、義家と光国(2)〔共に廷尉《ていい》〕と口論の時、義家いはく、「義家の手心《てごころ》、父のまうとは知りたるらむ。尋ねよ」と云々。光国《みつくに》(3)答へていはく、「親は親、子は子なり」と云々。

この事は、伊予入道頼義、(4)革堂《こうどう》に於いて逆修《ぎゃくしゅ》を修する間、義家聴聞の中間、郎等一人出来て、義家が耳にささやい事す。これを聞き、忿怒《ふんぬ》の色あり。宿所に帰り向かふ。ここに入道、郎等一人を呼びていはく、「左衛門尉、(5)怒気《どき》ありて帰りをはんぬ。何事のあるぞ。見て帰り来《く》べし」と云々。使帰り来ていはく、「ただ今、御きせながを取り出されて、つらぬきたてまつり、御馬に鞍を置かるる間なり」と云々。頼義、「さればこそ。怒りぬれば、眉、髪かみざまにあがるなり」とて、また、使者を以ていはく、「何事なりとも、この修善、残り今一両日なり。結願の後、いかなる事もせらるべし」とて、門に鎖を指し廻して、築垣《ついがき》を越えて帰り来《く》べき由《よし》、示し遣《つか》はしけり。使、いふがごとく指し廻して鎰《かぎ》を取りて帰りをはんぬ。義家、この由を聞きていはく、「をしの鞍《くら》、轡《くつわ》のみづつきにてあけよ」といひて、すなはちあけさせて、打ち出をはんぬ。

事の根元は、美濃国に郎等あり。国房《くにふさ》(6)〔光国の父〕のために笠とがめの間、弓を切らる、と云々。よつて、飛脚を以てその由を告ぐる間、義家これを聞き、父の制止に拘《かかわ》らず出る所なり。打ち出る時三騎、関山《せきやま》に於いて十五騎、翌日、国房の館《たち》に寄せしむる時、二十五騎と云々。火を懸け打ち入らしむる間、防禦《ぼうぎょ》の人なし。国房、紅の宿衣《しゅくえ》を着、本鳥《もとどり》を放ち、鷹をすゑて、はつまに乗りて後ろの山に入る、と云々。義家の郎等いはく、「敵は目にかけて候ふ。打ち取るべく候ふや」と云々。義家いはく、「さほどのものの誡め、これに過ぐべからず」と云々。「さやうにてありなむ」とて、打ち帰りをはんぬ。この事を手心とはいひけるなり。

（1）九条民部卿　藤原宗通《むねみち》（一〇七一〜一一二〇）。俊家《としいえ》の子。白河院の寵臣。正二位権大納言。検非違使別当《けびいしべっとう》（大理は唐名《からな》。一一〇〇〜〇四）。（2）義家　源義家（一〇三九〜一一〇六）。河内源氏の祖頼信の孫で、頼義の長男。八幡太郎《はちまんたろう》と称する。前九年の合戦の功績で従五位下、出羽守に任じ、次いで陸奥守、鎮守府将軍。後三年《ごさんねん》の役では清原清衡《きよひら》を助けて鎮定するも、私闘と扱われ、私財を投じて諸将に報いた。（3）光国　一〇六三〜一一四七。源満仲の子頼光の曾孫で、国房の子。従五位上、出羽守。（4）頼義　源頼義。前々話参照。（5）左衛門尉　義家。（6）国房　源頼国の子。美濃源氏の祖。康平七年（一〇六四）一〇月には頼義と（『水左記』）、一二月には義家と（『百練抄』）合戦を起こした。

訳　宗通卿が検非違使別当だった時、源義家と源光国（共に検非違使尉）が口論になり、義家が「義家が手心を加えたことを、父上は知っているだろう。聞いてみよ」と言った。光国は「親は親、子は子です」と言った。

このことは、義家の父、伊予入道頼義が、（皮聖《かわひじり》行円建立《こんりゅう》の）革堂行願寺《ぎょうがんじ》で、生前に自分の菩提《ぼだい》を弔う逆修を行っていた期間中、僧侶の説法を聴聞していた最中に、郎等一人がやって来て、義家に耳打ちした。これを聞いた義家は忿怒の形相になり、宿所に帰ろうとした。頼義は郎等一人を呼び「義家は怒気を帯びて帰った。何があったのか。様子を見て参れ」と命じた。使いは帰るなり「今、鎧を取り出され、騎兵用の履き物のつらぬき（一枚革の前方にひだを作り、括緒《くくりお》を入れた巾着状の沓《くつ》）をお召しになり、御馬に鞍を置いておられます」と報告した。頼義は「やはり。怒りで眉、髪が上に上がっていた」と言い、重ねて使者に「何があったにしても、仏事の残りはあと一、二日だ。結願した後、どういう行動にでも出るべきだ」と言わせ、義家の宿所の門に鎖を廻らし、帰りは塀を乗り越えて来るように命じて再び遣わした。使いは指示通り鎖を廻らし、鍵を取って帰って来た。義家は門の様子を聞くと「をしの鞍、手綱を結び付ける轡の金具で鍵を開けよ」と言い、すぐに鍵をあけさせて出立した。

事の起こりは、美濃国の所領にいる義家の郎等が、源国房（光国の父）から、下位の者が笠を取らずに通過する無礼をとがめられ、弓を切られた。それで、（郎等は）飛脚でこの旨を報告し、義家がその知らせを聞いて、父頼義の制止を聞かず出立したのだ。宿所を出た時三騎だったのが、逢坂山《おうさかやま》で十五騎、翌日、国房の館に寄せた時は二十五騎になっていた。館に火をかけ、討ち入ったところ、防御の人員はなかった。国房は紅の夜着を着、被り物もせず髻《もとどり》を放ったまま、鷹を据え、はつま（未詳）に乗って後ろの山に入った。義家の郎等が「敵は目前でございます。討ち取りましょうか」と言うと、義家は「あの程度の者への戒めは、このくらいにしておくべきだ」と言った。「この辺でよいだろう」ということで、すぐに都に戻った。この時のことを、義家は「手心」と言ったのだ。

評　をしの鞍・はつまは不明。「親は親、子は子」は『愚管抄』四にも当時の慣用句として見える。郎等に加えられた恥辱は自分の恥辱と、すぐに報復に行く義家と部下たち、襲撃された側が後ろの山に退く様がそれぞれ活写される。義家らの組織力は、次話で、より静かに描かれる。

一八　八幡殿の名を聞き、犯人降伏の事

義家、(1)陸奥前司《ぜんじ》のころ、常に左府(2)に参り、囲碁を打つ。あひ具する所、小雑色《こぞうしき》ただ一人なり。太刀を持ち、中門の内、唐井敷《からいしき》にあり。ある日、寝殿に於いて囲碁の間、たちまちに犯人を追ひ入るる事あり。抜刀して南庭を走り通る間、前司いはく、「義家が候ふぞ。罷《まか》り留まれ」と云々。この言を聞き入れず、なほ留らざる時、「われ候ふ由《よし》、申せやれ」と云々。その時、小雑色いはく、「八幡殿《はちまんどの》のおはしますぞ。罷《まか》り留まれ」と云々。この言

を聞き、たちまちに留り居て、刀を投げをはんぬ。よつて件《くだん》の小雑色、捕へ得《え》をはんぬ。この間、近辺の小屋に隠れ居たりける郎等ら四、五十人ばかり出来て、件の犯人をあひ具し将《い》て去りをはんぬ。日来《ひごろ》、一切武士ら、人々見ざる所なり。

（1）義家　源義家。前話参照。石清水八幡宮《いわしみずはちまんぐう》で元服したので八幡太郎と称する。永保三年（一〇八三）秋、任陸奥守。寛治二年（一〇八八）正月に後任の藤原基家《もといえ》が陸奥守に任ぜられたので、それ以降が「陸奥前司」。（2）左府　傍記に「堀川」とあるように、源俊房《としふさ》（一〇三五～一一二一）と考えられる。俊房は師房《もろふさ》の長男。左大臣（一〇八三～一一二一）。村上源氏の全盛期をもたらすが、子の仁寛（輔仁《すけひと》親王の護持僧）が鳥羽天皇暗殺を企てたとして、弟の源顕房《あきふさ》に主流が移った。

訳　源義家が陸奥前司だった頃、いつも俊房公のもとに参り碁を打った。連れるのは、下級の従者ただ一人だけだった。従者は太刀を持ち、門の柱下の角材のところに座っていた。ある日、いつものように母屋で碁を打っていると、急に何かの犯人が追われて入って来た。犯人は刀を抜き、庭を走り通ったので、義家が「義家がおりますぞ。とどまり申せ」と言った。犯人はこの言葉が耳に入らず、なお逃げ回ったので「わたくしがいると言ってやれ」と義家が言った。その時、従者が「八幡殿がいらっしゃるぞ。とどまり申せ」と言った。すると、この言葉を聞いて、犯人はすぐにおとなしくなり、膝をついて刀を投げ捨てた。そして従者は、犯人を取り押さえることができた。この間、近くの小屋に隠れていた郎等たち四、五十人ほどが出て来て、例の犯人を連れ去った。普段一切、これらの武士の姿を、人々は見かけなかった。

評 興奮して逃げ込んで来た犯人は、「義家」の名はろくに耳に入らないが、「八幡殿」と聞いた途端、すぐに投降する。そして小雑色のその声を聞いて、どこからともなく多くの郎等たちが姿を現した。義家と俊房との直接関係は史料で跡づけられないが、俊房邸に義家、広くは源氏の武者が出入りしていた可能性は、俊房が失脚した仁寛の鳥羽院暗殺計画とあい俟って、人々にある種の真実味を帯びて受けとめられたと思われる。

一九　白河院、源義家の弓を枕上に立つる事

白川院(1)、御寝《ぎよしん》の後、物にをそはれおはしましけるころ、「しかるべき武具を御枕上に置くべし」と御沙汰ありて、義家朝臣(2)に召されければ、まゆみの黒塗《くろぬり》なるを一張《ひとはりまい》進らせたりけり

けるを、御枕上に立てらるる後、おそはれさせおはしまざりければ、御感ありて、「この弓は十二年合戦の時や持ちたりし」と御尋ねある処、覚悟せざる由《よし》申しければ、上皇頻《しき》りに御感ありけり。

（1）白川院　院政一〇八六～一一二九。（2）義家　源義家。承徳二年（一〇九八）一〇月に院の昇殿を許された。

訳　白河院がお休みの後、しばしば物の怪《け》に襲われることがあり、「適当な武具を枕上におくべきだ」ということになって、義家朝臣に提出させなさったところ、檀《まゆみ》で作った黒塗りの弓一張をさし上げ、それを院が枕上に立てられた後、物の怪に襲われることはなくなられたので、感心なさって「この弓は、（父頼義と、安倍頼時・貞任《さだとう》・宗任《むねとう》らを鎮圧した）前九年の合戦の時に持っていたものか」とお尋ねがあったが、記憶にないと申し上げたので、上皇はしきりと感心なさった。

評　寝所の守り刀として（『今昔物語集』二二―七）、物の怪対策として（同一二―三〇）、枕元には、武具や経など霊力のあるものを置く習慣があった。上皇は刀の威力に加え、貴族的な恭しさ（一―三五話など）にも通じる、義家の返答の仕方にも感心したものか。

二〇　源義家、山鳩の怪に慄く事

寛治《かんじ》五年八月十四日、義家朝臣(1)のもとに山鳩ありて、渡殿《わたどの》の欄の上に居《い》たり。義家恐れを成し、出て拝す。鳩、さらに寝屋《ねや》の中に入り、長押《なげし》の上に居て、口中より椋《むく》の実三粒を落して死去しをはんぬ。義家いはく、「これ、八幡の御使か。近く慶賀あるべき事なし。定めて凶事か」。よつて銀剣一腰、駿馬一疋《いつぴき》を以て、十五日の暁、助道《すけみち》(2)、惟貞《これさだ》(3)らを使はし、八幡に奉る、と云々。

（1）義家　源義家。（2）助道　藤原資通。生没年未詳。山内首藤家《やまのうちすどうけ》の祖。藤原秀郷の末裔。資清《すけきよ》（助清）の子。後三年の合戦で源義家に従い戦功を上げる。鎌田通清《みちきよ》らの父。（3）惟貞　未詳。

訳　寛治五年（一〇九一）八月一四日、義家朝臣のところに山鳩が来て、屋根のついた渡り廊下の手すりに止まった。義家は恐れを成し、外に出て拝んだ。鳩はさらに寝屋の中まで入り、柱と柱をつなぐ横木の上に座り、口から椋の実三粒を落として死んでしまった。義家は「この鳩は八幡の御使者だろうか。近い将来慶賀の予定はないところをみると、きっと凶事の予兆に違いない」と言った。それで銀の剣一振り、駿馬一匹を、八月一五日の石清水八幡宮放生会《ほうじょうえ》の早朝、助道・惟貞らを遣わして、八幡に奉納したという。

評　五―一〇話では、宇佐八幡宮の使らしき鳩が宮中に、宇佐宮の訴えの行方を見届けに来ており、『大鏡』昔物語には「八幡の放生会には……御前ちかき木に山鳩のかならず居」ると見える。八幡は源氏一門の氏神であり、中でも義家は、八幡の申し子とされ八幡太郎と称された。三粒の実は八幡三所（八幡宮に祀られる三神）の暗示と受け止められたものか。ちなみにこの翌年五月には、義家の荘園停止令が出されて、白河院からの牽制が強まっており、鳩はこうした事態を告げに来たのかも知れない。

二一　源義家、堕地獄の事

義家朝臣(1)、懺悔の心なきにより、遂に悪趣に堕ちをはんぬ。病悩の時、家の向かひなりける女房の夢に、地獄絵に書きたるやうなる鬼形《きぎよう》の輩《やから》、その数、かの家に乱入し、家主を捕へ、大札を先にこれを持ち、将《い》て出けり。札の銘には、「無間《むげん》地獄の罪人、源義家」と書きたり。後朝に「かかる夢をこそみつれ」とて案内せしむる処、守殿《こうのとの》、この暁逝去す、と云々《うんぬん》。

(1) 義家　源義家。嘉承元年（一一〇六）七月一日頃没した。

訳　義家朝臣は、自分の罪を反省し恥ずかしいと思う気持ちがなかったので、とうとう地獄に堕ちてしまった。病に苦しむ最中に、邸の向かいに住む女房の夢に、地獄絵に描いた（牛頭《ごず》・馬頭《めず》の）ような鬼が多数、義家の邸に乱入し、家主の義家を捕え、大きな札を持って先導し、連れて出て来た。札には「無間地獄に堕ちる罪人、源義家」と書いてあった。翌朝「こんな夢を見た」と、義家邸に知らせると、義家がその早朝亡くなったとのことだった。

評　八幡神に対して恭しかった義家だが、仏道に対しては謙虚な気持ちを持っておらず、父頼義と対照的な死を迎える。無間地獄は阿鼻《あび》地獄の漢訳で、猛火に焼かれ極限の苦しみを味わう。『発心集』三―三はこの逸話の主人公を頼義の「息」とし、義家と特定していない。ちなみに『中右記』は義家死去の報に接し「武威天下に満つ。誠にこれ大将軍に足る者なり」と述べるが、子の義親《よしちか》追討を記した箇所では「故義家朝臣年来武士の長者たり。多く罪なき人を殺す、と云々。積悪の余り、遂に子孫に及ぶか」と記す。

二二　後藤内則明、白河院に合戦の物語の事

白川院(1)の御時、後藤内則明《ごとうないのりあきら》(2)、老衰の後、召し出して、合戦の物語せさせられけるに、まづ申していはく、「故正きみの朝臣(3)、鎮守府を立ちてあいたの城に付き侍る時、薄雪の降り侍りしに、いくさの男共」と申す間、法皇仰せられていはく、「今はさやうにて候へ。事の体《てい》はなはだ幽玄なり。残る事等、この一言に定まるべし」とて、御衣《おんぞ》を賜ふ、と云々。

（1）白川院　一〇五三～一一二九。（2）則明　藤原利仁《としひと》の末裔、則経《のりつね》の子。源頼義の郎等で、前九年の合戦、黄海《きのみ》の攻防（一〇五七）で生き残った猛将「七騎」の一人。（3）故正きみの朝臣　未詳。底本に「義家か」と傍記があるが、例えば『十訓抄《じっきんしょう》』六―一七は「故頼義朝臣」とする。

訳　白河院の時代に、後藤内則明が老い衰えてから召し出され、合戦の物語をおさせになった。後藤内はまず「故正きみの朝臣（未詳。源義家か）が胆沢城《いさわじょう》（現奥州市水沢区）の官府を出て、秋田の城砦《じょうさい》（現秋田市）に着きました時、薄雪が降りまして、兵たちは」と申し上げたところ、法皇は「そこまででよい。大変ゆかしい風情だ。続きも見事であることは、この一言だけで明らかだ」とおっしゃり、褒美の御衣を賜った。

評　「幽玄」の用例の一つとしても有名な一話。白河院は、激戦の語り始めに、薄雪が軍兵の鎧を白く覆う光景を添える美的描写に感心したのだろう。本話は「いくさ語り」の実態を伝える逸話でもあるが、聞き手の王侯貴族側が、何に関心を持ってそれを聞いたのかを考える上でも興味深い。

二三　源義親、追討の事

前対馬守《さきの》義親、(1)康和《こうわ》五年十二月二十八日、筥崎宮《はこざきぐう》の訴により隠岐国に配流《はいる》す。しかるに配所に赴かず、出雲国を経廻る。しかる間、悪事を発《お》こし、当国の〔家保《いえやす》(2)卿任ずる〕目代《もくだい》を殺す。この事により、追討の宣旨を下さる。嘉承《かしょう》三年正月六日、誅《ちゅう》せられをはんぬ。同二十九日、梟首《きょうしゅ》を右獄の樹に懸く。しかるに大治《だいじ》のころ、自ら義親を称する輩《やから》一両人〔鴨《かも》院《いん》、大津〕、所々に出来たり、各真偽を争ふ間、諠嘩《けんか》多端と云々。

（1）義親　?～一一〇八。源義家の子。康和三年（一一〇一）、対馬守在任中、濫行《らんぎょう》を大宰府に訴えられ、官使を殺害して隠岐国に配流されるが、嘉承二年（一一〇七）出雲国目代を殺害、追討使平正盛《まさもり》に討たれた。（2）家保　藤原家保（一〇八〇～一一三六）。顕季《あきすえ》の子。白河・鳥羽の近臣として寵用された。従三位参議。康和六年正月、任出雲守。

訳　対馬守を解任された源義親は、康和五年（『中右記《ちゅうゆうき》』他では四年）一二月二八日、筥崎八幡宮の訴えで隠岐国に配流された。しかし配所に向かわず、出雲国を逃げて回り、悪事を起こして、出雲国の〔守藤原家保卿が任命した〕目代を殺害した。このため、追討の宣旨が下された。嘉承三年一月六日、誅殺された。一月二九日、右獄の〔樗《おうち》の〕木にさらし首された。しかし、崇徳天皇の大治（一一二六～三一）の頃、自ら義親と称する連中が一人二人、〔藤原忠実《ただざね》の邸宅鴨院（鴨井殿）や大津など〕所々に出来し、真偽のほどが問題になり、騒ぎになった。

評　例えば誅殺九年後の永久五年（一一一七）には、坂東に義親を称する者が現れ、元永元年（一一一八）・保安四年（一一二三）には、下総守（前司）源仲正《なかまさ》が逮捕して連れて来た「義親」を、検非違使《けびいし》に引き渡した（『殿暦《でんりやく》』他）。大治四年九月には、坂東から上洛した「義親」が一条北辺にいると、関白忠通から崇徳に奏上、その「義親」は忠実の邸富《ふ》家殿《けどの》に居住しており、背景に偽義親の出現を歓迎する空気があると『中右記』は言っている。（それは義親追討を、白河院が平正盛の武功の喧伝材料に用いたためか。）前話同様、説話の関心は「予想外の展開」にあり、謀反人を見事鎮定した武の誉れではなく、義親を称する者が後を絶たなかったという政治的混乱に、焦点が当てられている。

二四　藤原満兼、敵人に遭ふ事

藤十郎満兼《とうじゆうろうみつかね》（1）〔右京進《うきようのしん》〕、清水寺に詣で通夜の間、丑《うし》の時、聖人《しようにん》、礼堂《らいどう》に出来ていはく、「六道の辻に、人待つとおぼしくて、あやしばみたる輩《やから》侍るなり。この御中に敵《かたき》持たしめ給ひたる人おはしまさば、夜ふかく出しめ給ふべからず」と云々。ここに満兼いはく、「藤十郎満兼が候ふなり。因三滝口（2）が待つにこそ侍らめ。弓箭に携はる者、敵人に遭ふを以て極慶とす。観音の利生《りしよう》なり」とて出しむる間、切り伏せられ、わづかに存命す、と云々。

（1）満兼　藤原行兼《ゆきかね》の子。生没年未詳。『尊卑分脈《そんぴぶんみやく》』は、祖父の従五位下藤大夫行貞《ゆきさだ》に「放埒、子孫皆侍となる」と注記している。（2）因三滝口　未詳。

訳　藤十郎満兼（右京進）が、清水寺に詣で、夜通し籠もっていた時、午前二時頃、寺の僧が礼堂に出て来て「（清水寺の西にある六道珍皇寺《ちんのうじ》の門前を通る）六道の辻に、人を待っているらしい、怪しい連中がおります。この中で敵を持っていらっしゃる方がいらしたら、夜中に外出なさってはなりません」と言った。すると満兼が「藤十郎満兼がここにおります。因三滝口が待っているのでしょう。弓矢を執る者にとって、敵に出会えるのはこの上ない慶び。（御本尊である）観音のお恵みです」と言って外に出て、切り伏せられ、命ばかりは助かった。

評　「因三」は「同三」「因之」など諸本で異同がある。大口を叩いてすぐに切り伏せられてしまうあっけなさは、直情的で単純な武士像を表している。

二五　季春、藤原基衡に代り斬らるる事

宗形《むなかた》宮内卿入道師綱《もろつな》(1)、陸奥守にて下向の時、基衡《もとひら》(2)、一国を押領《おうりょう》し、国威なきがごとし。よつて事の由《よし》を奏す。宣旨を下し、国中の公田《くでん》を検注せんとする処、忍《しのぶ》郡は基衡蔵して、先々国使を入れず。しかるに今度、宣旨に任せ検注せんとする間、基衡、件《くだん》の郡の地頭、犬庄司季春《すえはる》(3)に心を合はせてこれを禦《ふせ》ぐ。国司、なほ宣旨を帯し推し入る間、すでに矢を放ち、合戦に及びをはんぬ。守の方、疵被《きずこうむ》る者はなはだ多し。基衡、かくはしつれども、宣旨に背き国司を射る事、恐れ存ずるにより、季春を招きていはく、「先例なきにより、国司を追ひ返すといへども、宣旨に背《そむ》く条、違勅の恐れなきにあらず。いかがすべき」と云々。季春いはく、「今の仰せ、兼て皆存知の事なり。主君の命、背き奉り難きにより、一矢《いっし》に於いては射候ひをはんぬ。しかれば君は知ろしめさぬ体《てい》にて、己れが頸《くび》を召し、国司のもとに遣はさるべきなり。その上は、定めて無為《ぶい》に候ふか」と云々。基衡、涙を拭ひながらこれを諾す。基衡、守に申していはく、「基衡一切知らざる事に候ふ。郡の地頭、凡そ先例なきにより、自由の狼藉を致し候ふ。今に於いては子細に及ぶべからず。季春、すでに召し取りをはんぬ。早く御使を賜はり、その前に於いて首を刎《は》ぬべし」と云々。こ

れにより、国司、検非違使所《けびいし》の目代を遣はす。

目代、季春をすでに将《い》て出たり。四十余りばかりの男、肥満美麗なるが、積遠鴈《つみとおかりがね》の水干小袴に、紅《くれない》の衣を着たり。打物取りたる者二十人ばかり、これを囲繞《いにょう》す。切手《きりて》はけせんの弥太郎《やたろう》(4)といふ者なり。出立ちて頸を切らんとする間、犬庄司いはく、「切り損じ給ふな。刀はいづれぞ」と問ひければ、切手いはく、「昆次郎大夫が大津越《おおつごえ》(5)ぞ」といひければ、「さては心やすし」といひて切られけり。部類五人、同じく切る、と云々。大津越とは、人を引き居《す》ゑて切るに、左右の臂《ひじ》の上を、中骨ながら懸けず切るをいふなり。

基衡、季春を惜しみて、われは知らざる様にて、猥《みだ》りに女人の沙汰の体《てい》を構へ、再三妻女を国司の館《たち》に遣はし、乞ひ請けさせけり。その請料《うけりょう》の物、凡そ勝《あげ》て計《かぞ》ふべからず。沙金も一万両と云々。守、これに耽《ふけ》らず、遂に切りをはんぬ、と云々。師綱の高名、この事にあるか。また、山林房覚遊(6)といふ侍《さぶらい》散楽《さるがく》を共に具したりけるが、本《もと》奈良法師にて、大剣を帯し、武勇はなはだしき者なり。しかるに合戦の日、最前に逃げをはんぬ。館に帰る時、出来たりければ、先陣房かくれうとぞ付きたりける。

(1) 師綱　?～一一七二。藤原済時《なりとき》の五代の孫で、尹時《ただとき》の子。正四位下、宮内卿、鎮守府将軍《ちんじゅふしょうぐん》。康治二年(一一四三)四月一日、陸奥守を藤原基成《もとなり》と交替。「宗形」の由来は未詳。(2)

基衡　一一〇五?～一一五七?。藤原清衡《きよひら》（一〇五六～一一二八）の子で二代目当主。子の秀衡と共に奥州藤原氏の全盛期を築く。（3）季春　佐藤季春で、大庄司の別の表記か。『十訓抄』は、季春は信夫郡司で基衡の代々の後見の家筋であり、乳母子《めのとご》だったとする。（4）けせむの弥太郎　未詳。けせむは「気仙」か。（5）昆次郎大夫　未詳。（6）山林房覚遊　未詳。

訳　宗形宮内卿入道師綱が、陸奥守となって下向した当時、藤原基衡が一国を私物化し、朝廷の権威はないも同然だった。それでその旨を奏上した。宣旨を下し、国中の国家の土地を検地しようとしたが、信夫郡（現福島市）は基衡が隠れて所有していて、先々も国使の立ち入りを拒んでいた。しかしこの度、宣旨を後ろ楯に検注しようとしたところ、基衡は、信夫郡の地頭、犬庄司季春と心を合わせて妨害した。国司師綱はそれでも宣旨を帯びて土地に押し入ったので、季春は矢を放つに至り、両者合戦になった。国司方に負傷者が非常に多かった。基衡は、このような次第になったものの、宣旨に背いて国司を射たことを恐ろしく思ったので、季春を招いて「あの土地に国司が立ち入った先例がなかったので追い返したが、宣旨に背いたとあれば、違勅の恐れなきにしもあらずだ。どうしたものだろう」と相談した。季春は「今おっしゃったことは、はじめから存じておりました。主君の命は背き申し上げるわけにいかないので、一矢報いただけです。ですから、あなた様は何もご存じないということにして、わたくしの首をお刎ねになり、国司のもとにお届けになるべきです。そうすれば、きっと何の問題にもなりますまい」と言った。基衡は涙を拭いながら承知した。基衡は国司師綱に「基衡は一切存じませんことです。信夫郡の地頭は、今までに例のないことなので、勝手な一存で狼藉に及びました。こうなっては、是非もございません。地頭の季春はすでに召し捕ってあります。早速御使を派遣して下さり、その面前で、季春の首を刎ねましょう」と申し上げた。それで、国司師綱は、（国守に国内の犯罪取り締まりを委任された、国衙《こくが》の）検非違使所の目代を遣わした。

目代は季春を連れて出て来た。季春は四十歳すぎくらいのふっくらと美しい容貌で、遠雁の模様を刺繍した、水干小袴（上括の袴）に、紅の上着を着ている。刀剣を持った者二十人ほどが、季春を取り囲む。斬罪を行う切り手は、けせんの弥太郎という者である。弥太郎が現れ、首を切ろうとすると、季春は「切り損ないなさるな。刀は何か」と尋ね、切り手の弥太郎が「昆次郎大夫の大津越だ」と言うと、「それでは安心だ」と言って切られた。季春の部下五人も同じように首を刎ねられた。大津越というのは、人を後ろ手に縛って前屈みに取り押さえて、左右の臂の上を、骨ごと一気に切り落とせる切れ味の刃を言う。

基衡は、季春を失うのを惜しみ、自分は知らないふりをして、女が勝手にやっていることの体で、再三妻を国司の館に遣わし、命乞いをさせた。その嘆願料は莫大で、砂金も三七五キログラムに及んだが、国司師綱はそれに目がくらむことはなく、とうとう季春の首を刎ねおおせた。師綱はここで大きな手柄を上げたと言えるだろう。なお、山林房覚遊という侍猿楽を、師綱は側に置いていたが、元は奈良の僧兵で、大きな剣を腰に帯び、武勇で鳴らしていた。しかし国司との合戦の際には真っ先に逃げ出した。一行が館に帰ると顔を出したので、それからは「先陣房隠れう」（先陣を切って隠れよう）という異名がついた。

評　藤原基衡と庄司季春の絆の強さ、奥州藤原氏の黄金攻撃に負けなかった国司藤原師綱を描く。『古事談』の奥州藤原氏は、いつも莫大な経済力で中央貴族を動かそうとする誘惑者として登場する。

二六　源義朝、平清盛の郎等に感ずる事

平治《へいじ》の合戦の時、六波羅入道、(1)南山《なんざん》より帰洛の翌日、聟の侍従信親《のぶちか》(2)〔信頼《のぶより》(3)卿の息〕を、父のもとに送り遣はす共侍四人、皆布衣《ほい》に下腹巻《したはらまき》を着す。難波《なんば》三郎経房《つねふさ》(4)　館《たち》太郎貞安《さだやす》(5)

平治《へいじ》郎馬允盛信《ろうまのじょうもりのぶ》(6)　伊藤五景綱《いとうごかげつな》(7)
下野守《しもつけのかみ》(8)、これを見、感じていはく、「あはれ者共やな。各一人当千なり。帰り出る後は、定めて御方《おんかた》敵せざる由《よし》を申さしむるか」と云々。

（1）六波羅入道　平清盛《きよもり》（一一一八〜八一）。忠盛《ただもり》の子。実父を白河院とする説もある。保元《ほうげん》の乱では後白河方として活躍、その功により播磨守になる。平治の乱で源義朝を破り、武士として初めて参議となり、仁安二年（一一六七）に従一位太政大臣《だじょうだいじん》。翌年出家して福原（現神戸市兵庫区）に一旦引退した。六波羅入道は、六波羅に邸宅を構え、後に入道したことによる称。（2）信親　藤原信親（一一五五〜?）。信頼の子。侍従、従五位下。嘉応二年（一一七〇）、平治の乱当時五歳だったため執行されなかった刑を行われ、伊豆国に配流された（『兵範記』）。（3）信頼　一一三三〜五九。藤原忠隆《ただたか》の子。後白河の寵愛を受け、保元の乱後、急速に昇進を遂げる。平治の乱後その首謀者とされ、逮捕の後斬首された。（4）経房　生没年未詳。田《たず》使《かい》氏。四郎大夫経信《つねのぶ》の子。清盛の熊野参詣にも随行、また悪源太義平を生け捕り、義平の怨念で落雷で亡くなったという（『平治物語』）。（5）貞安　貞保。?〜一一八三。伊勢国の住人。『平治物語』に平重盛《しげもり》の郎等として伊東武者景綱らと共に名が見える。源頼朝を襲うため東国に向かうが、倶利伽羅谷《くりからだに》の合戦で戦死。（6）盛信　底本に「沢（イ津）入道」と傍記。生没年等未詳。平盛国《もりくに》の子。「平家納経」薬王品に「左衛門少尉《さえもんのしょうじょう》盛信」と署名が残る。『兵範記』に見える「摂津守盛信」も同一人物か。（7）景綱　底本に「伊勢守」と傍記。伊藤左衛門基《もと》信《のぶ》の子。生没年未詳。伊勢国旧市《ふるいち》の人（『保元物語』上）。（8）下野守　源義朝（一一二三〜一一六〇）。為義の子。頼朝・義経《よしつね》らの父。仁平三年（一一五三）任下野守。保元の乱で後白河方につくが、崇徳方についた父為義らの首をはねる。平治の乱では藤原信頼に与して敗死。

訳　平治の合戦（一一五九）の時、清盛公が熊野から帰京した翌日、聟の侍従信親（信頼卿の息）を、父のもとに送り遣わす兵士四人は、皆、狩衣の下に腹巻を着していた。（それは以下の四人だった。）

難波三郎経房　　館太郎貞安

平次郎馬允盛信　　伊藤五景綱

（信頼方の）下野守源義朝は、この面々を見て感嘆し、「ああ、揃いも揃ったものだ。それぞれ一人で千騎に価する。この邸から帰った後、きっと、こちら（信頼）方のことを、ものの数に入らないと、報告申し上げるだろう」と言った。

評　清盛が、（五歳の）信親を信頼のもとに送ったという本話は、他の史料に見られない。清盛は信頼息信親だけでなく、信西《しんぜい》息成憲《しげのり》も聟にしていた。平治の乱発生当時、謀叛人とされたのは信西側で、清盛は本話の行動で、信西方でなく信頼方支持を表明したか。

本話では、信頼方が清盛一党に敗北する平治の乱の結末は、義朝により予感されており、四―三話で、平将門のことを、大事を出来させる人物だと、都ですれ違った平貞盛が予言したのと同様の構図が見られる。

二七　安藤忠宗、敵に馳せ向かふ事

木《き》曽冠《そのか》者義仲《じやよしなか》(1)、法住寺殿《ほうじゆうじどの》に推参の時、軍兵すでに破るる由《よし》きこしめして、泰経《やすつね》(2)を遣はしこれを見せらる。北面の小門を出て見る処、官軍ら皆東方に逃ぐ。ここに大府卿(3)いはく、「いかにかくは。いつしか引き候ふや。早く返し合はすべし」と云々。しかりといへども、一人も返し答ふる者なし。時に、赤をどしの冑《かぶと》(5)きて、葦毛の馬に乗る者ただ一騎、この詞を聞きていはく、「安藤八馬允忠宗《うまのじようただむね》(4)、命をば君に奉り候ひぬ」といひて、馬の鼻を返して、敵方に馳せ向ひをはんぬ、と云々。

(1) 義仲　一一五四〜八四。父は源義賢《よしかた》。為義の孫、義朝の甥。以仁王《もちひとおう》の令旨《りようじ》に応じて信濃で挙兵し、北陸道を制圧、寿永二年（一一八三）には倶利伽羅峠の戦いで平家の大軍を破り入京。七月に平家が都落ちし、義仲に平家追討が命ぜられるが、閏《うるう》一〇月、水島の戦いで平家に敗れると、源頼朝と提携した後白河法皇に京を逐われ、法住寺殿を焼き討ちして法皇を幽閉、クーデターを行ったが、義経・範頼《のりより》軍に敗れ、近江粟津に戦死。（2）泰経　一一三〇〜一二〇一。高階泰重《やすしげ》の子。寿永二年当時、従三位。大蔵卿。後白河の「第一の近臣」（『玉葉』）。（3）大府卿　泰経。「大府卿」は大蔵卿の唐名《からな》。（4）忠宗　「安藤八」は安藤氏八男の意だが、未詳。（5）君　当時は高倉天皇の治世。ここは暗に、治天の君である後白河院を指すか。

訳　木曽冠者義仲が、（寿永二年一一月一九日に、六波羅の南に隣接する後白河院の御所）法住寺殿を襲った際、官軍（院直属の京武者軍）が敗れたとの報に、（後白河院は）近臣の高階泰経を遣わして状況を見聞させなさった。北面の小門を出てみると、官軍はみな東に逃げていた。ここで泰経卿が「なぜそのように撤退するのだ。早く引き返して敵に向かえ」と言った。しかし、戻って応じる者は誰もいなかった。そこに、赤い組糸を綴った兜を着て、（白毛の交じった）葦毛の馬に乗った武者がたった一騎、泰経の言葉を聞いて「安藤八右馬允忠宗、命を君に奉ります」と言って、馬の方向を逆に向け、敵方に向かって走って行った。

評　この日法住寺殿には、義仲調伏のために僧たちが集められており、天台座主《てんだいざす》明雲や後白河皇子園城寺《おんじようじ》長吏円恵法親王も殺害されている。義仲方は圧勝、後白河を確保し、院方の武者多数が戦死する激しい戦いだった。「さるやうなる武士も皆にげにけり」（『愚管抄』五）、「恥あるものは討死し、つれなきものは落ちぞゆく」（『平家物語』鼓判官）という状態の中、わずか一騎でも敵に向かう「勇士」がいたことを記す。

二八　由井七郎、斬らるる事

鎌倉にて庄司次郎(1)、稲気《いなげ》入道(2)など打たるる時、稲気の舎弟ゆゐの七郎(3)といふ者、遠景《とおかげ》入道(4)のもとに出来ていはく、「すでに悪縁を結ばれ、その難を免《まぬか》るべからず。すべからく自害すべしといへども、年来、往生極楽の望みあり。自害は臨終の正念、恨むらくは本意のごとからず。また伝へ聞く、首を刎《は》ねらるる者往生せず、と云々。これにより、御房のみこそ哀憐《あいれん》せしめ給はめとて、参り向ふ所なり。しかるべくは、西方に向き、合掌し念仏を唱ふる間に、刺し殺すべし」と云々。遠景、随喜悲泣し、事の由《よし》を申し、浜に将《い》て行きて、これを差す処、十二刀まで一切念仏の声休まず。時に念仏を止めていはく、「なほ死すべき心ちもせぬなり。心《むな》さきを差すべし」とて、また高声《こうしょう》に念仏する間、いふがごとく心崎《むなさき》をささるる時、声止《や》み、気絶しをはんぬ。

（1）庄司次郎　畠山重忠（一一六四〜一二〇五）。畠山庄司平重能《しげよし》の子。源頼朝に仕え、最有力御家人《ごけにん》の一人だったが、武蔵国の国務を掌握する北条氏と対立するようになり、武蔵国二俣川で北条義時軍と激戦の後、討たれた。剛勇で音曲にもすぐれた。（2）稲気入道　稲毛三郎畠山重成《しげなり》（?〜一二〇五）。小山田別当有重《ありしげ》の子。建久六年（一一九五）、妻（北条時政《ときまさ》女）の死を悼み出家。従兄弟重忠が謀反の疑いで殺された翌日、稲毛氏と北条時政の謀略であったことが露顕し、誅殺された。（3）ゆゐの七郎　『吾妻鏡』に登場する「由井七郎」は、三浦氏の一族、由井太郎実常《さねつね》（一二一三〜一九に没）の子、由井家常《いえつね》と考えられ、建久三年に、頼朝の庶子貞暁が仁和寺《にんなじ》の隆暁のもとに入室する際、供奉《ぐぶ》している。（4）遠景入道　天野遠景。藤原南家工藤氏、藤原景光《かげみつ》の子。生没年未詳。伊豆国天野を本拠とし、頼朝の挙兵当初からの郎従。出家して蓮景と号した。

訳　（元久二年（一二〇五）六月）鎌倉で、畠山重忠や畠山重成が討たれた時、重成の弟ゆいの七郎という者が、遠景入道のところに来て「前世からの悪縁の結果、この難を逃れることはできないので、自害したいのですが、長年、極楽往生を望んで来ました。自害は、臨終正念の念願通りの死に方でなく、また、首を刎ねられた者は往生しないと聞きます。それで、あなた様はきっとわたくしのことを哀れんで下さるだろうと思って参上しました。

できることなら、西方に向かい、合掌して念仏を唱えている間に刺し殺して下さい」と言った。遠景はこの志を聞いて喜びの涙を流し、周囲に事情を話して七郎を（由比ヶ）浜に連れて行き、望み通り刺してやったが、十二刀まで念仏の声は止まらなかった。そこで七郎は念仏を中断し「このままではとても死にそうにありません。胸先を刺して下さい」と言って、再び高声に念仏を唱えたので、遠景入道は言われた通り、胸先を刺したところ、念仏の声は止み、息が止まった。

評　首を刎ねられると往生できない、という説が何によるのか分からない。信西《しんぜい》のように刀剣で自殺することも浄土往生の作法の一つに認められていたとの説もある。自害が往生の妨げになるかどうかは判断が分かれるところで、例えば蓮花城《れんげじょう》という聖が入水往生を遂げたいと協力を求めた時、登蓮法師は、そういう行は愚かな人のすることだ、と止めている（『発心集』三―八）が、前話で鴨長明は、中国浄土教の大成者善導和尚が木から身投げしたことを例に、過激に見える行為でも否定すべきでないとしている（同三―七）。ともあれ本話は、信仰する武士の壮烈な最期を描き、次話につながる。

二九　覚朝、念仏絶命の事

熊野別当湛増《たんぞう》(1)のもとに、桂林房上座覚朝(2)といふ者、武勇の器量あり、等倫に勝《まさ》る間、湛顗(3)、快実(4)らの時に至り、相伝去り難き者なり。しかるに五旬以後、深く念仏を信じ、弓《きゅう》箭《せん》を棄て、不断に弥陀《みだ》の名号を称す。しかる間、去《さん》ぬる承元《じょうげん》三年のころ、湛増の墓堂に於いて、隣里を勧進《かんじん》し、七ヶ日別時の念仏を修する間、ある夜半ばかり、犬の頻《しき》りに吠えければ、念仏の輩《やから》、奇しみを成す処、件《くだん》の覚朝「何事かは候はむ。出て見む」とて、堂門を出る間、抜剣《ばっけん》の者二人、待ち懸けたりける間、指し合はせて切るに、いささかもその身を動かさず、高声《こうしょう》に「南無阿弥陀仏、南無阿弥陀仏、南無阿弥陀仏」と唱へて、切り臥せられて、気絶の時に至るまでその声休まず、と云々。

快実、人を遣りてころさせけり。熊野川の習ひ、指せる事なしといへども、人を殺す事、かくのごとし。

(1) 湛増　一一三〇～九八。一八代熊野別当湛快の子。熊野水軍を率いて平家軍と戦い、第二十一代熊野別当となる。建久六年(一一九五)、源頼朝と対面。(2) 覚朝　未詳。湛増が高野山に寄進した遍照光院に止住した、常喜院流の祖、仏種房心覚の弟子か。(3) 湛顗　湛増の子、湛憲。権別当法印。(4) 快実　?～一二二一。湛顗の子。小松法印。承久《じょうきゅう》の乱で京方に与して梟首《きゆうしゆ》。

訳　熊野別当湛増のもとに、桂林房上座覚朝という者がいて、武勇に秀でていた。傍輩から抜きんでていたので、湛増の子湛憲、その子快実らの時代には、頭目の一人となること必定の人物だった。しかし、五十歳を過ぎてから深く念仏を信じ、武器を捨て、不断に阿弥陀仏の名号を唱えた。去る承元三年（一二〇九）頃、故湛増の墓堂で、近所隣りにも勧進の声かけをして、七日間の（期間を限って行う）別時の念仏を行った。ある夜中に、犬がしきりと吠え、念仏に集まった面々がいぶかしんだので、例の覚朝が「何でもないだろう。出て見て来よう」と言って、堂門から出たところ、剣を抜いた者二人が待ち構えていて、同時に両側から覚朝を切った。覚朝は全く動くことなく、大きな声で「南無阿弥陀仏、南無阿弥陀仏、南無阿弥陀仏」と唱え、切り伏せられて息が絶えるその時まで、念仏の声は止まなかった。

評　武人としてのかつての人望を懸念して、快実は、すでに仏門一筋の生活に入っていた快実が人をやって覚朝を殺させたのだ。熊野川のやり方では、大した理由もなく人を殺す有様たるや、このようであった。

る覚朝を暗殺させる。一方の覚朝は、突然訪れる死に際しても、この時のためとばかりに念仏を唱え続け、見事に死んでいく。武の持つ危険で無残な側面と、人並み外れた勇士の気力とが、同時に映し出された巻末話である。

第五　神社仏寺《じんじゃぶつじ》

一　伊勢神宮、焼亡の事

延暦《えんりゃく》十年八月五日子《ね》の刻、盗人ありて、太神宮正殿一宇、財殿二宇、御門、瑞垣《みずがき》等を焼く。御体《ごたい》火中より出、御前の松樹の枝に懸かりまします、と云々《うんぬん》。

同十四日、使を発す。参議紀古佐美《こさみ》(1)、参議神祇伯大中臣諸魚《おおなかとみもろいお》(2)以下、伊勢に参り、火事の由《よし》を申さる。

同二十三日、伊勢、美濃、尾張、参川等の国に仰せて、件《くだん》の殿舎等を造進せしむ。大工以下番上《ばんじょう》、内人《うちひと》らを遣はす。度会《わたらい》の郡司に大祓《おおはらえ》を科して解き、外宮司、禰宜《ねぎ》等に上祓《じょうのはらえ》を科し、解かず。

今年七月以後、同十四年に至り征夷の事あり。大将軍乙麿《おとまろ》(3)、田村麿《たむらまろ》(4)等なり。

十二年、遷都あり。同十三年、平安宮に遷る。

(1) 古佐美　七三三?〜七九七。紀宿奈麻呂《すくなまろ》の子。延暦七年（七八八）、征夷大将軍として蝦夷《えみし》討伐に向かうが、阿弖流為《あてるい》らに敗北し帰京。大納言に至る。(2) 諸魚　七四三〜七九七。大中臣清麻呂《きよまろ》の子。当時神祇伯、参議。(3) 乙麿　大伴弟麻呂（七三一〜八〇九）。古慈悲の

子。延暦一〇年、征夷大使、同一三年、征夷大将軍。従三位。（4）田村麿　坂上田村麻呂（七五八～八一一）。苅田《かりた》麻呂《まろ》の子。延暦一〇年、征夷副使、同一五年、陸奥守鎮守府将軍。同二一年、胆沢城を築き平安京に凱旋。

訳　延暦一〇年八月五日午前零時頃、盗人が入り、伊勢神宮内宮の正殿一宇、財殿二宇、御門、瑞垣などが焼けた。御正体は火中から出て、御前の松の樹木に懸かっていらした。

八月一四日、朝廷は使者を遣わした。参議紀古佐美、参議神祇伯大中臣諸魚以下、伊勢に参り、火事の報告を申し上げた。

八月二三日、伊勢、美濃、尾張、三河などの国に命じて、焼けた殿舎などの再建を始めさせた。工事を采配する大工以下の工匠、（禰宜に次ぐ神職である）内人などを遣わした。度会郡司に大祓を科して解任し、外宮司、禰宜らに（大祓に次ぐ重さの）上祓を科し、解任はしなかった。

この年七月以後、延暦一四年にかけて蝦夷討伐を行った。大将軍は大伴弟麻呂、（副将軍は）坂上田村麻呂らだった。

同一二年、平安遷都を決め、同一三年、平安京に都遷りした。

評　巻第五開始早々、伊勢神宮内宮は放火で炎上してしまう。さすがに御神体は、自ら火中より出て松の木に移っていらしたとのこと。史書に照らせば、長岡京遷都の翌延暦四年、造長岡宮使藤原種継《たねつぐ》暗殺事件に巻き込まれ、皇太弟早良《さわら》親王は廃太子されて憤死、親王の怨霊が恐れられ、因縁の地長岡京を離れる動きは加速、平安遷都につながっていくのだが、字下げ部分の記事とあわせると、本話は、伊勢大神宮の放火事件を、そうした不安定な時代の象徴としてもとらえているようだ。

二　伊勢神宮、顛倒の事

長久《ちょうきゅう》元年七月二十七日の夜、大風大雨の間、子《ね》の刻ばかり、伊勢大神宮正殿、及び東西の宝殿、神宮瑞垣、御門等、皆ことごとく顛倒《てんとう》す。すでに地を掃くがごとし、と云々〔この事、祭主永輔《ながすけ》(1)の解状《げじょう》に見ゆ〕。この事により公卿勅使、宰相中将良頼《よしより》卿(2)、下向すべし、と云々。よつて寮の御馬一疋《いつぴき》を給ふ。また一疋を借り給ふ。近将たるによるなり。しかりといへども、神宮の御託宣の事、斎宮(3)より示し奉らるるにより、公卿勅使停止す。ただ神筆の宣命を庭中に捧げ、毎夜御拝あり、と云々。

(1) 永輔　大中臣永輔(九九九～一〇七一)。永頼の孫、宣輔《のぶすけ》の子。長暦三年(一〇三九)以来、長く伊勢大神宮祭主を勤めるが、度々の欠怠のため祭主職を停止された。(2) 良頼　藤原良頼(一〇〇二～一〇四八)。隆家《たかいえ》の子。権中納言に至る。(3) 斎宮　後朱雀《ごすざく》第一皇女良子内親王(一〇二九～七七)。後三条同母姉。伊勢斎宮(一〇三六～四五)。准三宮。

訳　長久元年(一〇四〇)七月二七日の夜、大風大雨が吹き荒れ、零時頃、伊勢大神宮(豊受宮《とゆけぐう》、すなわち外宮《げくう》の)正殿、東西宝殿、神宮瑞垣、御門など、みなことごとく倒壊した。更地になったかのようだった〔この事は、祭主永輔の上申書に記されている〕。このため、公卿勅使参議左中将藤原良頼卿が下向することになった。馬寮《めりょう》の御馬一疋を賜り、もう一疋をお貸しになる。近衛の将だからである。しかし、神宮から御託宣があったと、斎宮からご連絡申し上げたので、公卿勅使はとどめた。ただ宸筆の宣命を内裏《だいり》の庭で読み、毎夜伊勢に拝礼なさった。

評　本話全体に最も近いのは「資房記《すけふさき》」(『春記《しゅんき》』)を用いる『百練抄』の記述。それによれば、「神宮の御託宣」は、神居があまりにも乱雑なので、尋常に服してから奉幣使を迎えたいとの内容だった。「資房記」に描かれる、後朱雀がこの神宮倒壊を、自らの不徳への天の諭しと捉えて懊悩する様は、『古事談』には描かれない。神社仏寺の巻頭二話は、神威が発揚されたというよりは、放火・天災にさらされる、国家の宗廟伊勢神宮を描くところから出発する。

三　敦実親王、八幡御影造立の事

敦実《あつみ》親王(1)、大菩薩《だいぼさつ》の御影《みえい》二体を造立し奉る〔一体僧形《そうぎよう》、一体俗形〕。御供《ごくう》を備へ奉り、祈請を致さるる後、拝見し奉らるる処《ところ》、僧形の御供に御箸を立てらる、と云々。これにより、法体《ほつたい》を以て御体《ごたい》とし、外殿《げでん》に安置し奉り、多く田園を寄進せらる、と云々。件《くだん》の御体、保延《ほうえん》の炎上の時、取り出し奉らず焼失す、と云々。

件の御体、権俗別当兼貞《かねさだ》(2)、不審に堪へず、御供を供ふるついでに礼《らい》し奉る。白檀《びやくだん》の僧形、首《かしら》に日輪を戴き、御手に翳《さしば》を持たしめ給ふ、と云々。兼貞この事の故《ゆえ》、不運にして止《や》む、と云々。

(1) 敦実親王　八九三〜九六七。宇多《うだ》皇子。醍醐《だいご》の同母弟。源家《げんけ》音曲の祖。天暦四年(九五〇)に出家し、仁和寺《にんなじ》に住した。(2) 兼貞　?〜一〇九六。紀兼清の子。第二十三代別当頼清弟。権俗別当、従五位上。

訳　敦実親王は、八幡大菩薩の御影二体をお造り申し上げた（一体は僧形、一体は俗形）。御供えを奉り、祈られた後、拝見したところ、僧形の御供えに箸をお立てになっていた。そのため、法体を御正体として礼殿に安置し申し上げ、多くの荘園を寄進なさったという。この御正体は、保延（六年（一一四〇）一月二三日）の火災の時、取り出し申し上げられずに焼けてしまった。

その御正体について、権俗別当兼貞が、どうしても知りたくなり、お供えを供えた時、拝見した。白檀の僧形で、頭に日輪を頂き、手には長柄の団扇《うちわ》をお持ちになっていたという。兼貞はこの行いのため、不仕合わせであったという。

評　例えば『石清水八幡宮幷極楽寺縁起之事《いわしみずはちまんぐうならびにごくらくじえんぎのこと》』は敦実親王造立の御神体は、木造、白檀で全四体、俗体・法体・女体二体で、中尊は僧形で頭に日輪を戴き、手に翳を持っている、とする。『八幡愚童訓《はちまんぐどうくん》』（乙本）御体事には、「当社の外殿には、法体・俗体（二体共、中御前）、女体二体（東西各一体）、延喜《えんぎ》の聖主（＝醍醐）の勅宣によりて敦実親王造進し給ひし真影にはましまさず、唐人の御すがたの様なり。ただし法体は僧形のみぐしに日輪をいただき、御手に翳を持ち給ふ。これは皆保延の炎上にやけさせ給ひしかば、かの灰をば三合に納めて中御前におはします」と記されている。兼貞が不運だったとの根拠は未詳だが、御神体を目撃したために視力を失ったり、死んだりした人の例は『八幡愚童訓』に詳しい。

四　弘法大師図絵の八幡御影の事

勝光明院の宝蔵におはする御影は、弘法大師《こうぼうだいし》(1)御渡唐の時、手づから図絵し奉らしめ給ふ御影なり〔僧形、日輪を戴き、錫杖《しやくじよう》を持たしめ給ふ〕。大師帰朝の後、高雄寺に安置し奉らる。荒廃の後、鳥羽上皇(2)尋ね召す〔年紀尋ね記すべし〕。件《くだん》の宝蔵に安置し奉らる、と云々。

(1) 弘法大師　空海。七七四〜八三五。真言宗開祖。延暦二三年(八〇四)入唐、大同元年(八〇六)帰朝。(2) 鳥羽上皇　一一〇三〜五六。

訳　(鳥羽離宮北殿の)勝光明院の宝蔵においでの八幡の御影は、弘法大師空海が渡唐の際、ご自分でお書き申し上げなさった御影である〔僧形で日輪を戴き、錫杖をお持ちになっている〕。大師が帰朝された後は、〔空海が入寺した〕神護寺に安置申し上げた。神護寺が衰退した後、鳥羽上皇が探して来るようお命じになった〔年紀は調査して記すように〕。それで、勝光明院の宝蔵に安置し申し上げたという。

評 八幡神の御影に関連して、もう一話。勝光明院の宝蔵（経蔵）は、宇治の平等院に模して造られ、「往代の重宝」（『本朝世紀《ほんちょうせいき》』）が収められていた。「文覚《もんがく》書状」（『鎌倉遺文』）によれば、この「大師御筆」の御影は、八幡別当成清も（前話の保延の焼亡の後に）石清水八幡宮に請うたが、勝光明院宝蔵に収められた。なお、神護寺の荒廃は、正暦五年（九九四）と久安五年（一一四九）の二度の火災による。

五 筥崎宮、神詠の事

昔、一僧あり。常に筥崎《はこざき》の宮に住む。菩提心《ぼだいしん》を願ひ、年久し。老衰に臨む後、件《くだん》の宮を離れ、山林に於いて居を卜《ぼく》せんとする夜、夢に、紅《くれない》の直垂《ひたたれ》を着する人、御前より出、詠じていはく、

筥崎の松吹く風は波の音と尋ね思へば四徳波羅蜜《はらみつ》

訳　昔、一人の僧がいた。いつも筥崎宮の辺り近く住んで、長年悟りを得ようと願っていた。老齢になり、筥崎宮を離れて、山中に住まいを占い定めようとした晩、夢に、赤い直垂を着た人が宮の本殿から出て、次の和歌を詠じた。

筥崎の……（筥崎宮の松に吹き渡る風は波の音かと尋ねるうちに、常波羅蜜・楽波羅蜜・我波羅蜜（他に拘束されない、の意）・浄波羅蜜を備えた悟りの境地の彼岸に到ることができるのだ。

評　前話に続き八幡神の神仏習合にまつわる逸話。筥崎八幡宮（現福岡市東区）は延長元年（九二三）大分宮《だいぶ》から遷座、永承六年（一〇五一）、石清水八幡宮別当清成が大検校《けんぎょう》となり、宇佐弥勒寺の別宮《べつぐう》となった。八幡神は神域を離れようとしている老僧を惜しみ、ここがいかに悟りに近づきやすい地であるかを直接告げたのである。

六　石清水放生会、行幸に准ふる事

放生会《ほうじょうえ》、行幸の儀式に准《なずら》へらるる事は、延久《えんきゅう》二年始むるなり。上卿《しょうけい》、大納言隆国《たかくに》(1)と云々。初年ばかりは壺胡籙《つぼやなぐい》、浅沓《あさぐつ》なり。第二年より平《ひら》胡籙、靴沓《かのくつ》に改めらる、と云々。八幡臨時祭の後朝、使、馬場に下《お》るる時、陪従《べいじゅう》ら、山城《やましろ》を歌ひ引率せしむるは先例なり。しかるに隆季《たかすえ》(2)卿、殿上人《てんじょうびと》〔左《さ》馬頭《まのかみ》〕の間、使ひを勤仕《きんじ》する時、式部大夫惟盛《これもり》(3)「いとよりかけたるしだりやなぎ」といふ今様《いまよう》を歌ふ、と云々。もし先例あるか。

(1) 隆国　一〇〇四〜七七。源俊賢《としかた》の子。当時、正二位権大納言。(2) 隆季　一一二七〜八五。藤原家成《いえなり》の子。保延三年（一一三七）正月、任左馬頭。保元三年（一一五八）三月二一日の石清水八幡宮臨時祭で使を勤めた（『兵範記《へいはんき》』）。(3) 惟盛　源氏。従五位下式部大夫。系譜未詳。改名して惟成。『文机談《ぶんきだん》』三には「陪従《べいじゅう》惟盛」と見える。藤原師長から箏の秘曲蒼海波の伝授を受ける。

訳　（八月一五日の）石清水の放生会を行幸の儀式に準じて行うことは、後三条天皇の延久二年（一〇七〇）からである。その時の上卿（執行責任者）は大納言隆国だった。初めの年、（上卿は）壺胡籙を持ち、常用の浅沓を履いた。第二年からは、平胡籙を持ち、

（束帯用の黒塗りの革靴である）靴沓に改められた。（三月中の午の日に行う）八幡臨時祭の翌朝、祭使が馬場に下りる時、陪従たちが催馬楽《さいばら》「山城」を歌って引率するのは先例である。しかし、隆季卿が殿上人（左馬頭）で、八幡の祭使を務めた時、式部大夫惟盛は「いとよりかけたるしだりやなぎ」という今様を歌ったという。基づいた先例があったのだろうか。

評　石清水の本祭放生会と臨時祭にまつわる故実説話。石清水放生会は天暦二年（九四八）から勅祭になり、延久二年からは、本話にあるように、神幸（ご神体の渡御）を、行幸に準じて行った。壺胡籙は譲位や節会、行幸時などに用いられるが、中でも大将の大臣・検非違使別当《けびいしのべっとう》は平胡籙を用いた（『西三条装束抄』他）。また同じ検非違使別当でも、実際に警固に加わる時は壺胡籙を用いた（『水左記』）。これらの例から見て、日常用いる浅沓から靴沓へと儀式用の履き物に変わったように、壺胡籙から平胡籙へと、より様式性の高い武具に、上卿の装束が変更された、というのが前半の記事の意味するところだろう。また、石清水臨時祭は天禄二年（九七一）から恒例となった。『江家次第《ごうしだい》』六などにも見えるように、馬馳せの後、装束を改めに舞人らが宿院に下がる時、催馬楽「山城」を歌うのが通例で、『古今集』春上「浅緑糸よりかけて白露を珠にもぬける春の柳か」に基づくと考えられる今様を歌ったとの記録は未見。

七　石清水放生会の上卿、禁忌の事

六条右府(1)、放生会の上卿の時、雅俊《まさとし》卿(2)、参議として下向の間、蒜《ひる》を服する後五十余日、忌むべきや否やの由《よし》、宮寺《みやてら》に問はるる処、別当頼清(3)、七十日忌むべき由を申す。俗別当輔《すけ》任《とう》(4)、五十日忌むべき由を申す。よつて輔任の説に就き、下向せらる、と云々。

（1）六条右府　源顕房《あきふさ》（一〇三七〜九四）。師房《もろふさ》の子。白河中宮賢子の実父。寛治五年（一〇九一）八月一五日に放生会上卿を務めた（『後二条師通記《ごにじょうもろみちき》』）。当時正二位右大臣、右大将。（2）雅俊　一〇六四〜一一二二。顕房の子。寛治五年一月、任参議。（3）頼清　一〇三九〜一一〇一。紀兼清の子。第二十三代別当。（4）輔任　?〜一〇九六。紀兼任《かねとう》の子。第五代俗別当。

訳　顕房公が石清水放生会の上卿を勤めた時、雅俊卿は参議として下向したが、蒜（ニンニク・ノビルなど）を食べてから五十余日以内だったので、忌むべきかどうかを八幡宮にお尋ねになったところ、別当頼清は、七十日間忌むべきだと申し上げた。俗別当輔任は五十日間忌むべきだと申し上げた。それで輔任の説に従い、雅俊卿は予定通り石清水に下向なさった。

評　『宮寺縁事抄』放生会諸禁事にも見える、八幡宝前での禁忌にまつわる記事。蒜は、仏教でいう五辛《ごしん》の一つで、食べると色欲や怒りが助長されると考え、僧尼が食べることを原則として禁じた（『令義解《りょうのぎげ》』）。例えば『拾芥抄《しゅうがいしょう》』に「五辛の類、三社〔春日・大原野・吉田〕共にあひ憚らず、……宮寺〔八幡・北野・祇園〕これを憚る」と見えるのも、蒜の類を嫌うのは、本来は仏教の考え方であったことを反映する。なお、無住《むじゅう》は『雑談集《ぞうたんしゅう》』七で「世間の人は五辛・魚肉・性交渉などの禁忌に触れた時、いつも読んでいる経を読むのを、何日避けたらよいかなどを気にすることが多いが、これについて、はっきり書いた経論《きょうろん》はなく、口伝《くでん》についても聞いたことがない」と記す。

八　経成、石清水八幡宮に祈り中納言に任ずる事

経成《つねなり》卿(1)、検非違使別当たる時、中納言の闕《けつ》、所望の間、石清水に詣で、神主某《なにがし》(6)を以て

「強盗百人頸を刎ぬる者なり。件《くだん》の功労により、今度の納言の闕を拝任せらるべき由《よし》、申し祈らしむべし」と云々。神主いはく「わが神は殺生《せっしょう》を禁断し、放生を宗《むね》としたまふ。いかでかその由を申さしむべきや」と云々。経成重ねていはく「殺生御禁断の旨《むね》、御託宣の文に明白か。ただし、件の託宣の末に、「国家のため、巨殺の者出来《しゅったい》ある時は、この限りにあらず」と侍る、何事とか知らしむるや。なほ申さしむべし」と云々。神主、その旨を申さしむる間、果たして中納言に任じをはんぬ、と云々。

（1）経成　源経成（一〇〇九～六六）。長経《ながつね》の子。権中納言は極官《ごっかん》で康平四年（一〇六一）一二月任。永承五年（一〇五〇）から康平七年まで検非違使別当。激しく厳しい仕事ぶりから「荒者《あらもの》」と呼ばれた逸話が、『続古事談』二に複数見える。（2）神主某　康平四年の神主は、永承二年（一〇四七）以来、紀輔任。前話参照。

訳　経成卿が検非違使別当だった時、（権）中納言に三名分空きが生じ、任命を望んで石清水に詣でると、神人の長である神主の某に「わたくしは強盗百人の首を刎ねた。その功労で、今回の権中納言の欠員に補せられるように祈り申し上げさせよ」と言った。神主は「わが神は殺生を禁止し、生き物を解き放つことを専らにされている。どうしてそのようなことを申し上げさせられようか」と言った。経成は重ねて「殺生御禁断は、御託宣の文で明らかだ。しかし、その託宣の文末に『国家のために多く殺さねばならぬ者が出て来た時は、制約外だ』とございますのを、どうお考えか。わたくしの願い通りに申し上げさせよ」と言った。神主が経成の言う通りに祈り申し上げさせたところ、果たせるかな、願い通り権中納言に任ぜられた。

評　「巨殺の者」云々は、「自今以後は殺生を禁断して、生を放つべし。ただし国家の為に巨害《こがい》あるの徒出来らん時は、この限りに有るべからず」(宝亀《ほうき》八年(七七七)五月一八日託宣)が本来だろう。『続古事談』二―四四では、八幡に祈った際「獄舎につないで死罪に処した者は三十人、これはすべて君のためであり、この行為が道理に背いているなら、今回の人事の望みは果たされないだろう。もし道理にかなっているなら、望みがかなうだろう」と申し上げ、権中納言に任じたことから、神は道理をお捨てにならないのだ、としている。

九　有仁、石清水八幡宮に往生を祈る事

花園《はなぞの》左府(1)、日《ひ》の装束を着し、沓《くつ》をはきて、京より歩行《かち》にて、七ヶ夜、八幡宮に詣でしめ給ふ。還御の時、騎馬と云々。御供の人々も「いかばかりの事を祈請せしめ給ふやらむ」と不審しけるに、七ヶ日に満つる夜、奉幣の時、幣取《ぬさと》り継ぐ人、近く候ひて聞きければ「臨終正念、往生極楽」と、涙を流して祈り申さしめ給ひけり。果して往生を遂げられをはんぬ、と云々。

(1) 花園左府　源有仁《ありひと》(一一〇三～一一四七)。後三条の孫で輔仁《すけひと》親王の子。白河の養子となるが、崇徳《すとく》誕生に伴い源姓を賜う。従一位左大臣。久安三年(一一四七)出家、法名成覚。詩歌・管絃・書にすぐれ、有職故実書『春玉秘抄《しゆんぎよくひしよう》』も編んだ。

訳　源有仁公が、正装して沓を履き、京から徒歩で七晩、石清水八幡宮にお参りなさった。お帰りは騎馬だった。お供の人々も「一体どれほどの重いお祈りをなさっているのだろう」といぶかしんだが、最終七日目の夜、奉幣の際、幣を取り次ぐ人が近くに祗候して聞いたところでは、「臨終に正念で、極楽に往生できますように」と、涙を流しながら祈り申し上げていらした。果たせるかな、見事往生を遂げられたという。

評　『今鏡』八・『発心集』五―一〇は同話。八幡神への意外な祈りとして前話と共通し、前話では現世、本話では後世についての祈願である。仏ではなく神に往生を願う意味については、『発心集』跋《ばつ》に詳しい。

一〇　宇佐八幡宮の霊鳩の事

実政《さねまさ》卿(1)、宇佐宮の訴へにより、罪名の事議定《ぎじよう》の日、鳩、軒廊《こんろう》の辺《あたり》に居《い》る、と云々。

(1) 実政　一〇一九〜九三。藤原資業《すけなり》の子。文章博士、右大弁、蔵人頭《くろうどのとう》などを経て、参議、大宰大弐となる。寛治元年（一〇八七）一二月、宇佐八幡宮の神輿を射たと神民に訴えられ、翌年伊豆に配流と決定、道中剃髪し、伊豆で没した。

訳　実政卿のことを、宇佐八幡宮の訴えにより、陣定《じんのさだめ》で罪名を審議した日、（八幡の使いである）鳩が、陣座《じんのざ》近くの廊にとまっていた。

評　『中外抄《ちゆうがいしよう》』上六八に拠る。宇佐神宮（現大分県宇佐市）は豊前国《ぶぜんのくに》一宮《いちのみや》で、八幡宮の総本社。八幡神の使者である鳩が、案件の関係者のところに直々に来ることがあるとは、四―二〇話の義家《よしいえ》説話にも見られた。八幡の御加護を語る前話と対照的に、八幡が無礼を許さず、審判を見届けにいらしたという逸話。

一一　八幡別当検校成清の事

八幡の故検校僧都《そうず》成清(1)は、光清(2)第十三郎の弟子、小大進《こだいじん》(3)〔三宮《さんのみや》(4)の女房〕の腹なり。小大進生む所の子息八人、皆女子なり。よつて男子一人を慕ふ間、夢告あり。「熊野権現《ごんげん》に祈り申すべし」と云々《うんぬん》。これによりすなはち参詣を企て、還向の後、幾程を経ず懐妊し、産む所の子なり。生年九歳の時、本師(5)入滅の間、小大進にあひ具し、花園左大臣家(6)に祗候す。憐愍《れんみん》の余り、十二歳の時、首服を加ふべき沙汰に及ぶ。ただし「宮寺《みやてら》の氏人《うじひと》たり。祈請し左右《とかく》任すべし」とて、まづ髪をわげて烏帽子《えぼし》に引き入れ、仮にその体《てい》を成し、祈請せしめ給ふ間、六ヶ日の夜、木工允頼行《じようよりゆき》(7)〔大臣家の侍《さぶらい》なり〕夢想あり。後朝に申していはく「南方の御帳《みちよう》の中より細き光あり。日足《ひあし》のごとし。奇しみを成し、御帳の中を伺い見る処、御あとに臥したる児の額《ひたい》に当れり。また光の根元を尋ぬれば、男山《おとこやま》より」と云々。この夢の後、首服の儀を止められ、御車の後に召し乗せ、高野御室《こうやのおむろ》(8)に将《い》て参らる〔公光《きんみつ》(9)、師仲《もろなか》(10)ら御供にあり〕。その後すこぶる絃管に携り祗候す。十六歳にて出家す〔甲斐《かい》の君と号す〕。

しかる間、花園殿薨逝《こうせい》し給ふ後、事に於いて縁なく、渡世の計《はかりごと》を失ふにより、ひとへに無上菩提《ぼだい》を思ひ、一身歩行し高野山に詣づ。参籠千余日の間、寸白《すばく》の所労、法に過ぐるにより、医家を訪はんがため出京し、九月下旬の早旦、典薬頭重基《てんやくのかみしげもと》(11)のもとに向かふ。門内に指し入り見るに、頭《かみ》、人を待つ気色あり。持仏堂の広庇《ひろびさし》におはします。少僧を見て、参りて急ぎて堂中に招き入る。まづ「もし八幡の人にてやおはします」と問ふ。事の体《てい》丁寧なり。ありのままに示しをはんぬ。その時、頭、涕泣していはく「われはことに八幡に奉仕する者なり。かつ年来の宿願により、来月五日、宝前に於いて五部の大乗経を供養し奉るべし。当時もその間の事、営み入り候ふ間、去《さん》ぬる夜、夢中に若宮御前、鴾毛《つきげ》の御馬に駕しましまして、この縁《えん》のきはに打ち寄せましまして、白杖を持たしめましまして、この堂中へ指し入らしめましますやうにて、仰せられていはく『われに契《ちぎり》深き者の、糸惜《いとおし》くおぼしめすが、病事を問はんためこれにきたるべきなり。それは指せる病痾にあらざるなり。われを別離せんと欲する故《ゆえ》、拘惜《こうじゃく》するなり』と云々。夢覚めて後、やがてこれにて待ち奉る所なり」と云々。小僧もこの言を聞き感涙を拭ひ、退き帰りをはんぬ。所労また癒えをはんぬ。

その憑《たの》み浅からずといへども、母さへ逝去の後、いよいよせん方を失ひ、仁和寺の辺《あたり》に籠居する間、鳥羽法皇、(12)御灸治《きゆうじ》の時、あつさなぐさめさせおはしまさむとて、御前に祇候の人々、「巡物語《じゆんのものがたり》仕《つかまつ》るべし」と、少々利口物語《りこうものがたり》など申さしむる間、粟田口座主《あわたぐちのざす》行玄(13)、御持僧にて祇候し申していはく「この物語、同じくは仏神霊験《れいげん》の事を語り申すべし」と云々。もつともしかるべき由《よし》、勅定あり。人々皆語り申さしむる間、重基が番になりて、「往事は皆人々知るべし」とて、この成清の事、夢想の次第、委《くわ》しく語り申さしむる間、法皇御落涙に及び、随喜せしめおはしましをはんぬ。たちまちに光安《みつやす》(14)を召し、件《くだん》の僧の在所を尋ぬべき由仰せらる。光安、すなはち山城介業光《なりみつ》(15)といふ郎等を召して、仁和寺の辺をあひ尋ぬべき由を仰せ含めて遣はすに、すなはち尋ね合ひ、事の由を奏聞しをはんぬ。また「殿上の方に職事《しきじ》や候ふ」と御尋ねあり。蔵人治部大輔雅頼《くろうどじぶのたいふまさより》(16)、候する由を申さしむ。すなはち召し仰せられていはく「重基の夢、かくのごとし。祠官《しかん》は神慮に叶《かな》ふ輩《やから》を以て、専ら補《ふ》せらるべき事なり。しかも件の僧、光清の弟子なり。抽補に足る者かの由、関白(17)に申すべし」と云々。雅頼、関白殿〔法性寺殿《ほつしようじどの》〕に参り、帰り参り申していはく「『件の成清、事のほか名誉の者に候ふ。もつとも抽補せらるべく候ふか。たまたま、権別当最清(18)〔成清の兄〕逝去し候ふ、と云々。次第に転任し修理《すり》別当の闕《けつ》に補せられ候はば、善政たらんか』の由、申さしむべきの旨《むね》候ふ所なり」と云々。よつてすなはち仰せ下さるる処、宮寺二ヶ条訴へ申していはく、「一は、宮寺の挙状にあらざれば、所司《しょし》に任ぜしめず」と云々。「一は、重服の間、任ぜしめず」と云々。仰せていはく「挙状の事、早く宮寺に召すべし。重服の事、成清に問ふべし」と云々。成清申していはく「例、外《ほか》に求むべからず。別当頼清(19)、正月三日入滅す。先師光清、二月別当に補す」と云々。これにより官符を下されをはんぬ。

凡僧の修理別当として、多年出仕の間、甥三人(20)権別当となる。事に於いて面目を失ふといへども、更に退心なく神事に勤仕する間、行幸の時、修理別当勧賞の例なしといへども、始めて賞に関《あずか》り、法橋《ほっきょう》に叙す。その後次第の昇進違乱なく、遂に別当に補し、検校に至り、法印、大僧都を歴《へ》、あまつさへ僧正《そうじょう》に擬《ぎ》し香染《こうぞめ》を許され、また、弥勒寺、宝塔院を兼帯する上、始めて大隅《おおすみ》正宮、香椎《かしい》社等を付され、門跡を相承《そうじょう》すべき由を仰せらる。神恩に於いて、先代を超ゆる人なり。

甲斐の君の昔、仁和寺の幣房より大路を歩行し、一身百ケ夜、御山に参詣す〔夜に入り仁和寺を出、暁更に還向す〕。このほか、苦行勝《あ》げて計《かぞ》ふべからず、と云々。

（1）成清　一一二九〜九九。紀光清の子。第三十代石清水別当、第十二代石清水検校。法印

権大僧都。源顕兼《あきかね》の母方の叔父。「第十三郎」は十三子の意か。（2）光清　一〇九二〜一一三七。頼清の子。第二十五代石清水別当。第十代検校。源顕兼の母方の祖父。権大僧都。（3）小大進　菅原在良《ありよし》女。生没年未詳。女官として源有仁に仕える。『金葉集』以下の勅撰作者。（4）三宮　有仁の父、輔仁親王（一〇七三〜一一一九）。後三条皇子。兄白河が、父後三条の遺志に反し、子の堀河に譲位したため、仁和寺花園に籠居。永久元年（一一一三）、護持僧仁寛が鳥羽の暗殺を企てた事件に連座して閉門。元永二年（一一一九）出家。（5）本師　成清の父光清。（6）花園左大臣　源有仁。前々話参照。（7）頼行　未詳。（8）高野御室　覚法法親王（一〇九二〜一一五三）。白河皇子。有仁の従兄弟。仁和寺第四代門跡。度々高野山に詣で、遺言により高野山勝蓮花院で葬儀、墓も高野山に設けられた。（9）公光　一一三〇〜七八。藤原季成《すえなり》の子。以仁王《もちひとおう》・式子内親王らの叔父。和漢兼作の作者で、音楽に堪能。（10）師仲　一一一五〜七二。源師時《もろとき》の子。妻が源顕兼母や歌人小侍従の姉妹。（11）重基　生没年未詳。丹波重康《しげやす》の子。大治五年（一一三〇）に典薬頭。後任の甥基康《もとやす》は保元二年（一一五七）に着任。（12）鳥羽法皇　一一〇三〜五六。『菊大路文書』は灸治療を保元元年とする。（13）行玄　一〇九七〜一一五五。藤原師実《もろざね》の子。天台座主。鳥羽院に深く信奉された（『今鏡』五）。（14）光安　源光国《みつくに》の子。光保・光康とも。生没年未詳。娘土佐殿が、鳥羽院の「最後の御をもい人」（『愚管抄』四）で二条天皇の乳母となる。院昇殿を許され、出雲守となる。配流先の薩摩国で誅せられた。（15）業光　頼重《よりしげ》から改名した源業光か。仲盛《なかもり》の子で、父同様、後白河院非蔵人・判官代。左兵衛尉。（16）雅頼　一一二七〜九〇。源雅兼《まさかね》の子。保延元年（一一三五）に治部大輔、久寿二年（一一五五）に蔵人。権中納言に至る。源顕兼の大叔父。(17)関白　藤原忠通《ただみち》（一〇九七～一一六四）。忠実《ただざね》の子。(18)最清　一一一八～五五。光清の子。仁平二年（一一五二）から石清水権別当。(19)頼清　一〇三九～一一〇一。第二十三代石清水別当。兼清の子、光清の父。(20)甥三人　成清の甥で権別当になったのは玄清・慶清・命清・増清。成清修理別当時代にあてはまるのは玄清・慶清。

訳　石清水八幡宮の、今は亡き検校僧都成清は、光清の子にして弟子、母は小大進〔三宮輔仁親王の女房〕である。小大進が産んだ子八人はみな女子で、男子一人を願っていたところ、夢告があった。「熊野権現にお祈り申せ」とのことだった。それで参詣を計画し、帰京してほどなく懐妊、産んだのが成清だった。成清九歳の時、父でもある師の光清が亡くなったので、小大進について、〔輔仁親王の子〕花園左大臣源有仁家に祗候した。有仁公が成清を憐れんで、十二歳の時、元服させてやろうということになった。しかし「成清は石清水八幡宮の氏人である。祈りによってどうするか決めるべきだ」ということになり、まず通常の俗人男子の姿で髪を結い、丸めて烏帽子の中に入れて男子の姿にし、祈らせたところ、六日目の晩、木工允頼行〔花園左大臣家の侍である〕が夢を見た。翌朝頼行は、「南の方角の御帳の中から細い光が差して来た。雲間から射し込む光のようだった。不思議に思い、御帳の中をのぞき見ると、足元に寝ている子の額に光が当たっていた。また、光の源をたどってみると、石清水八幡宮が鎮座する男山からだった」と申し上げた。この夢の後、元服の件はとりやめ、車に同乗させ、（有仁の従兄弟でもある）仁和寺の高野御室覚法法親王のもとに連れて参上なさった（藤原公光や源師仲らがお供に参った）。その後、成清は特に音楽に携わって法親王にお仕えした。十六歳で出家した（甲斐の君と名乗った）。

しかし有仁公も亡くなって、取り立ててもらえる縁も失い、世の中を渡っていく手立てがなくなったので、ひたすら悟りを願って、一人、徒歩で高野山に参詣し、千日間お籠もりをしていたが、寄生虫病の症状がひどくなったので、医者を訪ねるべく一旦京中に戻り、九月下旬の早朝、典薬頭丹波重基のところに行き、門内に足を踏み入れて見ると、典薬頭は誰かを待っている様子であった。持仏堂の広庇にかねて座っていたのだ。（わたくし）成清を見ると、近づいてきて急ぎ堂内に招き入れた。そして「もしや、八幡宮の方でいらっしゃいますか」と聞いた。その様子は大変丁重だった。成清が事実を伝えると、典薬頭重基は涙を流し「わたくしは熱心に八幡に仕えて参りましたが、長年の宿願があり、来月五日、八幡の御宝前で、書写した五部の大乗経（『華厳経《けごんきょう》』、『大集経《だいじっきょう》』、『大品般若経《だいぼんはんにゃきょう》』、『法華経《ほけきょう》』、『涅槃経《ねはんぎょう》』）の供養の法会《ほうえ》をさせて頂きます。今、その準備に余念がないのですが、昨晩、夢の中に石清水八幡宮摂社の若宮が、赤みのある葦毛の馬にお乗りになり、この広縁のそばまで乗り付けなさり、白い杖をお持ちになりながら、この堂の中に入られる勢いで『わたくしに深い縁があり、大変かわいがっている者が、病気の診察のためにやって来る。それは大した病気ではない。わたくしのもとを離れようとするので惜しんでいるだけなのだ』とおっしゃいました。夢からさめ、そのままここであなたをお待ち申し上げていたのです」と典薬頭は言った。（わたくし）成清もこれを聞いて感涙をぬぐい、重基のところを辞去した。体調不良もまた治った。

この一件を頼もしく受け止めてはいたものの、母小大進までもが亡くなってしまい、ますます身動きがとれなくなって、仁和寺のあたりで引きこもって暮らしていたある日、鳥羽法皇がお灸治療をなさるということで、熱さを紛らせ申し上げようと、御前に伺候していた人々が、「順番に物語をしてつないでいく、巡物語をしよう」ということになり、たわいのない話など申し上げていたところ、粟田口座主行玄も、御持僧として祗候申し上げていたのだが、「折角なら、仏神の霊験のテーマでお話し申し上げよう」と提案した。大変結構だと法皇のお言葉があり、人々が語り申し上げていったが、典薬頭重基の番になり、「過去の逸話は多くの人々が知っておられるだろうから」と、先日起きたばかりのこの成清のこと、夢のいきさつなどを詳しく語り申し上げると、法皇は涙を流して感激なさり、すぐに源光安をお召しになり、その僧成清の居所を調べるように仰せになった。光安はすぐ、山城介源業光という郎等を呼び、仁和寺周辺を探すよう命じ、すぐに成清を探し出して会うと、その旨、法皇に申し上げた。また、法皇は「殿上に蔵人はいるか」とお尋ねになった。蔵人治部大輔源雅頼が祗候している旨申し上げる。すると雅頼をお召しになり「典薬頭重基の夢は以上のようである。そもそも神官は、神の御心にかなう人材に、専ら担当させるべきものだ。また例の僧は光清の弟子である。抜擢に価する者ではないかと、関白に申せ」とおっしゃった。雅頼は関白殿〔忠通公〕のもとに参上し、帰参するや『その成清は、非常に評判の高い者で、抜擢すべきでございます。ちょうど、石清水権別当最清〔成清の異腹の兄〕が亡くなったばかりだとのこと。順次昇役させて、修理別当の欠員に充てなさいませば、善政か、と申し上げよ』とのことでした」と雅頼は伝えた。そこで、法皇が即刻その旨命じられると、石清水側から二箇条のクレームがついた。一つは「石清水側からの推挙でなければ、寺務の僧の任命はできません」、もう一つは「成清は重い喪に服しているので、任命できません」とのことだった。法皇は「推薦状を書くよう、すぐに石清水に請求せよ。重い喪の件は、成清本人に問い合わせよ」とおっしゃった。成清は「今回のわたくしに似た他の例は身近にございます。わたくしの祖父別当頼清は、正月三日に亡くなりましたが、わたくしの師であり父である光清は、二月に別当になりました」と申し上げた。これで決着がつき、任命の官符が下された。

僧綱《そうごう》に任ぜられていない修理別当として何年も（一一五七〜五九）勤め、その間、甥三人は先に権別当となった。面目を失うような状況だったが、全く倦むことなく神事に励み、行幸の時には、修理別当に褒美を下さる先例はそれまでなかったが、その初めての例として褒美にあずかり、永暦元年（一一六〇）法橋に叙され、その後は順調に昇進し、文治四年（一一八八）にとうとう石清水別当になり、建久三年（一一九二）に検校、承安元年（一一七一）に法印、文治四年に権大僧都になり、建久八年には僧正にまで到って丁子染めの衣裳を着ることも許された。また、宇佐八幡宮の神宮寺である弥勒寺・石清水八幡宮の宝塔院をも管理下に置き、初めて（八幡宮の根本社とも言われる）大隅の正八幡宮（現鹿児島神宮・鹿児島県始良《あいら》郡）・香椎宮（現福岡市）などの管理を任され、成清の門流が継承すべきことを命じられた。成清は、八幡神からの御加護が代々別当の中で卓越したのだった。

成清は甲斐の君と名乗っていた昔、仁和寺の粗末な房から都の大路を歩いて百晩、男山の石清水八幡宮に参詣した〔夜になると仁和寺を出て、明け方に戻った〕。その他にも、苦行のほどは、数え切れなかった。

評　源顕兼の母方の叔父でもある八幡別当成清が、不安定な境涯にありながら、前例のない絶大な力を授けられるに到る道筋が語られる。例えば藤原定家《ていか》も成清を「末代の運者」と称している（『明月記《めいげつき》』）。なお文中複数回登場する「少（小）僧」は通常僧侶の自称で、成清自身の事として、この説話が語られ、記された段階があった可能性を示唆する。

一二　山科藤尾寺の事

天慶《てんぎよう》二年のころ、粟田口山科《やましな》の北の里に、一の仁祠《じんし》あり。藤尾寺と号す。南の辺に別道場あり。件《くだん》の所に一《ひとり》の尼あり。先年より石清水八幡大菩薩の像を造り奉り、安置すること年尚《ひさ》し。凡《およ》そ、その霊験、事に触れて多端なり。よつて遠近の僧尼、貴賤、男女、帰依《きえ》すること林のごとく、輻湊《ふくそう》し市《いち》を成す。かの石清水の宮寺《みやてら》、八月十五日に至る毎に、必ず法会を設け、これを放生会《ほうじようえ》と号す。上下諸人、来会せざるなし。しかるに件の尼、同日更にこの会を設け、昼はすなはち伶人《れいじん》を迎へ舞楽の妙曲を尽くし、夜はまた、名僧を啒し菩薩の大戒を伝ふ。飲食《おんじき》といひ、布施《ふせ》といひ、美を尽くし善を尽くす。これにより僧徒、伶人ら、本宮に向かはず、と云々。法会すこぶる以て寂寥《せきりよう》たり。ここに本宮の道俗あひ議していはく「法会を同日に設け、本宮に障碍《しようげ》を成す、今、この所行、これをいかんせん」と。

よつて本宮より新宮に牒じていはく「八月十五日は、これ、本宮の放生会なり。他日に改め新宮の会を行へ」と云々。しかるに件の尼、本宮の告げを蔑如《べつじょ》し、年を経て改め定むる所なし。ここに本宮の神人《じにん》ら数千人、件の山科の新宮に発向し、その社を壊《こぼ》ち棄て、かの尼の身を殴縛し、その霊像に至りては、石清水の本宮に移し奉る、と云々。ある説にいはく、護国寺の御体《ごたい》は、この霊像と云々。

訳　天慶二年（九三九）頃、粟田口山科の北の里に、一つのお社があった。藤尾寺といった。南のあたりに別の道場があり、そこに一人の尼がいた。以前から石清水八幡大菩薩の像を造り申し上げ、長年安置していた。その像の霊験は非常にあらたかで、各地の僧尼、貴賤、男女にかかわらず、帰依する者が引きも切らず、大混雑となった。石清水八幡宮は、毎年八月一五日に必ず法会を開き、放生会と名づけており、身分の高下にかかわらず、皆が集っていたが、例の尼が、同じ八月一五日に法会を行い、昼は楽人を呼んで来て舞楽の妙技を尽くさせ、夜は夜で名僧を呼んで大乗の菩薩戒を伝授した。飲食物も布施も、善美を尽くしたので、僧侶も楽人も、本宮ではなく尼の道場の方に集まった。そのため、石清水八幡宮の放生会は閑散としてしまった。そこで本宮の出家・在家が「あの尼は、法会を本宮の放生会と同日に設定し、本宮の妨げをなしている。もはや放置はできまいが」と相談し合った。それで、本宮から尼の新宮に「八月一五日は、本宮の放生会の日である。日程をずらして新宮の法会を行うように」と手紙を送った。しかし、例の尼は、本宮の要求をないがしろにし、何年間も改めなかった。それで本宮の神人たち数千人が、例の山科の新宮に向かい、社を壊し、例の尼をなぐって縛り上げ、霊像は石清水の本宮にお移し申し上げた。ある説には、（男山に八幡宮遷座以前からあった神宮寺である）護国寺の御神体は、この霊像だという。

評　『扶桑略記《ふそうりやつき》』天慶二年、『本朝世紀』同元年八月一二日に同話。石清水にまつわる記事群の最後を飾るのが本話である。本話は最終的に八幡の実力を示すだけでなく、一介の尼が祀った新宮が、天下の八幡の放生会を閑散とさせた時期があったのを伝えることにも、十分関心を払っているようだ。

一三　賀茂明神、弥陀念仏を好む事

勢多《せた》の尼上（1）（神祇伯顕重《あきしげ》（2）の母）は、常に賀茂社に参詣する人なり。ある時、御料の剋限《こくげん》に参会して見られければ、もろもろの魚鳥を供へけり。よつて氏人《うじひと》に「大明神は何物をか

好ましめ給ふや」と問はれければ、答へていはく「われ知らず候ふ。古老の者に尋ねば、申さしむべし」と云々。その日、通夜の間、尼上の夢に大明神、宝殿の戸を開け、仰せられていはく「われは弥陀《みだ》念仏を好むなり。常に申すべきなり」と云々。これにより社頭に於いて僧侶を啒し、七ヶ日の不断念仏を修せしむ。結願の夜、また夢中に、御社の跡、池になりて、蓮華開け敷く。神主成重《なりしげ》(3)申していはく「これは念仏の人往生すべき蓮花なり」と云々。

（1）勢多の尼上　高階為家《ためいえ》女、源雅俊《まさとし》の室。勢多は近江の地名として知られ、父為家がかつて近江守であったことと関連するか。（2）顕重　源雅俊（一〇六四～一一二二）の子、顕房《あきふさ》の孫。正四位下、右少将。（3）成重　?～一一四五。鳥羽朝の上賀茂神社神主、賀茂重助《しげすけ》の子。保延二年（一一三六）、神主。「南ノ神主」と称され、崇徳・近衛朝に十年間神主を勤めた。

訳　勢多の尼上〔神祇伯顕重の母〕は、いつも賀茂神社に参詣していた。ある時、御神饌をさしあげる時に居合わせて御覧になると、いろいろな魚鳥を供えていたので、氏人に「賀茂の大明神は何をお好みでいらっしゃるのか」とお尋ねになると、「私は知りません。古い人に聞けば、きっとお答え申すでしょう」と言った。その日、夜通しのお参りをしていると、尼上の夢の中で、賀茂の大明神が宝殿の戸を開けて「わたしは南無阿弥陀仏の弥陀の念仏が好きである。いつも唱えるとよい」とおっしゃった。それで、社殿の近くに僧侶を招き、七日間、昼夜間断なく念仏を唱えさせた。最終日の夜、また夢の中で、賀茂の御社のある場所は池になり、蓮華が一面に咲いていた。神主成重が「これは念仏を唱える人が往生する蓮華だ」と申した。

評　神前に供えられた魚鳥を見て勢多の尼上は、賀茂社の神が、精進物《しょうじんもの》だけを召し上がるのでないと知り、仏法とはどういう関係にあるのだろう、と思ったことだろう。例えば春日大社や石清水八幡宮の社壇が阿弥陀の浄土そのものであるとの記述が、『春日《かすが》権現験《ごんげんげん》記《き》』や『八幡《はちまんぐ》愚童訓《どうくん》』に見える。上賀茂・下鴨両神社には、それぞれ神宮寺があり、神仏習合が盛んであった。上賀茂神社の神主賀茂成重が登場するので、本話の御社は上賀茂神社と考えてよいだろう。

一四　範兼、賀茂明神の利生を蒙る事

範兼卿《のりかね》(1)は、賀茂社に奉仕する人なり。参詣の度毎《たびごと》に、『心経《しんぎょう》』を書き参らせられけり。

しかして、この事により、三熱の苦を免かるる由《よし》、示現《じげん》の後、金泥《こんでい》にて書かれけり。往日通夜し、片岡社の辺にして「大明神の御本地《ごほんじ》は何にてましますやらん」と祈請して、きと睡眠の間、端厳《たんごん》の女房出現せしめ給ふ。渇仰《かつごう》の誠を致して申していはく「毛車《けぐるま》にのせさせ給へ」。その時うなづかせ給ふ。また申していはく（2）「母にさきだたせ給ふな」。その時は御顧眄《こべん》あり。また「本地は何にてましますぞ」と申す時、等身の正観音《しょうかんのん》の蓮花持たしめ給ひたるに変ぜしめましまして、すなはち火炎に焼けしめましまして、くろくろと成らしめまします、と見奉りけり。これにより、等身の正観音を造立し奉り、東山の堂に安置す、と云々。果たして三品《さんぼん》に叙し、母先立ちおはんぬ。子孫繁昌す。ひとへに大明神の利生《りしょう》なり。

（1）範兼　一一〇七～六五。藤原能兼《よしかね》の子。式部少輔、東宮学士、大学頭、刑部卿。長寛元年（一一六三）従三位。刑部卿三位範子・卿二位《きょうにい》兼子らの父。儒者で、歌人としても知られ、『和歌童蒙抄』などの著作がある。（2）母　高階為賢《ためかた》女。生没年未詳。

訳　範兼卿は、いつも賀茂社に仕えていた。参詣の度、『般若心経《はんにゃしんぎょう》』を書き申し上げなさった。そのため、三熱（蛇道に堕ちて受ける三つの苦しみ）を免れた、と夢告があった後は、いっそう丁重に金泥でお書きになった。かつて終夜勤行し、上賀茂神社の摂社片岡社のあたりで「賀茂大明神の御本地は何でいらっしゃいますか」と祈り、ちょっと眠ったところ、威厳のある女房がお出ましになった。心からの信心をこめ「(四位以上の人の乗る)檳榔毛《びろうげ》の車に乗せて下さい」と申し上げると、うなずかれた。また「母に先立たせないで下さい」と申し上げた時は、振り返られた。また「御本地は何でいらっしゃいますか」と申した時、等身大の正観音が蓮華をお持ちになった姿に変られ、それが(範兼卿の代わりに)火炎でお焼けになり、黒々となった、と見申し上げた。それで範兼卿は、等身大の正観音を造立申し上げ、東山の堂(未詳)に安置した。果たせるかな従三位に叙され、母を見送った。そして子孫は栄えた。これはひとへに賀茂大明神のお恵みである。

評 『般若心経』は多くの仏教宗派で用いられる経典だが、賀茂の神が好んだことは、『発心集』八―一四などから知られる。「神は衆生化度《しゅじょうけど》の故《ゆえ》、三熱あるべし」(『麒麟抄増補《きりんしょうぞうほ》』)などとあるように、三熱の苦は、竜や蛇が畜生道で受けるだけでなく、広く神が受けていると考えられており、本話で三熱の苦を免れたのは、賀茂の神と考えられる。その返礼として賀茂の神は、範兼に数々のご加護を下さったのである。範兼の「子孫繁盛」とは、娘の刑部卿三位範子が後鳥羽の乳母を勤め源通親《みちちか》と再婚し、連れ子である承明門院《しょうめいもんいん》在子が土御門《つちみかど》生母となったこと、範子の妹兼子は同じく後鳥羽の乳母で、卿二位と呼ばれ大きな政治的発言力を持ったこと、また範兼の弟で養子範季《のりすえ》の、娘修明門院《しゅうめいもんいん》重子が順徳《じゅんとく》生母となったこと、などを指す。その異例の繁栄の源には、賀茂社の御加護があった、というわけである。

一五　実重、賀茂明神の本地を知る事

式部大輔実重《さねしげ》(1)は、賀茂参詣、無双の者なり。先生《せんじょう》の微運により、過分の利生に預からざるか。人の夢に、大明神「また実重来にけり」とて歎かしめ給ふ由《よし》これを見る、と云々。実重、御本地を見奉るべき由、多年これを祈請す。ある夜、下社《しもしゃ》に通夜する時、夢中に上《かみ》へ参詣の間、なからきの程にて行幸に逢ひ奉る。百官供奉《ぐぶ》常のごとし。実重、片藪《かたやぶ》に隠れてこれを見るに、鳳輦《ほうれん》の内に金泥の経一巻立たしめましましたり。その外題《げだい》に「一称南無仏、皆已成仏道」と書かれたりけり。夢すなはち覚めをはんぬ。

(1) 実重　平昌隆《まさたか》の子。高陽院《かやのいん》蔵人、中務丞。久安五年（一一四九）六月一七日に蔵人。『詞花集《しかしゅう》』に一首、『千載集《せんざいしゅう》』に五首入集。『和歌色葉《わかいろは》』に「式部大夫入道。願西」と見える。

訳　かつて六位相当官の式部丞、今は五位の実重は、賀茂社参詣に熱心なこと、並ぶ者のない人物だった。前世からの運が拙く、分を超えた御利益に預かることができなかったらしい。ある人が、夢で、賀茂大明神が「また実重が来た」とお嘆きになっているのを見たという。実重は賀茂の御本地を拝見したいと、何年も祈っていた。ある夜、下鴨社で夜通しお籠もりした時、夢の中で、上賀茂社に参詣しようとして、下社と上社の途中にある半木《なからき》（中賀茂とも呼ばれる）のほとりで、実重は天皇のいでましに出くわし申し上げた。多くの官人たちが付き従う様は、いつも通りであった。実重が、藪に隠れて見ていると、鳳輦（晴の日の行幸で天皇が乗られる、屋形の上に鳳凰《ほうおう》をつけた輦車《れんしゃ》）の中に、金泥で飾ったお経一巻が立っていらした。その外題（外側に張った題簽《だいせん》）には、「ひとたび仏に帰依しますと唱えれば、皆仏道を悟ることができる」との、『法華経』方便品《ほうべんぼん》の句が書かれていた。そこで、夢から覚めた。

評　『千載集』神祇には、実重の「今までになど沈むらん貴舟川《きふねがわ》かばかり早き神を頼むに」という歌があり、その詞書とあわせると、実重は、賀茂そして上賀茂神社の末社でもある貴船神社に熱心にお参りし、その甲斐あって、蔵人に任ぜられたが、五位に叙せられると同時に式部丞も蔵人も退き、その後は昇進しなかった、ということになる。ちなみに、本話では、賀茂の御本地は『法華経』と暗示されているが、前話では正観音、あるいは阿弥陀如来との説（『発心集』八―一二）もあった。

一六　鴨季継、石清水八幡宮焼失を夢想の事

鴨社の禰宜《ねぎ》季継《すえつぐ》(1)、保延《ほうえん》六年正月二十三日、当番により、御社《みやしろ》に通夜する間、夢に八幡宮よりとて、師子頭《ししがしら》や鉾《ほこ》など体《てい》の物、神宝等、多く持ち連ねて舞殿《まいどの》に置きければ、「かれは何事ぞや」と問へば、神人ら答へていはく「八幡宮焼失し候へば、大菩薩《だいぼさつ》、これへ渡御《とぎょ》せしむるなり」と云々。夢覚むる後、天曙の後朝に、三《み》の権守《ごんのかみ》親重《ちかしげ》(2)、宮廻りしけるに、「かかる不思議の夢をこそみつれ」と語る間、京より参詣の人いはく「去《さん》ぬる夜、亥《い》の時《とき》、八幡宮焼失す」と云々。

（1）季継　鴨氏。正四位上、禰宜。子に長継《ながつぐ》、その子が長明《ちょうめい》。（2）親重　一一一二～一一八七～?。藤原親賢《ちかかた》の子。美濃守・三河権守。歌人。法名勝命。底本「三の」は「美濃」か。「賀茂の泉《いずみ》の禰宜の甥」で賀茂の歴史に詳しく、「賀茂の日記」を所有していた（『耀天記《ようてんき》』）。「賀茂の泉の禰宜」が季継であれば、勝命は鴨長明の父長継と従兄弟同士。長明とも親しく、

『無名抄《むみようしよう》』に頻出する。

訳 下鴨神社の禰宜鴨季継が、保延六年(一一四〇)正月二三日、担当順に当たり、御社で徹夜の勤行《ごんぎよう》をしていると、夢で「八幡宮から」と言って、舞楽用の獅子頭や鉾の類、神宝など多くを列を作って持ちながら(賀茂社の)舞殿に置くので、「あれは何事か」と聞くと、神人たちが「八幡宮が焼失しましたので、八幡大菩薩がこちらへお渡りになるのです」と言った。夢から覚め、夜が明けて、朝、美濃権守親重が宮廻りをしていると、季継が「このような不思議な夢を見た」と語ったが、それを聞いた京から参詣の人が「昨晩十時頃、石清水八幡宮は焼失したのだ」と言った。

評 五―三話にも言及されていた、石清水八幡宮の「保延の炎上」の際、賀茂神社に大菩薩が避難していらしたとの逸話。賀茂神社にまつわる話群はここまでで一まとまりを成し、日吉社禰宜祝部仲成《はふりべなかなり》の聟で日吉社の社家《しやけ》とも親しかった勝命(『耀天記』)も登場したところで、次話からは日吉神社にまつわる説話が配される。

一七　住吉・日吉両神、大将軍となる事

住吉大明神託宣していはく「昔、新羅《しらぎ》を伐つ時、われ大将軍、日吉副将軍たり。その後将門《まさかど》(1)を伐つ時、日吉大将軍、住吉副将軍たり。これ、天台宗の繁昌により、日吉、法施《ほうせ》を受け、限りなく威徳倍増の故《ゆえ》なり」と云々。

(1) 将門　?～九四〇。天慶《てんぎょう》二年(九三九)、平将門の乱を起こすが、国香の子貞盛《さだもり》や藤原秀《ひで》郷《さと》らに討たれた。

訳　住吉大明神が託宣して「昔、(神功《じんぐう》皇后が)新羅を伐った時、わたし住吉明神が大将軍、日吉明神が副将軍を務めた。その後、平将門を伐つ時には、日吉明神が大将軍で、わたし住吉明神が副将軍を務めた。これは、天台宗が栄えて、(延暦寺《えんりゃくじ》の守護神である)日吉明神が、(延暦寺僧の読経《どきょう》という)法施を多く受け、限りなく力が増した結果だ」とおっしゃったという。

評　仲哀天皇の皇后、神功皇后率いる新羅との戦は記紀に記され、「神功皇后の三韓をたひらげ」(『古今著聞集《ここんちょもんじゅう》』神祇)、「神船」「神人」が「異朝」を平らげ「わが国」を守っ

た（「神舎表白《じんしやひようびやく》」）古事として、平安・鎌倉時代を通じて広く知られていた。本話は、例えば顕昭《けんしよう》『古今集注』に「江記《ごうき》にいはく」として見える。また、延慶本《えんきようぼん》『平家物語』一一では、新羅との戦を勝利に導いた二神が、住吉大明神と諏訪《すわ》大明神になっている。

一八　日吉の客人宮、霊験の事

日吉の客人宮《まろうどのみや》は、白山権現《はくさんごんげん》と云々。ある人の夢想により、小社を造り、祝ひ居ゑ《す》奉る所なり。しかるに慶命(1)座主の時、「指せる証拠なくは、詮なき小社なり。またましますべくは不思議を示さるべし」と云々。件《くだん》の夜、座主の夢に入り、託宣の旨《むね》などあり。後朝、小社の上ばかりに、白雪一尺積もりたりけり。六月と云々。その後、霊験掲焉《けちえん》と云々。

（1）慶命　九六五～一〇三八。藤原孝友《たかとも》の子。無動寺に入る。長元元年（一〇二八）、天台座主。大僧正。

訳　日吉大社の上七社の一つ、客人宮は、白山権現を祀るという。ある人の夢のお告げがきっかけで小社を造り、お祀り申し上げた。しかし、慶命が天台座主の時、「何かで証明されないと、祀《まつ》る言われのない小社だ。今後もここにおいでになるなら、何か奇跡をお示しになるべきだ」ということになった。その晩、慶命座主の夢の中で、御託宣があった。そして翌朝、小社の上だけに、白雪が約三〇センチメートル積もっていた。時は六月だった。その後、客人宮の霊験はいよいよあらたかになった。

評 日吉大社は上《かみ》・中《なか》・下《しも》それぞれ七社ずつに分かれ、上七社には他に、大宮・聖真《しょうしん》子《じ》・二宮《にのみや》・八王子・十禅師・三宮《さんのみや》が属する。白山権現の根本社は石川県白山市の白山比咩《しらやまひめ》神社で、加賀国一宮。比叡山の末院となり北陸道に威勢を誇った。『耀天記』客人宮事は「年来白山に参詣」していた「広秀法師」が夢想を得て祀り始め、慶命は他の人には見えない雪を見た、とする。

一九　北野天神託宣の事

一条院(1)の御宇《ぎょう》、北野天神(2)に御贈位贈官す〔正二位《しょうにい》、従一位《じゅいちい》左大臣と云々〕。件《くだん》の位記、詔書等、勅使菅原幹正《もとまさ》(3)、正暦《しょうりゃく》四年八月十九日、大宰府に到来す。同二十日未《ひつじ》の刻、安楽寺に参着す。御位記の筥《はこ》を案上に置き、再拝し読み申す時、絶句の詩、化現《けげん》す、と云々。

道風《とうふう》(4)の手跡と云々。

　忽驚朝使排荊棘　官品高加拝感成
　雖悦仁恩覃邃窟　但羞存没左遷名

この正文、外記局《げききよく》に納められ今にあり、と云々。今度の勅答、不快の由《よし》、群議定まりをはんぬ。同五年ごろ、正一位太政大臣を賜ふ由、詔書を奉らるる時、また託宣の詩あり。

　昨為北闕被悲士　今作西都雪恥尸
　生恨死歓其我奈　今須望足護皇基

この詩一度詠吟の人、毎日七度守護すべき由、託宣あり、と云々。

また御託宣の句にいはく、

　家門一閉幾風煙　筆硯抛来九十年
　毎仰蒼天思往事　朝々暮々涙連々

(1) 一条院　在位九八六〜一〇一一。(2) 北野天神　菅原道真《みちざね》(八四九〜九〇三)を祀った神格。右大臣従二位から大宰権帥に左遷され、大宰府で没した後、道真の霊は、大宰府では廟から発展した太宰府天満宮で祀られ、京では乳母多治比文子《たじひのあやこ》が託宣に従って自宅の祠《ほこら》に祀った霊を、後に北野天満宮に勧請《かんじょう》した。（3）幹正　菅原道真《みちざね》の曾孫、在躬《ありみ》の子。生没年未詳。従五位下、武蔵守。（4）道風　八九四～九六六。小野篁《たかむら》の孫。葛絃《くずお》の子。名書家。藤原佐《さ》理《り》・藤原行成《こうぜい》と共に三蹟の一人。書風について「北野は弘法大師の後身、道風は北野の後身」（『宇《う》槐記抄《かいきしょう》』）とする考え方が、当時行われていた。

訳　一条天皇の時代に、北野天神に官位官職をお贈りした（正二位そして従一位（正しくは正一位）左大臣）。位を授ける者に与える位記や天皇からの詔書が、菅原幹正を勅使として、正暦四年（九九三）八月一九日に大宰府に届いた。八月二〇日午後三時頃、安楽寺に到着し、御位記の箱を机の上に置き、二度拝礼して読み申し上げたところ、絶句（四句から成る漢詩）が現れた。筆蹟は小野道風のものだったという。

たちまちに驚く朝使の荊棘《けいきょく》を排《ひら》くことを　官品《かんぽん》高く加はり拝感成る
仁恩の邃窟《すいくつ》に覃《およ》ぶことを悦ぶといへども　ただ羞づらくは存没左遷の名あることを

（突然に驚いた、朝廷からの使者がいばらを押し開いて訪ねて来たことに。高い官位官職が加えられ感謝の思いが生じてくる。天皇の恩恵が奥深いこの窟《いわや》にまで及ぶことを嬉しく思うが、生前も今も左遷の汚名を蒙っていることを恥ずかしく思う）

この絶句の原本は外記庁に保管されて今も存在するという。

（この絶句の文言が示されたのは、）この度勅使を遣して示した内容を、天神が快く思っておられないことの現れだろう、との群議がなされ、正暦五年頃、（正一位）太政大臣を贈るとの詔書をさしあげた時、また託宣の詩が示された。

　昨《きのう》は北闕に悲しみを被《こう》ぶる士《ひと》となり　今は西都に恥を雪《すす》ぐ尸《かばね》となる

　生恨死歓われをいかんせん　今すべからく望み足りて皇基を護るべし

（昔は宮中で左遷の命を受けて悲しむ人であり、今日は大宰府の地で屍としてその恥を雪ぐ身となった。生前の恨み、死後の喜びを、わたくしはどうしたらいいのだろう。望みがかなえられた今、天皇の御代の礎を守ろう）

この詩に一度でも節をつけて詠ずる人がいたら、一日に七回守護しようとの託宣があったという。

また、別の御託宣の詩は次のようだった。

　家門一たび閉ぢて幾ばくの風煙　筆硯抛《ひっけんなげう》ち来たる九十年

　蒼天を仰ぐ毎に往事を思ふ　朝々暮々涙連々たり

（家の門を閉ざしてからどれだけの風や霞が訪れただろう、流謫《るたく》されて文筆を捨ててこのかた九十年。空を仰いでは往時を思い、朝夕涙が流れ落ちる）

評　菅原道真が大宰府で没した後、朝廷は霊を慰撫するため、延長元年（九二三）四月に右大臣正二位を贈り、正暦四年六月には左大臣正一位、閏《うるう》一〇月には太政大臣を贈った。『菅家後集《かんけこうしゅう》』末尾・『天満宮託宣記』・『江談抄《ごうだんしょう》』四―六五には、三つの詩句全てが収められ、『北野天神縁起』には第一と第二の詩句が見える。第一の詩句「忽驚……」は左大臣を贈った時、第二の詩句「昨為……」は、太政大臣を贈った時の託宣であることは、すべてで共通し、第三の詩句「家門……」は、語句も託宣のもたらされた状況も区々である。「九十年」は、道真が大宰府に左遷された昌泰四年から正暦年中までを指す。

二〇　園・韓神社、託宣の事

園《その》、韓《から》神社は、もとより大内の所にまします。しかるに遷都の時、造宮の使ら「他所に移すべし」と云々。時に託宣していはく「なほ、ここにましまして、帝皇を護り奉らん」と云々。よつて宮内省の内にまします、と云々。

訳　園神社、韓神社は、（平安遷都）以前から、後に皇居になる地に鎮座していらした。平安遷都の時、宮造営のために置かれた造宮使たちが「他に移転させよう」と議していたところ、託宣があり「このままここにいらして天子をお守り申し上げよう」と言われた。それで宮内省の中に鎮座しているという。

評　『延喜式《えんぎしき》』神名帳に「宮内省にまします神三座」として「園神社」「韓神社二座」が見える。園神は大物主神《おおものぬしのかみ》、韓神二座は大己貴命《おおあなむちのみこと》・少彦名命《すくなひこなのみこと》を祭るとされる（『大倭神社《おおやまとじんじゃ》註進《ちゆうしん》』）。「園韓神祭」は園韓神社の例祭で、二月と一一月に行われていた。本文全体は、『江家次第《ごうしだい》』五で「園韓神の口伝《くでん》にいはく」として記す内容と、ほぼ合致する。託宣の「ましまして」は自敬表現。

二一　中山社、託宣の事

中山社（巌神《いわかみ》）は、冷泉院《れいぜいいん》中嶋に火の神を祝はしめ給ふ、と云々《うんぬん》。その後、ことのほか光を放つ。後冷泉院《ごれいぜいいん》(1)の御時か、託宣していはく「門前車馬多く、時に出入輙《たやす》からず。ここを給はり、住せんとす」と云々。これにより他所に去り移らしめ給ふ、と云々。

（1）後冷泉院　在位一〇四五〜六八。

訳　中山社〔石神〕は、冷泉院の中島に、火の神をお祀りになったものという。その後、(神威が高まって) ひどく発光した。後冷泉院の時代かに託宣があり「ここは門前を車馬が多く行き交うので出入りが容易でない。邸内の (別の) 場所を頂きそこに住まおう」とおっしゃった。それで、別の場所に遷座されたのだという。

評　前話と対照的に、神が遷座の希望を託宣された話。冷泉院は、嵯峨朝に創建された方《ほう》四町の後院《ごいん》。度々の火災の後、「燃」に通じる「然」を改め、冷然院を冷泉院に改めた。後冷泉も永承六年 (一〇五一) 七月から天喜元年 (一〇五三) 八月頃まで、新造なった冷泉院を用いている。例えば『百練抄』に「ある記にいはく、六月十六日冷泉院石上明神、神殿を移し立てをはんぬ」(永承五年七月三日)、「冷泉院内中山神社」(建保二年 (一二一四) 一一月二一日) と見え、新日本古典文学大系『古事談・続古事談』が指摘するように、冷泉院内の大路に面した場所から中島へ遷座したことにまつわる説話ではないかと思われる。

二二　頼長、近衛天皇呪詛の事

宇治の左府、(1)近衛院(2)を呪咀《じゆそ》し奉らるる時、「古神祇の官幣《かんぺい》に預からざるやましまする」と尋ねらるる間、愛太子《あたご》竹明神四所《ししよ》権現《ごんげん》を尋ね出し奉り、これに呪咀す。よつて天皇崩じ給ひをはんぬ。しかれども左府、幾程《いくほど》を経ず、天矢に中《あた》りて薨《こう》じをはんぬ、と云々。

（1）宇治の左府　藤原頼長《よりなが》（一一二〇〜五六）。父忠実《ただざね》が嫡男忠通《ただみち》と対立し、兄忠通に替わって藤氏長者となるが、鳥羽崩御後に勃発した保元《ほうげん》の乱で敗死。（2）近衛院　一一三九〜五五。鳥羽皇子。

訳　頼長公が、近衛天皇を呪詛申し上げなさった時、「由緒の古い神で、官幣を奉られていないのがおいでか」とお尋ねになり、愛宕の（清滝）四所明神を探し出し申し上げ、その神に祈願して呪詛した。それで天皇は崩御してしまわれた。しかし頼長公は、それからほどなく、保元の乱で射手の知られぬ矢に当たってお亡くなりになった。

評　ここで言われている四所権現は、『山城名勝志《やましろめいしょうし》』九に「四所明神〔愛宕山縁起にいはく、清滝四所明神と云々〕」と記される四所明神だと思われるが、詳細は未詳。新日本古典文学大系『古事談・続古事談』は「竹」を「滝」と解している。『台記《たいき》』には、鳥羽が忠実・頼長父子を憎んでいるのは、鳥羽鍾愛の亡き近衛の霊の言葉を巫覡《きね》に語らせた際「先年、忠実・頼長父子が、愛宕山の天公像の目に釘を打って自分を呪ったので目が見えなくなり、遂には早世したのだ」と語り、法皇が人を遣って確かめさせたところ事実だったのが原因だ、と頼長に伝える人がいた、と見え、頼長は事実無根だと記しているが、本話はそれを肯定する内容。呪詛を依頼した者が、自らに強い反作用を被る話は、説話に散見される。

二三　白山の御厨池の事

白山《はくさん》権現住み給ふ山に池あり。御座所をあひ去ること三十六町《ちょう》、深山中にあり。縦横七、八段《たん》ばかりと云々。号して御厨池《みくりや》といふ。諸の竜王あひ集まり、供養を備ふるの池なり。件《くだん》の池、人あへて近づき寄る能《あた》はず。もし臨み寄る人ある時、雷電猛烈にして人を害す、と云々。よつて古来より近づき進む能はず。しかるに浄蔵(1)および最澄(2)聖人《しょうにん》ら、権現に申し請ひ、この池水を汲み取る、と云々。

この事を伝へ聞き、日台(3)聖人、参籠すること三七日、権現に祈り申す。かの池の畔《ほとり》に臨み向きて、まづ供養法を勤行《ごんぎょう》す。時に天晴れ、あへて雷雨の気なし。よつて瓶《かめ》を以て池水二升《しょう》ばかり汲み取りをはんぬ。その後、心神迷惑し亡ずるがごとし。しかれどもあひ構へて退き帰りをはんぬ。件の水、病痾ある人、これを飲みこれを塗れば、癒へざるなし。また生々世々《しょうじょうせぜ》仏法に値遇《ちぐ》する所と云々。

（1）浄蔵　八九一～九六四。三善清行《きよゆき》の子。宇多《うだ》法皇の弟子。比叡山で受戒。（2）最澄　七六七～八二二。日本天台宗の開祖。白山にかかわる記事は未詳。白山信仰の三拠点、加賀馬場・越前馬場・美濃馬場を始めたとされる「泰澄」の誤りか。（3）日台　伝未詳。『続古事談』四―一三の類話などに見える「日泰上人」と同一か。

訳　白山権現がお住みになっている山に池がある。御座所から四キロメートル弱の深い山中にある。縦横七十七～八十八メートルほどだという。御厨池と呼ばれている。いろいろな竜王が集まっており、供養を行う池である。この池に、人は近付くことができない。もし近付いてみようとする人があると、雷がひどく落ちて人を傷つけるという。それで昔から近付いていくことができなかった。しかし、浄蔵と最澄聖人たちが、権現にお願い申し上げ、この池の水を汲み取ったという。

このことを伝え聞いた日台聖人は、二十一日間参籠し、権現にお祈り申し上げた。例の池の畔に向かい、まず供養法を行った。すると空は晴れて雷雨の兆しはなかった。それで瓶で池の水を三・六リットルほど汲み取った。その後、気分が悪くなり死にそうになった。しかし何とか池を離れて帰り着いた。その水を病気の人が飲み、あるいは塗ると、必ず治った。また何度生まれ代わっても仏法に出会えるという。

評　五―一八話で言及したように、白山権現の根本社は石川県白山市の白山比咩《しらやまひめ》神社だが、本話は御前峰《ごぜんがみね》、大汝峰《おおなんじがみね》、別山《べっさん》からなる白山全体を対象とする山岳信仰のイメージの中でとらえられる。『大法師浄蔵伝』は、四十九歳で白山に安居《あんご》した浄蔵が、古老の言い伝えの真偽を確かめに御厨池に向かい、艱難を乗り越えて水を汲んだが、この霊水は人々の病をことごとく癒したと伝える。『本朝世紀』には、駿河国富士山山頂に大日寺を設けた富士上人すなわち末代上人は、越前国白山に詣で竜池の水を汲んだが、人々は、昔、天喜《てんぎ》年中（一〇五三〜五八）、白山に登り竜池の水を汲んだ日泰上人の後身だろうかと言った、とある。

二四　室生の竜穴の事

室生《むろう》の竜穴《りゆうけつ》は、善達竜王の居る所なり。件《くだん》の竜王、初め猿沢《さるさわ》の池に住す。昔、采女《うねめ》身を投ぐる時、竜王避けて香山《かぐやま》〔春日の南山なり〕に住す。件の所、下人、死人を棄つ。竜王また避けて室生に住す。件の所、賢憬(1)僧都《そうず》行ひ出す所なり。賢憬は修円(2)僧都の師なり。

往年、日対(3)上人、竜王の尊体拝見の志ありて、件の竜穴に入る。三、四町ばかり黒闇《こくあん》、しかるにその後、青天の所あり。一の宮殿あり。上人、その南の砌《みぎり》に立ちてこれを見るに、珠簾《しゆれん》を懸け、光明照り耀く。風ありて珠簾を吹き動かす間、その隙《ひま》よりかの裏《うち》を伺ひ見れば、玉机《ぎよくき》の上に『法花経《ほけきよう》』一部を置く。しばらくして、人の気色あり。問ひていはく「何《なに》人《びと》の来たれるや」。上人答へていはく「御体《ごたい》を拝見し奉らむがため、上人日対参入する所なり」。竜王いはく「ここに於いては見え奉る能はず。この穴を出、その跡三町ばかりにて対面すべきなり」。上人すなはち本のごとく穴を出づ。約束の所に於いて、衣冠を着する俗、腰より上、地中より出づ。上人これを拝見す。すなはち消え失せをはんぬ。日対、件の所に社を立て、竜王の体を造立す。今に見在す、と云々。祈雨の時、件の社頭に於いて読経等の事あり、と云々。感応ある時、竜穴の上に黒雲あり。しばらくして、件の雲天上に周遍し、降雨の事あり、と云々。

（1）賢憬　賢璟・賢環とも。七一四〜七九三。大僧都。興福寺の宣教に法相宗《ほっそうしゅう》を学ぶ。皇太子時代の桓武《かんむ》の回復を室生に祈り、功を上げた。（2）修円　七七一〜八三五。興福寺別当。師の賢璟と室生寺の建立《こんりゅう》に尽力。（3）日対　伝未詳。前話の「日台」と同一か。

訳　室生の竜穴は、善達竜王のいるところである。その竜王は、初め（興福寺の放生池《ほうじょう》であった）猿沢の池に住んでいた。昔、（『大和物語《やまとものがたり》』で有名な、帝に召された後、忘れられたことを愁いて猿沢の池に）采女が身投げした時、竜王はここを避けて、香山（春日の南の山である）に住んだ。ここに、下人が遺体を捨てたので、竜王はまたここを避けて、室生に移住した。この地は賢憬僧都が修法によって出現させた霊地である。賢憬は修円僧都の師である。

昔、日対上人が、竜王のお姿を拝見したいとの志があり、例の竜穴に入った。三三〇〜四四〇メートルほど漆黒の闇が続き、その後、青空が見える所がある。そこに一つの宮殿がある。上人はその南の軒下に立って見ると、珠の簾を掛け、中は光り輝いている。風が吹いて珠簾が動き、隙間から中を覗くと、玉でできた机の上に『法華経』一部が置かれている。しばらくすると人の気配がして、「どなたがいらしたのか」と聞く。上人が「竜王のお姿を拝見しようと、上人日台が参りました」と答えた。竜王は「ここではお目にかかれない。この穴を出て、三三〇メートルほど行ったところで対面しよう」と言った。上人はもと来た通り穴を出て、約束した場所にいると、衣冠を来た俗人が、腰から上だけ地中から出ていた。上人がこの姿を拝見すると、すぐに消え失せてしまった。日対はこの場所に社を建て、竜王の像を作った。今も現存するという。祈雨の時は、この社で読経などをする。祈りが通じると、竜穴の上に黒雲が出て、しばらくするとこの雲が空に広がり雨を降らすという。

評　室生寺・興福寺周辺の伝承に「善如《ぜんによ》竜王」「善如達」が見え、例えば『聖徳太子伝私記』岡本寺の項に、竜池を設けて「善達竜王」を勧請したとあるが、善達竜王の由来は未詳。竜王が居所を転じて室生に来たことは、『興福寺流記』にも見え、猿沢の池は神竜の池で、興福寺の金堂の下に竜宮があること、成尋阿闍梨《じようじんあじやり》が室生に百日参籠し、竜穴の奥で願うと、竜が足を差し出して見せてくれたことなども記す。このように、本話の同類話は多数存在するが、相互の関係は未詳。室生の竜穴への請雨は記録に頻見され、読経を担当するのは興福寺僧がほとんどであった（『夕拝備急至要抄《せきはいびきゆうしようしよう》』他）。

二五　聖徳太子御記文出現の事

天喜《てんぎ》二年九月二十日、聖徳太子(1)の御廟《ごびょう》近辺〔坤《ひつじさる》の方〕に、石塔を立てんがため、地を引く間、地中に筥《はこ》に似たる石あり。これを掘り出すに筥なり〔長一尺五寸ばかり、横七寸ばかり〕。身《み》・蓋《ふた》あり。開き見る処《ところ》、御記文《きもん》なり。よつて天王寺、事の由《よし》を奏聞す。件《くだん》の御記文の状にいはく、

　われ、利生《りしょう》のため、かの衡山《こうざん》を出、この日域《じちいき》に入り、守屋《もりや》(2)の邪見を降伏し、終《つい》に仏法の威徳を顕はす。所々において四十六箇の伽藍《がらん》を造立し、一千三百余の僧尼を化度《けど》す。別に法花、勝鬘《しょうまん》、維摩《ゆいま》等の大乗義疏《ぎしょ》を記し、悪を断ち善を修する道、やうやく以て満足す〔下石の文なり〕。今年〔歳次辛巳《しんし》〕河内国石川郡、磯長《しなが》の里に一勝地あり。もつとも称美するに足る。故《ゆえ》に墓所を点ず、と云々。われ入滅以後、四百三十余歳に及び、この記文出現せんか。時に国王、大臣、寺塔を発起し、仏法を願求《がんぐ》すらくのみ。

　上石の文なり。

この事、天王寺別当桓舜(3)僧都、執柄《しっぺい》(4)の仰せにより、かの御廟に参り向ひ、帰洛し談じ申していはく「そこの住僧、前年私堂を建立せんがため、その辺の地を掃除す。その夜の夢に、人来ていはく『この地に堂舎を立つべからず。早く停止すべし。この傍らの地、宜《よろ》しかるべし』と云々。この夢により、初地を止め、他所に建立しをはんぬ。しかるに初めの

所、今年掃除の間、この石函《せっかん》を掘り出す所なり。件の函《はこ》、身・蓋あり。几帳《きちょう》の足のごとし。その色蠟蔄色のごとし。針のごとき物を以て、件の字を銘ずるなり。かの年より今年に及び、四百三十六年」と云々。

(1) 聖徳太子　五七四〜六二二。用明《ようめい》天皇皇子。厩戸《うまやどの》皇子。四天王寺を創建（『日本書紀』）。日本仏教の始発に位置づけられることが多い。(2) 守屋　物部《もののべ》氏。?〜五八七。疫病流行の原因は蘇我馬子《うまこ》の崇仏にあるとし、詔によって塔・仏像・仏殿を焼いた。(3) 桓舜　九七八〜一〇五七。比叡山の慶円座主《ざす》に師事。天王寺別当（一〇五一〜五七）。(4) 執柄　藤原頼通《よりみち》（九九二〜一〇七四）。当時の関白。

訳　天喜二年九月二〇日、聖徳太子の御廟の近く（南西）に、石塔を立てるため整地した際、地中に箱のような石があった。掘り出すと実際に箱だった（長さ四五センチメートルほど、横幅は二一センチメートルほど）。本体と蓋でできていた。開けてみると、中に記文（文書）が彫られていた。それで四天王寺は事情を朝廷に報告した。その御記文には次のように記されていた。

わたくしは迷える衆生《しゅじょう》を助けるために、南岳大師慧思《えし》（五一四〜五七七）ゆかりの衡山を出てこの日本に入り、（仏法を排斥しようとした）物部守屋の邪見を糺し、仏法のすばらしさを知れ渡らせた。各地に四十六箇所の寺を建立し、千三百余人の僧や尼を教化した。また、『法華義疏《ぎそ》』・『勝鬘経義疏』・『維摩経義疏』などの大乗経典についての解説書を記し、悪を絶やし善を行う道に手応えを感じている（以上は本体の石に記されていた文章である）。今年（辛巳の年）河内国石川郡磯長の里（現大阪府南河内郡太子町）に一つのすぐれた地が見つかった。賛美に値する土地である。それでここに墓所を定めた。わたくしが涅槃《ねはん》に入ってから四百三十余年経って、この文書が出現するだろう。その時国王、大臣が寺や塔を建立する発願をし、仏法を願え。以上が蓋の石に記されていた文章である。

この記文の出現について、四天王寺別当桓舜僧都が、関白頼通公の仰せで太子廟にお参りに向かい、帰洛後申し上げるには「かの地の住僧が、前年に私堂を建てようとして周辺の土地を整地した。その晩、夢に人が出て来て『この地に堂舎を建ててはいけない。すぐに停止せよ。この脇の土地がよいだろう』と言った。この夢のため、初めの土地をやめ、別の場所に私堂を建てた。しかし、初めの土地を今年整えていると、この石箱を掘り出した。この箱は本体と蓋とに分かれている。全体は几帳の土台のようで、色は蠟のようだ。針状の尖ったもので字を彫ってある。太子入滅から今年（天喜二年）まで、四百三十六年だ」とのことだった。

評　この御記文発見にまつわる事情を、橘寺の法空撰『上宮太子拾遺記《じょうぐうたいししゅういき》』（鎌倉時代末成立）五は、天喜二年に箱を掘り出したのは法隆寺の忠禅という僧で、碑文を偽造して御廟から掘り出したと称したが、法隆寺の僧好（康）仁らが廟に入って検分した、と記す。末代に例えば嘉禄三年（一二二七）の『明月記』は、「太子の石の御文を今日初めて見た。末代には土を掘るごとに御記文が現れる。今回の御記文は、河内国の太子の御墓の辺に堂を建てるために整地していて瑪瑙《めのう》の石が出て来た。その石に文言が記されていた」とし、予言の書としての記文の内容、石は天王寺聖霊堂に納め置かれていることを記し、記文の信頼性には疑問を呈している。また、天福元年（一二三三）には、またしても「新記文」が天王寺から掘り出され、新しい記文が毎年出現すること、人々がこぞって参詣していることが記されている。平安時代後期頃から、古代の聖人の作と伝える未来記の発見や、聖人の遺骨にまつわる情報が喧伝されるようになり、中でも特に盛んだったのが聖徳太子と行基にまつわるものだった。

二六　東大寺大仏鋳造の事

天平《てんぴょう》十九年〔丁亥《ていがい》〕九月二十九日、始めて東大寺の大仏を鋳《い》奉る。同二十一年〔己丑《きちゆう》〕正月四日、陸奥守従五位上百済王《くだらのこにきし》(1)敬福、黄金九百両を進らす。本朝に黄金出来る始めなり。これにより敬福に従三位を授けをはんぬ。同四月十八日、改めて天平感宝《てんぴょうかんぽう》元年となす。これ、去《さん》ぬる正月、始めて黄金出来る故《ゆえ》なり。同年十月二十四日、大仏を鋳奉ることすでにをはんぬ。三ヶ年の間、鋳奉ること八ヶ度なり。高さ五丈三尺五寸と云々。去ぬる七月二日、天皇〔聖武《しょうむ》〕(2)出家。同八年五月二日、太上法皇崩ず〔春秋五十七〕。

(1) 敬福　六九八〜七六六。日本に渡った百済王義慈王《ぎじおう》の皇子、禅広《ぜんこう》を祖とする百済王氏で、禅光の孫である郎虞《ろうぐ》の子。天平一五年（七四三）六月から陸奥守、同一八年九月に再任。(2) 聖武　七〇一〜七五六。在位七二四〜七四九。文武皇子。天平感宝元年（七四九）七月二日、皇太子阿倍《あべ》内親王（孝謙《こうけん》）に譲位し天平勝宝と改元。『扶桑略記《ふそうりやつき》』は同年一月一四日に行基から受戒したとし、『続日本紀《しょくにほんぎ》』同年閏五月二〇日条では聖武が「太上天皇沙弥《しゃみ》勝満」と自称している。聖武出家の日付は決め難いが、『古事談』のように七月二日を出家の日とするのは珍しい。

訳　天平一九年〔七四七〕〔丁亥〕九月二九日、東大寺の大仏鋳造を開始し申し上げた。同二一年〔己丑〕一月四日、陸奥守従五位上百済王敬福が黄金三三・七五キログラムを献上した。わが国で黄金を産出した初めてである。このことにより、敬福に従三位を授けた。同年四月一八日、天平感宝に改元した。一月に初めて黄金を産出したためである。同年一〇月二四日、大仏鋳造が終わった。三年間で、八回の鋳造を行った。高さは約一六メートルである。七月二日に、〔聖武〕天皇は出家し、同八年五月二日に崩御された〔五十七歳〕。

評　底本「天平勝宝」を『続日本紀』『扶桑略記抄』により「天平感宝」に改めた。天平二一年には、陸奥国からの黄金献上により四月一四日に天平感宝、孝謙即位に伴い七月二日に天平勝宝《てんぴょうしょうほう》と、二度の改元が行われた（『続日本紀』）。陸奥守百済王敬福が黄金を献上した日付・天平感宝に改元した日付は、正史である『続日本紀』と、『扶桑略記抄』とで異なるが、『古事談』はいずれも『扶桑略記抄』と合致する。一方、大仏鋳造を終えた日付を『扶桑略記抄』は七月二四日とするが、『古事談』は『東大寺要録』二と同じく一〇月二四日で、こちらが本来だったか。

二七　長谷寺の観音造立の事

長谷寺《はせでら》の観音は、神亀《じんき》二年三月二十一日〔庚午《こうご》〕供養す。行基菩薩《ぎょうきぼさつ》(1)導師たり。件《くだん》の寺は、弘福寺の僧道明、(2)沙弥徳道、(3)二人あひ共に建立する所なり。その仏の木は、近江国より流れ出づる霹靂木《へきれきぼく》なり。大和国に流れ至る。ここにかの道明等、この木を曳《ひ》き、造仏を企つ。思ふに力なし。ここに於いて正三位行《ぎょう》中務卿兼中衛大将藤原房前《ふささき》、(4)公家に奏聞す。勅により、大和国の稲三千束を下行《げぎょう》す。これにより十一面観音像一体を造り奉る。高さ二丈六尺。雷公降臨し、方八尺の磐石《ばんじゃく》を破り作り、その座となさしむ〔已上『縁起』〕。『為憲記《ためのりき》』(5)にいはく、長谷寺の仏の木、元は、昔、辛酉《しんゆう》の洪水の時、近江国より流れ出づる橋の木なり。至る所火災、病死す。卜筮《ぼくぜい》の告ぐる所「この祟りなり」と。時に大和国に流れ至る。住人出雲大満《おおみつ》、(6)心に発願し「われ、この木を以て十一面観音の像を造り奉らん」と。人夫を雇ひ、これを曳く。上下力を合はせ、城下郡《しきのしも》に至る。ただ発願の心ありて、全く造仏の力なし。しかる間、大満即世《そくせ》す。木、八十余年を経て、その里、疾病盛んに発《お》こる。村人同心し、長谷川の上に曳き棄つ。また三十年を経《ふ》。ここに沙弥徳道、造仏の志ありて、養老《ようろう》四年、峰の上に移し置く。徳道、力なく、悲しみて年を積む。朝暮木に向きて礼《らい》し、涙を流す。ここに於いて藤原朝臣房前大臣、にはかに綸旨《りんし》を蒙りて、造料を下行す。よつて神亀四年、造りをはんぬ。高さ二丈六尺の十一面観音の像なり。徳道、夢に神人《しんじん》を見る。告げていはく「この山の北の峰に大なる巌あり。掘り顕はしこの像を立て奉れ」と。覚めて後、更に昇り見るに、方八尺の大面の石あり。平らかにして掌《たなごころ》のごとし〔『徳道縁起文』〕。

（1）行基　六六八〜七四九。法相教学を学ぶが、後に民衆教化・社会事業に努め、僧尼令に違反すると弾圧された。東大寺大仏造立に協力し、天平一七年（七四五）、任大僧正《だいそうじょう》。（2）道明　未詳。俗姓六人部《むとべ》氏。『東大寺要録』長谷寺は「唐国僧」とする。（3）徳道　六五六〜？。播磨国揖保郡の生まれで、俗姓辛矢田部《からやたべ》米麻呂。（4）房前　六八一〜七三七。藤原北家《ほっけ》の祖。天平二年に正三位、中務卿、中衛大将。贈太政大臣正一位。（5）為憲　源為憲（？〜一〇一一）。『三宝絵《さんぼうえ》』・『口遊』・『世《せ》俗諺文《ぞくげんぶん》』の作者。（6）出雲大満　伝未詳。

訳　長谷寺（奈良県桜井市初瀬）の観音は、神亀二年（七二五）三月二一日〔庚午〕に供養した。行基菩薩が導師を勤めた。この寺は、弘福寺（藤原京四大寺の一つ、川原寺《かわらでら》。現奈良県明日香村）の僧道明と、沙弥徳道という播磨国の住民の、二人が共に建立した。観音像の用材は、近江国から流れ出てきた霹靂木（雷が寄りつく神木）だった。それが大和国に流れついた。そこでかの道明らは、この材木を引いてきて、仏像を造ろうとしたが、志ばかりあって資力がない。それで、正三位行中務卿兼中衛大将藤原房前がその旨、朝廷に奏聞した。勅命で、大和国の稲三千束を（費用に充てるべく）支給した。それで十一面観音像一体をお造り申し上げげた。高さは約七九〇センチメートル弱。雷が落ちて、約二四〇センチメートル四方の大きな岩が出来、それを台座とした（以上は『縁起』（未詳）による）。

『三宝絵』は、次のように言っている。長谷寺の仏の用材は、元々は、昔、辛酉の年（欽明二年（五四一）か）の洪水で、近江国から流れ出て来た橋の材木だった。この木が移動する先々で、火災が起こり、病死者が出た。占いによれば「この木の祟りだ」とのこと。大和国に流れ着いた時、住人出雲大満は、心に「わたくしはこの木で十一面観音像をお造り申し上げよう」と発願した。人手を雇ってこの木を引き、皆で力を合わせて城下郡（大和国。初瀬川下流域）に来たが、志だけがあって、仏像を造る資力がない。そうしているうちに、大満は亡くなった。八十余年が過ぎ、この木のある里で、流行病がやたら起こった。村人は心を合わせ、長谷川のほとりにこの木を引いて行って捨てた。それから三十年が経ち、沙弥徳道は仏を造る志を持ち、養老四年（七二〇）、この木を峰の上に移動させた。徳道も資力がなく、歎きながら年を重ね、朝晩木に向かって拝礼し、涙を流していた。この時、藤原朝臣房前大臣は、急に勅命を被って建造費用を支給した。それで神亀四年

（七二七）に作り終えた。高さ約七九〇センチメートルの十一面観音像である。徳道は夢で気高い人を見た。その人は「この山の北の峰に大きな岩がある。掘り出して、この像をお立て申し上げよ」と告げた。目覚めてから、峰をもっと上まで登って行くと、約二四〇センチメートル四方の広い面のある石があった。広い面は平らで、掌のようだった（徳道の記した縁起文（未詳）による）。

評　長谷寺の観音像供養が神亀二年に行われたとする説は他に見えない。典拠と目される『扶桑略記』が、神亀四年とするのを、読み間違えたか。「霹靂木」は「雷神」がよく落ちる、伐るのがはばかられる木（『日本書紀』推古二六年）。『建久御巡礼記《けんきゅうごじゅんれいき》』などによれば、「大和国班田《はんでん》勅使」として出向いた房前が、初瀬山で徳道に会い、宿願を聞いて奏聞した。例えば『東大寺要録』は、道明と共に沙弥道徳（ママ）が長谷寺を建立し、道徳が師の良弁に寺を寄進したことが源となって東大寺の末寺になったことを伝え、『伊呂波《いろは》字類抄《じるいしょう》』は、十一面堂西方の谷の西の岡、三重塔や石室仏像などがあるのは、道明が建立した長谷寺、十一面堂のある方は、徳道が発願し勅命で完成させた後長谷寺《のちはせでら》だ、と伝えるなど、多岐に亘る伝承が存在する。

二八　永手、西大寺塔建立に諌言の事

孝謙《こうけん》天皇(1)、西大寺《さいだいじ》を建立する時、塔婆《とうば》に於いては、八角七重に造らんとする由《よし》、長手《ながて》(2)の大臣に仰せ合はせらるる処、長手申していはく「四角五重にて足るべきか。八角七重に造らるれば、国土の費《つい》えたらんか」と云々。これにより四角五重に造られをはんぬ。大臣は公平を存じ、申さしむといえども、後世《ごせ》の責めとなり、冥途に於いて焼けたる銅の柱を抱かる、と云々。長手の子息、病患の時、名徳の僧を請じ、数日これを加持す。ある日、傍らの人にはかに託していはく「われはこれ長手なり。存生の時、西大寺の塔婆を申し減ずるにより、冥途に於いて銅の柱を抱き、年序を経《ふ》る間、琰魔《えんま》王宮《おうぐう》に香煙薫ぜしむ。よって、炎王奇しみ驚き、由緒を尋ねらるる処、冥官申していはく『日本国の罪人長手の、息男従四上藤原家依《いえより》(3)、病患せしむるにより、一僧を以て加持す。件《くだん》の僧、堅固の信心を凝らし、己の身に替へ祈請せしめ、効験あり。志の深甚なるにより、香煙来たり薫ずる所なり』と云々。これにより苦患《くげん》を免かれ、今、同朋《どうぼう》二十余人を引卒し、天上に生まる。よって、この旨《むね》を告げむがため、来たり託する所なり」と云々。

(1) 孝謙天皇　七一八〜七七〇。在位七四九〜七五八。聖武皇女。藤原仲麻呂《なかまろ》の乱の後、淳《じゅん》

仁《にん》を廃し重祚《ちょうそ》（称徳《しょうとく》。在位七六四～七七〇）。（2）長手　藤原永手（七一四～七七一）。房前の子。称徳が亡くなると、藤原百川《ももかわ》らと光仁《こうにん》を擁し、称徳が寵愛した道鏡を廃した。正一位、左大臣。贈太政大臣。（3）家依　藤原永手の子。七四三～七八五。宝亀元年（七七〇）一〇月従四位上。従三位兵部卿に至る。

訳　孝謙天皇が西大寺を建立なさった時、塔については八角七重にしたいと藤原永手大臣と打ち合わせなさったところ、永手が「四角五重で十分でしょう。八角七重になさると、国に負担がかかるのではないでしょうか」と申し上げた。それで四角五重にお造りになった。大臣は私利を離れて申し上げたのだが、後生《ごしょう》で責め苦を受けることになり、冥途で焼けた銅の柱をお抱きになったという。永手の子息が病気になった時、声望がある徳行の僧を招き、数日祈禱すると、ある日、そばにいた人に急に霊が憑き「わたくしは永手だ。生きていた時、西大寺の塔の規模縮小を発案実行したので、冥途で銅の柱を抱き、何年も経ったが、閻魔王宮にお香の香りがして来た。それで閻魔大王が驚きあやしんで、理由をお尋ねになると、冥官が『日本国の罪人永手の息男、従四位上藤原家依が病気になり、一人の僧侶が加持祈禱した。その僧侶は堅い信仰心を傾け、自らの命に代えて祈らせ、その効果があった。志が深く強いので、香の煙が来て香っている』と申し上げた。それで、苦しみを免れることができ、今、仲間二十余人を連れて天上界に生まれるので、そのことを伝えようと、来て託宣するのだ」と言った。

評　神護慶雲《じんごけいうん》（七六七〜七七〇）の年、西大寺に八角塔を作らせる勅命が下っており（『日本高僧伝要文抄』三・思託伝）、八角形の掘込地業《ほりこみじぎよう》（地盤改良の跡）も発掘されている（奈良文化財研究所）。宝亀一一年（七八〇）一二月に作成された『西大寺資材流記帳』には「塔二基〔五重、各高十五丈〕」とあり、実際には五重塔が建立されたことが確かめられる。同話が『日本霊異記《にほんりよういき》』下三六他に見え、永手が兵士三十余人に連れられる夢を見た家依が、それを永手に伝えようとすると反応がなく、ほどなく亡くなった。作者景戒は、現世の罪の報いを現世で受けた「現報《げんぽう》」の近時の例、としている。

二九　叡山中堂建立に蠣殻出現の事

昔、伝教大師《でんぎようだいし》(1)、叡山建立の時、中堂を立てんがため地を引かるる間、地中より蠣《かき》のからを多く引き出さる、と云々。大師奇《あや》しんで比良明神《ひらみようじん》に尋ね申さる、と云々。明神答へていはく「件《くだん》の事、われの世の事にあらず。古人語り侍りしは、この所、円宗《えんしゆう》の法文を流布すべき地たるにより、諸の海神《かいじん》ら集まり会ひて、この山を築きたるよし語り侍りしかば、海底の蠣のから等、定めて侍らんか。件の事、よく久しく罷《まか》り成る事なり。浄飯王《じょうぼんおう》(2)の悉達《しった》太子《たいし》(3)、成仏得道して、諸の衆生を教化《きょうけ》する由《よし》、承り侍りしは近き事なり。老後の所労、行歩容易ならざるにより、参詣せず侍りき」と云々。

(1) 伝教大師　最澄(七六七～八二二)の諡号《しごう》。(2) 浄飯王　釈迦《しゃか》の父。迦毘羅国《かびらこく》の王。
(3) 悉達太子　釈迦(紀元前四六三?～前三八三?)。悉達多《しったるた》。

訳　昔、伝教大師最澄が比叡山延暦寺を建立した時、根本中堂を建てようと地ならしなさっていると、地中から蠣殻がたくさん出て来た。大師がいぶかしんで(比良山を御神体とする)比良明神に祈ってお尋ね申し上げなさった。明神は「その件はわたくしの時代のことではありません。古い面々が語りますところでは、ここは天台宗の教えが流布すべき地なので、いろいろな水の神などが集まって、この山を築いたと申しておりましたので、当時の海底の蠣殻などがきっとございますのでしょう。そのことは、かなり昔のことになりました。浄飯王の王子悉達多太子(釈迦)が悟りを開き、多くの迷える生類《しょうるい》を教え導いていらっしゃるとうかがいましたのは、まだついこの間のことです。年のせいで体が疲れ、歩行ままならないため、拝聴せずじまいでしたが」と答えた。

評　例えば、東大寺大仏開眼供養に招いた天竺の婆羅門僧正と行基のやりとり（三―三話）を思い出させるような、悠久な時間軸の説話。比良明神を祀る白鬚《しらひげ》明神（滋賀県高島市）は、釈尊が仏教流布のため豊葦原《とよあしはら》の中津国《なかつくに》にいらした時、比叡山の麓、志賀のほとりに老翁姿で釣り糸を垂れており、「わたくしは長くこの地の主で、この湖が七度桑原《くわばら》に変わったのを見たが、ここが結界の地となると釣りができなくなるので、他所を訪ねてほしい」と答えたとの、『太平記』一八他の類話にも登場する。

三〇　叡山惣持院の舎利の事

天台惣持院に安置せらるる塔婆の御舎利、貞元《じょうげん》のころ、雷公のためこれを取らる。ここに成安阿闍梨(1)「いかでかさる事あらむ」とて加持して、たしかに返し置くべき由《よし》、責め伏する間、黒雲出来て、件《くだん》の舎利の筥《はこ》を返し置きをはんぬ。ただし、瑪瑙《めのう》のとびら二枚、返し置かず、と云々。しかるに元暦《げんりやく》の大地震の時、件の瑪瑙の扉出来《いでく》。奇しみ見る処、御舎利失《う》せをはんぬ、と云々。

（1）成安　『古事談抜書』の「静安」が本来か。静安（九一九〜九九一あるいは九二五〜九九八）は延暦寺の僧で良源の弟子。花山律師と号し、元慶寺《がんぎようじ》別当などを務めた。

訳　比叡山東塔西谷の惣持院（宝塔院）に安置されている舎利が、貞元（九七六〜九七八）頃、雷に取られた。そこで成安阿闍梨が「どうしてそんなことがあってよいか」と加持し、きっと返し置くように迫ると、黒雲が出て来て、舎利の箱が返されていた。しかし、瑪瑙の扉二枚は戻って来なかった。その後、元暦二年（一一八五）七月九日の大地震の時、瑪瑙の扉が発見された。不審に思って見てみると、今度は舎利がなくなっていた。

評　惣持院は、仏舎利を多く唐土から持ち帰った慈覚大師円仁《えんにん》が舎利会《しやりえ》を行って以来（『三宝絵』下）、舎利会の恒例の会場となった。延慶本《えんきようぼん》『平家物語』六末の同類話では「惣持院の七宝の塔婆に仏舎利を」安置し奉っていたとあり、その塔婆は、良源が貞元二年に念願の舎利会を盛大に執り行った際に新造した「七宝塔二基幷同輿等」か（『天台座主記』）。七宝の一つ、瑪瑙の扉は、『梁塵秘抄《りようじんひしよう》』一〇六にも「宝塔出し時、遥かに瑠璃の地となして、瑪瑙の扉を押し開き」と引かれるように、『法華経』見宝塔品に由来する意匠。大地震のあった元暦二年は、三月に壇ノ浦で平家が滅びた年でもある。この地震で比叡山にも多くの被害があり、惣持院でも真言灌頂両堂などが倒壊した（『天台座主記』）。また天延四年（九七六）には五月に内裏《だいり》が焼失、六月には地震のため大内裏や東寺・清水寺などが倒壊し、これらが原因で七月に天延《てんえん》から貞元《じょうげん》に改元された。どちらの場合も雷は、こうした天変の頃、惣持院の舎利を持ち去ったわけである。

三一　狂女叡山に登る事

寛仁《かんにん》四年九月のころ、狂女一人、叡山に登り、惣持院の廊下にあり、と云々《うんぬん》。よつて諸僧ら殴縛し、追ひ下しをはんぬ。古老の僧ら歎息す、と云々。「わが山建立以後、いまだかくのごとき事を聞かず。昔、路に迷ふ女、大嵩《おおだけ》の辺に登る。たちまちに風雨ことにははだしく、天気動揺す。山王《さんのう》、登山の女を咎めらるるなり。しかるに今日、風雨なし。これ、山王の霊験《れいげん》滅亡するか。悲しむべき事なり」と云々。

訳　寛仁四年（一〇二〇）九月頃、常軌を逸した女性が一人、女人禁制の比叡山に登り、惣持院の廊下にいたという。それで多くの僧たちが女を懲らしめ縛って下山させた。古い僧たちは溜息をつき「われらの比叡山延暦寺の開山以来、このようなことを聞いたことがない。昔、道に迷った女が、大嶽《おおだけ》すなわち主峰大比叡《おおひえ》のあたりを登った。すぐに風雨がひどくなり、天候がおかしくなった。これは比叡山の守護神で日吉大社の祭神である日吉山王《ひえさんのう》が、女をお咎めになったのである。しかし今日、風雨は起こらなかった。これは山王の霊験が失われたからなのか。実に悲しいことだ」と言った。

評　『左経記《さけいき》』寛仁四年九月九日条に、源経頼《つねより》が比叡山で聞いた話として記されている記事が出典と思われる。比叡山東塔西谷の惣持院（宝塔院）では舎利会が開かれたが（前話評参照）、比叡山に登ることを許されない女性たちは、唐招提寺や花山寺での舎利会を拝むように、と源為憲は記している（三宝絵下・比叡舎利会）。

三二　道長、高野山奥の院にて大師の示現を蒙る事

入道殿(1)、高野奥の院に詣でらるる時、大師(2)、御戸を開き、御袖を指し出しめ給ふ、と云々。これにより五箇荘を寄進せらる、と云々。

（1）入道殿　藤原道長（九六六～一〇二七）。寛仁三年（一〇一九）出家。（2）大師　弘法《こうぼう》大師《だいし》空海（七七四～八三五）。

訳　道長公が、高野山の弘法大師空海の廟所である奥の院に詣でられた時、弘法大師が御戸を開き袖をお出しになった。それで、道長公は高野山に五つの荘園を寄進なさった。

評　例えば宇治殿頼通のため、頼豪が新羅明神《しんらみょうじん》に祈った際にも、宝殿の妻戸から、神が衣の袖を差し出した（『中外抄《ちゅうがいしょう》』上七一）など類例は多い。道長が、大和国七大寺と金《こん》剛峯《ごうぶ》寺《じ》巡拝に出発したのは治安三年（一〇二三）一〇月一七日（『日本紀略』）。この時「永世大師御衣料《おんぞりょう》」として寄進されたのが、紀州薬勝寺村（現和歌山市）だという（『高野春秋』）。帰京した道長から藤原実資《さねすけ》が直接聞いたところによれば、高野山で法事を行っている時、「大師廟堂の戸の桙立《ほうだて》」（扉脇の小柱）が外れて机と礼盤の中間に倒れるという「希有事」があった（『小右記《しょうゆうき》』）。廟堂参拝は一〇月二三日で、石山内供《ないぐ》淳祐《（しゅんにゆう）》がお参りした際、廟堂の戸が少し開いたとの故事に、道長が深く思いを致していたところ、廟の戸の桙立が自然と倒れて来た（『扶桑略記』）といった類話が残る。

三三　清盛、高野山・厳島にて示現を蒙る事

六波羅太政入道(1)、安芸《あき》の国司の時、重任の功に、高野の大塔《だいとう》を造らるる間、材木を手づから持たれけり。その時、香染《こうぞめ》を着する僧出来ていはく「日本国の大日如来《だいにちにょらい》は、伊勢大神宮と安芸の厳嶋《いつくしま》なり。大神宮はあまり幽玄なり。汝《なんじ》たまたま国司たり。早く厳嶋に奉仕すべし」と云々。守、これを奇しみ「貴房《きぼう》をば誰とか申す」と問ひければ「奥の院の阿闍梨《あじゃり》(2)となむ申す」といひて、かきけつ様《よう》にうせにけり。この僧をば、国司のほか、余人《よじん》これを見ず。その後、神拝《じんぱい》のころ、厳嶋に詣づ。巫女《みこ》に託宣していはく「君は従一位《じゅいちい》太政大臣に至るべし」と云々。能盛《よしもり》(3)、後藤太とて共にありけるを、同じく託宣していはく「汝も当国の守《かみ》たるべし」と云々。果たして相違せず、と云々。

（1）六波羅太政入道　平清盛（一一一八～八一）。仁安二年（一一六七）、従一位太政大臣。六波羅は父忠盛《ただもり》が整備し、清盛ら一族が居館を構えた地。仁安三年出家して一旦福原に引退。清盛の任安芸守は仁平元年（一一五一）春頃か。久寿元年（一一五四）一二月三〇日重任、保元元年（一一五六）七月一一日、播磨守に遷任。（2）奥の院の阿闍梨　空海のこと。奥の院で入定《にゅうじょう》していると考えられている。（3）能盛　藤原氏。詳伝未詳。清盛の家司《けいし》で、壱岐守、

安芸守。『十訓抄』六―二四は、難波三郎経房・越中前司盛俊と並ぶ腹心として安芸前司能盛の名を挙げる。後藤太は通称。

訳 清盛公が安芸国司だった当時、(朝廷に私財を寄付して官位を賜る成功《じょうごう》によって、)安芸国司に重任されるべく、高野山の大塔の造営を請け負われた時、材木を自分でお運びになった。その時、(丁子で染めた黄色地に赤みを帯びた)香染めの衣を着た高僧が出て来て、「日本で大日如来と同体のところといえば、伊勢太神宮と安芸の厳島だ。太神宮はあまりにも格が高く深遠すぎる。お前はちょうど安芸の国司でもある。早速厳島に奉仕せよ」と言った。清盛はいぶかしく思い「あなた様はどなたですか」と尋ねると、「奥の院の阿闍梨と申します」と言って、消滅するかのように見えなくなった。この僧の姿を、清盛以外、誰も見なかった。その後、(国司として神社に参る)神拝の際、安芸国一宮《いちのみや》である厳島に詣でた。厳島の神は巫女に託宣して「あなたは従一位太政大臣に至るだろう」と言った。清盛の家司能盛が、当時まだ後藤太といって、お供していたが、「お前もこの国の国司になるだろう」との託宣があった。果たせるかな、その言葉通りになった。

評 高野の大塔は久安五年(一一四九)五月に落雷のため炎上し、七月に播磨守忠盛が造営を始め、保元元年（一一五六）四月に清盛が完成させた（『高野春秋』）。『平家物語』三では、高野の大塔修理を命ぜられた安芸守清盛が修理を終え、奥の院に参詣すると、聖なる風貌の老僧が現れ「越前の気比明神と厳島は胎蔵界・金剛界の垂跡《すいじゃく》だが、厳島は荒れ果てている。修理を申し出たなら比類ない昇進が可能だ」と言い、弘法大師の化身《けしん》と感じ取った清盛が厳島を修理、厳島に参籠して、大明神から繁栄の夢告と宝剣を得る。伊勢神宮の本地《ほんじ》が大日如来との説は広く行われたが、厳島の本地は、観音や弁財天だとする説なども並行して行われていた（『平家納経』・『厳島の御本地』）。厳島造営は仁安三年一一月、清盛の家人で厳島神社神主の佐伯景弘《かげひろ》が、安芸国司重任の功による造営を求め、翌年三月にそれを認める宣旨が下ったが、この当時の安芸守が藤原能盛であった（『平安遺文』他）。前話共々、道長と清盛の類稀な栄達の背後には、弘法大師空海の加護があったということになる。

三四　園城寺の鐘の事

園城寺《おんじょうじ》の鐘は、竜宮の鐘なり。昔〔時代分明ならず。尋ね記すべし〕、粟津《あわづ》に男あり〔粟津冠者《かじゃ》(1)と号す。武勇の者なり〕。一堂を建立《こんりゅう》し、鐘を鋳《い》んと欲す。鉄を尋ねんがため、出雲国に下向す。渡海の間、大風にはかに起こり、浪船に入る。乗船の輩《やから》、声を連ね叫喚す。その時、小船一艘、小童楫《かじ》を取り、出来ていはく「主人、この船に乗り移るべし。しからずは海に入るべし」と云々。迷惑しながら乗り移る間、風浪忽然として止《や》む。本船はここに於いて待つべき由《よし》を示す。小船海底に入ると思ふ間に、竜宮に到る。宮殿楼閣説くべからず、と云々。

竜王出逢ひていはく「讐敵《しゆうてき》のため、従類多く亡ぜられをはんぬ。今日ほとんど害せらるべし。よつて迎《う》へ申す所なり。時やうやく至る。しかるべくは一矢《いつし》射給ふべし」と云々。冠者、これを請け、楼に昇りあひ待つ処《ところ》、敵の大蛇、若干の眷属を引卒し来臨す。向ふさまにかぶら矢にて口中に射入れ、舌根《ぜつこん》を射切りて、喉の下に射出しをはんぬ。これにより大蛇退き帰る間、追ひさまにまた中程を射をはんぬ。ここに竜王出来《いでき》、喜悦していはく「この悦びには何事といへども願ひに随ひ与ふべし」と云々。冠者いはく「一堂を造るといへども、いまだ鐘を鋳ず。よつて鉄を尋ねんがために出雲国に下向する間、不慮に参仕せしむるなり」と云々。竜王「はなはだ安き事なり」とて、竜宮の寺に釣る所の鐘を下ろして、これを与へをはんぬ。粟津に帰り、堂を建立するところなり〔広江寺〕。

事移り時変じ、件《くだん》の寺破壊《はえ》の後、わづかに住持の法師一人、鐘主《かねぬし》なり。しかるに去《さん》ぬる年ごろ、鎮守府将軍清衡《きよひら》(2)、砂金千両を寺僧千人に施す。その時、三綱某《さんごうなにがし》、五十人の分を乞ひ集め、五十両の金を以て広江寺の法師に給ふ。ここに件の鐘主の法師、悦びを成し、件の鐘を売りをはんぬ。上座《じょうざ》、時刻を廻らさず、寺僧らを招き寄せ、終夜、転ばし来たりをはんぬ。園城寺に釣る所なり。件の広江寺は天台の末寺なり。後日に衆徒、この事を漏れ聞き、件の鐘主の法師を搦《から》め、不日に湖に入れしむ、と云々。

（1）粟津冠者　未詳。（2）清衡　奥州藤原氏の祖。一〇五六～一一二八。陸奥押領使《むつおうりょうし》だったと考えられるが、鎮守府将軍となった記録は未詳。

訳　園城寺の鐘は、竜宮の鐘である。昔（時代ははっきりしない。調べて書き足してほしい）、（琵琶湖の湖岸、瀬田川以西の）粟津に一人の男がいた（粟津冠者と称した。武勇に秀でていた）。お堂を一つ建立し、鐘を鋳たいと思い、鉄を求めて出雲国に下向した。海を渡っていると、大風が急に吹いてきて、波が船に入った。船の中は叫喚の巷となった。その時、小船一艘に小童が乗って楫をとりながら現れ、「雇い主はこの船に乗り移りなさい。そうでないと海に呑み込まれる」というので、訳が分からぬまま乗り移ると、波風は急に止んだ。元の船はここで待つように言われ、小船が海底に入っていったと思う間に、竜宮に着いた。宮殿楼閣の見事さは言葉にすることができないほどだった。

竜王が出て来て「宿敵のために部下がたくさん殺されました。今日には全滅させられそうです。それであなたをお迎えした。その時が迫っている。どうか一矢報いて下さい」と言った。粟津冠者は了解し、楼に登って待っていたところ、敵の大蛇がいくらかの眷族を率いて向かって来た。対面するや、冠者は音のする矢で大蛇の口の中を射貫き、舌の根を射切って喉の下あたりから矢を通した。これで大蛇は撤退し、冠者は追いかけざまにまた、大蛇の中央あたりを射た。ここで竜王が出て来て大いに喜び「このお礼に、何なりとお望みのものをさしあげたい」と言った。冠者は「お堂を一つ建てたが、まだ鐘を鋳ていない。それで鉄を求めて出雲国に下向する途中、予想外のなりゆきで、ここに参った次第です」と言った。竜王は「たやすいことだ」と言って、竜宮の寺に釣っていた鐘を取り下ろし、冠者に与えた。こうして粟津に帰り、堂〔広江寺〕を建立した。

時が移り、この寺がすっかりぼろぼろになってしまった後、管理をしている法師一人が鐘の持ち主ということになった。そこへ先年、鎮守府将軍藤原清衡が、砂金三七・五キログラムを、園城寺の僧千人に向けて寄贈した。その時、寺務を司る上座某が、五十人分を募り、一八七五グラムの金を広江寺の法師に与えた。例の鐘の持ち主であるこの法師は、喜んで例の鐘を売った。上座はすぐさま園城寺僧たちを呼び集め、夜通し鐘を転がして来て、園城寺に釣った。あの広江寺は延暦寺の末寺だったのだ。後日、延暦寺の僧たちはこのことを洩れ聞いて、鐘の持ち主の法師を捕まえると、時を移さず琵琶湖に沈めてしまったという。

評　出雲が古くから鉄の産地であったことは、『出雲国風土記』や、『延喜式』主税などからも知られる。園城寺（三井寺《みいでら》）の鐘を竜宮の鐘とする説話は、『太平記』一五「竜宮城の鐘の事」以下で広く行われており、そこでは俵藤太秀郷《たわらのとうたひでさと》が巨大百足《むかで》を矢で退治し、竜神から与えられた礼物の一つが「赤銅の撞鐘《つきがね》」で、「鐘は梵砌《ぼんぜい》の物（＝寺にあるべきもの）なればとて、三井寺へ」贈られたのだった。海が荒れ、見知らぬ島に誘導された釣り人たちが、大蛇の頼みに応えて宿敵の巨大百足を射倒し、お礼にその秘密の島を与えられて長く繁栄するという類話が、『今昔物語集』二六—九に見える。広江寺については、未詳。

三五　叡山衆徒、三井寺を焼く事

永保《えいほ》元年六月九日、叡山僧徒のために三井寺焼かる。その日記にいはく「御願十五所、堂院七十九所、塔三基、鐘楼六所、経蔵《きようぞう》十五所、神社四所、僧坊六百二十一所、舎屋一千四百九十三宇」と。広く天竺、震旦、本朝を考ふるに、仏法の興廃、いまだかくのごとき破滅あらず。智証大師(1)入滅以後、百九十一年を歴《へ》てこの災あり、と云々。

保延《ほうえん》の寺焼きの時、山僧ら件《くだん》の罪を懺悔《さんげ》せんがため、千部如法経《にょほうきょう》を書き十種供養の時、忠胤(2)僧都《そうず》説法にいはく「この園城寺《おんじょうじ》を焼く罪により、地獄に留まる事はよも候はじ」といひけるとき、衆徒ら、すこぶる心安く思ひたる気色なりけるに、後の詞にいはく「無間獄《むけんごく》をうちとほして、風輪際《ふうりんざい》へいなんずれば」といひける時、衆徒ら皆わらひけり。また「園城寺の僧徒はにくかるべし、わが山を傾けんと欲すれば。仏法経論は何の過《とが》ありて、いたづらに灰燼《かいじん》とはなるぞ」といひける時、三千衆徒、一同に悲泣す、と云々。

（1）智証大師　円珍（八一四〜八九一）。天台宗寺門派《じもんは》の祖。天台座主《ざす》、少僧都。（2）忠胤　仲胤。生没年未詳。藤原季仲《すえなか》の子。延暦寺僧。保元元年（一一五六）、権少僧都。説法の名手で能説《のうぜつ》として知られた。

訳　永保元年（一〇八一）六月九日、延暦寺僧たちによって園城寺が焼かれた。その日の記録によれば「天皇家の御願による建物十五棟、堂七十九棟、塔三基、鐘楼六箇所、経蔵十五棟、僧坊六百二十一棟、舎屋千四百九十三棟」が焼失した。広くインド、中国、日本を見渡しても、仏法の盛衰があるとはいえ、このような損害は聞いたことがない。智証大師円珍が入滅して、百九十一年目にして、このような災いが起こった。

保延六年（一一四〇）に三井寺が焼き討ちされた時、比叡山の僧たちは、その罪を懺悔するため、『法華経《ほけきょう》』を方式に則って千部書写し、（『法華経』法師品に見える、華・香・瓔珞《ようらく》・抹香・塗香・焼香・絵蓋・幢幡《どうばん》・衣服・伎楽《ぎがく》の十種類をもって諸仏を供養する）十種供養を行った。その法会の説法を担当した仲胤僧都が「今回園城寺を焼き討ちした罪で、地獄に留まることは決してございますまい」と言った時、延暦寺僧たちは非常に安心した様子だったが、それに続けて「最低の地獄である無間地獄を突き通し、宇宙の果てである風輪際まで飛んでいくような罪なので」と言った時、僧たちは皆笑った。そして「園城寺の僧たちは憎いでしょう、われらの大切な比叡山に妨げをなそうという存在なのですから。しかし仏法や経典は一体何の罪があって、むざむざ灰燼に帰さねばならなかったのでしょう」と言った時、延暦寺の三千衆徒は、一斉に声を挙げて泣いた。

評　前半は『扶桑略記《ふそうりやつき》』により、後半は『言泉集《ごんせんしゆう》』比叡山に同話が見える。例えば『園城寺伝記』四が語る「天台両門合戦」の、初度は永保元年六月九日、第二度は保安二年（一一二一）閏《うるう》五月二日、第三度は保延六年閏五月五日、第四度は永治二年（一一四二）

三月二二～二四日だが、本話はそのうちの初度と第三度。例えば鴨長明の『無名抄《むみょうしょう》』一五に「歌の風情、忠胤の説法に相似ること」と喩えに用いられるほど、仲胤の説法の見事さは広く知られていた。風輪は仏教的世界観である須弥山《しゅみせん》説に於ける、世界を支える四輪（上から金輪《こんりん》・水輪・風輪・空輪）もしくは空輪を除く三輪の一つで、三輪の場合、世界の最下層。その果てが「風輪際」で、金輪と水輪との境目が「金輪際《こんりんざい》」である。

三六　良真、三井寺焼討の事

良真[(1)]座主の時、寺を焼きたりけるが、僧房ばかりを焼きて、衆徒ら帰山したりければ、座主、これを聞き「堂舎、経蔵《きょうぞう》を焼きたらばこそ、甲斐《かい》にてあらめ。僧房ばかりは詮なき事なり」といはれければ、翌日また発向して、金堂より始め、堂宇、経蔵皆焼き払ひけるに、頼義《よりよし》[(2)]の舎弟なる僧のありけるが[(3)]、命をすてて数千僧の中へ分け入りて、経蔵の宗《むね》との聖教《しょうぎょう》を取り出したりける。大師御入唐の時の文書等なり[(4)]。件《くだん》の文、不具ながらも末代の宝物にて、唐院に安置せらるるなり、と云々。

（1）良真　一〇二二～九六。延暦寺の僧。俗姓源氏。通輔《みちすけ》の子もしくは弟か。永保元年（一〇八一）一〇月二五日任天台座主。住房の所在により西京座主と号する。大僧正《だいそうじょう》。円融房。藤原忠実《ただざね》は、当代の名人たちの一人に数える（『富家語《ふけご》』二九）。良真の祈りで堀河が誕生した（『平家物語』三）、郁芳門院《いくほうもんいん》にとりついた頼豪の怨霊を調伏した（『真言伝』六）と伝えられる。
（2）頼義　九八八〜一〇七五。河内源氏の祖頼信《よりのぶ》の長男。平忠常《ただつね》の乱・前九年《ぜんくねん》の役《えき》を平定。
（3）舎弟なる僧　『寺門伝記補録』二によれば、頼義の舎弟ではなく子の快誉（一〇三六〜一一一二）。快誉は永円入室の弟子、頼豪付法の弟子。西蓮房。伊予阿闍梨と号する。（4）大師　寺門派の祖、智証大師円珍（八一四〜八九一）。

訳　良真座主の時代、延暦寺の僧たちが三井寺焼き討ちを行ったが、僧坊だけを焼いて比叡山に戻ると、それを聞いた座主は「お堂や経蔵を焼かねば甲斐がない。僧坊だけでは話にならない」とおっしゃったので、僧たちは翌日あらためて襲撃に出向き、金堂以下、お堂や経蔵を皆焼き払った。三井寺側には源頼義の弟である僧がいて、捨て身で、数千人の僧たちをかき分け、経蔵の主立った経典類を取り出した。円珍が入唐された時の文書などである。それらの文書を、不ぞろいとはいえ、円珍将来の文書を保管する唐院（唐房）に、今も安置なさっているという。

評　天台座主の仏者らしからぬ発言と、武士の家出身の僧が、命がけで経典を救い出す有様が描かれている。良真生存中の寺焼きといえば、五―三五話前半に描かれた永保元年六月のそれだが、当時の天台座主は一代前の覚尋で、良真が座主になるのは同七月。同年九月一三日に三井寺大衆が比叡山を焼き、九月一五日に叡山大衆が反撃したのを「先度余残の堂舎僧房を焼き払ふ」と見え（『水左記』）、すると本話は六月の残りの堂舎を焼いてくるよう、九月の焼き討ちの際良真が言った、というのが本来だったのかも知れない。なお良真は、寛治七年（一〇九三）八月、延暦寺の大衆に住房円融房を襲われて延暦寺を追われ、同月天台座主を辞した（『天台座主記』）経歴の持ち主で、こうした武闘的話題には相応しい。

三七　新羅明神、園城寺守護の事

保安《ほうあん》二年閏五月三日、園城寺焼失のころ、ある寺僧の夢想に、褐冠《かちかぶり》を着する人あり。「誰人《たれびと》ぞ」と尋ね問ふ処、答へていはく「われは新羅明神《しんらみょうじん》の眷属なり。この寺を守護せんため経廻するなり」と云々。夢中にこれを嘲《あざけ》りていはく「仏像、経論、堂舎、僧房、ことごとく灰燼《かいじん》となりをはんぬ。何物を守護せらるべきや。益《やく》なき守護か」と云々。各行き分るる後、また直衣《のうし》を着する耆老《きろう》の人出来る。容体を見るに直《ただ》なる人にあらず。その眉長く垂れ、口の程に及ぶ。鬢髪皓白なり。件《くだん》の人のいはく「汝がいふ所の事、はなはだ以て子細を知らず。本、この寺を守護する素意、更に堂舎、僧房を護らず、ただ出離生死の志を守護す。かくのごとく患難の時、僧徒多く道心を発し、修学に倦《う》まず。われ、この人を守るなり」と云々。この事、権大僧都覚基(1)(園城寺別当)、保延の寺焼きの時、礼部《れいほう》(2)の御もとに参り、語り申す所なり。

(1)覚基　一〇六六〜一一四二。藤原良基《よしもと》の子。園城寺別当。保延四年(一一三八)一二月権大僧都。(2)礼部　治部省の唐名《からな》。長承三年(一一三四)三月から引退する翌保延元年四月まで治部卿を務めた権中納言源雅兼《まさかね》(一〇七九〜一一四三。『古事談』編者源顕兼《あきかね》の曾祖父)を指すか。

訳　保安二年(一一二一)閏五月三日の園城寺焼失の頃、ある園城寺僧の夢に、褐衣に冠(蔵人所《くろうどどころ》の衆や衛府《えふ》の官人クラスの姿)の人がいた。「どなたか」と聞くと、「わたくしは園城寺の守護神、新羅明神の一族です。この寺を守るために巡回しています」と言った。夢の中で園城寺僧は「仏像、経典、堂舎、僧房が全て灰燼に帰したのに、何を守られるのか。意味のない守護役ですね」とばかにした。それぞれの方向に分かれて行くと、今度は直衣姿の老人が出て来た。容姿を見るからに、ただ人ではなかった。眉は長く垂れ、口のあたりに及んでいた。髪は真っ白だった。この人が「お前の言うことを聞くに、全く事情を分かっていない様子である。もともとこの寺を守ろうとの素懐は、堂舎、僧房を守ろうということではない。ただ、輪廻《りんね》を離れたいとの仏道心を守っているのだ。今回のような苦難の時にあって、園城寺の僧たちの多くは仏道心を発し、学問に余念がなくなる。わたしはそういった人々を守っているのだ」と言った。この話を、権大僧都覚基〔園城寺別当〕が、保延の寺焼きの際、礼部のもとに参上して語り申し上げた。

評　神宮本『発心集』三―六は、焼き討ちによる園城寺の荒廃を悲歎する僧が、新羅大明神に詣でて通夜した時の夢に、明神が嬉しそうな表情で現れたので、理由を問うと、この上なく道心を固めた僧一人（すなわち通夜しているこの僧）が出たことが喜ばしいからだ、と答えたとする。追い込まれた時に発揮される宗教心を、『発心集』は「法滅の菩提《ぼだい》心《しん》」と呼ぶ。そして、「一人の発《ほっ》菩提心を喜び、一方、焼き討ちをすることで多くの僧が罪を作ったことは嘆かれないのか」と夢中に質問した僧に、明神は「末世に罪を作ることは珍しくないが、深く道心を起こす者は滅多にいないので、それをこそ喜んでいるのだ」

と答えたという。

三八　関寺の霊牛の事

万寿《まんじゅ》二年五月のころ、関寺《せきでら》に材木を引くの牛あり。この牛、大津の住人ら、夢に多く迦《か》葉仏《しょうぶつ》の化身の由《よし》を見る。この事披露する間、貴賤上下、首《こうべ》を挙げてかの寺に参詣し、この牛を礼拝《らいはい》す、と云々。しかるに件《くだん》の牛、両三日病気あり。六月二日、太《はなは》だ重く、入滅の期近かるべきか。しかる間件の牛、牛屋より出、やうやく御堂の正面に歩み登り、御堂を廻ること二匝《めぐり》。道俗涕泣《ていきゅう》す。その後仏前に臥す。寺僧ら念仏す。また更に起き、あひ扶《たす》けられて廻ること一匝なり。本の所に帰り臥す、と云々。幾程を経ず入滅す、と云々。実《まこと》に化身といふべきか、と云々。

訳　万寿二年（一〇二五）五月頃、関寺で材木を引く牛がいた。この牛のことを、近くの大津の住人らが多く、迦葉仏の化身だと夢にみた。これが世間に広まり、身分の上下にかかわらず、皆が関寺に参詣し、この牛を拝んだ。その牛は、二、三日間具合が悪くなった後、六月二日に重態になり、死期が近付いた様子だった。そんな中、その牛は牛小屋から出てゆっくり歩み、御堂の正面側に登り、御堂を二周した。それを見て、出家者も俗人も皆感涙した。その後、仏前でうずくまった。寺の僧たちは念仏を唱えた。その後、もう一度起き上がり、人に助けられてもう一周し、元の場所に戻ってうずくまった。それからほどなく死んだ。まさに仏の化身と言うべき最期と思われた。

評　典拠と考えられる『小右記』（逸文《いつぶん》）によれば、当時の公卿のうち、この牛仏を拝まなかったのは藤原行成《こうぜい》・広業《ひろなり》・朝任《あさとう》だけであったという。関寺は逢坂関近く（滋賀県大津市）にあった寺で、五丈（約三メートル）の弥勒仏で知られていたが破損、源信と弟子延鏡が本尊と伽藍《がらん》を再興した時、清水寺の僧が寄進した牛が本話の霊牛だった。死んだ霊牛はお堂の後ろの山に埋め、三井僧都が寺僧らを連れて念仏した（『関寺縁起』他）。迦葉仏は、過去七仏の六番目に世に出た仏で、釈迦の一代前の仏。末法の世を実感させる出来事が多い中、前話に続き、神仏が娑婆《しゃば》世界を見捨てていないことのメッセージが、時々こうしてもたらされるのであった。

三九　清水寺焼亡の事

清水寺は、康平《こうへい》六年八月十八日に焼亡す。ただし観音像取り出し奉る、と云々。また応《おう》徳《とく》四年三月八日夜、同じく焼亡す。また永万《えいまん》元年八月日、焼亡す。山門の衆徒これを焼く、と云々。

訳　清水寺は康平六年（一〇六三）八月一八日に焼亡した。ただし、観音像は取り出し申し上げた。また、応徳四年（一〇八七）三月八日の夜、同じく焼亡した。また永万元年（一一六五）八月に焼亡した。比叡山延暦寺の衆徒たちが焼き討ちしたのだった。

評　康平六年八月一八日の焼亡共々、『扶桑略記』などに記載があるのは、応徳四年ではなく寛治《かんじ》五年（一〇九一）三月八日の清水寺の大火である。『古事談』が応徳四年としたのは、原資料の年紀を見間違えたためか。永万元年八月九日の焼き討ちは、二条天皇の葬儀で、興福寺と延暦寺の僧が額《がく》打ちの順を争った、いわゆる額打ち論（『平家物語』一・清水寺炎上）のとばっちりを受けたもの。当時清水寺は興福寺の末寺で、近隣の祇園感神院（八坂神社）が延暦寺末であったことから、しばしば南都北嶺《ほくれい》対立の最前線となった。

四〇　珍皇寺の鐘の事

珍皇寺《ちんのうじ》の別当某(1)のいはく「当寺の鐘は、慶俊僧都(2)、これを鋳《い》る。土に埋み、三ヶ年を経て掘り出すべき由《よし》契りて、入唐しをはんぬ。しかるに一年半ばかりありて、本寺の住僧ら、これを掘り出し、これを鎚《つ》く音、唐土に聞こゆ。よつて慶俊僧都示していはく「わが寺の鐘の声こそ聞こゆなれ。鎚かざるに六時に鳴らさむといひつるものを。太《はなは》だ口惜し」と云々。件《くだん》の僧都は弘法《こうぼう》大師(3)の祖師なり」。

(1) 別当某　未詳。(2) 慶俊　?〜七七八。河内国の人、俗姓藤井。大安寺に入り道慈に師事。三論・華厳・法相《ほっそう》・密教に造詣が深かった。宝亀元年(七七〇)少僧都。入唐の有無は未詳。(3) 弘法大師　空海(七七四〜八三五)。

訳　珍皇寺の別当某が言うには、「この寺の鐘は、慶俊僧都が鋳た。土に埋め、三年経った後、掘り出すよう約束して、慶俊は入唐した。しかし一年半ほどして、この寺の住僧たちが掘り出して撞いてみた。その音が中国に聞こえた。それで慶俊僧都は「わたくしの寺の鐘の声が聞こえているようだ。人が撞かなくても念仏読経《どきょう》の六つの時間帯に鳴らそうと思っていたのに。大変残念だ」と伝えて来た。この慶俊僧都は弘法大師の法脈の祖である」。

評　本話の珍皇寺が現在の六道珍皇寺（京都市東山区）と同じ寺を指すかは説が分れている。また創建者も山代淡海《おうみ》説（「山城国珍皇寺領坪付案」他）と慶俊説（『伊呂波字類抄《いろはじるいしょう》』他）が併存している。空海の生年から考えて慶俊との師弟関係は直接のものでなく、道慈から慶俊に伝わった虚空蔵求聞持法《こくぞうぐもんじほう》を、後に空海が受けたことを以て、「祖師」と表現していると考えられる。『今昔物語集』三一—一九は、（六道珍皇寺から冥界へ行き来したと伝えられる）小野篁《たかむら》が愛宕寺を創り、同寺の鐘を鋳させたが、その鋳物師《いもじ》が「二時間おきに自然に鳴るよう鐘に仕込んだので、土に三年間埋めておくように」と言ったのに、別当の法師が待ちきれずに掘り出し、ただの鐘になってしまった、との類話である。

四一　在衡、鞍馬にて託宣を蒙る事

粟田《あわた》左大臣在衡《ありひら》(1)、文章生《もんじょうしょう》の時、鞍馬寺に参詣し、正面の東の間に於いて礼をなす間、十三、四歳の童、傍《かたわ》らに来たり、同じく礼をなす。七反《かえり》ばかりと思ひけれども、この小童の礼《らい》し終らざる前にしはてたらんは、わろかりなむと思ひて、意《こころ》ならず礼し奉る間、すでに三千三百三十三度に満つる時、この童失《う》せをはんぬ。ここに、在衡、奇異の思ひを成し、渇仰《かつごう》の信を致す。しかるに窮屈の余り、いささか睡眠の間、先の童、装束天童のごとく、御帳の中より出来ていはく「官は右大臣、歳は八十二」と云々《うんぬん》。その後昇進雅意のごとし〔任大臣の時、饗なし、と云々〕。左大臣、八十三の時、かの寺に詣で、申していはく「往日、右大臣、八十二の由《よし》、示現ありといへども、今すでにかくのごとし」と云々。毘沙門《びしゃもん》また夢中に示し給ひていはく「官は右大臣にてありしに、奉公の労により左に至る。命はあしくみたりけり。八十七」と云々。果して件《くだん》の歳に薨《こう》ぜるなり、と云々。

その後、かの寺の正面東の間をば、人以て進士《しんじ》の間と称す、と云々。

（1）在衡　八九二～九七〇。如無大僧都の子。伯父有頼《ありより》の養子。延喜一三年（九一三）文章生となり、弁官等を経て従二位左大臣に至る。安和二年（九六九）、粟田の山荘で尚歯会《しょうしえ》を催した。

訳　粟田左大臣在衡が文章生だった時、鞍馬寺に参詣し、正面東の間で拝礼していると、十三、四歳の童がそばに来て、同じように拝礼した。七度ばかり拝礼しようと思ったが、この童が拝礼し終わる前に（大人の自分が）終えるのもよくないだろうと、心ならずも拝礼を続けたところ、三千三百三十三度になり、その時童の姿は消えた。在衡は不思議に思い、心から信心を起こした。しかし、あまりにも疲れて少しうとうとしたところに、先程の童が、天童のような装束で御帳の中から現れ、「官職は右大臣、年は八十二」と言った。その後、昇進は心のままという状態になった〔大臣に任じた時の大饗は行わなかった〕。左大臣、八十三歳になった時、鞍馬寺に参詣し、「昔、右大臣、八十二歳になると示して頂きましたが、それを超えて今日になりました」と申し上げた。本尊の毘沙門天がまた夢の中で「官職は右大臣までだったが、お前自身の努力の結果左大臣になった。寿命はわたしの見立てが間違えていた。八十七歳だ」とお示しになった。果たしてその年齢で亡くなった。

　このことから、鞍馬寺正面東の間を、人は「進士（文章生）の間」と呼ぶようになった。

評　鞍馬寺（京都市左京区）は毘沙門天を本尊とし、王城の北方鎮護の寺。鑑真《がんじん》の弟子鑑禎が宝亀元年（七七〇）に草創、延暦一五年（七九六）藤原伊勢人《いせひと》建立、寛平《かんぴょう》年中（八八九〜八九八）東寺の峰延が寺務を執り、後に延暦寺西塔《さいとう》末となる（『鞍馬《くらま》蓋寺《がいじ》縁起《えんぎ》』他）。在衡が大臣大饗を行わなかったのは、安和《あんな》の変《へん》（九六九）で源高明《たかあきら》が失脚させられた後の急な右大臣就任だったため（『園太暦《えんたいりやく》』他）。安和の変に際して、家人が主の昇進を喜んだのをきつくたしなめた説話（『続古事談』二―九）、六―三三話に見える精励ぶりなど、在衡の異例の昇進の理由を探り、それを人柄や信心に求める説話が、本話以外にも複数残っている。

四二　蔵人の母、鞍馬に祈る事

延喜(1)の御時、蔵人《くろうど》〔その名を失《しっ》す〕参内《さんだい》せず家に居《い》る。その母、奇《あや》しみてこれを問ふ。蔵人のいはく「天気常に不快なり」と。母いはく「早く参内すべし。われまさに鞍馬寺に祈らんとす」と云々。蔵人、参りて主上を拝するに、大床子《だいしょうじ》の御座に於いて御膳《おもの》を召す。石灰壇《いしばいのだん》に於いて庖丁す。大風ありて燈《ともしび》消ゆ。この蔵人、中折櫃《なかおりびつ》を欹《そばだ》て、その内に燈を置く。三方の風消す能《あた》はず。これにより朝恩日に新たなり、と云々。

(1) 延喜　醍醐《だいご》天皇。在位八九七～九三〇。

訳　醍醐天皇の時代に、蔵人〔名前を忘れた〕が参内もせず家にいた。母が不審に思って理由を尋ねると「天皇の覚えがよくないのだ」と言う。母は「すぐに参内なさい。わたくしはすぐ鞍馬寺に行ってお祈りするから」と言った。蔵人が、参内して帝の尊顔を拝すると、清涼殿の母舎で、大床子（足つきの台）に着座して行う正式の食事（大床子御膳）をなさっていらした。東南寄りの石灰壇で、調理を行った。大風が吹いて燈が消えたので、その蔵人は咄嗟に、中型の折櫃を立てて周囲を囲い、その中に燈を置いたので、（照らし出す側以外の）三方向からの風の妨げはなくなった。これ以来、蔵人は大いに活用して頂けるようになった。

評 燈が消えるのは担当者の不始末で、それを防ぐのが手柄になったり恩返しになったりする点で、一一八九話と共通する。石灰壇での調理は一一二九話にも描かれていた。鞍馬寺の本尊毘沙門天は、多聞《たもん》天とも言われ、福徳を授けると信じられていた。前話の在衡も、延喜一三年（九一三）に文章生となった後、蔵人、五位蔵人として、醍醐に仕えた。本話の逸名の蔵人の説話は、異例の累進を遂げた在衡の、若き日の異伝としても成り立ちうるような内容である。

四三　清涼寺の釈迦像の事

嵯峨の釈迦像は、永延《えいえん》元年二月十一日、奝然《ちようねん》(1)法橋《ほつきよう》渡し奉る所なり。

(1) 奝然　九三八～一〇一六。東大寺僧。俗姓秦《はた》氏。永観元年(九八三)に入宋。天台山、五台山を巡拝後、大蔵経・大師号などを与えられて寛和二年(九八六)帰朝。入宋の功により法橋。東大寺別当。

訳　嵯峨清涼寺の釈迦像は、永延元年(九八七)二月一一日に、奝然法橋が宋からもたらし申し上げたものである。

評　清涼寺(京都市右京区)の本尊にまつわる由来譚《たん》。天竺から震旦、震旦から日本の、二段階を経て日本にやって来た、この「三伝の仏」の来歴については、『宝物集《ほうぶつしゆう》』一などに詳しい。帰国後奝然は、まず蓮台寺(京都市北区)に釈迦像を安置したが、永延元年二月一一日はその日付(『日本紀略《にほんきりやく》』他)。その後、愛宕《あたご》山に寺を創建することを願ったがかなわず、没後に弟子の盛算が、嵯峨の棲霞寺《せいかじ》(源融《とおる》の別荘を寺に改めた)内にこの釈迦像を安置し、清涼寺と号することを許された。

四四　陽明門の額落つる夢の事

法成寺建立《ほうじようじこんりゆう》の時、陽明門の大路より南に南大門を立てられ、近衛大路を築《つ》き籠められたりけり。その時、大外記《だいげき》頼隆《よりたか》(1)真人《まひと》、夢想に、陽明門の額《がく》、地に落ちたりければ、奇《あや》しみ問ふ処《ところ》、額いはく「われ、東山を望むを以て命となす。しかるに今、大路の末を塞《ふさ》がるるにより、地に落つる所なり」と云々。この夢により、北に寄せらる、と云々。この事、『経信《つねのぶ》(2)卿記《きようき》』に見ゆ。

（1）頼隆　九七九〜一〇五三。清原近澄《ちかずみ》の子、清原広澄《ひろずみ》猶子。大外記《だいげき》、明経博士《みようぎようはかせ》。『続古事談』五―一四は、諸道を極めた才人とする。（2）経信　源経信（一〇一六〜九七）。正二位権大納言、大宰権帥《ごんのそち》。和歌・漢詩文・管絃の「三舟の才」をうたわれた（『十訓抄』一〇―四）。日記に『帥記《そちき》』。

訳　法成寺建立の時、大内裏《だいだいり》の陽明門の開かれている近衛大路（現出水通《でみずどおり》）よりも南に南大門をお立てになり、近衛大路が通れなくなった。その時、大外記清原頼隆真人が、夢で、陽明門の額が地面に墜ちたので、不審に思って事情を聞くと、額が「わたくしは東山を遠望するのを天命としてきた。それなのに今、大路の先を塞がれたので、地面に墜ちたのだ」と言った。この夢がきっかけで、法成寺の南大門の位置は北に移動された。この事は、『経信卿記』に載っている。

評　藤原道長が病のために出家し、自らの邸土御門第《つちみかど》（京極殿とも）の東隣に造立した阿弥陀堂である無量寿院を基に、増築していったのが法成寺。政治的発言力を背景に、巨大な土地を占めて土木工事を行い、道路を邸内に吸収してしまう話は、六―五話の頼通・教通らの逸話にも共通する。建物の額が意志を持って人に何らかの影響を及ぼす説話として、例えば安嘉門《あんかもん》の額が人を取った（『古今著聞集《ここんちょもんじゅう》』能書）、皇嘉門《こうかもん》の額が人を害する（『江談抄《ごうだんしょう》』一―二七）といった話が伝わっている。ちなみに陽明門の額の筆者は嵯峨天皇（同前）とも橘逸勢《はやなり》（『拾芥抄《しゅうがいしょう》』中）とも伝えられる。現存の『帥記』にこの逸話は見出せない。本話以下、摂関家にまつわる寺院の話題が続く。

四五　道長、法螺を吹く事

御堂《みどう》(1)、木幡《こはた》の三昧《さんまい》を始めしめ給ふ日、法螺《ほら》を、禅僧らえふかざりければ、殿下、御手に取りて吹かしめ給ふに、たかくなりたりければ、時の人感じののしりけり。

（1）御堂　藤原道長。寛弘二年（一〇〇五）一〇月一九日、先祖供養のため、木幡（宇治市）に浄妙寺法華三昧堂を建立し、供養を行った。

訳　道長公が、木幡浄妙寺で、法華三昧（『法華経《ほけきよう》』の真髄を体得するための二十一日間の行）をお始めになった日、法螺貝を、僧侶たちがうまく吹けなかったので、道長公がお手にとってお吹きになったところ、見事に鳴ったので、人々は大いに感嘆した。

評　『中外抄《ちゆうがいしよう》』下五〇に拠る。この日のことは『御堂関白記』に見え、道長は法螺を見事に吹いただけでなく、仏に祈願の内容を敬白し、早く着火しますように、と火を切り出したところ、一度で火がついたので、道長自身も落涙、周りの人々も「流涙雨のごとく感動した。

四六　後朱雀天皇、丈六仏造立の事

後朱雀院《ごすざくいん》(1)、御薬危急の時、後生《ごしょう》の御事を怖畏《おそれ》おぼしめしけり。しかるに御夢中に入道殿(2)〔御堂〕参り給ひ、申し給ひていはく「丈六《じょうろく》仏を造立する人、子孫に於いて更に悪道に堕ちず、と云々。某《なにがし》、数体の丈六を造立し奉る。御菩提《ぼだい》に於いて疑ひおぼしめすべからず」と云々。これにより明快座主《ざす》(3)に仰せ合はされ、丈六仏を造立せらる。件《くだん》の仏、天台護仏院に安置す、と云々。

（1）後朱雀院　在位一〇三六〜四五。一条皇子、母は道長女上東門院《じょうとうもんいん》彰子。（2）入道殿　藤原道長（九六六〜一〇二七）。（3）明快　九八五〜一〇七〇。比叡山の僧。藤原俊宗《としむね》の子。長暦元年（一〇三七）、後朱雀の護持僧。天喜元年（一〇五三）、天台座主。大僧正《だいそうじょう》。東塔南谷、梶井殿（梨本門跡）の祖。

訳　後朱雀天皇が重病でいらした時、死後のことを恐れられた。すると夢の中に入道殿〔道長公〕が参上なさり、「一丈六尺（約四八五センチメートル）の仏を作る人の子孫は決して（地獄・餓鬼・畜生道などの）悪道に堕ちません。わたくしめは何体かの丈六仏を造立申し上げました。ご自身の冥福をお疑いになるべきでありません」と申し上げなさった。それで、（護持僧の）明快座主に問い合わせられ、新たに丈六の仏をお造りになった。その仏は、（比叡山東塔南谷の）五仏院に安置したという。

評　丈六仏造立の功徳《くどく》については、『宝物集』五にも「恵《え》心院《しんいん》の源信僧都《そうず》は、丈六をつくる人、決定《けつじょう》往生のもの也、とこそのたまひけれ」と見える。例えば道長建立の法性寺《ほっしょうじ》五大堂には丈六の五大明王、無量寿院（法成寺）には丈六阿弥陀仏九体他を安置している。「天台護仏院」は未詳、仮に「五仏院」と見ておく。五仏院は、『三塔諸寺縁起』（平安末成立か）によれば、承雲和尚の草創、金色丈六阿弥陀像一体が安置され、後冷泉《ごれいぜい》朝の永承二年（一〇四七）、仙院（上東門院）の奏上で御願所となった。

四七　匡房、北向大門の例を挙ぐる事

宇治殿(1)、平等院を建立せしめ給ふ時、地形の事など示し合はされむため、土御門右府(2)をあひ伴はしめ給ふ。宇治殿仰せられていはく「大門の便宜《びんぎ》、北向にあらずは、他の便宜なし。北向《きたむき》に大門ある寺侍るや」と云々。右府、覚悟せざる由《よし》を申さる。ただし匡房《まさふさ》卿(3)、い

まだ無職にて、江冠者《ごうかじゃ》とてありけるを、後車に乗せて具せられたりけるを、「彼こそ、しかのごとき事はうるせく覚えて候へ」とて、召し出し問はるる処、匡房申していはく「北向の大門ある寺は、天竺には奈良陀寺《ならだじ》、唐土には西明寺、この朝には六波羅蜜寺」と云々。宇治殿大いに感ぜしめ給ふ、と云々。

（1）宇治殿　藤原頼通（九九二～一〇七四）。父道長から譲られた宇治殿を、末法第一年と考えられた永承七年（一〇五二）に平等院と命名、翌年阿弥陀堂が完成した。（2）土御門右府源師房《もろふさ》（一〇〇八～七七）。具平《ともひら》親王の子。藤原頼通の養子となる。寛仁四年（一〇二〇）、元服して源姓を賜る。室は道長女尊子。従一位右大臣。（3）匡房　一〇四一～一一一一。大江成衡《しげひら》の子。後三条・白河・堀河三代の侍読《じとう》。権中納言に至る。平等院工事の頃、十二～十三歳。

訳　頼通公が平等院を建立なさっている時、設計の事などを相談なさるため、養子の師房公をお連れになった。頼通公が「（地形から見て）大門は、北向きでないと不都合だろうが、北向きに大門がある寺はありますか」とおっしゃった。師房公は記憶にないと申し上げたが、その時、匡房卿はまだ官職もなく、江冠者と呼ばれていたのを、後ろの車に乗せ連れていらしたので、「あれはこういうことをよく覚えています」とおっしゃってお召しになり、お尋ねになったところ、匡房は「北向きの大門がある寺は、インドでは那蘭陀寺、中国では西明寺、わが国では六波羅蜜寺」と申し上げた。頼通公は大変感心なさった。

評　匡房の「暮年記《ぼねんのき》」（『本朝続文粋《ほんちょうぞくもんずい》』一一）によれば、十一歳の時、匡房は父に連れられて師房のもとに行き、当座に詩を奉って感嘆され、また頼通は匡房の人相を見て「地を履《ふ》み人を踰《こ》え、必ず大位に至る」と占った。那蘭陀寺は、古代インド・グプタ朝にマガダ王国に作られた大寺院で、玄奘三蔵《げんじょうさんぞう》らも訪れた。西明寺は、唐の高宗《こうそう》の勅願で、六五八年、玄奘を開基として長安に造られた。六波羅蜜寺は、応和三年（九六三）空也が建立した西光寺が前身とされ、貞元二年（九七七）、第二世中信が堂舎を整え六波羅蜜寺に名を改め、天台別院とした（『六波羅蜜寺縁起』）。『徒然草』一七九に、道眼上人《どうげんしょうにん》が「那蘭陀寺北門説を、匡房卿がどこから得たのか不審だ」と語ったとあるが、たしかに『大唐西域求法高僧伝《だいとうさいいきぐほうこうそうでん》』上に、那蘭陀寺は「寺門西向」と記されている。六波羅蜜寺の本来の大門の向きは未詳。地形上、南大門を設置しにくかった平等院の、北大門の存在は記録類で確かめられる（『猪熊関白記《いのくまかんぱくき》』他）。こうしたマイナーな話題についてさえ仮想の問いとしてかねて設定し、答えを準備していたであろう少年匡房の、尋常でない学びの姿勢に、頼通同様感嘆しておきたい。

四八　円宗寺の寺号を改むる事

円宗寺《えんしゅうじ》は、本は円明寺《えんみょうじ》なり。しかるに宇治殿(1)仰せられていはく「円明寺は山崎寺《やまざきでら》の号なり。同じ庚午《こうご》の日、供養せらるべきぞ」と云々。これにより、さわぎて円宗寺とは改められけり。

(1) 宇治殿　藤原頼通。

訳　円宗寺（後三条天皇の御願寺で、仁和寺《にんなじ》の南にあった。天皇発願の四円寺《しえんじ》の一つ）の寺号は、もとは円明寺だった。それで頼通公は「円明寺は松崎（山崎は誤り）の寺の名称である。あの寺と同じく、（折角なら縁起の悪い）庚午の日に供養なされればよい」とおっしゃった。この発言で大騒ぎになり、円宗寺と改められた。

評　源保光《やすみつ》は正暦三年（九九二）六月八日庚午の日に、松崎（京都市左京区松ヶ崎）の円明寺を盛大に供養した（『権記《ごんき》』他）。『小右記《しょうゆうき》』には、「昔、庚午・大禍日などを忌む習慣はなかったが、故保光が庚午の日に松崎の円明寺を供養した後、子孫が続かなかったのは、この寺供養の日取りが悪かったせいだろうと言われ、俗信も根拠のないものでなかったと考えられるようになった」という逸話が記されている。この記事から、本話の頼通の当てこすりの背景が具体的に分かる。源保光の円明寺のあった地は、典拠である『中外抄』上五四や、同話である下三の「松崎」が正しく、『古事談』諸本の「山崎」は誤りである。『古事談』編者源顕兼《あきかね》の生きた時代には、円明寺というとすぐに思い浮かぶのは、松崎ではなく山崎（京都府乙訓《おとくに》郡大山崎）の円明寺で、この円明寺は仁和寺の寛済法印から西園寺《さいおんじ》公経《きんつね》、娘婿の九条道家《みちいえ》、その子一条実経《さねつね》に譲られ、実経は円明寺殿と呼ばれた（『仁和寺《にんなじ》諸院家記《しょいんけき》』他）。後三条とその側近たちにとって松崎の円明寺は遠く、『古事談』の編者あるいは書写者たちにとって山崎の円明寺は近い存在だったのだ。

四九　法勝寺五仏の座位並びに寺号の事

法勝寺《ほっしょうじ》の五仏を立て奉る時、覚尋僧正(1)、その座位を誤る。よって菩提房僧都《ぼだいぼうそうず》済覚(2)、事の由《よし》を奏聞し、立て直し奉る、と云々。また、寺号を、覚尋は大毘盧舎那寺《だいびるしゃなじ》と名づけたりけるを、菩提房これを改め、法勝寺となす、と云々。

（1）覚尋　一〇一二～八一。延暦寺の僧。藤原家隆《いえたか》曾孫、忠経《ただつね》の子。承保四年（一〇七七）二月、天台座主、権僧正《ごんのそうじょう》。同一二月、法勝寺権別当。（2）済覚　斉覚（一〇一二～七八）。源兼長《かねなが》の子、藤原実綱《さねつな》の養子。承保二年正月権少僧都、同四年正月権大僧都。園城寺《おんじょうじ》菩提房に止住。法勝寺金堂供僧《ぐそう》の一人。

訳　（承暦元年（一〇七七）一二月一八日供養の、白河院発願の御願寺）法勝寺金堂の「胎蔵界五仏」を据え申し上げる時、覚尋僧正は、席次をまちがえた。それで、菩提房僧都斉覚がその旨《むね》奏上し、立て直し申し上げた。また、この寺の寺号を覚尋は大毘盧遮那寺と名づけたが、斉覚がこれも改め、法勝寺とした。

評　前話に続き、天皇発願の大寺創建時の訂正、二題。白河発願の法勝寺は、平安末期、京都白河（京都市左京区）に建立された六つの御願寺、六勝寺のはじめで、八角九重の塔をも有する巨大な寺院。円宗寺の法華会《ほっけえ》・最勝会と法勝寺の大乗会は「天台（北京）三会」と呼ばれ、天台の学僧が僧綱《そうごう》に登る登竜門となった。その権威ある法勝寺の始発時に、複数の訂正がなされた、というのが本話。「胎蔵界五仏」は珍しく、「仏の座位が依拠した本と異なる」との意見が寄せられ、仏を据え直すよう命じたのは事実だが、それに斉覚が関与したとの他史料は未見。胎蔵界五仏は本尊「大盧舎那仏」および「胎蔵四仏」（藤原敦光「白河法皇八幡一切経供養願文」他）で、四仏とは宝幢《ほうどう》如来、開敷華王《かいふけおう》如来、無量寿（阿弥陀）如来、天鼓雷音《てんくらいおん》如来だが、『承暦元年法勝寺供養記《しょうりやくがんねんほっしょうじくようき》』は、最初の如来名を「多宝」とし、同記および『扶桑略記』が、二番目の如来名を「花開敷」とする。法勝寺の寺名変更について言及する他の史料は未詳。

五〇　祭主親定、伊勢国に一堂建立の事

三位《さんみ》の祭主親定《さいしゅちかさだ》(1)、造宮の間、一堂を建立すべき志あり。歎じていはく「御遷宮の間を過ぐれば、露命期し難かるべし。憖《なまじい》に生ける間に、この願を遂げんと欲す」と。よつてこの由《よし》を以て江中納言《ごうちゅうなごん》(2)に申し合はする処、中納言答へていはく「蓮台寺は、永頼《ながより》(3)祭主、外内両宮御遷宮の中間、神明に祈請し、神明の告げを蒙《こうむ》りて建立する所なり。しかれば造宮の間といへども、よく祈請を致さば、造営何事かあらんや」と云々。これにより、親定祈請して造営する所なり。

そもそも、件《くだん》の蓮台寺は、普賢《ふげん》像を安置し、法花三昧《さんまい》を行ふ、と云々。件の堂所は前《ぜん》

生《しょう》の苦行の庵室の跡と云々。永頼、時々前生の事を語る、と云々。件の普賢の天蓋、頂鏡の中央に水精玉を居《す》う。玉の大きさ、橘のごとし、と云々。氏人の中、慶賀ある時、件の玉必ず照耀す。大慶あらんと欲する時は、玉ぶちの小玉等、皆光を放つ、と云々。故《ゆえ》に、永実《ながざね》(4)、上総守《かずさのかみ》に任ぜんと欲する時、中央の大玉半分照耀す。人々これを怪《あや》しむ。上総の任中に逝去しをはんぬ。およそ霊験掲焉《れいげんけちえん》の砌《みぎり》なり、と云々。この事、外宮《げくう》の権禰宜《ごんねぎ》常行《つねゆき》(5)、礼部禅門《れいほうぜんもん》(6)の所に参り、語り申す所なり。

（1）親定　一〇四三～一一二二。大中臣輔経《おおなかとみすけつね》の子。文章生《もんじょうしょう》、勘解由次官《かげゆのすけ》を経て寛治五年（一〇九一）に祭主。従三位、神祇伯。岩出《いわで》伯と号する。本話は天永元年（一一一〇）に内宮仮殿遷宮、永久二年（一一一四）に内宮遷宮が行われた頃の出来事か。（2）江中納言　大江匡房（一〇四一～一一一一）。（3）永頼　?～一〇〇〇。大中臣茂生の子。正暦二年（九九一）に祭主。箕曲《みのわ》と号する。（4）永実　一〇六〇～一一一〇。大中臣永清《ながきよ》の子。永頼の曾孫。親定は母方の伯父。承暦三年（一〇七九）、造外宮使。上総守（『中臣氏系図』）。（5）常行　一〇八七～一一六〇。度会《わたらい》季生の子。天養元年（一一四四）、従五位上権一禰宜。（6）礼部禅門　礼部は治部省の唐名《からな》。長承三年（一一三四）三月七日に治部卿となった参議源雅兼《まさかね》（一〇七九～一一四三。『古事談』編者源顕兼の曾祖父）を指すか。

訳　伊勢神宮の神職の長官従三位大中臣親定は、神宮造営の時期に、仏堂を建立したい気持ちがあった。「この御遷宮の期間を終えた後では、命が続くと思えない。何とか生きている間にこの願いを遂げたいものだ」と慨嘆し、これを中納言大江匡房に相談したところ、匡房卿は「伊勢国の蓮台寺（伊勢市勢多町に遺跡）は、祭主永頼が、外宮と内宮の御遷宮の期間中に、神に祈り、神のお告げを得て建立した。だから、改修の間であっても、十分祈ったなら、寺の造営に何の問題があろう」と言った。それで親定は、祈願の上、堂（岩出堂。底本傍記による）を造った。

この蓮台寺には、普賢菩薩像を安置し、法華三昧を行った。蓮台寺は永頼が前世に苦行した庵室の旧跡で、永頼は時々、前世のことを語ったという。その普賢菩薩の上にかざす衣笠の頂きの鏡の中央に、水晶の玉をとりつけてある。玉はみかんの大きさである。一族に慶賀がある時、この玉が必ず光り輝いた。大きな慶び事の時は、水晶の周りの小玉も皆、光を放った。それで、永頼の子孫永実が上総守に任ぜられたいと願った時、中央の大玉の半分が光り輝いたので、人々は不思議がった。永頼は上総守に任ぜられたが、任期中に亡くなった。このように、蓮台寺は霊験あらたかな場であった。このことは、外宮の権禰宜常行が、礼部禅門のところに参上した際、語り申し上げた。

評　『新拾遺集』一八・雑上に「伊勢に祭主輔親がたてたるいはて寺」とあり、岩出(三重県度会郡玉城町)について、『伊勢名勝志』は「往昔神宮祭主の居住せし処なり」と記す。蓮台寺の玉の奇瑞は、藤氏に大きな禍福がある時に、破裂してそれを預言した、多武峰談山神社《とうのみねたんざんじんじゃ》の藤原鎌足像《かまたりぞう》などと類似する。

五一　伊勢国蓮台寺の事

伊勢国蓮台寺は、祭主永頼(1)建立するなり。永頼、神事に従ふ間、仏事を憚るにより、思ひて年月を送る。この事を祈請せんため、三ヶ日を限り内宮に参籠す。夢中に御殿を開かる。驚きながら見奉る処、三尺皆金色《かいこんじき》の観音像なり。よつてその後、立つる所の堂なり。

(1)永頼　前話参照。

訳　伊勢国の蓮台寺は、祭主大中臣永頼が建立した。永頼が神事に従事しているため、仏事に携わるのを憚って年月が経ち、祈願のため三日間伊勢内宮に参籠したところ、夢の中で御殿が開かれ、驚いて拝見すると、九〇センチメートルほどの全てが金色の観音像があった。それで、その後に建立した堂なのである。

評　例えば『通海参詣記』下一三は、永頼は十一面観音を蓮台寺の本尊にしそれが神宮の御本地と示したとし、また『江談抄』一―三五では、源俊明が太神宮の本地を救世観音と語っている。賀茂や厳島の本地が複数説かれた（五―一五・三三話評参照）ように、伊勢神宮の本地も大日如来《だいにちにょらい》だけでなく（五―三三話参照）、『法華経』に縁の深い観音菩薩とする説も行われていたことが知られる。

五二　土佐国胤間寺の住僧、大般若経書写の事

土佐国に胤間寺《たねま》といふ山寺あり。件《くだん》の寺の住僧を当国の在庁あひ語らひていはく「われ、『大般若』書写の大願あり。汝、助成結縁《けちえん》すべし。用途《ようど》に於いては、沙汰すべし。与《とも》に傍《ほう》輩《ばい》をも語らひて書かしむべし」と契約して、年序を経《へ》をはんぬ。その後全く用途の沙汰に及ばず。しかりといへども、この僧、善縁のしからしむるを悦び、自力を励まし、漸々《やくやく》その功を終へをはんぬ。よつて件の在庁に「かの御経こそ出来てましませ。用途は後にも給ふべし。誂《あつら》へ書かしむる輩《やから》多く侍るなり。今に於いては供養を遂げらるべきなり」と云々《うんぬん》。

願主悦びて供養を展《の》ぶる間、にはかに辻風出来て、件の経巻をことごとく虚空に吹き上げをはんぬ。聴聞に集まり来る道俗、奇怪の思ひを成す間、しばらくして、経巻、皆白紙と成り、地に落つ。ただ、土にて大文字二句の偈《げ》、この紙に顕現す。件の文にいはく、

檀那不信故　文字留霊山

と。件の偈、今にかの山寺の宝蔵にあるなり。ある人語りていはく「檀那不信故　料紙還本土　経師有信故　文字留霊山」と云々〔一行なり〕。

訳　土佐国に胤間寺（高知県高知市。種間寺）という山寺がある。この寺の住僧を、土佐の国府の職員が誘い、「わたくしは『大般若経』書写を行う大願がある。どうか、結縁の声掛けに力を貸してほしい。費用についてはわたくしの方で調達する。仲間を語らって書写させてほしい」と言って約束し、何年かが過ぎた。それっきり費用も届けてこなかったが、この僧はこういう企画と縁ができたことを喜び、自分一人の采配で、とうとう写経の功を終えた。それで例の職員に「あの『大般若経』ができました。費用は後からでも頂きましょう。依頼して書かせた仲間がたくさんおります。ここまで来た以上、供養をすべきです」と言った。願主である職員は喜んで、供養の法会《ほうえ》を行ったところ、急に竜巻がやって来て、書写した経巻全てが空に吹き上げられてしまった。説経を聴聞に集まった僧俗

が、異様に思っていると、少しして、経巻はみな白紙になって地面に墜ちて来た。そして、大きな文字の、土で書かれた二句の偈だけが、代わりに紙に現れた。そこには、

檀那不信の故、文字は霊山《りようぜん》に留まる（願主に信仰心がないので、写経した文字は、経典の源である釈迦の説法が行われた地、霊鷲山《りようじゆせん》に回収する）

とあった。この偈は、今もこの山寺の宝蔵にある。また、ある人が語るには、「檀那不信の故、料紙本土に還る。経師《きようじ》信ある故、文字霊山に留まる（願主に信仰心がないので、写経用紙のみ娑婆《しやば》に戻す。書写者たちに信仰心があったので、文字は霊鷲山に受け入れる）」という偈だったという（全体一行に記されていた）。

評　本話の主題は三―八五話と近い。仏は深い信仰心のない善行をよく見ておられ、われわれにお伝えになることがある。写経や造仏の発願者が投げ出してしまい、別の人物が成し遂げて、仏に讃えられる、という点で、『宇治拾遺物語』四五「因幡国別当、地蔵作りさす事」と共通するなど、いろいろな類話が連想される一話。

五三　頼義、みのう堂建立の事

六条坊門北、西洞院西に堂あり。みのう堂と号す。件《くだん》の堂は、伊与入道頼義《よりよし》(1)、奥州の俘《ふ》囚討夷《しゆうとうい》の後、建立《こんりゆう》する所なり。仏は等身の阿弥陀なり。頼義、この仏を造立し、恭敬礼拝《くぎようらいはい》して「往生極楽必ず引導し給へ」と申しければ、うなづかせ給ひけり。十二年の間、戦場にて死亡の者の片耳を切りあつめて、ほして皮古《かわご》二合に入れて持ちて上りたりけるを、件の堂の土壇の下に埋む、と云々。よつて耳納堂といふなり。みのは堂といふは僻事《ひがごと》なり。

(1) 頼義　九八八〜一〇七五。源頼信《よりのぶ》の子。陸奥守・鎮守府将軍。苦戦の末、前九年の合戦に勝利、伊予守に任ぜられた。往生人(『続本朝往生伝』)。

訳　六条坊門通り北、西洞院通り西に堂がある。みのう堂という。この堂は、伊予入道源頼義が、陸奥国で、朝廷に刃向かう者たちを鎮圧した後、建立したものだ。本尊は等身大の阿弥陀仏である。頼義はこの仏を造り、謹み敬って拝みながら「極楽に往生できるよう、きっとお導き下さい」と申し上げたところ、仏がうなずかれた。十二年(前九年)の合戦の戦場で、死者の片耳を切り集め、乾燥させて皮籠二つに入れて上京し、この堂の土壇の下に埋めたという。それで、耳納堂というのだ。みのわ堂というのは訛伝である。

評　この堂および頼義の信心の烈しさについては、四―一六話で語られていた。『発心集』三―三は、「みのわの入道」（未詳。後三年の役で源義家《よしいえ》に従った藤原資通《すけみち》の子、蓑和《みのわ》入道藤原通弘《みちひろ》か）の言葉で頼義は発心し、その、みのわの入道が造った（伊予入道の邸の向かえ、左女牛《さめうし》西洞院の）みのわ堂で、頼義は罪を懺悔した、と異なる説を記している。ちなみに「耳納」であれば仮名は「みなふ」が本来である。

五四　西行、讃岐にて詠歌の事

(1)西行は、俗名佐藤兵衛尉《ひょうえのじょう》義清《のりきよ》、散位《さんに》康清《やすきよ》(2)の男と云々。讃岐《さぬき》松山の津といふ所にて、(3)新院おはしましけむあとを尋ね侍りけるに、形もなかりければ、

　松山のなみにながれてこしふねのやがてむなしくなりにけるかな

とうちながめて、しろみねと申す所の御墓所に参りて、

　よしや君むかしの玉の床《ゆか》とてもかからむのちはなににかはせむ

（1）西行　一一一八～一一九〇。藤原氏北家秀郷《ひでさと》流。保延元年（一一三五）に任兵衛尉。鳥羽院下北面《げほくめん》。同六年、二十三歳で出家。財力・体力・将来性にすぐれた中での出家に、周囲の

人々が感激した様子が、『台記《たいき》』に記されている。『新古今集』最多入集歌人。歌集『山家集』『山家心中集』他。（2）康清　佐藤康清。生没年未詳。左衛門尉、検非違使《けびいし》。散位は位だけで官職のない状態。（3）新院　崇徳院《すとくいん》（一一一九〜六四）。在位一一二三〜四一。父鳥羽院に対して新院と称される。保元の乱（一一五六）の後、讃岐に配流され、同地で崩御。

訳　西行は俗名佐藤兵衛尉義清、散位康清の子と言う。讃岐松山の津（香川県坂出市）というところで、崇徳院がいらしたであろう旧跡を訪ねましたところ、跡形もなかったので、

　松山の……（松山の波に流される舟のように、この配所にいらした上皇は、そのままこの地で空しくおなりになったのだなあ）

と吟詠し、白峰（香川県坂出市）と申し上げるところの上皇の墓所にお参りして、

　よしや君……（仕方ありますまい、わが君よ。昔玉座におられた身でいらしても、崩御された今となってはそれが何になりましょう）

と詠んだ。

評　『山家集《さんかしゅう》』下・雑「讃岐にまうでて、松山の津と申す所に、院おはしましけん御跡

尋ねけれど、形もなかりければ　松山の波に流れて来し舟のやがてむなしく成りにけるかな（一三五三）、松山の波の気色は変らじを形なく君はなりましにけり（一三五四）、白峰と申しける所に御墓の侍りけるにまゐりて　よしや君昔の玉の床とてもかからん後は何にかはせん（一三五五）」のうちの一首目と三首目（西行自選とみられる『山家心中集』に、どちらも採用）が、本話に採られている。仁安二〜三年（一一六七〜六八）の作。「松山の……」では太上天皇の唐名《からな》である「虚舟《きょしゅう》」（むなしきふね）を詠み込んで慨嘆、「よしや君……」は、久安六年（一一五〇）の『久安百首』で崇徳院が詠んだ「松が根の枕も何かあだならむ玉の床《とこ》とて常の床かは」を用いて、王位への執着から離れ、得脱を目指すべきだと呼びかけている。例えば、『とはずがたり』五が白峰陵の地を「松山の法華堂」と呼んでいるように、当時白峰陵の地は寺院としてとらえられており、本話が仏寺の記事群の最後に置かれていることに違和感はない。白峰はまた、王の魂の終《つい》の棲家《すみか》でもある。次話からは最終巻第六亭宅諸道、それも王の住まい、内裏の話題から開巻する。

第六　亭宅諸道《ていたくしょどう》

一　南殿の桜・橘の事

南殿《なんでん》の桜の樹は、本《もと》これ梅の樹なり。桓武《かんむ》天皇(1)遷都の時、植ゑらるる所なり。しかるに、承和《じょうわ》年中に及び枯れ失す。よつて、仁明《にんみょう》天皇(2)改め植ゑらるるなり。その後、天徳《てんとく》四年〔九月二十三日〕内裏《だいり》焼亡《じょうもう》に焼失しをはんぬ。よつて、内裏を造る時、重明《しげあきら》親王(3)〔式部卿〕の家の桜の木を移し植うる所なり〔件《くだん》の木、本、吉野の山の桜の木と云々《うんぬん》〕。

橘の木は、本より生《は》へ託《つ》く所なり。遷都以前、この地は橘大夫(4)の家の跡なり。

(1) 桓武天皇　在位七八一～八〇六。光仁《こうにん》皇子。(2) 仁明天皇　在位八三三～八五〇。嵯峨皇子。(3) 重明親王　九〇六～九五四。醍醐《だいご》皇子。弾正尹《ただすのかみ》、中務卿、式部卿などを歴任。三品。日記に『李《り》部王記《ほうおうき》』。(4) 橘大夫　未詳。『江談抄《ごうだんしょう》』一―二五や『拾芥抄《しゅうがいしょう》』中・宮城部の「橘本（の）大夫」も未詳。

訳　皇居の紫《し》宸殿《しんでん》前の桜の木は、元々は梅の木だった。桓武天皇の延暦一三年〔七九四〕平安遷都の時、植えられた。しかし承和年間〔八三四～八四八〕に枯れてしまった。

それで、仁明天皇が改めてお植えになったのだ。その後、天徳四年（九六〇）〔九月二三日〕の内裏火災で焼けてしまった。それで内裏を再建した際、重明親王〔式部卿〕の邸の桜の木を移植したのだ〔その木は元は吉野山の桜の木だったという〕。
橘の木は、元々この地に生えていた。平安遷都以前、皇居の地は橘大夫の邸があった場所である。

評　王の聖なる邸宅のレガリアの一つ、左近の桜、右近の橘にまつわる由来譚《たん》から巻第六は開巻する。中でも桜は、揺るぎない「万世一系」的存在ではなかったのだ。例えば『禁秘抄《きんぴしょう》』上・草木は、南殿の桜に続けて橘について、平安遷都以前からあったある人の家の橘で、康保二年（九六五）に左右近衛府に命じて内裏に移植させたと記す。また『帝王編年記』天徳四年九月二三日は、南殿の桜と橘それぞれの変遷の諸説を詳しく記している。吉野は天武天皇以来の王権ゆかりの地（『宇治拾遺物語』一八六「清見原天皇、大友皇子と合戦の事」にも登場）、その残り香のある重明親王邸の「吉野の山の桜の木」で、皇居の桜は補完された。次話では同じく重明親王の邸の地が、王権のトポスとして始動する。

二　東三条殿の事

亭宅

東三条《ひがしさんじよう》は、重明《しげあきら》親王(1)の旧宅なり。親王、夢に日輪、家中に入ると見給ふ。しかるに指せる事なく過ぎをはんぬ。大入道殿《おおにゆうどうどの》(2)の御領たるの後、前一条院《さきのいちじよういん》(3)誕生せしめ給ふ所なり、と云々。

東三条は、李《り》部王《ほうおう》(4)の家なり。かの王、夢に東三条の南面に金鳳《きんぽう》来て舞ひけり。よつて、李部王、即位すべき由《よし》を存ぜらるといへども、あひ叶《かな》はず。しかるに、大入道殿伝領の後、一条院、鳳輦《ほうれん》に乗り、西廊の切間《きりま》より出しめ給ひをはんぬ、と云々。

(1) 重明親王　前話参照。克明《よしあきら》・保明《やすあきら》・代明《よあきら》親王らの弟で、源高明《たかあきら》、兼明《かねあきら》親王、朱雀《すざく》・村上天皇らの兄。(2) 大入道殿　藤原兼家《かねいえ》(九二九〜九九〇)。師輔《もろすけ》の子。摂政、関白太政大臣。東三条殿と称される。(3) 前一条院　一条天皇(九八〇〜一〇一一)。在位九八六〜一〇一一。円融皇子、母は藤原兼家女詮子。東三条第で誕生。(4) 李部王　重明親王のこと。李部は式部省の唐名《からな》。

訳　東三条殿は李部王重明親王がかつて住んだ家である。親王が、太陽が家の中に入る夢を御覧になった。しかし特に何事もなくて終わった。兼家公のお邸になった後、この邸で一条天皇がお生まれになった。

東三条殿は、李部王重明親王の家である。親王が、夢で東三条の南面に金の鳳凰《ほうおう》が来て舞う夢を見た。それで親王は、自分が即位する予兆と思われたが実現しなかった。しかし、兼家公が伝領された後、一条天皇が（鳳凰ならぬ、鳳凰をあしらった天皇の正式な乗り物）鳳輦に乗って、西の廊の切間（切長押《きりなげし》の間）からお出ましになったという。

評　いかにも縁起のよい夢は、見た重明親王自身ではなく、東三条殿を予祝していた。それも、土地・建物そのものに由来するのではなく、誰が伝領するのかで効果が変わるらしい。並記された両説話の二つ目は、『中外抄《ちゅうがいしょう》』上八七に拠る。重明親王に王位を窺うタイミングがあったとすれば、延長元年（九二三）に醍醐皇子で皇太子の保明親王が没し、その王子慶頼王《よしよりおう》が立太子、同三年四月にその慶頼王も没し、十月に寛明親王《ゆたあきら》（朱雀）が立太子した前後ではないかとされる。次話にあるように、東三条殿は、邸の西側に千貫の泉という泉が湧き、それを活かすために西中門廊・西中門周辺が東側と非対称で、特殊な構造をしていた。「西廊の切間」は、『兵範記《へいはんき》』の指図に「切長押間《きりなげし》」とある、邸の西側に南北に作られた西透廊《すきろう》(開け放したままの渡り廊)の、長押を切って通行の邪魔にならないようにした箇所を指すと考えられる。一条天皇は、花山出奔と並行して内裏凝華舎《ぎょうかしゃ》で践祚《せんそ》しており(一—二〇話参照)、一条が鳳輦に乗って東三条殿から出御する機会があったとすると、例えば寛和三年(九八七)正月二日の朝覲行幸《ちょうきん》(『栄花物語』三)のような場であったろう。東三条殿で誕生、あるいは東三条殿から鳳輦で出御、のいずれについても、兼家の二人の外孫三条(九七六〜一〇一七)・一条のいずれでも成り立つ(『皇年代略記』・『小右記《しょうゆうき》』)のだが、この夢の予言性は、専ら、先に皇位に即く一条に帰着させられている。

三　有国、東三条殿の上長押を打たざる事　有国、善男の後身たる事

入道殿(1)、東三条を造らるる時、有国《ありくに》(2)これを奉行す。西の千貫の泉、透廊《すきろう》南へ長く差し出たる中程一間、上長押《かみなげし》を打たず。殿下、これを御覧じ「など長押を打たざるや。下も土にて弱きに」と仰せられければ、何となく申し成して止《や》みをはんぬ。しかる間、上東門院《じょうとうもんいん》(3)立后の後、始めて入内《じゅだい》し給ふ時、この上長押あらばその煩ひあるべき所、御輿《みこし》安らかに出しめ給ふ間、有国砌《みぎり》に候ひけるが、すこぶるこわづくろひを申したりければ、殿下御覧じやりたるに、指をさして上長押を見遣りたりけり。いかにもこの儀あるべしと存じて、

御輿の寸法を計りて、長押を打たず、と云々。思慮深き者なり。

有国は伴大納言《ばんだいなごん》(4)の後身なり。伊豆国、伴大納言を図く影と有国の容貌と、敢へて違はず、と云々。また善男臨終にいはく、「当生《とうしよう》必ず今一度奉公すべし」と云々。

（1）入道殿　藤原道長（九六六～一〇二七）。兼家の子。（2）有国　藤原有国（九四三～一〇一一）。参議従二位修理大夫。妻の三位徳子は一条天皇の乳母。（3）上東門院　藤原彰子（九八八～一〇七四）。道長女。一条天皇中宮、後一条・後朱雀の母。長保二年（一〇〇〇）二月二五日立后。（4）伴大納言　伴善男《とものよしお》（八一一～八六八）。正三位大納言に至るが、貞観八年（八六六）閏三月の応天門《おうてんもん》炎上の犯人とされ、九月に伊豆に配流（応天門の変）。同地に没した。

訳　道長公が東三条殿をお造りになった時、奉行したのは藤原有国だった。西側の千貫の泉近くの、透廊を南へ長く差し出した中間部分の一間の、上長押（柱と柱をつなぐ横木）を打たなかった。道長公はこれを御覧になり「どうして長押を打たないのだ。下の土台も弱いのに」とおっしゃったが、うやむやに申し上げてそのままにしておいた。しかし、上東門院が立后され、東三条殿から初めて入内なさった時、例のところに上長押があったならきっと面倒があったろうが、御輿がすんなりとお通りになった時、有国はその場に侍っており、ひどく咳払いをし申し上げたので、道長公が御覧になると、指さして上長押に目をやった。きっとこういう日が来るだろうと思い、御輿の高さを計測して長押を打たなかったのだという。思慮深い者である。

この有国は、伴大納言善男の生まれ変わりである。伊豆国にある、伴大納言を描いた絵と有国の容貌は、全くそっくりだという。また善男は臨終に「来世できっともう一度奉公する」と言ったという。

評　そもそも東三条殿も、重明親王の当時から道長の時代まで、同じ建物がずっと続いていたわけではなく、火災の後、永延元年（九八七）に兼家が再建、道長が伝領し新たに造り直したのは寛弘二年（一〇〇五）である。前話で重明親王が見た夢について両説あったように、東三条殿の西の渡殿の切長押についても、前話に従うなら、兼家当時の東三条殿がすでにそういう構造だったことになろうし、本話に従うなら、道長が新たに造営した時の、藤原有国の深慮に発することになる。いずれにしても、兼家・道長が伝領してから、この邸が王権を生み出す場として機能していったことが、前話・本話から確かめられる。『江談抄』（三―八）に拠る後半の説話は、底本の傍記に基き、この位置に掲出した。伊豆にあったという善男の絵は未詳。

四　兼家女、庚申の夜に頓死の事

大入道殿《おおにゅうどうどの》(1)の姫君、(2)庚申《こうしん》の夜、脇息《きょうそく》に寄り懸かりて死なしめ給ひをはんぬ。よつて、かの御一門には、女房の庚申、永く止《とど》めらる、と云々。

(1) 大入道殿　藤原兼家。前々話参照。(2) 姫君　藤原兼家女超子。安和元年(九六八)冷《れい》泉《ぜい》天皇女御。三条天皇、為尊《ためたか》・敦道《あつみち》親王らの母。天元五年(九八二)一月二八日没(享年未詳)。三条即位に伴い、皇太后を追贈。

訳　兼家公の姫君超子が、(庚申の夜、人の体内に住む三尸虫《さんしちゅう》が、人の寝ている間に天帝に人の悪事を告げるので、それを阻むため遊びながら徹夜で過ごす)庚申待ちの夜、脇息に寄りかかりながら亡くなってしまった。それで、あの御一門では、女房の庚申をなさらなくなった。

評　本話の典拠は『富家語《ふけご》』七〇。超子頓死の状況は『栄花物語』二に詳しいが、『小右記』に内裏の梅壺を退出とあるので、そこで亡くなったのだろう。東三条殿と高陽院《かやのいん》の記事の間に配されていることから考えて、『古事談』は本話の舞台を摂関家の邸第と考えた可能性はある。「かの御一門」を『富家語』は「この御一家」（＝われわれ摂関家）、『世俗浅深秘抄』上は「九条流の人」とする。

五　頼通、高陽院を造る事

宇治殿、(1)京極殿(2)を御車の後にのせて御行《みゆき》ありけるに、二条東洞院二町《ちょう》を築《つ》き籠《こ》めて、大《おお》二条(3)《にじょう》、造作せられけるを御覧じて「京中の大路をも、かく籠め作るにや」と申さしめ給ひければ、「打ち任せてはあるべからざる事なれども、われらがせむをば、誰かは咎《とが》むべきや」と仰せられけり。よつて、高陽院《かやのいん》をば四町を築き籠めて作らしめ給ふ、と云々。

（1）宇治殿　藤原頼通（九九二〜一〇七四）。道長の子。教通《のりみち》・彰子の同母兄弟。摂政、関白、太政大臣。（2）京極殿　藤原師実《もろざね》（一〇四二〜一一〇一）。頼通の子。摂政、関白、太政大臣。（3）大二条　藤原教通（九九六〜一〇七五）。左大臣、関白。

訳　頼通公が師実公を御車の後ろの座席に乗せて外出なさった時、二条東洞院の二町（約八千九百坪）を土石で埋め立て、教通公が（二条殿を）造営されているのを御覧になり、師実公が「都の道路をこのように邸内に取り込んで造るものなのですか」と申し上げなさると、頼通公は「当たり前のことではないが、われわれがすることを誰がとがめられようか」とおっしゃった。この後、頼通公は、高陽院を、四町分を埋め立て、（都の道路を邸内に吸収して）お造りになった。

評　教通が新造なった二条殿に入ったのは万寿四年（一〇二七）秋で、本話をその頃の逸話だとすると、当時は師実誕生前で、事実としては成り立たない。また、もともと桓武《かんむ》皇子賀陽《かや》親王の邸の地と伝える高陽院を、頼通が方四町の広大な邸宅として完成させたのは治安元年（一〇二一）で、これも師実出生以前。高陽院の壮麗さは『小右記』や『栄花物語』二三に詳しいが、本話によれば頼通は、師実とのやりとりを発端に、教通の向こうを張るが如く、壮大な高陽院を仕上げたことになる。

六　石田殿の事

石田殿は、泰憲《やすのり》民部卿(1)、近江の任の時、勝地を選び構へ造る所の別荘なり。しかるに、宇治殿(2)仰せていはく「子息の少僧、園城《おんじょう》にあり。しかるべくは坊舎一つ求め出すべし」と云々。これにより、石田の別業《べつぎょう》を以て覚円(3)僧正《そうじょう》に奉る後、園城寺平等院等の領となる、と云々。

（1）泰憲　一〇〇七〜八一。正二位権中納言。近江守（一〇四六〜五四）。（2）宇治殿　藤原頼通。前話参照。（3）覚円　一〇三一〜九八。頼通の子。橘俊綱《としつな》・藤原師実・寛子の同母兄弟。園城寺の明尊（宇治平等院の初代執印）に師事、園城寺長吏、大僧正、平等院執印、天台座主。宇治院で没。宇治僧正と呼ばれた。

訳　石田殿は、泰憲民部卿が近江守だった時、景勝の地を選んで創建した別荘だった。しかし頼通公が「せがれの小坊主が園城寺にいる。房にふさわしい建物を一つ探すように」とおっしゃった。それで、自らの石田の別荘を、頼通公の子覚円僧正に献上し、（覚円の師明尊開創の円満院ゆかりの）園城寺平等院等の所領となったのだ。

評　石田殿は、巨万の富と風流で知られた橘俊綱に、白河院が「天下一の風情あるところはどこか」と尋ねたところ、「一位石田殿、二位高陽院」と答えた（『今鏡』四）という名邸。『梁塵秘抄《りょうじんひしょう》』二に「これより東は何とかや　関山関寺大津の三井の颪《おろし》　山颪　石田殿　粟津石山国分や瀬田の橋……」とあるように、大津市付近にあったと思われる。三井寺平等院は悟円法親王（永円）が開いたが、平等院の号は、この寺に因んで名づけられた宇治平等院に譲られた（『寺門伝記補録』）。泰憲は頼通の後見で、頼通に「平等院を造った功徳《くどく》はどのくらいだろう」と聞かれ、「餓鬼道の業《ごう》程度でしょうか」と答えるほどの間柄だった（『続古事談』二―一一）。

七　花山院の事

花山院《かざんいん》は、貞保《さだやす》(1)式部卿宮の家なり。貞信公《ていしんこう》(2)伝領す。時の人、東の宮と号す。主人西町〔小一条《こいちじょう》、今の宗形《むなかた》〕に住み給ふ故《ゆえ》なり。九条殿(3)、件《くだん》の家を伝領の後、東宮の御在所(4)となる〔ここに於いて立坊あり〕。これを以て、世俗の詞、徴《しるし》あるを知る、と云々。件の所、一名東一条《ひがしいちじょう》と云々。

（1）貞保　貞保親王（八七〇～九二四）。清和《せいわ》皇子、陽成《ようぜい》同母弟。二品。音楽に堪能だった逸

話を多く残す。（2）貞信公　藤原忠平《ただひら》（八八〇～九四九）。基経の子。摂政、関白、太政大臣。（3）九条殿　藤原師輔（九〇八～九六〇）。忠平の子。右大臣。娘安子は村上天皇中宮で、冷泉・円融《えんゆう》天皇の母。（4）東宮　憲平《のりひら》親王（冷泉天皇）。天暦四年（九五〇）七月二三日、師輔の東一条第で立太子。

訳　花山院は、元々式部卿宮貞保親王の家だった。貞信公忠平が伝領し、当時の人々は、この邸を東の宮と称していた。主人の忠平がその西の町〔小一条、今の宗形〕にお住まいだったためである。忠平の子師輔公がこの家を伝領した後、東宮のお住まいとなった〔冷泉天皇はここで立太子された〕。このことから、世間の言葉には予兆があると分かった。この場所は、一名、東一条とも呼ばれていた。

評　『御産部類記《ごさんぶるいき》』二に同話。花山院（近衛南・東洞院東。『拾芥抄《しゅうがいしょう》』中）につけられていた縁起のよい通称「東の宮」が、この家から東宮（冷泉）が出ることの予兆となったという説話。なお、この邸は、築地の上に瞿麦《なでしこ》をびっしりと植え、花盛りには錦のようだったので花山と名づけられたと、『古今著聞集《ここんちょもんじゅう》』草木に見える。

八　花山院の厭物の事

京極大殿(1)の御時、大内春宮町《とうぐうまち》を模し、造らしめ給ふ〔伊予守泰仲《やすなか》(2)朝臣これを造る〕後、今に焼けざる所なり。寝殿の上長押《かみなげし》に七星の節《ふし》あり、と云々。また、吉平《よしひら》(3)朝臣の符の故《ゆえ》と云々。故左府(4)〔兼〕の時、修理の間、天井の上より種々の厭物《まじない》〔多分小社、人形等なり〕を取り出され、吉平の末葉《ばつよう》らに見せらるる所、この物の体《てい》等、すべて習伝せざる由《よし》を申す、と云々。よつて、本のごとく納め置かる、と云々。

（1）京極大殿　藤原師実（一〇四二〜一一〇一）。頼通の子。（2）泰仲　高階泰仲。生没年未詳。師通《もろみち》・忠実《ただざね》の家司《けいし》。伊予守（一〇九四〜一一〇二）。（3）吉平　安倍吉平（九五四〜一〇二六）。平安中期の陰陽家。晴明の子。（4）故左府　藤原兼雅《かねまさ》（一一四八〜一二〇〇）。忠雅の子、師実の玄孫。

訳　（花山院は）師実公の時代（康平六年（一〇六三））に、皇居の春宮町をまねて造らせなさった〔造営は伊予守泰仲朝臣が負担した〕後、今まで火事にあっていない。寝殿の横木には、北斗七星の節目があるという。また、安倍晴明の子、陰陽師の吉平朝臣の護符があるせいだとも言う。故花山院左大臣〔兼雅公〕の時代に修理すると、天井の上からいろいろなまじないの品〔多くは小社や人形などである〕が出て来たので、吉平の末裔らにお見せになったが、これらの品について、全く習い伝えていないと申し上げた。それで元通りに納めておかれた。

評　前話に続き、花山院にまつわる話。康平六年（一〇六三）七月に師実が新造、師実の子家忠は邸宅名に因んで家名を花山院と称し、家忠の孫の忠雅、忠雅の子兼雅と伝えられた。火事に合わない邸だと言われている旨、『吉部《きちぶ》秘訓抄《ひくんしよう》』建久二年（一一九一）に記されている。また『愚管抄』四には「大原長宴僧都、葉衣《ようえ》の鎮《しずめ》（葉衣観音を本尊に、家屋を守るために修することが多い）したる家なり」とあり、『阿《あ》娑《さ》縛抄《ばしよう》』九三には、それが康平六年の花山院新造の際行われたと記す。春宮町は各官庁附属の宿所（厨町《くりやまち》）の一つで、中御門南、堀川西にあった（『拾芥抄』中）が、火事に強い構造だったとの史料は未詳。北斗七星の信仰は、古くから仏教でも陰陽道でも盛んだった。護符といえば、例えば藤原実資《さねすけ》は、新造の邸の寝殿に移転する際、吉平から受けた七十二星鎮（家を守る呪符）を、梁の上に置かせた（『小右記』）。王権と摂関家にまつわる邸宅の説話はここで一区切りし、次話が、摂関家の邸宅から寺院に改められた平等院収蔵の楽器の説話で、邸宅譚《たん》から楽器の説話群へと移行する。

九　平等院宝蔵の笛、水竜の事

平等院宝蔵に水竜といふ笛は、唐土《もろこし》の笛なり。唐人この朝《ちょう》に渡る時、海中に於いて船沈まんとす。舟人らこれを奇《あや》しみ、種々の財物を海に入れしむ。皆以て沈まず。よって件《くだん》の笛を入るる時、すなはち沈みて、無為《ぶい》に着岸の後、本主、沙金千両を儲けて「竜王にあひ伝ふ」と誓ひて、海に入れんと欲する時、（件の笛、たちまちにうかび出たりとて、金に替へてとり返せる笛なり。宇治殿(1)、この事をきこしめして、）件の笛を買ひ取らしめ給ひて、宝蔵に籠めしめ給ふ、と云々。

（1）宇治殿　藤原頼通。

訳　平等院の宝蔵にある水竜という笛は、唐の笛である。唐人が日本に来る時、海で船が沈みそうになった。船人たちがいぶかしく思い、いろいろな宝を海に入れさせたが、どれも沈まない。それで例の笛を海に入れると、たちまち沈み、何事もなく岸に着いた後、笛の元の持ち主は、砂金重さ三七・五キログラムを用意し「竜王にさしあげる」と誓って海に投げ入れようとすると、例の笛がすぐに浮かび上がって来たので、この砂金と交換に取り返したのが水竜である。頼通公はこのことをお聞きになり、その笛を買い取りなさって、宇治の宝蔵にお収めになったという。

評　本文（　）内は、新日本古典文学大系『古事談　続古事談』によって補った。近くに「件の笛」という語が二カ所あるため、書写の際、目移りが生じて書き落としたものと考えられる。「平等院の宝蔵」「宇治の宝蔵」は「鳥羽の宝蔵」などと並び、天下の逸物が実際に収集され、また収集されていると伝えられた場所。琵琶の名器玄象《げんじょう》を朱雀門《すざくもん》に住む鬼に取られ、取り返した説話（『江談抄』三）など、宝としての名器を異界から所望される説話は多い。本話の特徴は、竜王との取引で、水竜には沙金千両の価値があることが具体的に分かった点である。

一〇　朝成、雲和を吹く事

村上(1)の御時、朝忠《あさただ》(2)卿御前に祗候す。舎弟朝成《あさひら》(3)始めて昇殿し、小板敷《こいたじき》に候す。主上、小蔀《こじとみ》より御覧じて、にくさげなりけり。笛を吹く由《よし》をきこしめし、雲火《うんか》を給ひたりければ、内裏も破れぬばかりに吹きたりけるに、貌もたちまちに美麗と云々。

（1）村上　在位九四六〜九六七。（2）朝忠　藤原朝忠（九一〇〜九六六）。定方《さだかた》の子。笙の名手。『百人一首』44作者。（3）朝成　藤原朝成（九一七〜九七四）。三条中納言と称される。初昇殿は朱雀天皇の天慶四年（九四一）四月だが、村上朝に殿上人に選ばれたのは天暦二年（九四八）二月（『貞信公記《ていしんこうき》』他）。

訳　村上天皇の時代、朝忠卿が御前に伺候していた。弟の朝成は村上朝初めての昇殿で、（殿上の間南側、小庭に張り出した）小板敷に侍っていた。天皇が、（清涼殿《せいりようでん》の昼御座《ひのおまし》と殿上の間との境にある、石灰《いしばい》の壇の南壁の小窓）小蔀から様子を御覧になると、朝成の外貌は不器量だった。朝成が笛をたしなむとお聞きになり、（笙の名器）雲火（雲和）をお与えになると、内裏が割れんばかりの音量で吹き、その途端、容貌も美しくなった。

評　雲和は、笙の逸物（『江談抄』三他）。小蔀は、天皇が殿上の間の殿上人の仕事ぶりを見るための小窓（『宇治拾遺物語』九四）。朝成は相撲のように太っていたと伝えられるで、二―三二話で一条天皇が藤原行成《こうぜい》・実方《さねかた》の振舞を秘かに目撃したのも、小部からだった。

一一　助元の吹く笛を大蛇聞く事

伶人助元《れいじんすけもと》（1）〔助種《すけたね》（2）父柄《がら》か〕、府役懈怠《ふやくけだい》の事により、左近府の下倉に召し籠めらる。「この下倉には蛇《じゃ》巣くふなる物を」と怖畏《ふい》の間、夜半ばかり大蛇出来《いでく》。その頭、祇園の獅子頭《ししがしら》のごとし。その眼、銀の提《ひさげ》のごとし。その舌三尺ばかりにて、大口をあきて、すでに害を成さんとす。助元、心神なきがごとし。しかりといへども、わななくわななく笛を抜き出して、還城楽《げんじょうらく》の破《は》を吹く。ここに大蛇来留まりて、頸を高くもちあげて、笛を聞く気色あり。しばらく聞きて、搔《か》き帰り去りをはんぬ、と云々《うんぬん》。

（1）助元　清原助元（生没年未詳）。助種の子。『続教訓抄』傍書他に「助貞〔右府生《ふしょう》、本姓清原〕―助種〔笛一、左将曹《しょうそう》〕―助元〔右府生〕」と見える。助種の父相当であれば、底本傍注も言うように、本話の主人公は助元ではなく、助定（貞）と考えられる。清原助定は横笛の名手大神《おおが》是季《これすえ》の弟子で「姓をあらためず」（『続教訓抄』）。（2）助種　生没年未詳。清原助貞の子。大治元年（一一二六）左近府生に新任、笛吹。左近将曹として安元元年（一一七五）まで名が見える（『楽所補任《がくしょぶにん》』）。

訳　楽人の助元（助種の父に当たるか）が役所の勤めを怠り、左近衛府の下倉に監禁された。「この下倉には蛇が住んでいるといわれているのに」と恐れていると、真夜中に大蛇がやって来た。その頭は祇園御霊会の獅子舞の頭のようで、目は銀製の提《つる》（弦と注ぎ口のついた容器）のように光っていた。舌は九〇センチメートル以上もあり、大口を開けて今にも襲いかかって来そうである。助元は気を失いそうだったが、震えながら（腰に差した）笛を出し、（元々蛇を捕る時の舞と伝えられる雅楽）還城楽の破（緩やかな部分）を吹いた。すると大蛇は近付いて来て止まり、頸を高く持ち上げて笛を聞いている様子である。しばらく聞くと、ざらざらと地を這いながら去って行ったという。

評　左近衛府の庁舎は陽明門内にあり、「府の長倉」と呼ばれる倉があった（『日本紀略』・『小右記《しょうゆうき》』）が、「下倉」は本説話以外管見に入らない。還城楽では、胡人の扮装をし、桴《ばち》を持って作り物の蛇を捕らえて舞うが、例えば『教訓抄』は「この曲は、蛇を食用とする西国の人が、蛇を見つけて喜ぶ姿を模した曲で、本来見蛇楽という」とする。『続教訓抄』は、本話を「楽人清原助種が先祖の笛」である蛇逃丸《じやにがしまる》（蛇返《じやかえし》とも）の由来譚《たん》として語る。

一二　明暹、般若丸を賜る事

堀川院(1)の御時、南都の僧徒を召し、『大般若』の御読経《みどきよう》を行はれけるに、明暹《みようせん》(2)この中にあり。時に主上御笛をあそばしけるが、様々に調子を替へて吹かしめ給ひけるに、明暹、調子毎《ごと》に声をたがへず経を上げければ、主上奇《あや》しましめ給ひて、この僧を召しければ、明暹、庭上に跪《ひざまず》き候す。勅により簀子《すのこ》に昇り候す。「笛や吹く」と問はしめおはしましければ、「おろおろ吹き候ふ」と申すに、「さればこそ」とて、御笛を給はりて吹かせらるるに、万歳楽《まんざいらく》をえもいはず吹きたりければ、叡感ありて、その御笛を給ひけり。件《くだん》の笛、般若丸と付けて、秘蔵して持ちたりけり。伝へ伝へして、今は八幡別当幸清(3)のもとにあり、と云々。

（1）堀川院　在位一〇八六～一一〇七。（2）明暹　一〇五九～一一二三。藤原明衡《あきひら》の子。興福寺浄明院得業円憲の弟子。已講。笛の名手。（3）幸清　一一七七～一二三五。紀成清の子。

守覚法親王の弟子。第三十三代石清水八幡別当、権大僧都。『古事談』編者源顕兼《あきかね》の従兄弟。

訳　堀河天皇の時代に、奈良の僧たちをお召しになり、『大般若経』の読経を行われた時、明暹がその中にいた。天皇が笛を演奏なさり、いろいろと調子を変えてお吹きになったが、明暹はその度毎について行き、読経し続けたので、天皇はいぶかしく思われて、その僧、明暹をお召しになった。明暹は庭にひざまずいて祗候したが、勅命で縁まで登った。「笛を吹くか」とお尋ねになったので「多少たしなんでおります」と申し上げたので「やはり」と仰せられ、御笛を渡されて吹かせなさった。万歳楽を言いようもなく見事に吹いたので、感嘆にあずかり、その笛を拝領した。明暹はその笛を般若丸と名づけて、大切に持っていた。伝え伝えして、今は八幡別当幸清のところにあるという。

評　読経は今様《いまよう》などと並び、声技《こえわざ》の芸能として、貴族社会で日常的にも楽しまれた（二—七七話参照）。例えば『読経口伝明鏡集』には、読経音曲を学ぶ際には「専ら調子を心得べし。…五調子は、いはゆる、平調《ひょうじょう》、壱越調《いちこつ》、盤渉調《ばんしき》、黄鐘調《おうしきじょう》、雙調《そうじょう》等、これなり」とある。音楽に堪能な堀河は、笛で読経の伴奏をし、途中度々音程を変えたが、明暹だけは、いわゆる転調についていった、というのが本話だろう。万歳楽は祝賀の席で頻用される代表的な雅楽曲。

一三　明暹、放鷹楽を伝授する事

放鷹楽《ほうようらく》といふ楽《がく》をば、明暹(1)已講《いこう》ただ一人習ひ伝へたりけり。白川院(2)の野行幸《のぎょうこう》あさてといふ夜、山階寺《やましなでら》の三面の僧坊にありけるが、「今夜は戸なさしそ。尋ぬる人あらむものぞ」といひて侍りけるに、案のごとく来たり入る人あり。これを問ふに是秀《これひで》(3)なり。「放鷹楽習ひにか」といひければ、「しかなり」と答ふ。房の内に入れて件《くだん》の楽を授けしめたり。

（1）明暹　前話参照。（2）白川院　在位一〇七二〜八六。（3）是秀　未詳。『宇治拾遺物語』一一五の「是季《これすえ》」が妥当か。大神《おおが》惟季《これすえ》（一〇二六〜九四）は楽人《がくじん》で、晴遠《はるとお》の子。笛の名手。

訳　放鷹楽という曲を、明暹已講ただ一人が習い伝えていた。白河院の（鷹狩を御覧になるための）野行幸が明後日という晩、興福寺の（講堂の北・東・西の三方に配置された）三面の僧房に明暹はいたが、「今晩は戸締まりをするな。訪ねて来る人がきっとあるだろうから」と言っていたところ、案の定入って来た人がいる。誰かと尋ねると是（惟）

季だった。「放鷹楽を習いに来たのか」と言うと「そうです」と答えた。明暹は惟季を坊の中に入らせ、放鷹楽を伝授した。

評　『懐竹抄』によれば、明暹は僧侶ながら名人ゆえに、時の楽人《がくじん》たちがこぞって習いに来た。楽人たちの演奏を聞く明暹の様子に、彼らは一喜一憂したという。野行幸は鷹狩が中心だが、今は子細を知る人もいない、と『基成朝臣鷹狩記』（一二九五）に見える。白河天皇の野行幸は、承保三年（一〇七六）一〇月二四日の嵯峨の行幸・大井川逍遥が最も有名（『扶桑略記』）。放鷹楽は野行幸で演奏される曲だった（『教訓抄』四他）。

一四　吉備津宮、基政の演奏を所望の事

元正《もとまさ》(1)、八幡の御領、備中国吉河保《ほ》〔二季の御神楽《みかぐら》の保〕に下向し、上洛の間、室《むろ》の泊《とまり》に於いて、にはかに心神違例し亡ずるがごとし。片鬢雪のごとく変ずるなり。奇異の思ひを成し、巫《かんなぎ》をして卜《ぼく》せしむる処、吉美津《きびつ》宮託宣し給ふ、と云々。「たまたま当国に下向するに、その曲を聞かざるにより、祟りを成す所なり」と云々。たちまちに押し帰り、かの宮に参詣し、皇帝《おうだい》已下の秘曲等を吹く間、白髪立ちどころに尋常と云々。

（1）元正　一〇七九～一一三八。基政とも。大神惟季の弟子で猶子。従五位下、雅楽允《うたのじょう》、楽所別当。石清水八幡宮の楽人で笛の名手。『竜鳴抄』の著者。

訳　大神元正が、石清水八幡宮領の備中国吉川保（岡山県加賀郡吉備中央町）（二月・十一月の上卯の日に行われた初卯の神楽の費用に充てる所領）に下向し、都に戻る途中、室の泊（室津。兵庫県たつの市御津町）で急に具合が悪くなり、死にそうになった。片側の鬢髪だけが雪のように白くなった。おかしいと思い、巫女に占わせると、吉備津神社の神が託宣なさった。「ちょうどこの国に下向したのに、お前の演奏を聴けないので、祟りをなしたのだ」とのことだった。すぐになんとか戻って神社に参詣し、皇帝以下の秘曲を吹いたところ、白髪はすぐさま元に戻った。

評　本話の吉備津宮は、備中国一宮の吉備津神社（岡山市北区吉備津）と、備前国一宮の吉備津彦神社（岡山市北区一宮）のいずれを指すか未詳。吉備津宮は歌舞音曲を愛好されたと見え、例えば『十訓抄《じっきんしょう》』一〇―二二には、吉備津宮が舞をめでて宝殿が揺れ動き大きな音がしたとある。

一五　六条大夫基通、永秀・正近らを語る事

保延《ほうえん》五年正月二十六日、六条大夫(1)〔基〕、礼部禅門《れいほうぜんもん》(2)に参入し、語り申していはく「八幡所司永秀(3)は、古き時の左右《そう》なき笛吹きなり。正近《まさちか》(4)と同時の者なり。永秀常に笛を吹くに、隣里これを悪《にく》み、四隣人なし。かくのごとき間、人里を避け、男山《おとこやま》の南面に移住す。件《くだん》の近辺草生ぜず。笛の声によるか。多分の笛を嫌ひて吹かず。ただ寄竹《よりたけ》の笛一管を以て、身に随へてこれを吹く。件の笛、不慮に故正清《まさきよ》(5)のもとに伝来す。正清、正近に伝へず、八幡別当光清(6)に売る。光清、白川院(7)に進《まい》らせをはんぬ。

件の永秀は、正近と共に院の北中門に居宿す。永秀、桃李花《とうりか》を吹きて、正近に聞かしむ。正近密かに指を屈しその拍子を計《かぞ》ふ。その指を屈する、狩衣《かりぎぬ》〔木賊《とくさ》色〕より透けて顕然たり。永秀、これを畏れていはく、「笛の声を聞く者ありといへども、その拍子を計ふる、これ直《ただ》なる人にあらず」と云々。また正近、ある時、皇代《おうだい》を吹く。永秀、障子の内にこれを聞き、その譜を書かしむ。後日これを勘《かんが》ふるに、二拍子注し落とす」と云々。

また、語りていはく「大殿(8)、管絃の間の事共を語り仰せられ、少々これを注し置く(11)。ようやく大巻と成る、と云々。故大殿(9)、琵琶を引かしめ給ふ。御師資近《おんしすけちか》(10)。故後二条殿、同じ

く琵琶を引かしめ給ふ〔御師経信《つねのぶ》卿(12)〕。当時の大殿(13)は御笛〔御師按察《あぜち》中納言宗俊《むねとし》(14)〕と。

(1) 六条大夫　特に笛の名手。『体源抄』に「六条入道蓮道、俗名基通《もとみち》」「六条禅門蓮道」などと見え、『古今著聞集』管絃歌舞に保延三年（一一三七）六月の御遊で「六条大夫基通」が笛を担当した記事がある。生没年・世系未詳。(2) 礼部禅門　源雅兼《まさかね》（一〇七九～一一四三）。顕房《あきふさ》の子、源顕兼の曾祖父。従三位権中納言、治部卿。保延元年出家。(3) 永秀　八幡別当紀頼清の遠類（寛文本『発心集《ほっしんしゅう》』六―七）。伝未詳。(4) 正近　生没年未詳。戸部《こべ》（小部）氏。延頼《のぶより》の子。大神惟季の師。雅楽允《うたのじょう》。(5) 正清　一〇四九～一一一九。戸部（小部）正近の子。白河院北面。左近将監《しょうげん》。(6) 光清　一〇八三（八二とも）～一一三七。紀頼清の子。第二十五代石清水八幡宮別当。顕兼の母方の祖父。(7) 白川院　一〇五三～一一二九。(8) 大殿　藤原忠実《ただざね》（一〇七八～一一六二）。師通《もろみち》の子。祖父師実《もろざね》の猶子。(9) 故大殿　藤原師実（一〇四二～一一〇一）。頼通の子。(10) 資近　未詳。源資通《すけみち》（一〇〇五～六〇）か。資通は済政《なりまさ》の子。従二位参議勘解由《かげゆ》長官。琵琶の名手で源経信の師。(11) 後二条殿　藤原師通（一〇六二～九九）。師実の子。琵琶の名手（『文机談《ぶんきだん》』五）。(12) 経信　一〇一六～九七。源道方《みちかた》の子。桂流《かつらりゅう》琵琶の祖。(13) 大殿　藤原忠実（一〇七八～一一六二）。歌舞音曲全体に造詣が深かった。(14) 宗俊　一〇四六～九七。藤原俊家《としいえ》の子。正二位権大納言に至る。寛治六年（一〇九二）任大納言、永長元年（一〇九六）に按察使《あぜち》。各種楽器と朗詠に秀で、忠実の筝《そう》の師でもあった。

訳　保延五年（一一三九）一月二六日、六条大夫〔基通〕が礼部禅門源雅兼卿のところにやって来て、語り申し上げるには「石清水八幡宮の所司だった永秀は、古い時代の比類ない笛の上手だ。楽人戸部正近と同時代人だ。永秀がのべつ笛を吹くので、近所の人たちはそれを嫌がり、周囲に人家がなくなった。それで、自ら人里を避け、石清水八幡宮のある男山の南斜面に移住した。その周りには草が生えなかった。笛の音色のせいだろうか。大多数の普通の笛を嫌って吹かず、ただ、（音色が美しいという）海などに流れ寄せた竹でできた笛一本をいつも身につけて吹いた。この笛が、思いがけず故戸部正清のもとに伝来した。正清はというと、（永秀と親しかった父）正近に伝えず、八幡別当光清に売った。光清は、白河院に献上した。

　この永秀は、正近と共に院の北中門に寄宿した。永秀が桃李花を吹いて正近に聞かせた。正近はそっと指を折りながら、曲の拍子を数えたが、指を折っているのが、狩衣（猛暑の季節に、あるいは五十歳過ぎの人が着る）青朽葉色）から透けてはっきり見えた。永秀はこれを見て『笛のメロディーを聞く者はいても、リズム型を構成する小節（小拍子）の数を数えるとは、ただ者ではない』と恐れた。また正近が、ある時、（四大曲の一つ）皇帝《おうだい》（破《は》陣楽《じんらく》）を吹いた。永秀が障子の向こうでこれを聞き、譜に書き取らせた。後日点検すると、二拍子分書き落としがあった」。

また基通が語るには「忠実公が管絃についてわたくしに語って聞かせられ、それを少々記しておいたところ、遂にはまとまったものになった。故師実公は琵琶をお弾きになった。御師は資近（資通の誤りか）。故師通公も同じく琵琶をお弾きになった〔御師は経信卿〕。今の大殿忠実公は笛を吹かれる〔御師は宗俊卿〕」と。

評 笛の名手六条大夫基通が源雅兼に語った説話。「院の北中門」は未詳だが、門の廊に宿した例として、例えば順徳《じゆんとく》天皇の八条殿への御方違《かたたがえ》行幸の際、近衛家実《いえざね》は「明暁還御の為、中門南廊に宿」した（『猪熊関白記《いのくまかんぱくき》』）。皇帝は小部（戸部）の笛を本とすべきで、それは気高いからだ、と忠実は語ったという（『教訓抄』二）。

一六　永真、万歳楽を逆に吹く事

月夜に、笛を吹きて、猪鼻《いのはな》に登る者あり。元正《もとまさ》(1)、山井《やまのい》の私宅に於いてこれを聞く。聞き知らざるの楽《がく》なり。奇《あや》しみを成し大坂に走り登り、藪に隠れてこれを見るに、青衣《しようえ》を被《かず》きて剣を帯ぶる僧なり。元正問ひていはく「何人《なにびと》か」と。その時、衣被《きぬかずき》を脱ぎて「法師ぞかし」といふ。これを見るに、山路《やまじ》権寺主《ごんのじしゅ》永真(2)なり。元正重ねて問ひていはく「吹かるる所はいずれの楽か」と。永真答へていはく「万歳楽《まんざいらく》を逆に吹くなり。もし逆に吹けと申す人もあらばとて吹き習ふ所なり」と云々。件《くだん》の永真は宮寺《みやてら》の所司なり。永秀(3)もし同人か。

　この両事、式賢《のりかた》(4)の語る所なり。

(1)元正　大神基政。八幡所司の子。前々話参照。(2)永真　未詳。山路は放生川のほとりの地名で、石清水八幡宮祠官の屋号の一つ。権寺主は上座・権上座・寺主に次ぐ役職。(3)永秀　前話参照。(4)式賢　一一七二～一二三六。笛の奏者。大神宗賢《むねかた》の子。基政の曾孫。右近将監。右衛門尉。

訳　月の晩、笛を吹きながら石清水八幡宮の二の鳥居からの坂道、猪鼻に登る者がいた。大神基政は、八幡参道の山井の私宅でこの笛の音を聞いたが、知らない曲だった。いぶかしく思い、本宮に向かう大坂に走り登り、藪に隠れて様子を見ると、女性のように青い着物をかぶり、剣を指した僧が演奏していた。基政が「どなたか」と尋ねると、相手は衣かづきを脱ぎ「わたくしです」と言った。見ると、山路権寺主永真だった。基政は重ねて「お吹きになっていたのは何の曲か」と尋ねた。永真は「(慶事によく用いられる)万歳楽を逆に吹いていたのだ。もし逆に吹けと申す人がいたならばと思って練習していた」と答えた。この永真は石清水の雑務をしていた。前話の永秀と同じ人物かも知れない。
この二つの話は、大神式賢が語ったものだ。

評　難題を予め設定して備えておく専門家の姿勢は、信西《しんぜい》入道藤原通憲《みちのり》が、遣唐使が復活した時に備えて中国語を学んでいた説話（『続古事談』二―二〇）などと共通する。永真の姿は、密かな練習のための一種の変身か。式賢は顕兼の同時代人で、藤原定家《ていか》の笛の師でもあった（『明月記』）。「両事」は、前話と本話か、万歳楽を逆に吹く永真の説話と、永真と永秀が同一人物かも知れないとの本話の二つの内容か、分からない。

一七　時光、大食調の入調伝授の事

大納言宗俊(1)、笙は時光《ときみつ》(2)の弟子なり。大食調《たいしきじよう》の入調《にゆうじよう》、今々とて授けず、年月を送る間、ある五月二十余日のころ、甚雨の夜、時光来臨し申していはく「今夜かの入調、授け奉らんとす」と云々。大納言嘉悦の間、時光申していはく「この殿中にては、耳はづかしき者も侍らむ。いざさせ給へ」とて、たちまちに大極殿《だいごくでん》に到る。共には時光一人なり〔亜相《あしよう》は乗車、時光は蓑笠を着て歩行す」。すでに秘曲を授けんとする時に臨み、時光がいはく「かかる所には耳聞く者も侍るぞや」とて、炬火《かがりび》を執りて見廻らす処、蓑笠を着る者一人、柱隠れに居《い》る。「誰人ぞ」と問ふ処、「武吉《たけよし》(3)なり。笙の上手」と云々。よつて、「さればこそ」とて、授けず帰りをはんぬ、と云々。

京極殿(4)、この武吉を召し、笙を吹かせらる。その曲優美なり。よつて、師匠を尋ねらる処、分明ならざるにより、仰せられていはく「なほ時光の弟子となるべし」と云々。これにより、翌日、時光のもとに到る。時光、笙を調べ、弘庇《ひろびさし》にあり。武吉、庭上に居《い》て、懐中より名符《みようぶ》を取り出し、時光に給ふ。時光驚きて、手を携へ堂上に引き昇せ、悦びながら問ひていはく「年来《としごろ》その曲をいどみて、互ひに奉公す。何ぞたちまちにかくのごときか」と。武吉答へていはく「年来も存じながら、自然に罷《まか》り過ぐる間、昨日殿下の仰せにより、参入する所なり」と云々。時光興じていはく「まづ何れの曲伝へらるべきか」と。武吉いはく「大食調の入調大望する所なり」と云々。時光いはく、公里《きんさと》(5)、小童《こわらわ》にて前に居《お》りけるを、「件《くだん》の曲、かの童にいまだ授けざるなり。かの童に授けをはる後、秘すべからず」と云々。その時武吉いはく「小児《しように》に授けらるる事、ただ今の事にあらざるか。武吉すでに老爛《ろうらん》す。その時を待つべからず」とて、二字を乞ひ返し、退き帰りをはんぬ、と云々。よつて、件の曲を心に懸け、伺はしむる間、甚雨の夜も大極殿に到る、と云々。

（1）宗俊　一〇四六～九七。藤原俊家《としいえ》の子。正二位権大納言。各種楽器・唱歌に秀でた。（2）時光　生没年未詳。豊原時延《ときのぶ》の子。市佐《いちのすけ》。笙の奏者。時光・武吉・則光《のりみつ》・公里の四人は同時代の笙の奏者で、時光は早世。源義家《よしいえ》らの師。（3）武吉　生没年・世系未詳。笙の奏者。賢縁供奉《ぐぶ》の弟子。名器「白笙」の持ち主。『平安遺文』天喜三年（一〇五五）二月一日に「右近府生武吉」とあるのが該当するか。（4）京極殿　藤原師実（一〇四二～一一〇一）。藤原頼通の子。琵琶に秀でた。「関白の御比巴《びわ》のはじめはこれとぞ申すめる」（『文机談』一）。（5）公里　生没年未詳。豊原時光の子。左近府生。雅楽属時忠《うたのさかんときただ》（一〇五四～一一一七）・右近将監時元《ときもと》（一〇五八～一一二三）は異腹の弟。

訳　大納言宗俊卿は、豊原時光の笙の弟子だった。大食調の入調を、すぐにすぐにと言いながら教えなかった。年月が過ぎ、ある年の五月二十日すぎ、大雨の晩、時光が宗俊卿のところにやって来て「今晩、例の大食調の入調を伝授し申し上げようと思います」と言った。宗俊卿は喜び、時光は「この御殿の中では、耳の肥えた聞き手がおるかも知れません。一緒にいらして下さい」と言って、すぐに大極殿に連れ出した。宗俊卿のお供は時光一人だった〔大納言は車に乗り、時光は蓑笠を着て歩いた〕。さて秘曲を伝授しようとなった時、時光が「こういうところでは耳が肥えた者がおりましょう」とまた言って、松明を振りながら周囲を見回すと、蓑笠を着た者が一人、柱に隠れていた。「誰だ」と聞くと「武吉です。笙の名手です」と答えた。それで、時光は「やはり」とだけ言って、結局秘曲を授けずに帰ってしまった。

かつて師実公がこの武吉を召し、笙をお吹かせになったところ、曲調が優美だった。それで、師匠をお尋ねになると、はっきりしなかったので、「やはり、正式に時光の弟子になるべきだ」とおっしゃった。それで翌日、武吉は時光のもとを訪ねた。時光は笙を演奏して弘庇（庇の外側の一段低い板張り部分）にいた。武吉は庭でかしこまり、懐から名簿《みょうぶ》（自分の名前を書いた札）を取り出し、（師と仰ぐ意味で）時光に渡した。時光は驚き、武吉の手をとって建物に上がらせ、喜びながら「長年、演奏で競い合いながら朝廷に仕えてきた間柄なのに、どうして急にこのようなことを」と尋ねた。武吉は「長年、こうせねばと思いながら、取り紛れて参りましたが、昨日、師実公に仰せつけられ、参りました」と答えた。時光は興に入って「さて、手始めに何の曲をお伝えしましょうか」と言うと、武吉は「大食調の入調を是非教えて頂きたい」と言った。時光は、せがれの公里がまだ子どもで、近くにいるのを見ながら「その曲は、あの子にまだ教えていない。あの子に教えた後は、何ら秘するものではない」と答えた。すると武吉は「お子さんにお教えになるのは今すぐではないでしょう。わたくし武吉はすでに老い衰えていて、それを待ってはおられません」と言うと、名簿を返してもらい、帰ってしまった。それ以来、この曲を詳しく知りたいと思い続け、時光の様子をうかがわせていたが、この大雨の晩も、大極殿までついて行ったわけである。

評『今鏡』六に同話。大食調の入調（左方舞楽の時、舞人が舞い終わり、入手を舞って楽屋に入るまで奏でる曲）は、笙の秘曲（『残夜抄』）。後三年の合戦で奥州に赴く新羅《しんら》三郎義光《さぶろうよしみつ》が、足柄山で豊原時秋《ときあき》に伝授したとされるのもこの曲（『時秋物語』）。この秘曲をめぐる各種の逸話が、数多く伝えられている（『続教訓抄』十他）。

一八　博雅の箏譜奥書の事

箏《そう》

博雅《はくが》の三位《さんみ》(1)の箏の譜の奥書にいはく「万秋楽《まんじゆうらく》を案ずるに、序より始めて六の帖にをはるまで、落涙せざるなし。予、誓はく、世々生々《せぜしようじよう》在々所々、箏を以て万秋楽を弾ずる身と生まれんことを。凡《およ》そ調子の中、盤渉調《ばんしきちよう》ことに勝《すぐ》る。楽《がく》の中、万秋楽ことに勝るなり」と云々。博雅はこの調子ならびにこの楽を愛するにより、都卒《とそつ》の外院《げいん》に生まるる由《よし》、経信卿(2)

の伝に見ゆ、と云々。

（1）博雅の三位　源博雅《ひろまさ》（九一八～九八〇）。醍醐皇子克明《よしあきら》親王の子。和琴・箏・琵琶・横笛・大篳篥《おおひちりき》の名手。村上天皇の命で『新撰楽譜』を編む。（2）経信　源経信（一〇一六～九七）。道方の子。正二位大納言。琵琶の名手。和漢兼作の作者で日記に『帥記《そちき》』。本話の「伝」は未詳。

訳　博雅の三位の箏の譜の奥書には次のように書かれている。「万秋楽のことを考えただけで、序の初めから六の帖の終わりまで、全ての箇所で涙がこぼれる。わたくしは必ず、何度どこに生まれ変わろうとも、箏で万秋楽を演奏する身と生まれると誓おう。全ての調子の中で、盤渉調は特にすばらしい。全ての楽曲の中で万秋楽は特にすばらしい」。博雅はこの盤渉調と万秋楽を愛したため、都卒の外院に生まれたと、源経信公の伝に記されているとのことだ。

評　万秋楽は盤渉調（主音はロ音）の唐楽の大曲。『教訓抄』二によれば慈尊（＝弥勒菩薩）万秋楽・慈尊来迎楽など数々の異名があり、仏世界の曲で、百済《くだら》国から婆羅門僧正《ばらもんそうじょう》が伝来したとし、この曲が聞こえてきて往生を遂げた源俊房《としふさ》や実忠和尚らの逸話を伝える。盤渉調は冬の旋律（『竜鳴抄』上）で、博雅の三位が「会坂《おおさか》の目暗」のもとに三年間通いつめ、聞かせてもらった琵琶の名曲流泉《りゅうせん》・啄木《たくぼく》も盤渉調（『江談抄《ごうだんしょう》』三）。『文机談』二に同類話が見え、そこでは博雅が「来世でも譜面の中の虫となってこの曲を守護したい」との誓いを書き付けている。

一九　孝博、覚法法親王の寵童に秘曲伝授の事

高野《こうや》の御室《おむろ》(1)、御寵童共の師匠の料に、孝博を、鳴滝《なるたき》(2)に家つくりて居《す》ゑ給ひて、種々御いとほしみありて、常在(3)、参川《みかわ》(4)に、箏、琵琶をならはせさせ給ひけり。常在には琵琶、参川には箏、各器量もあひ叶《かな》ひて、秘曲ども授けけり。参川に千金調子授けてけりと、富家入道殿(5)きこしめして、孝博を召して、「実にや、千金調子、御室なる児にをしへたんなる」と問はしめ給ふに、孝博申していはく「召してきこしめすべし」と云々。これにより、御室へ「箏よく弾く童の候ふなる、給ひて聞き候はばや」と申さしめ給ひたりければ、御入輿《じゆきよう》し給ひて、参川を進らせられけり。御前に召して、楽《がく》などあまた引かせられて後に、千金調子をひかせらるるに、正体なき僻事《ひがごと》共なり。童退出の後、また孝博を召し、仰せら

れていはく「千金調子僻事たる由《よし》、申すべきなり」と云々。孝博「今しばらく助けしめおはしますべし。たちまちにまどひ候ひなむ」と申しけれど、「僻事なり。汝もわれも存生の時、謝顕せしめずば、後代の狼藉たるか」とて、ありのままに御室に申さるる間、孝博、不日《ふじつ》に追却に預かりをはんぬ、と云々。

（1）高野の御室　覚法法親王（一〇九一〜一一五三）。白河皇子。仁和寺《にんなじ》門跡。しばしば高野山に入る。真言に秀で、能書で「大きに声清らなる人」（『今鏡』八）だった。（2）孝博　生没年未詳。小倉供奉《ぐぶ》院禅の孫。六波羅蜜寺別当長慶の子。藤原孝清《たかきよ》の養子。また後に藤原博定《ひろさだ》の養子。法名願西。琵琶の名手で藤原師長《もろなが》の師。藤原忠実に仕えた。（3）常在　未詳。（4）参川　未詳。底本傍記「後に法眼《ほうげん》に補《ふ》す」。三川聖人《しょうにん》。高野山に住す」。『古今著聞集《ここんちょもんじゅう》』好色に、仁和寺の覚性《かくしょう》法親王（鳥羽皇子）の寵童に、笛・今様に秀でた「千手」、箏や和歌に秀でた「参川」がおり、参川は後に高野山に登り法師になったとあるが、同一人か。（5）富家入道殿　藤原忠実（一〇七八〜一一六二）。音楽全般に深く通じていた。

訳　高野の御室覚法法親王の可愛がっていらした童たちの師匠をしていた報酬に、御室は孝博のため、仁和寺北西の鳴滝に家を作って住まわせ、何かにつけて援助なさり、寵童の常在・参川たちに箏や琵琶を習わせなさった。常在には琵琶、参川には箏の、どちらにもそれぞれ実力があったので、孝博は秘曲を授けた。参川に箏の秘曲の一つ千金調子を授けたと、忠実公がお聞きになり、孝博をお召しになると「本当か、千金調子を仁和寺の童に教えたというのは」とお尋ねになったところ、孝博が「本人を召してお聞き下さい」と答えた。それで御室に「箏に堪能な童がいるとやら、お借りして演奏を聞いてみたい」と申し上げなさったところ、御室は面白いと思われ、早速参川を出向かせた。忠実公が御前に召して、いろいろな曲を弾かせなさった後、千金調子を弾かせたところ、全くの嘘っぱちであった。童が帰った後、孝博を呼び出して「お前が教えたとする千金調子が誤りであることを、御室に申し上げるべきだ」と言った。孝博は「今しばらく、わたくしを助けると思って伏せておいて下さい。そうでなければ、わたくしはたちどころに失職してしまいます」と申し上げたが、「あれは純然たる偽物だ。お前もわたしも生きている間にはっきりさせておかねば、後の世の混乱を招く」と、ありのままを御室に申し上げたので、孝博は即刻追放された。

評　伏見宮本『文机談』二に同話が見えるが、御室の庇護を受けているうち、より重い説を伝授していかねばならなくなった孝博の立場と、伝授の系譜から考えて、孝博が千金調子を知り得ないはずだと思った忠実の鋭さが、『古事談』では活写されている。『文机談』によれば、御室を追われた孝博は出家して西遊房願西となるが、後に忠実に呼び戻された。

二〇　箏の伝授系図の事

箏の流

延喜聖主(1)―貞信公《ていしんこう》(2)―村上帝(3)―済時卿《なりとき》(4)―山城守為尭《ためあき》(7)

山城守為尭(7)―嵯峨供奉《ぐぶ》賢円(8)―小倉供奉院禅(9)―孝博(10)―季通朝臣《すえみち》(5)―安芸(6)
　　　―善興寺(12)
　　　　　　　　　　　　　　　　　　　　　　　　　　　　　　　　　　　―妙音院(11)

山城守為尭(7)―箏少将(13)―大宮右府(14)―宗俊卿(15)―富家入道(16)―妙音院
　　　　　　　　　　　　　　　　　　　　　　　　　　　　　　　　　―京極大相国(18)―若御前尼(19)
　　　　　　　　　　　　　―五節命婦《ごせちのみょうぶ》(17)

（1）延喜聖主　醍醐天皇（八八五〜九三〇）。（2）貞信公　藤原忠平《ただひら》（八八〇〜九四九）。藤原基経《もとつね》の子。（3）村上帝　九二六〜九六七。醍醐皇子。（4）済時　九四一〜九九五。藤原師《もろ》

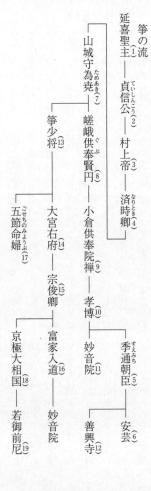

尹《ただ》の子。(5)季通　一〇九四～一一五九。藤原宗通《むねみち》の子。『箏譜』を撰述。(6)安芸　巨勢《こせの》宗茂《むねしげ》女。後白河院・建春門院の女房。(7)為尭　底本の為舜を改めた。貞真《さだざね》親王の孫、源蕃《しげ》平《ひら》の子。出雲守。(8)賢円　底本の小倉供奉を改めた。栖霞寺《せいかじ》別当。西流琵琶の祖師。(9)院禅　底本の嵯峨供奉を改めた。長慶の父、孝博の祖父。西院・善興寺と号した。(10)孝博　前話参照。(11)妙音院　藤原師長《もろなが》(一一三八～九二)。頼長《よりなが》の子。(12)善興寺　『秦箏相承《しんそうそうじょう》血脈《けちみゃく》』は院禅の号と記すが、『糸竹口伝《しちくくでん》』は「孝博が弟子に季通、その弟子に子息少納言伊綱《これつな》、安芸局、善興寺なり。季通、安芸局、善興寺、皆ひとつなり」とあり、『古事談』同様、孝博の師院禅とは別人とする。善興寺は流派の名でもあったか。(13)箏少将　源為尭の妹もしくは娘。上東門院《じょうとうもんいん》女房。(14)大宮右府　藤原俊家《としいえ》(一〇一九～八二)。頼宗《よりむね》の子。(15)宗俊　一〇四六～九七。藤原俊家の子。(16)富家入道　藤原忠実(一〇七八～一一六二)。師通の子。(17)五節命婦　嵯峨命婦とも。麗景殿女御《れいけいでんにょうご》(後朱雀《ごすざく》女御藤原延子)の女房。『十訓抄』一〇に数寄者ぶりが描かれる。(18)京極大相国　藤原宗輔《むねすけ》(一〇七七～一一六二)。宗俊の子。鳥羽院の笛の師。(19)若御前尼　藤原宗輔女。男装して父と共に鳥羽院のもとに参上しこの名を賜った(『糸竹口伝』)。

評　『秦箏相承血脈』と大枠で合致する。醍醐以降の相伝で、『古事談』と異なる主な箇所を記すと、醍醐と村上をつなぐのは貞信公忠平の子実頼《さねより》である。季通の弟子の位置に見える善興寺に相当する人物が、『秦箏相承血脈』には見えず、院禅の別号とする。

二一　廉承武の霊、村上天皇に秘曲伝授の事

村上の聖主(1)、明月の夜、清涼殿昼御座《せいりようでんひのおまし》に於いて、玄上《げんじよう》を水牛角の撥《ばち》にて引き澄《す》まして、ただ一所おはしましけるに、影のごとき者、空より飛び参りて孫庇《まごびさし》に居ければ、「彼は何物ぞ」と問はしめ給ふの処、申していはく「大唐の琵琶博士廉承武《れんしようぶ》(2)に候ふ。ただ今この虚《そら》を罷《まか》り通る事候ひつるが、御琵琶の撥音《ばちおと》のいみじさに参入する所なり。恐らくは昔、貞《さだ》敏《とし》(3)に授け貽《おく》る曲の侍るを、授け奉らんとす」と云々《うんぬん》。聖主叡感の気ありて、御琵琶を差し置かしめ給ひたりければ、かきならして「これは廉承武の琵琶に候ふ。貞敏に二つ給ひ候ひし内に候ふ」と申しけり。終夜御談話ありて、上玄、石上《せきしよう》の曲をば授け奉る、と云々。

貞敏をば、妙音院の入道(4)は常に、「わが祖師、守宮令《しゆきゆうれい》(5)」と仰せられけり。玄上の事を、江中納言《ごうちゆうなごん》(6)に人の問ひけば、「たしかなる説を知らず。延喜《えんぎ》(7)のころ、玄上宰相《はるかみさいしよう》(8)といひける琵琶引きのびはやらん」とぞ答へられける。

(1) 村上の聖主　村上天皇。在位九四六～九六七。(2) 廉承武　七五四?～八三八?(伏見宮本『琵琶譜』)。唐代の琵琶の名手。(3) 貞敏　八〇七～八六七。藤原継彦《つぐひこ》の子。従五位上、

掃部頭、備中介。入唐した際の逸話は、次話参照。（4）妙音院の入道　藤原師長（一一三八～九二）。従一位太政大臣。頼長の子。音楽全般に通じ、琵琶は孝博から西流を、源信綱《のぶつな》から桂流を学ぶ。（5）守宮令　掃部頭《かもんのかみ》の唐名《からな》で、貞敏のこと。（6）江中納言　大江匡房《まさふさ》（一〇四一～一一一一）。正二位権中納言、大蔵卿。（7）延喜　醍醐天皇。（8）玄上宰相　八五六～九三三。藤原諸葛《もろくず》の子。従三位参議、刑部卿。

訳　村上天皇が、ある名月の夜、清涼殿の昼御座で琵琶の名器玄上を、水牛の角の撥で見事に弾きながら、たった一人でおいでになると、影のような者が空から飛んで参り、庇の外側の孫庇に座ったので、「お前は何者か」とお尋ねになると、「大唐の琵琶の博士、廉承武でございます。今、この上空を通りましたところ、琵琶の撥音の見事さに参上しました。多分、昔、貞敏に授け贈った曲がございますので、お伝え申し上げようと思います」と申し上げた。天皇は感嘆されたご様子で、琵琶を差し出されなさった。廉承武は弾いてみて「これはわたくし廉承武の琵琶でございます。貞敏に二つ与えたうちの一つです」と申し上げた。一晩中お話をなさり、上玄・石上の二曲を授け申し上げたという。

貞敏のことを、師長公はいつも「わたくしの先生である掃部頭」とおっしゃっていた。琵琶の玄上のことを、匡房卿に人が尋ねたところ「確かな説を知らない。醍醐天皇の頃の、参議玄上という琵琶の名手の琵琶ではないか」とお答えになった。

評　ここからは、琵琶玄上（象）にまつわる説話が並ぶ。例えば『文机談』二は、村上天皇が玄上を演奏中に廉承武が推参したと「『古事談』とて江帥卿の書きを給へる物語」に記されているが、村上が有名なのは箏であって琵琶でないことは不審だと述べ、村上の兄で琵琶の名手源高明《たかあきら》の説話とする。『江談抄』（三―五七）では、玄上・牧馬《ぼくば》がいつの時代の琵琶かと問われ、匡房は、醍醐の御琵琶か、と答えている。本話の匡房の言葉と同じ「玄上」説は『江談抄』の他、『禁秘抄《きんぴしよう》』上にも見え、そこには、玄《くろ》い象が青鉢の水を飲んでいるところから「玄象」という、との説も載せている。

二二　貞敏入唐し、廉承武の聟となる事

貞敏(1)渡唐して、廉承武(2)の聟と成り、一年の間、琵琶の曲を究《きわ》め習ふ、と云々。帰朝の時、紫檀の琵琶二面これを得《う》、と云々。また、金を以て廉承武に与ふ、と云々。玄上《げんじよう》は件《くだん》の琵琶のその一つなり、と云々。

（1）貞敏　藤原貞敏。前話参照。渡唐は承和五年（八三八。『日本三代実録』）。（2）廉承武　前話参照。

訳　貞敏は（遣唐使として）入唐し、廉承武の聟となって、一年間に、琵琶の曲をとことん習得した。日本に戻る時、紫檀の琵琶二面をもらった。貞敏は金を廉承武に与えた。玄上はその二面の琵琶のうちの一面だとのことだ。

評　琵琶の名器玄上（象）は清涼殿の厨子《ずし》に置かれていた累代の宝物で、様々な由来や奇跡が伝えられている。『日本三代実録』の貞敏の卒《しゅっ》伝では、貞敏が大唐で出会った琵琶の名手の名は劉二郎（『琵琶血脈』以下の伝承では、廉承武と同一人物とされる）。彼の聟となり曲を伝えられ、紫檀・紫藤の琵琶各一面を贈られた。『文机談』二は贈られた琵琶の一面は紫檀の玄上、もう一面は紫藤の牧馬とし、渡唐の際、帝から賜った砂金三百両（一一・二五キログラム）を廉承武に献上したとする。廉承武から貞敏に贈られた琵琶について、例えば『平家物語』七・青山ノ沙汰にも異伝が見える。

二三　玄上撥面の絵の事

玄上撥面《ばちめん》の絵の事、『師時卿記《もろときききょうき》』(1)にいはく「打毬《だきゅう》の唐人二騎か。これ左府(2)の仰せなり」と云々。

『師時記』にいはく「保安《ほうあん》元八二十、左大臣殿いはく、故二条殿教通《のりみち》(3)語るついでにいはく、玄上の絵様《えよう》、馬上に於いて打毬する者、毬《まり》を腰に指し舞ふ形なり。良道《りょうどう》の撥面、件《くだん》の体《てい》を撰びこれを図す。良道は、これ紫藤の琵琶なり。世に留まる者はすなはちかれにして見在す。定めてその体《てい》顕然なり」。

(1) 師時　源師時(一〇七七〜一一三六)。俊房《としふさ》の子。正三位権中納言。日記に『長秋記《ちょうしゅうき》』。
(2) 左府　源俊房(一〇三五〜一一二一)。師房《もろふさ》の子。(3) 教通　九九六〜一〇七五。藤原道長の子。

訳　琵琶の名器玄上の、撥面(胴の、革を張った部分)の絵について、『師時卿記』には「打鞠する唐人二人が馬に乗った姿だろうか。これは左大臣源俊房公の仰せだ」と記されている。

『師時記』にはこうある。「保安元年(一一二〇)八月二〇日、父上(俊房)がおっしゃるに、故二条殿教通公がかつておっしゃったのだが、玄上の絵は、馬に乗って打鞠する者が、毬を腰に差して舞う姿である。名器良道の撥面は、これに倣って描かれている。良道は紫藤の琵琶である。残っているのは良道の（撥面の図柄の）方で、現存している。それをみると、図柄がはっきり分かる、とのことだ」。

評『禁秘抄』上に、同様の俊房の言葉が見える。打毬は大陸伝来の競技で、騎馬と徒歩によるものがあり、騎馬の場合、打毬杖で毬を掬《すく》い、毬門（ゴール）に入れるのを競う。承久二年（一二二〇）三月一日に行われた「順徳院御琵琶合《じゅんとくいんおんびわあわせ》」十二番左が良道で、この琵琶の名の由来について、藤原良道の琵琶だったので、あるいは裲襠《りょうとう》装束をした者が撥面に描かれているので、との両説を記している。

二四　師長、配所述懐の事

妙音院入道(1)、配所土佐国より帰洛の時、資賢卿《すけかた》(2)、かの亭に参向し、面謁のついでに、「いかなる事共か候ひけむ」と申されければ、返事はなくて、「幹康独往之栖《かんこうどくおうのすみか》(3)」といふ句を詠じ出し給ひたりければ、按察《あぜち》(4)、落涙し退出す、と云々。

（1）妙音院入道　藤原師長（一一三八～九二）。保元《ほうげん》の乱（一一五六）で父頼長に連座、土佐へ配流され、長寛二年（一一六四）六月二七日に許されて帰洛。従一位太政大臣に至るが、治承三年（一一七九）一一月一七日に平清盛によって解官され、都を追われる。翌月尾張国で出家、妙音院と号する。養和元年（一一八一）に帰洛。箏・琵琶・郢曲《えいきょく》（うたいもの）など音楽全般に堪能。（2）資賢　一一一三～八八。源有賢《ありかた》の子。後白河院の寵臣。笛・和琴・郢曲にすぐれる。応和二年（一一六二）、対立する二条天皇親政派によって、信濃国に配流。長寛二年、師長と同日に許されて帰洛。永万元年（一一六五）に従三位非参議に復位。正二位権大納言に至るが、治承三年、再び師長と同日に、平清盛によって解官され都を追われ丹波に移る。養和元年に還任、翌寿永元年に出家。（3）幹康　韓康。後漢の人。長安の市で薬草を売っていたが、女性や子供にまで名を知られるようになったことを嘆じて覇陵山《はりょうさん》中に身を隠した（『後漢書』）。（4）按察　源資賢のこと。按察使を兼ねたのは承安四年（一一七四）正月から治承三年一一月まで。

訳　師長公が配所土佐国から都に戻った時、（同じように許されて信濃国から戻った）資賢卿が師長公の邸に向かい、拝謁を賜り「どのようなことがございましたか」と申し上げると、何も仰せられず、代わりに「幹康独往の栖」という（『和漢朗詠集』山水の）詩句を吟詠なさったので、それを聞いた資賢卿は、涙を流して辞去した。

評　『和漢朗詠集』山水の大江澄明の句は「韓康独往の栖、華薬旧きがごとし、范蠡《はんれい》扁舟の泊《とまり》、煙波惟《こ》れ新たなり」（韓康がかつて世を遁れて住んだ覇陵山の住まいには、薬草だけが昔どおりに生えている。越王勾践《こうせん》の功臣范蠡が、呉王夫差《ふさ》を破った後、小舟を浮かべて一人越を去った江湖《ごうこ》の泊まりでは、今ももやが立ちこめるばかりだ）。師長は、韓康の故事を踏まえた詩句を用い、山中独居のわび住まいの思いに転じている。師長と資賢はお互い非常に音楽に堪能で、理由は異なるが配流され、同じ時に許されて帰洛した間柄。『十訓抄《じっきんしょう》』一には、配所から戻った資賢に、後白河が今様《いまよう》を謡うよう勧めると、「信濃にあんなる（あるという）木曽路河……」を「信濃にありし（実際に自分が見た）木曽路河……」と歌って感嘆された説話がある。

二五　宗俊・経信異説の事

京極殿の御堂《みどう》供養の式、宗俊《むねとし》卿（1）これを作る。黄鐘《おうしき》調子を本となす、と云々。しかるに経《つね》信《のぶ》卿（2）のいはく「いかにまれかくのごとき事は、壱越調《いちこつちょう》を以て本となすべきなり。母《おも》調子とて昔より以来《このかた》、しかるなり」と。

（1）宗俊　一〇四六〜九七。藤原俊家の子。正二位権大納言。各種楽器の他、朗詠に秀でた。
（2）経信　一〇一六〜九七。源道方の子。正二位大納言。琵琶の名手。

訳　京極殿の御堂供養の式次第は、宗俊卿が作った。黄鐘調を基調とした。しかし経信卿は「何にせよ、こういう晴れの法会では、壱越調を基調とすべきである。母調子と言って、昔からそうしてきた」と言った。

評　宗俊と経信は、堀河朝の音楽全体を領導するリーダーたちだった（『文机談《ぶんきだん》』一）。応和三年（九六三）から康治二年（一一四三）までの、堂供養の式次第を記した『舞楽要録』下・法会調子音楽によると、五十八回の法会のほとんどに於いて、開始時に演奏する調子は、たしかに経信の言う通り壱越調で、例外的なのが、黄鐘調を用いた三回と盤渉調を用いた一回である。そのうち、本話で述べられているのは、嘉保二年（一〇九五）六月一八日の、藤原師実《もろざね》主催、北政所源麗子の京極殿御堂供養、または翌永長元年一二月二六日の、同じく師実主催、京極殿南御堂供養の、黄鐘調と考えられる。母調子とは、枝調子と対になる言葉で、雅楽でもとになる六つの調子、壱越調、平調、双調、黄鐘調、盤渉調、大食調の六調をいうことが多いが、例えば、各調子を特定の季節と習慣的に結びつける「時の声」の発想では、春・東・木と結びつく双調、夏・南・火と黄鐘調、秋・西・金と平調、冬・北・水と盤渉調、そして壱越調は中央・土と結びつける考え方があるように、壱越調は中央に位置する音階・調子だった（『夜鶴庭訓抄』他）。本話のいう母調子は、そのような壱越調の性質を指していると思われる。

二六　助忠、殺害の事

舞人助忠《すけただ》(1)、傍輩正連《ほうばいまさつら》(2)〔一者《いちのもの》〕のために殺害せられ〔祇薗林《ぎおんはやし》〕をはんぬ。よつて堀川(3)天皇御歎息法に過ぐる間、久我大相国(4)奏せられていはく「何故《あにゆえ》に強《あなが》ちに御嘆き候ふや」と云々。仰せられていはく「神楽《かぐら》の秘曲、胡飲酒《こんじゅ》、採桑老《さいそうろう》、これら三箇の事、また説を相伝する人なし。すでに絶えんとす。いかでか嘆きおぼしめさざらんや」と云々。重ねて奏せられていはく「神楽は、残る所なく伝説せしめおはしましをはんぬ。子息ら成長の時、器量を撰びこれを授け給ふべし。採桑老は、天王寺の舞人を召し習はせらるべし。胡飲酒は、某《なにがし》、教ふべく候ふ」と云々。これにより兄忠方《ただかた》(5)に胡飲酒を教へられ、弟近方(6)は神楽を給はり、採桑老を習はせらる、と云々。

(1)助忠　一〇四六～一一〇〇。資忠とも。多節資《もとすけ》の子。伯父政資《まさすけ》(正助・正資)の養子。右近将監《しょうげん》、右方一者。康和二年(一一〇〇)六月一五日、子の節方《もとかた》共々、山村正連に殺害された(『殿暦《でんりゃく》』)。(2)正連　生没年未詳。政貫・正貫とも。山村吉貞《よしさだ》の子。政資(正資)の外孫か。兵衛尉。助忠・節方殺害後、出雲に配流(『今鏡』七他)。(3)堀川天皇　在位一〇八六～一一〇七。(4)久我大相国　源雅実《まさざね》(一〇五九～一一二七)。顕房《あきふさ》の子。従一位太政大臣。(5)忠方　一〇八五～一一三五。多助忠の子。従五位下、右近将監。(6)近方　一〇八八～一一五二。多助忠の子。右近将監。右方一者。

訳　舞人多助忠は、仲間の山村正連〔楽所の勾当《こうとう》で技芸者の最高位、一者〕に殺害されてしまった〔祇園会の囃子《はやし》の場でのこと〕。それで堀河天皇はひどくお嘆きになったので、雅実公が「なぜそれほどまでにお嘆きなのでしょうか」と申し上げた。天皇は「神楽の秘曲、雅楽の胡飲酒・採桑老、この三つの大事は助忠以外、正式に伝授されている者がいない。ここで伝承が断絶しようとしているのだ。どうして嘆かずにおられようか」とおっしゃった。雅実公は重ねて「神楽は〔帝が助忠から〕残ることなく説を伝えられておられます。助忠の子どもたちが成長した時、実力のある者を選んでお授け下さい。採桑老は、天王寺の舞人をお召しになって習わせなさいませ。胡飲酒はわたくしが教えます」と申し上げなさった。それで、助忠の遺児のうち、兄忠方に雅実公が胡飲酒をお教えになり、弟近方は、堀河天皇から神楽を教えて頂き、また天王寺の楽人から採桑老を習わせなさったという。

評　近方に採桑老を教えた天王寺の楽人は、『今鏡』七などによれば秦公貞《きんさだ》。『続古事談』は堀河から忠方・近方兄弟への神楽伝授をより詳しく記す（五―三三）一方、雅実・公貞に命じて教えさせたのを白河とし、また、胡飲酒は雅実から子の雅定を経て忠方に伝えたとするなど、『古事談』とは別の伝承も記す（五―一〇・一四）。

二七　堀河天皇、助忠より神楽の秘曲伝受の事

堀川天皇(1)、神楽を習はしめ給ふ時、天皇、御倚子《ごいし》におはします。助忠(2)、小庭に候す。師時朝臣(3)、小板敷《こいたじき》に候す。秘曲を伝へ申さしむる時、萩の戸の方に於いて直《じき》に奉らしむ、と云々。

（1）堀川天皇　前話参照。（2）助忠　前話参照。（3）師時　一〇七七～一一三六。源俊房の子。正三位、権中納言に至る。『金葉集』以下の勅撰作者。日記に『長秋記』。

訳　堀河天皇が、神楽をお習いになった時、天皇は殿上の御椅子にお座りになり、助忠は殿上の間の前の小庭に侍った。師時朝臣は殿上の小板敷に伺候した。秘曲をお伝え申し上げる際には、清涼殿《せいりようでん》内部の萩の戸あたりで、直接伝授申し上げたそうだ。

評　前話に登場した、堀河が助忠から神楽を教わった時の様子。清涼殿の殿上の間に上がることのできない地下《じげ》の楽人《がくじん》が、天皇に舞や神楽を伝授した際の作法を記す。『文机談』一が言うように、師時がこの場にいたのは、天皇と助忠の言葉を仲介するためである。『体源抄』一〇ノ上によれば、堀河が、助忠の子近方に神楽を伝授した際も、萩の戸あたりに召し、師時を介して教えた。師時不在の時にも繰り返し歌って聞かせたが、三年間、直接近方と言葉を交わすことはなかった。また、御所に詰めている間の食事は、師時が畳《たと》紙《うがみ》に飯を入れて近方に与え、それを少しずつ食べて二、三日間過ごした。師時はこの席に連なったため、声はよくなかったものの、神楽の「博士」になった。

二八　賀茂臨時の御神楽に秘曲の沙汰の事

承元《じようげん》四年三月日、鴨の禰宜《ねぎ》祐綱《すけつな》(1)奏していはく「御祈禱のため臨時の御神楽を勤行《ごんぎよう》せんとす。そのついでに、弓立《ゆだち》(2)、宮人《みやびと》等うたはせんと存じ候ふ。よつて御気色を執るべきなり」と云々。上皇仰せていはく「神楽の事、子細を知ろしめさず。実教《さねのり》(3)に示し合はすべし」と云々。これにより左近大夫将監家綱《いえつな》(4)、勅を奉じ、かの卿に問ふ。申されていはく「宮人は荒涼に唱はざるの歌なり。他の秘曲に於いては何事か候はんや。宮人に至りては、御計らひあるべく候はんか」と云々。私に語りていはく「宮人を唱ふ事、実教、覚悟は二ヶ度なり。一度は、二条院(5)の御宇《ぎよう》、平治《へいじ》の乱逆静謐《らんげきせいひつ》の後、永暦《えいりやく》元年四月、八条内裏《だいり》に於いて、三ヶ夜の御神楽を行はるる時、成方《なりかた》(6)これを唱ふ。今一度は、後白川院御薬《おんやく》(7)危急の後、日吉の臨時祭を行はるる時、仕《つかまつ》るべき由《よし》(8)仰せ下さる。好方再三辞し申す〔所存あるか〕。しかれどもたしかに仕《つかまつ》るべき由を仰せられ、慭《なまじい》にこれを唱ふ〔実教御使たり〕」。

永暦御神楽召人《めしゆうど》

資賢《すけかた》(9)朝臣　季兼《すえかね》(10)朝臣〔拍子〕　忠親《ただちか》(11)朝臣〔琴《きん》〕

兼雅《かねまさ》(12)朝臣　実家《さねいえ》(13)〔篳篥《ひちりき》〕　季信《すえのぶ》(14)〔箏〕

近衛召人
忠節《ただもと》(15)　成方　好方《よしかた》　近久《ちかひさ》(16)　守忠《もりただ》(17)　助種《すけたね》(18)　兼文《かねふみ》(19)〔人長《にんじょう》〕

（1）祐綱　生没年未詳。鴨祐兼《すけかね》の子。下賀茂神社禰宜《ねぎ》。（2）上皇　後鳥羽（一一八〇～一二三九）。院政一一九八～一二二一。（3）実教　一一五〇～一二二七。藤原家成《いえなり》の子。後鳥羽院の笛の師。山科流神楽の始祖。藤原定家《ていか》は「学があるわけではないが音楽の故実をよく覚えている古老」と称している（『明月記』）。（4）家綱　藤原資綱《すけつな》の子。建久七～九年（一一九六～九八）に前名「信綱」で後鳥羽天皇の六位蔵人。譲位に伴い院判官代。（5）二条院　在位一一五八～六五。（6）成方　?～一一六六。多近方《ちかかた》の子。右近将監。（7）後白川院　一一二七～九二。（8）好方　一一三〇～一二一一。多近方の子、成方・近久の弟。右方一者。右近将監。宮人を伝受（『郢曲相承次第《えいきょくそうじょうしだい》』）。（9）資賢　一一一三～八八。源有賢《ありかた》の子。後白河院の寵臣で郢曲の師。（10）季兼　?～一一六四。篳篥の名手の一門で、藤原敦兼《あつかね》の子。実家の同母弟。『古今著聞集《ここんちょもんじゅう》』管絃歌舞には神楽の秘説を伝えていた逸話が見える。（11）忠親　一一三一～九五。藤原忠宗《ただむね》の子。正二位内大臣に至る。日記に『山槐記』。雅楽頭《うたのかみ》源範基《のりもと》の弟子（『和《わ》琴血脈《ごんけちみゃく》』）。（12）兼雅　一一四五～一二〇〇。藤原忠雅《ただまさ》の子。従一位左大臣に至る。（13）実家　底本、名前の下にある「―」のような記号は、楽書《がくしょ》に散見される略号で篳篥と読ませる。この実家は、和琴の名手藤原実家ではなく、敦兼の子。従五位下。篳篥大夫と号した。（14）季信　?～一一九二。藤原季兼の子。元の名は行兼。治部大輔、修理大夫、正四位下に至る。

（15）忠節　一一一〇～九三。多忠方の子、助忠の孫。右方一者。従五位下、右近将監。（16）近久　一一二四～一二一三。多近方の子で、成方の弟・好方の兄。五位、右近将監、右方一者。峰判官と号した。（17）守忠　清原氏か。（18）助種　清原助忠の子。大治元年（一一二六）、笛方として楽所に新任。（19）兼文　秦兼久《かねひさ》の子。競馬《くらべうま》に秀でた番長で、例えば仁平元年（一一五一）八月の藤原頼長《よりなが》の春日詣の際も、東遊《あずまあそび》の人長《にんじょう》を勤めている（『宇槐雑抄《うかいざつしょう》』他）。

訳　承元四年（一二一〇）三月に、下鴨神社の禰宜鴨祐綱が「ご祈禱のために臨時の神楽を行おうと思います。弓立・宮人などを歌わせようと思います。それについて、お考えをうかがいたく存じます」と申し上げた。後鳥羽上皇は「神楽については細かいことは分からない。実教と打ち合わせせよ」とおっしゃった。それで左近将監家綱が、勅命を受けて実教卿に問い合わせると、「宮人はいい加減には歌わない曲である。他の秘曲については問題ない。宮人に関しては、ご配慮が必要ではないでしょうか」と申し上げた。私的に言うには「宮人を歌った場面を、わたくし実教は二度覚えている。一度は二条朝に平治の乱逆が収まった翌年の永暦元年（一一六〇）四月、八条内裏で三夜の神楽が行われた時、多成方が宮人を歌った。もう一度は、後白河院が重態でいらした後、日吉社の臨時祭を行われた時、宮人を歌うよう仰せられたが、成方の子好方は再三辞退申し上げた（何か考えがあったのかも知れない〕。しかし是非歌うように仰せつかったので、致し方なく歌った〔その時はわたくし実教が御使いだった〕」。

永暦の御神楽で召された人々

資賢朝臣　季兼朝臣〔拍子〕　忠親朝臣〔琴〕

兼雅朝臣　実家〔篳篥〕　藤原季信〔箏〕

近衛召人

忠節　成方　好方　近久　守忠　助種　兼文〔人長〕

評　前々話で堀河が断絶を惜しんだ神楽の秘曲のうちの、弓立・宮人にまつわる説話。例えば文応元年（一二六〇）八月の後深草院石清水参詣の際も、宮人・弓立の扱いをめぐり、廷臣たちの間で事前のやりとりがなされている（『八幡御幸記』）。平治の乱で持ち出されていた神鏡（一—九八話参照）が宮中温明殿《うんめいでん》（内侍所《ないしどころ》）に戻った際、永暦元年四月に行われた三カ夜の御神楽は、八条内裏ではなく内侍所で行われている（『百練抄』他）。後白河院が重態だった時の神楽とは、建久三年（一一九二）二月一三日に病気平癒祈願のため日吉社で行われた臨時祭。病気平癒祈願の神楽は、例えば石清水八幡宮検校権大僧都光清も、八幡宝前に奉納している（保延三年（一一三七）四月六日。『宮寺縁事抄《みやてらえんじしょう》』）。

二九　石清水臨時祭の御神楽の事

天永《てんえい》三年三月、石清水臨時祭、師時(1)卿勤仕せしむる時、御神楽興あるにより、近方(2)、宮人を唱ふ由《よし》、かの卿の記録に見ゆ。しかれば勅宣にあらずといへどもこれを唱はしむるか。ただし宮寺《みやてら》のほか、定めてその例なきか。

（1）師時　前々話参照。（2）近方　六―二六話参照。

訳　天永三年（一一一二）三月、石清水臨時祭で、当時右近衛権中将だった師時卿が勅使をなさった時、御神楽の興趣が高まり、多近方が宮人を歌ったと、師時卿の記録に見える。だから、勅宣がなくても歌わせることはできるのだろうか。ただし、石清水以外ではきっとその例がないのだろう。

評　この時の石清水臨時祭については、『宮寺縁事抄』臨時祭に記事がある。前話の評で言及した文応元年八月のやりとりでも、勅許は必要としていないが、石清水八幡宮での唱歌である。二七話は天皇の秘曲伝受、二八・二九話は秘曲唱歌についての、故実説話である。

三〇　忠実、青海波の秘事を光時に授くる事

舞曲

仁平《にんぺい》の御賀の時、宇治左府(1)の息隆長《たかなが》卿(2)、舞人に列し、青海波《せいがいは》を習はるる間、知足院入《ちそくいんにゅう》道殿《どうどの》(3)これを御覧ぜられ、「未練」とて師匠光時《みつとき》(4)を舞はせらる。また御覧ずる処、ただ同じ体《てい》なり。時に仰せられていはく「光時の父(5)は八十有余の後、この曲を授くる由《よし》きこしめすは実《まこと》にてありけり。老耄《ろうもう》の間、四度《しど》計《け》なく授けたりけり。寄する波の体を模する時は、首を左に傾けて、急にこれを寄す。引く波の体を模する時は、首を右に傾けて、緩《ゆる》くこれを引くなり」とて、光時を召し、この秘事を授けしめ給ふ、と云々。

(1) 宇治左府　藤原頼長(一一二〇~五六)。忠実の子。久安五年(一一四九)から左大臣。
(2) 隆長　一一四一~?。藤原頼長の子。仁平元年(一一五一)二月に元服、正五位下で昇殿を許され侍従に任ぜられる。保元の乱(一一五六)に連座し伊豆に配流、同地で没。(3)

知足院入道殿　藤原忠実《ただざね》（一〇七八〜一一六二）。箏の他、歌舞音曲全体に造詣が深かった。

（4）光時　底本「光行」を、『左経記』他によって改める。狛《こま》光時（一〇八七〜一一五九）は、舞の名手で奈良方の楽人光季《みつすえ》（一〇二五〜一一一二）の（曾）孫。光貞の子。左近衛大夫将監。左方一者。初めて本格的な舞の譜を作った。（5）光時の父　狛《こま》光貞。生没年未詳。『続古事談』五―一九の光季の談話には「跡継ぎの光貞に舞をみな教えたが、光貞は中風になり目が見えなくなってしまい、光貞の弟光則《みつのり》（一〇六九〜一一三六）にはわずかに半分を伝授したが、自分ももう七十歳を過ぎ、とても教えきれない」とある。

訳　仁平二年三月七日の鳥羽法皇五十の賀の時、頼長公の息で、当時少将の隆長卿が、舞人を務めるため、青海波をお習いになったが、祖父の忠実公が御覧になり、「うまくできていない」と言って、師匠の狛光時を呼んで舞わせられた。それも御覧になったが、隆長の舞い方と同じだった。忠実公は「光時の父光貞は（その父光季が）八十何歳かの時に、この曲を伝授されたと聞いていたが、それは本当のことだった。年老いていたので、不徹底に子に伝えたのだ。寄せる波を象る時は、首を左に傾けて、これをすばやく引く。引き波の様子をまねる時は首を右に傾けて、ゆっくりと引くのだ」とおっしゃり、光時を呼んで、この秘事をお伝えになった。

評　歌舞音曲の秘事の伝承に、専門の楽家《がっけ》でない貴紳が介在したという型の説話で、六―二六話などと同様。忠実が伝承の誤りを正す点では、六―一九話と共通する。

三一　雅実の胡飲酒、堀河天皇を嘆ぜしむる事

久我大相国(1)、胡飲酒《こんじゅ》を忠方(2)に授けらるる時、授けをはる由《よし》きこしめして、天皇(3)御覧の処、叡慮に叶《かな》はず。よつて相国を召し、その旨を仰せらる。相国申されていはく「授くるにはよく授け候ひをはんぬ。しかれどもこの曲は、すこぶるのさびに舞ふ所々候ふを、天性骨《こつ》なき者に候ふ間、幽玄の所をえ舞ひ候はぬなり」と云々《うんぬん》。また仰せられていはく「彼え舞はざる所を見合はせばや」と。よつて装束を里亭に取りに遣はさるる間、直廬《じきろ》に退き解脱して、高枕に臥す。時刻押し移るにより、頻りの御使、たまたま到来の時、「これはあらぬ面なり」とて、また他の面を取りに遣はさるる間、すでに晩頭に及び、遅参法に過ぐる間、「逆鱗《げきりん》あり」と御使申しければ、なほ臥しながら「胡飲酒は参上の程ある物なり」と示されて、慭《なまじい》に装束して舞はれけり。その曲神妙なり。天皇仰せられていはく「凡《およ》そ力及ばず」と云々。

（1）久我大相国　源雅実《まさざね》（一〇五九～一一二七）。（2）忠方　一〇八五～一一三五。多助忠の子。（3）天皇　六―二六話によれば堀河（一〇七九～一一〇七）。在位一〇八六～一一〇七。

訳　雅実公が、胡飲酒を多忠方にお伝えになった時、伝授なさり終わったとお聞きになったので、堀河天皇がごらんになったが、ご満足のいく出来ではなかった。それで、雅実公をお召しになり、その旨をおっしゃった。雅実公は「よく教えはしましたが、この曲は非常にゆったりと舞うべきところがいくつかございますのを、忠方がその天分には恵まれておりませんで、いわく言いがたい部分をうまく舞えないのでございます」と申し上げなさった。そこで天皇はまた「忠方がうまく舞えぬ部分について、見て説明を受けたい」とおっしゃった。そこで雅実は人を遣って衣装を私邸に取り寄せる間、御所内の私室に下がり、着物を脱いで高枕で横になる。いたずらに時刻が過ぎたので、天皇から様子を聞く御使者が何度もやって来た。ようやく衣装が届いたが、雅実公は「これは違う面だ」と言って、また他の面を取りに遣る始末。とうとう日が暮れ、限度を超えてお待たせしているので「天皇は激怒されている」旨、御使者が申したが、なおも横になりながら「胡飲酒は参上するタイミングが大切な曲です」とおっしゃり、ようやく装束を身につけて舞われた。

その舞は見事としか言いようがなかった。天皇は「これでは是非もない」とおっしゃったという。

評 胡飲酒は酔人の姿を摸す曲（『教訓抄』四）。六―二六話での発言通り、雅実は忠方に伝授するのだが、そこには後日譚があったのだ。本話は、前話同様、貴紳が舞の指導に不納得で、師に問いただす逸話だが、六―二六話を直接受ける内容である。六―二六話の場面に戻るかのように本話をここに置いたのは、『古事談』が記事群を締めくくる時にしばしば用いる方法。次話からは詩文の話題となる。堀河と雅実は、歌舞音曲の記事群の掉尾を飾るに相応しい、斯界を代表する二人なのである。

三二　白楽天、遣唐使小野篁を待つ事

文書

小野篁《たかむら》(1)、遣唐使に渡ると聞きて、白楽天《はくらくてん》(2)悦びて、望海楼を構へて待ち給ひけるに、みえざりければ、「太政官符露点雖明　小野篁舟風帆未見」と書かれけり。

（1）小野篁　八〇二〜八五二。峰守《みねもり》の子。漢詩文に優れ、『令義解《りようのぎげ》』の序文などを著した。遣唐副使に任ぜられるが大使藤原常嗣《つねつぐ》を批判して乗船を拒否、嵯峨天皇の激怒を買い承和五年（八三八）に隠岐に流される。後に許され従三位参議に至る。（2）白楽天　七七二〜八四六。白居易《はくきょい》。中唐の詩人。

訳　小野篁が遣唐使として唐に来ると聞いて、白楽天は喜んで、望海楼を作ってお待ちになっていたが、（難船および大使藤原常嗣と問題を起こしたため）篁は渡唐しなかったので、「太政官の府、露点明らかなりといへども、小野篁の舟、風帆《ふうはん》いまだ見えず」（太政官符によれば明らかに渡唐を示しているのだが、小野篁の舟はまだ帆影を見せていない）とお書きになった。

評　文中の詩句は「太／小」「露／風」が対となっている。「望海楼」は実在の固有名詞ではなく、『白氏文集《はくしもんじゆう》』一八「春江」の詩句「閉閣只聴朝暮鼓　上楼空望往来船」（『千載《せんざい》佳句《かく》』にも引かれる）に基づき「あの白楽天が、日本の詩人篁を知っていて、渡唐を心待ちにしていた」という説話が形作られる中で登場した想像上の建物。「小野篁の舟……」の詩句は、『続日本後紀《しょくにほんこうき》』承和三年（八三六）一二月三日に見える牒「小野篁船帆飛已遠未必重遣三津聘于唐国」をもとに創作されたと考えられる。『江談抄《ごうだんしよう》』四―一八の同類話は、この説話の形成過程をうかがわせる内容である。

三三　在衡、格勤の事

在衡《ありひら》(1)大臣、才学絶倫にあらずといへども、主上(2)勅問の事ある毎に、明らかに必ず申す、と云々。これは参内する毎に、車に入るる所の書一帙《いつちつ》、途中に於いてこれを見る。勅問の事、必ず今日見る所の事なり。よつて主上、深く才学由緒の者の由《よし》をおぼしめす。すべて夙夜《しゆくや》の格勤《かくごん》、倫《ともがら》に超ゆるなり、と云々。甚雨烈風の日、左衛門の陣の吉上《きちじよう》いはく「たとひ在衡といへども参り難き日なり」と云々。その詞いまだ終らざるに、笠をさし、ふか沓《ぐつ》をはきて参りければ、見る人皆感じけり。在衡、維時《これとき》(3)は同時の蔵人なり〈藤《とう》内記、江《ごう》式部、と云々〉。

(1) 在衡　八九二～九七〇。藤原山陰《やまかげ》の孫、如無僧都の子。伯父有頼《ありより》の養子。文章生から、大学頭・右大弁等を経て従二位左大臣に至る。粟田左大臣と称された。延喜一九年(九一九)少内記。(2) 主上　在衡が仕えたのは醍醐・朱雀《すざく》・村上・冷泉《れいぜい》・円融の五代。『続古事談』二一〇は、在衡に下問した類話の帝を村上とする。（3）維時　八八八～九六三。大江千古《ちふる》の子。匡衡《まさひら》の祖父。文章博士、中納言。江納言と称される。延長二年（九二四）式部少丞。蔵人として在衡と同僚だったのは延喜二一年～延長二年。

訳　在衡の大臣は、学識で右に出る者がいない、というわけではなかったが、帝からお尋ねがある度、明瞭に必ず返答し申し上げた。それは、参内する度、車に資料を携えて乗り、道中に見るのだが、そこで見た範囲のことが、必ず毎回勅問されるからだった。それで帝は、在衡を非常に物知りで重厚な人材だとお思いになった。いったい、朝早くから夜遅くまで、まじめに勤めることは傑出していた。大雨大風の日、左衛門の陣の警備役から「たとえあの在衡であっても出勤できないほどの風雨です」と報告があった日も、その報告が終わらぬうちに、在衡は傘をさし、深沓をはいて参上したので、皆が感嘆した。藤原在衡と（やはり学者として公卿《くぎょう》に至った）大江維時は、同じ（醍醐）時代の蔵人であった〔藤内記・江式部と並び称されていた〕。

評　学者や官僚として著名な人の仕事ぶりの特徴や、家系から見て意外に栄達した人の成功の秘訣をめぐる逸話は、『江談抄』などにも頻見され、在衡もそういう「意外」な一人だった（五―四一話）。専門分野に秀でた同時代の人材は、二―二八話の「藤賢、式太」（藤原有国《ありくに》と藤原惟成《これしげ》）のような「一双」のライバルとしてしばしば登場する。

三四　伊陟、菟裘賦を天皇に奉る事

伊陟卿《これただ》(1)、村上(2)の御宇《ぎよう》、近く召し仕《つか》はるる間、主上仰せられていはく「故宮《こみや》(3)は常に何事をかせられし」と。伊陟申していはく「うさぎのかはごろもとや申す物こそ、常に翫《もてあそ》ばれ候ふ事」とて、後日、書を一巻持参す、と云々。主上は裘《かわごろも》などにやおぼしめされけるに、「定めて伝へ得らるるか、一見せばや」と仰せ事ありければ、「安くか」と申されければ、賦《ふ》なりけり。披き御覧じければ、「君暗く臣諂《へつら》ひ愬《うつた》ふる所なし」とあるをも、文盲の間、これを覚えず取り出す、と云々。伊陟の不覚、この事にあり、と云々。

（1）伊陟　九三八～九九五。兼明《かねあきら》親王の子。正三位権中納言に至る。（2）村上　九二六～九六七。兼明親王より先に没しており、時代的には一条（在位九八六～一〇一一）などでありたいところ。（3）故宮　伊陟の父、兼明親王（九一四～九八七）。醍醐皇子。源姓を賜って臣籍降下し大納言に至るが、安和《あんな》の変（九六九）で殿上を止められた。左大臣となるが、関白藤原兼通《かねみち》の策謀で親王とされ、二品《にほん》中務卿に更迭された。その時の憂憤を綴ったのが「兎裘賦《ときゅうのふ》」。嵯峨に隠棲。学識・詩文に秀で、前中書王《さきのちゅうしょおう》と尊称される。

訳 伊陟卿が村上（正しくは一条か）天皇時代、お側近く召されていた時、帝が「亡き兼明親王はいつもどのようにお過ごしだったか」と仰せられた。伊陟は「うさぎのかわごろもとか申すものを、いつも手にしておられました」と申し上げなさったので、「きっと伝領されておられるだろう。是非一度見てみたい」とおっしゃったので、「お安いご用でございます」と答えたが、後日持参したのは書一巻だった。帝は防寒用の毛皮か何かだと思っておられたが、実際は「賦」（漢文の韻文体の一つ）だった。書を開いてごらんになると「王は暗主で臣はおもねるばかり、思いを伝える先がない」と書いてあったが、伊陟が漢詩文に暗いので、意味が分からぬまま提出してしまったのだった。伊陟の不覚はこのことに極まった。

評 「兎裘賦ならびに序」は『本朝文粋《ほんちょうもんずい》』一所収。別のフレーズ「叢蘭豈不芳乎　秋風吹而先敗　扶桑豈無影乎　浮雲掩而忽昏」が『和漢朗詠集』上・蘭に採られている。為政者に陥れられた自らの運命を、兎裘の地に隠棲しようとしていた魯《ろ》の隠公が羽父に殺された故事によそえてこの賦を作る、と序に記している。「文盲」は漢文が読み書きできないの意。『徒然草《つれづれぐさ》』六で子孫がないことを願っていた歴史上の人物たちの筆頭に前中書王の名が上がっているが、その背景を伝えるような一話である。

三五　以言、詩により顕官に昇らざる事

一条院(1)の御時、以言《もちとき》(2)、顕官を望む時、勅許の気あり。しかるに御堂《みどう》(3)申さしめ給ひていはく「以言は、鹿馬可迷二世情、と作る者なり。いかでか朝恩に浴せんや」と。よつて許さず、と云々。

(1) 一条院　在位九八六〜一〇一一。(2) 以言　九五五〜一〇一〇。大江仲宣の子。弓削《ゆげ》姓を名乗った時期がある。藤原伊周《これちか》に肩入れし（『江談抄』五—二八）、伊周の失脚（九九六）により飛騨権守に左遷されたが、翌年召還。以後は藤原道長主催の会に列して活躍する。従四位下、文章博士、式部権大輔。(3) 御堂　藤原道長。

訳　一条天皇の時代に、大江以言が重要な地位を望み、天皇はお許しになる意向をお見

せになった。しかし、道長公が「以言はかつて「鹿馬《ろくば》迷ふべし二世の情」(『史記』秦始皇本紀にある、趙高《ちょうこう》にふりまわされた二世皇帝のような暗主では、鹿か馬かにも迷うだろう)の詩句を作った者だ。どうして朝廷からのお恵みにあずかってよかろうか」とおっしゃった。それで勅許が下りなかった。

評　底本傍記は、「鹿馬可迷二世情」の上句は「鷹鳩《ようきゅう》不変三春眼」(鷹鳩変せず三春の眼。『礼記《らいき》』月令には、仲春は鷹が鳩に変ずる季節とあるが、そうした時の運行も止まってしまうような乱れた治世)だとし、「伊周公にお供して西海の地で作った作」とある。しかし『江談抄』は、以言が作った「問青鳥而記事、猶恨暗漢雲之子細」(『本朝文粋』八所収の詩序)の句が見事だからと、以言が蔵人に任じられそうになったが、道長と殿上人たちの反対で実現しなかったので、怒った以言が作ったのが「鹿馬……」だと、異なる事情を記す(四―九九・六―一七話)。「問青鳥……」は長保五年(一〇〇三)七月七日の作と『権記《ごんき》』から知れるので、『江談抄』の説が正しいなら、その後日談である「鹿馬……」は、伊周西行時点の作たりえない。一方『古事談』傍記の説が成り立つのは、「鹿馬……」が「問青鳥……」とはかかわりなく作られた場合である。

三六　文時の弟子、一の座の事

文時《ふみとき》(1)の弟子、二座を分ち座列の時、文章の座には保胤《やすたね》(2)一の座たり、才学の座には称文《しょうもん》(3)一の座たり。しかるに、ただ藤《とう》秀才最貞《たかさだ》(4)、参上を企て諍論《じょうろん》を致す、と云々。文時、由緒を問はる。最貞いはく「『切韻文字』の本文、これを知らざるなし」と云々。文時はまた史書全経専らこれに堪ふる者なり。よつてなほ称文を以て一の座となす、と云々。

（1）文時　八九九～九八一。菅原道真《みちざね》の孫、高視《たかみ》の子。従三位、文章博士、式部大輔などを歴任。菅三品《かんさんぼん》と称される。（2）保胤　?～一〇〇二。賀茂忠行《ただゆき》の子。陰陽道の家系に生まれるが紀伝道に志し、本姓賀茂を慶滋《よししげ》に読み替えて名乗る。従五位、大内記。当時を代表する詩才をうたわれた。（3）称文　林相門《はやししょうもん》（後に紀氏に改姓）。九三五頃～九九八。紀伝道から明経道に移る。正六位上、少外記《しょうげき》。（4）最貞　藤原佐世《すけよ》の孫。文行《ふみゆき》の子。生没年未詳。『扶桑集』・『類聚句題抄』・『新撰朗詠集』作者。

訳　菅原文時の弟子たちが、二グループに分かれて居並んだことがあり、文章の部では慶滋保胤、学識の部では林相門が、筆頭の席を、それぞれ占めた。しかし、文章得業生藤原最貞が参上して、論争を挑もうとした。文時が主張の理由を尋ねると、最貞は「わたくしは『切韻文字』(『唐韻』か)を隅々まで覚えています」と言った。文時自身は、(紀伝道が対象とする)史書と、(明経道が対象とする儒教の書物)経書《けいしょ》の両方に通じていたので、やはりその学風を継承する相門を、才学の部筆頭の座に据える判断を変えなかった、ということだ。

評 文章の部は「才にとみ文に工《たく》みなること、当時絶倫す」(『続本朝往生伝《ぞくほんちょうおうじょうでん》』)と言われた保胤で動くまいが、学識の部で異論が出た。しかし師の文時は、自身同様、広範な知識を備える相門を、主席とみなした。なお、本話での「全経」は、当時の全ての経書、すなわち『周易』・『尚書』・『毛詩』・『周礼』・『儀式』・『礼記』・『春秋左氏伝』・『春秋公羊伝《しゅんじゅうくようでん》』・『春秋穀梁伝』・『論語』・『孝経』・『老子』・『荘子』(いわゆる十三経)のことではなく、史書・文学書に対する「経書」の意で用いられている。

三七　範国、雅康の時棟に文字を問ふを嘆ずる事

時棟《ときむね》(1)、宇治殿(2)の蔵人所《くろうどどころ》に列する日、雅康《まさやす》(3)、右衛門権佐《ごんのすけ》たり。来て文字を問ふ。時棟答へ

ず。傍《かたわ》らなる範国《のりくに》朝臣(4)いはく「時棟、課試及第二ヶ度なり。今始めて文字を問ふ、極めたる白物《しれもの》なり」と云々。

(1) 時棟　生没年未詳。大江匡衡《まさひら》の養子。文章生から大外記、安房守、大学頭、河内守などを歴任。従五位上。(2) 宇治殿　藤原頼通(九九二〜一〇七四)。(3) 雅康　生没年未詳。平生昌《なりまさ》の子。文章生から蔵人、式部丞などを歴任。右衛門権佐だったのは万寿五年(一〇二八)四月から長元八年(一〇三五)頃まで。『千載集』作者。(4) 範国　生没年未詳。平行義《ゆきよし》の子。文章生、蔵人、右衛門権佐、伊予守。長元八年五月、頼通主催の関白左大臣家歌合に参加。「宇治関白高野山御参詣記」(一〇四八)を記す。日記に『範国記』。

訳　大江時棟が頼通公の蔵人所に初めて出仕した日、平雅康は右衛門権佐だったが、近づいて来て漢字を尋ねた。時棟は答えなかった。そばにいた平範国朝臣が「時棟は文章生から文章得業生《とくごうしょう》への省試、京官への秀才試(対策・方略試)と、課試に二度及第した学識の持ち主だ。その人に初仕事で漢字を聞くとは、雅康はこの上ない愚か者だ」と言った。

評　摂関家の家政機関蔵人所に、しかるべき新来者が加わった日に感じるべき緊張感を示そうとせず、碩学をただの字引代わりにしようとした雅康を、同僚の範国は恥ずかしく思ったのである。雅康が右衛門権佐だった頃の時棟はすでに大学頭。雅康は範国の蔵人の先輩でもあるのだが、少なくともこの日の行動は、かつて学徒（文章生）であった者として、不見識であった。

三八　有国、保胤を有々の主と呼ぶ事

有国《ありくに》(1)保胤《やすたね》(2)と、文道を争ひて常に不和、と云々。保胤をば有国は「有々《ありあり》の主《ぬし》」と号しけり。有国、本文の事を問ふ時、覚悟せざる事をも「さる事あり、あり」といひて、作る本文を問ひける時も、また「さる事あり」といひけり。よつて有々の主と号す、と云々。

（1）有国　九四三～一〇一一。藤原輔道《すけみち》の子。右大弁、蔵人頭《くろうどのとう》、大宰大弐などを経て、従二位参議、勘解由長官《かげゆのかみ》、修理大夫。菅原文時《ふみとき》の弟子で、漢詩文に秀でた。（2）保胤　前々話参照。法名寂心。勧学会《かんがくえ》を創始し、『日本往生極楽記』の作者。

訳　藤原有国と慶滋保胤は、学芸の道を争い、いつも不和だった。有国は保胤を「あり

ありの御仁《ごじん》」と呼んでいた。有国が保胤に典拠のことを聞くと、実は分かっていない時でも「そういう本文があった、あった」と言い、有国が今作った、偽物の本文について尋ねた時もまた「そういう本文があった」と言うので、「ありありの御仁」と名付けたという。

評　『古事談』内部でも才気煥発・行動的な説話に度々登場する有国。一方の保胤は、他作品に於いても、信心深く純粋な人と描かれることがほとんどで、意外にいいかげんなところがあったとする逸話は、本話くらいのものである。有国の嘲りはなおも次話に続く。

三九　有国、保胤を揶揄する事

保胤(1)作る所の「庚申《こうしん》の序」にいはく、「庚申は、古人これを守り、今人これを守る」と云々。有国(2)興言していはく「古の人これを守り、今の人守る。多くの人守るかな」と云々。

(1) 保胤　前話参照。(2) 有国　前話参照。

訳　保胤作「庚申の序」に「庚申は昔の人がその信仰を守り、今の人もまた守っている」とある。有国はこれをもからかって「昔の人が守り、今の人が守る。多くの人が守っているのだなあ」と言ったという。

評　「庚申の序」は、『平安朝佚名詩序集抜萃』所収の「花樹数重開」序に見える。典拠と考えられる『江談抄』（五―六二）では、本話・六―三八話の順に記す。そして、保胤の方はというと、聞く人が聞けば何のことかすぐ分かる、有国のかつての失敗をあげつらった長句を作って報復したとし、「保胤は温厚な人柄だったが、あまりに侮った態度をとられて頭に来てしまったのだろう」と語る。『古事談』の場合、保胤に一方的にちょっかいを出す有国の姿だけが描かれる。

四〇　維時、前栽の花の名を書く事

維時《これとき》(1)中納言、始めて蔵人に補《ふ》する時、主上(2)、前栽《せんざい》を掘らしめんがため、花の名を書かる。納言多く仮名を以て書く時、これを嘲《あざけ》る。維時、これを聞きていはく「もし実字を書かば、誰人かこれを読まんや」と云々。後日主上、維時を召し、花の目録を書かしめ、これを御覧ず。漢字を用ゐるべき由《よし》仰せらる。維時たちまちにこれを書き進らする時、人、一草の字を知らず。競ひ来て問ふ時、維時いはく「かくのごとき の故《ゆえ》、先日仮名字を用う。何ぞ嘲らるるや」と云々。

(1) 維時　八八八〜九六三。大江千古《ちふる》の子。大江匡衡《まさひら》の祖父。文章博士、中納言。江納言《ごうなごん》と称される。蔵人だったのは延喜二一年(九二一)六月二日から。(2) 主上　醍醐天皇。在位八九七〜九三〇。

訳　維時中納言が初めて蔵人に補された当時、醍醐天皇は前栽を作らせるため、花の名を書き出された。それを受け取った維時は、多く仮名を交えて清書したので、周囲はあざわらった。そうと聞いた維時は「もし漢字で書いたなら、読める人がいるだろうか」と言った。後日天皇は維時をお召しになり、花の目録を作らせてごらんになった。漢字で書くよう仰せつけられた。維時はすぐさま書いて提出したが、どの草の名前も誰も全く読めなかった。そして争ってやって来ては読み方を尋ねたので、維時は「こうなるから先日仮名文字を用いましたのに。どうして嘲ったりなさったのか」と言った。

評　維時は、現代で言えば女郎花《おみなえし》・瞿麦《なでしこ》・杜若《かきつばた》のような表記を、指定された植物すべてについて行えたのだろう。『続古事談』二―二五は、維時が平安遷都以来の邸の所有者や売買の年月、また人の命日を悉く覚えていた、という恐るべき記憶力について語る。

四一　忠通、聯句を以て茂明を試る事

敦基《あつもと》(1)朝臣、法性寺殿《ほっしょうじどの》(2)に参り、子息らの事を褒美す。その後、聯句会《れんくえ》ある時、茂明《しげあき》(3)その座に候す。殿下先日の事をおぼしめし出し、仰せられていはく「愚息を賢息と称す」。心得てとりもあへず、「令明《よしあき》(4)と茂明と」と申しければ、頻《しき》りに御感ありけり。

（1）敦基　一〇四六～一一〇六。藤原明衡《あきひら》の子。文章博士。藤原師実《もろざね》の家司《けいし》。（2）法性寺殿　藤原忠通《ただみち》（一〇九七～一一六四）。忠実《ただざね》の子。（3）茂明　?～一一六〇以降か。藤原敦基の子。文章博士。（4）令明　一〇七四～一一四三。藤原敦基の子。茂明の兄。文章博士、大内記。藤原頼長《よりなが》の師。

訳　敦基朝臣が忠通公のところに参上し、自分の子息たちのことを自慢した。その後、（複数の人が句を作り、つないで一篇の詩を作る）聯句の会があったが、敦基の子息茂明

が座に連なっていた。忠通公は先日の父親の言葉を思い出し、「愚息を賢息と称す」（それほどでもない子供のことをとても賢いと言っていたよ）と話しかけた。すると茂明は「令名と茂明と」（兄令名とわたくし茂明のことをでございますね）と、すぐさま聯句よろしく対句で返したので、忠通公はひどく感心された。

評　漢詩文作成を源に広く愛好されてきた「対句」にまつわる記事群がスタートする。本話では「愚息／賢息」「令明／茂明」。

四二　敦周、忠通に聯句を以て応ずる事

近衛院(1)の御宇《ぎよう》、摂政(2)の直廬《じきろ》にて除目《じもく》を行はるる時、蔵人掃部助《かもんのすけ》敦周《あつちか》(3)、申文《もうしぶみ》の目録を取る。殿下、「いかが取る」と御尋ねありければ、朝隆《あさたか》(4)卿、奉行の職事《しきじ》にて申していはく「未練の者たりといへども、よくこそ取り候へ」と云々《うんぬん》。時に殿下仰せられていはく「申文、今択ぶべし」と。ここに敦周、程なく「子細、更に窺《うかが》ひ難し」と申しければ、「申文に子細、神妙なり」とて御感ありけり。父茂明(5)朝臣、うるせきよし申し置くにより、試みんとて仰せ懸けられけり。

（1）近衛院　在位一一四一～五五。（2）摂政　藤原忠通（一〇九七～一一六四）。摂政は永治元年（一一四二）一二月から久安六年（一一五〇）一二月の関白就任まで。（3）敦周　一一一九～八三。藤原茂明の子。文章博士。蔵人で掃部助だったのは久安三年?から翌年一月まで。（4）朝隆　一〇九七～一一五九。藤原為房《ためふさ》の子。兄為隆《ためたか》の養子。文章生、右大弁、高陽《かやの》院《いん》別当。権中納言に至り、冷泉《れいぜい》中納言と号する。鳥羽・後白河院の近臣。能書でも知られる。忠通の家司《けいし》（『法性寺殿御記《ほっしょうじどのぎょき》』）。近衛朝では久安六年（一一五〇）から仁平三年（一一五三）に蔵人頭。敦周が蔵人掃部助だった時期には右中弁。（5）茂明　前話参照。

訳　近衛天皇の時代に、摂政忠通公が（宮廷内の個室）直廬で除目を行われた時、蔵人掃部助敦周が上申書の目録をとることになった。忠通公が「あの者の手際はどうだろうか」とお尋ねになったので、当時奉行の蔵人の朝隆卿が、「場数は踏んでおりませんが、なかなかの手並みでございましょう」と申し上げた。すると忠通公は「中文を今択んでみせよ」と声をかけられた。敦周は当座に「子細はまったく分かりかねます」と申し上げたところ、「中文に子細（申《さる》に子《ね》）の対で返すとは見事だ」と感心なさった。敦周の父茂明朝臣が、なかなか気が回る旨を申し置いていたので、試してみようと言葉をおかけになったのだった。

評　前話の敦基の子茂明について、今度は茂明の子敦周が秀句を返す。「申」が干支の「さる」でもあることに注目し「子」（ね）と対応させ、「申文／子細」と対句を織り込んで答えたのが巧みだと褒められたのである。除目の申文は、奉行の蔵人以下が撰び、（六位の）蔵人らが短冊に袖書《そでがき》（余白の添え書き）を記し、（六位の）執筆が目録を取る（『九条家本除目抄』上）。

四三　大江康貞、忠通の文殿に召さるる事

同じころ、東北院領池田庄の解《げ》を、朝隆卿(1)執事《しつじ》の時、執《と》り申す。状の中にいはく「啻《ただ》に殿下の御威を軽んずるにあらず、兼ねてまた梁上の奸濫《かんらん》を成す」と書きたりけるを御覧じて、「この解状は、田舎者の草《そう》にあらず、しかるべき学生《がくしよう》、儒者などの書きたるにこそ。尋ねよ」と仰せられければ、庄官らを召し尋ぬる処、しばらくは秘蔵して申さしめず。「殿下の御定《ごじよう》なり」(2)とて問ひければ、「江外記《ごうげき》康貞《やすさだ》(3)と申す者に、縁に触れ誂《あつら》へ候ふ」と申しけり。よつて康貞を文殿《ふどの》に召さる、と云々。

（1）朝隆　前話参照。（2）殿下　藤原忠通。前話参照。（3）康貞　世系・生没年未詳。元永三年（一一二〇）四月三日に白河院主典代から外記に任ぜられ、仁平二年（一一五二）一月二八日に大隅守、翌年一二月五日に辞状を提出している（『兵範記《へいはんき》』他）。

訳　同じ頃、（摂関家代々の当主が伝えていく渡領《わたりりょう》の一つ）東北院領池田荘の上申書を、朝隆卿が摂関家の執事家司（内政の長官）をしていた当時で、忠通公に上申したが、「（このことは）単に殿下の威信を軽んずるだけでなく、まさに盗みそのものというべき行為だ」と書いてあるのを忠通公がごらんになり、「この上申書は、とても田舎者が書いた文章ではない。しかるべき学生か儒者が書いたに違いない。調べよ」とおっしゃったので、荘園の係の者などを呼んで調べると、しばらくは隠して申し上げなかった。「忠通公からのご命令である」と言って尋ねられたので、「江外記康貞と申す者と縁があったので、作文を依頼したのです」と申し上げた。それでこの外記康貞を、摂関家の文殿（文書室）にお召しになって勤務させた。

評　東北院領池田荘は東北院領三四カ所の荘園の一つとして「摂籙渡荘目録《せつろくわたりしょうもくろく》」（『九条

家文書』）に見え、山城国綴喜《つづき》郡にあった。「梁上の奸濫」は『蒙求』陳寔遺盗《ちんしょくいとう》にある「梁上の君子」の故事をふまえ、盗賊行為を表わす。後漢の官吏陳寔は、梁の上に盗人が隠れていると気づいた時も、「人は本来悪い性質なのではなく、習慣によって悪に染まってしまう。梁上の君子がそれだ」と家人に向けて言うと、盗人は進んで投降した。なお、荘園からの摂関家への解状は、必ず家政機関の中心に位置する家司のもとに集まり、その家司が摂関に執申して指示を受けた。本話の対句は「殿下／梁上」「御威／奸濫」。

四四　長光・成光の連句に、父敦光感涙の事

敦光《あつみつ》(1)朝臣、愛酒の間、不断に酒を褻居《けい》の棚に置く。ある夜寝て後、子息ら、弟成光《なりみつ》(2)、本鳥《もとどり》を放ち裸形《らぎよう》にてこれを取る。ここに兄長光《ながみつ》(3)、連句をいひ懸く。その詞にいはく「酒是正衣裳」と。成光程なくいはく「盗則乱礼儀」と云々。父朝臣、空寝《そらね》の間、これを聞き、感情に堪へず涙を落とす、と云々。

（1）敦光　一〇六三〜一一四四。藤原明衡の子。兄敦基の養子。文章博士。正四位下、大学頭。頼長の読書始《どくしょはじめ》の師。往生人（『本朝新修往生伝』）。（2）成光　一一一一〜八〇。敦光の子。

文章博士。豊前守、式部大輔、正四位下。（3）長光　一一〇一〜？。敦光の子。永光とも。文章博士。陸奥守、鎮守府将軍、越後権介、大内記などを歴任。正四位下。藤原忠通の家司。

訳　藤原敦光朝臣は酒を好むあまり、いつも酒を居間の棚に置いていた。ある夜、就寝後、子息らのうち弟成光が、被り物もせず髻《もとどり》も露わに裸でこの酒を手にした。ここに兄長光が連句の上句を振った。その言葉は「酒はこれ衣裳を正す」（酒を飲むには相応しい衣裳があるのでは？）であったが、成光はすぐに「盗みはすなわち礼儀を乱す」（格好はともかく、盗み酒となると確かに礼儀を乱すことになるね）と応じた。父敦光朝臣は寝たふりをしてこれを聞いていたが、感激の余り思わず涙を落とした。

評　敦光は儒学者としても詩人としても、膨大な業績がありながら官職に恵まれなかったが、子孫に無事家業を継承させられたことには満足していた（『本朝無題詩』四）。今回の対は「正／乱」が反対の性質を持つのに加え、「酒／盗」が、例えば五戒のうちに含まれる悪癖としての共通点を持つ。

四五　信西、子俊憲の序に涕泣の事

俊憲卿《としのり》(1)、内宴の序〔西岳草嫩　馬嘶周年之風　上林花馥　鳳馴漢日之露〕を書く時、通憲《みちのり》(2)入道のもとに持ち来て、見合はせしめければ、一覧の後、「刻限すでに至る。早く清書せよ」といひければ、なほ一両返読みなどして、沈思の気あり。起《た》ちて後に、入道いはく「ここが法師にはまさりたるぞ」とて、涕泣す、と云々。件《くだん》の序、入道も書き儲け、懐中に持ちたりけれど、なほ劣りたりければ、取り出さず、と云々。

(1) 俊憲　一一二二～六七。藤原通憲の子。二条天皇の東宮学士、後白河から二条にかけて弁官・蔵人頭を勤め、平治元年(一一五九)参議となるが、同年の平治の乱で父に連座、越後に配流されて出家。阿波に移された後、召喚。『貫首秘抄《かんじゆひしよう》』・『新任弁官抄』などを著わす。
(2) 通憲　一一〇六～一一五九。藤原実兼《さねかね》の子。高階経敏《つねとし》の養子となり、後に藤原に復した。正五位下、少納言。天養元年(一一四四)に出家、信西《しんぜい》と号する。鳥羽・後白河に重用されるが、平治の乱で藤原信頼《のぶより》に追われ自害。博覧強記で知られ(一―八八・二―八八話)、『本朝世紀』・『法曹類林』などを著わす。

訳　俊憲卿が保元三年(一一五八)一月に宮中の仁寿殿《じじゆうでん》で行われた、後白河天皇主催の

（公卿文人を召し詩文を作らせる）内宴の詩序（宴で詠作された詩全体に冠せられる序文。〔その詩序は「西岳の草嫩《やわらか》くして、馬周年の風に嘶《いな》く、上林の花馥《こうば》しうして、鳳《おおとり》漢日の露に馴《な》る」。西岳すなわち華山を思わせる京都郊外のこの地の草は生い育ち、殷の紂《ちゆう》王を破った周の武王が、馬を華山の南に放った時のように、馬がいないている。漢の武帝の上林苑《じようりんえん》の花が香り高く咲いて、聖人の時代にやって来る鳳が、その花の露に親しんでいるのを思わせる光景である、との内容〕を書いた時、父通憲（信西）入道のところに原稿を持って来て目を通してもらったが、入道は一目見ると「披講の時刻が迫っている。早く清書しなさい」と言った。俊憲卿はもう一度読み返して深く考える様子だった。俊憲卿が席を立った後、入道は「この法師の作に勝る内容だ」と言って、涙を流した。今回の詩序の原稿は、入道も事前に用意して懐に持っていたが、俊憲卿の見せた原稿に劣っていたので取り出さなかったのだ。

評　長元七年（一〇三四）以来途絶えていた内宴を復興させた中心人物に信西がいた（『今鏡』三）。詩題は「春生聖化中」（春は成る聖化のうち。『内宴記』）。澄憲が涙したのは、俊憲の序が、『尚書』武成の周の武王の故事や、『論語』子罕の注「聖人受命、則鳳鳥至」などを典拠とする、経書《けいしよ》を踏まえて詩語に活かす通憲の作風を、息子が見事に体得・

展開していたためと考えられる。なお「ここが法師」は例えば「ここの御むかし人」（こちらの旧妻。『宇津保物語』）」や、後世多く用いられる「ここなひと」（『日葡辞書《にっぽじしょ》』）のような表現で、「ここが法師にはまさりたるぞ」は「こういうところがわたしよりまさっている」ではなく、「この法師（わたし）にまさっている」の意と考えておく。

四六　信西、孫基明に祝言の事

安芸守基明《もとあき》(1)、嬰子《みどりご》の時、正月の戴餅《いただきもちい》の間、少納言入道(2)祝言《しゅうげん》す。「才学は祖父(3)のごとく、文章は父(4)のごとく」と云々。

（1）基明　生没年未詳。藤原通憲（信西）の孫。俊憲の子。文章得業生、大膳亮、蔵人。
（2）少納言入道　藤原通憲（信西）。前話参照。（3）祖父　通憲。（4）父　俊憲。前話参照。

訳　安芸守藤原基明が子どもだった頃、年初に子の前途を祝って行われた戴餅の時、少納言入道信西は、次のように祝言した。「学識は祖父のように、文章は父のようであれ」。

評　幼児の健やかな成長を願って餅を頂かせる戴餅の儀式は、女児は五歳、男児は七歳まで、毎年正月一日から三日頃に繰り返し行われた。その際「官位かたかれ、命かたかれ」（『玉葉』）などの祝詞を唱えた。藤原教通《のりみち》の子女の戴餅の際「聞きにくきまで祝ひきこえさせたまふ」（『栄花物語』二一）た例などによれば、祝詞の内容は自由だったようだ。学識はともかく、文章はすでに息俊憲の方が勝っているということを、信西はこの席でも認めている。

四七　公任と具平親王、貫之・人麻呂を沙汰の事

歌仙

四条大納言（1）、六条宮《ろくじようのみや》（2）に参り、論じ申されていはく「貫之《つらゆき》（3）は歌仙なり」と。宮仰せていはく「人丸《ひとまろ》（4）に及ぶべからず」と云々。亜相《あしよう》、しかるべからざる由《よし》を申さる。よつて後日、各秀歌十首を合はせらるる時、八首人丸勝ち、一首持《じ》、一首貫之勝つ、と云々。

（1）四条大納言　藤原公任《きんとう》（九六六～一〇四一）。藤原頼忠《よりただ》の子。正二位権大納言。『和漢朗詠集』・『深窓秘抄』・『北山抄《ほくざんしよう》』などの編者・作者。『拾遺抄』撰者と考えられる。平安中期宮

廷歌壇の中心人物。（2）六条宮　村上皇子具平《ともひら》親王（九六四〜一〇〇九）。二品、中務卿《なかつかさ》。後《のちの》中書王《ちゆうしよおう》と称される。漢詩文に優れ音楽や書にも秀でた。勅撰和歌集に四十三首入集。慶滋保胤《よししげのやすたね》の弟子で『弘決外典抄《ぐけつげてんしよう》』の作者。（3）貫之　?〜九四五?。紀望行《もちゆき》の子。従五位上、土佐守、木工権頭。『古今集』選者・仮名序作者。『土佐日記』作者。（4）人丸　柿本人麻呂（?〜七一〇以前?）。人麿とも。天武・持統・文武頃の宮廷歌人。『古今集』序では歌の聖と称えられ、平安後期には、人麻呂の絵を飾り供物や詠歌を手向ける人麿影供《ひとまろえいぐ》も始まった。

訳　四条大納言公任卿が具平親王のもとを訪ね、主張なさるには「貫之は和歌の達人です」と。親王は「しかし人麻呂には及ばない」とおっしゃった。大納言はそうでないと申し上げた。それで後日、それぞれが秀歌十首ずつを持ち寄り対戦なさったところ、八首は人麻呂の勝ち、一首は引き分け、一首は貫之の勝利だった。

評　本説話は、『和漢朗詠集』夏夜の貫之歌「夏の夜のふすかとすればほととぎすなくひとこゑにあくるしののめ」につけられた「朗詠江注《ろうえいごうちゆう》」（大江匡房《まさふさ》が加えたとされる注）を源とし、この歌が貫之の勝ちあるいは引き分けの一首とされる。二人の論争は、藤原公任の『前十五番歌合《さきのじゆうごばんうたあわせ》』、『後十五番歌合《のちのじゆうごばんうたあわせ》』（別人撰説あり）、『三十六人撰』といったアンソロジー（詞華集）を生み、こうした試みは後鳥羽院の『時代不同歌合《じだいふどううたあわせ》』や藤原定家《ていか》の『百人秀歌《ひゃくにんしゅうか》』、そして『百人一首』の誕生につながった。また、『三十六人撰』の三十六人は、三十六歌仙という考え方や、三十六人家集という形式を生む。本話に描かれる公任・具平親王のやりとりは、こうした秀歌撰・撰集の大きな流れの源となったわけで、「諸道」の巻で、「和歌」を主題とする唯一の説話として、本話を選んだ顕兼の見識は、評価されてよいだろう。

四八　狛人の相人、醍醐天皇らを相する事

延喜(1)の御時、狛人《こまうど》の相者参り来たる。天皇簾中におはします。御声を聞き奉りていはく「この人、国主たるか。多上少下の声なり。国体に叶《かな》ふ」と云々。天皇恥ぢ給ひ、出給はず、と云々。次に先坊〔保明太子《やすあきら》(2)〕、左大臣〔時平《ときひら》(3)〕、右大臣〔菅家《かんけ》(4)〕、三人列座し、勅により相せしむるに、いはく「第一の人〔先坊〕、容貌国に過ぐ。第二〔時平〕、賢慮国に過ぐ。第三〔菅家〕、才能国に過ぐ。各この国に叶はず。久しかるべからざるか」と云々。ここに貞信公《ていしんこう》(5)浅臈《せんろう》の公卿《くぎょう》たり。遥かに列を離れ候し給ふ。相者遮《さえぎ》り申していはく「か

相者《そうしゃ》

の候する人、才能、心操、形容旁《かたがた》国に叶ふ。定めて久しく奉公せんか」と。寛平法《かんぴょうのほう》皇《おう》（6）この事をきこしめし、仰せられていはく「三人の事は見及ばず。貞信公に於いては、向《きょう》後《こう》必ず善かるべき由《よし》見る所なり」と云々。これにより第一の女王（7）を以て、朱雀院《すざくいん》の西の対に於いて、嫁娶《かしゅ》の儀あり。時に貞信公、大弁の参議と云々。法皇同じく東の対におはします、と云々。また、貞信公いはく「われ賢慮の条、兄といへども左大臣に劣り申すべからず。他事に於いては更に及ぶべからず。今、相者の見る所、もっとも恥となす所なり」と云々。

（1）延喜　醍醐天皇。在位八九七～九三〇。（2）保明　九〇三～九二三。醍醐皇子。同母弟に朱雀・村上。延喜四年（九〇四）親王宣下を受けると同時に立太子。早すぎる死に、菅原道真の祟りと噂された（『日本紀略』）。（3）時平　八七一～九〇九。藤原基経《もとつね》の子。正二位左大臣。右大臣菅原道真《みちざね》を左遷。（4）菅家　菅原道真（八四五～九〇三）。是善《これよし》の子。文章博士。宇多の寵臣で右大臣に至るが、昌泰四年（九〇一）一月大宰権帥に左遷され、失意のうちに亡くなる。死後怨霊として恐れられた。正暦四年（九九三）贈正一位太政大臣。（5）貞信公　藤原忠平《ただひら》（八八〇～九四九）。基経《もとつね》の子。時平の死後、藤氏長者となり、累進して朱雀・村上朝の摂政・関白となる。（6）寛平法皇　宇多天皇（八六七～九三一）。昌泰二年出家。（7）第一の女王　源順子（八七五～九二五）。宇多皇女（『本朝皇胤紹運録《ほんちょうこういんじょううんろく》』）。あるいは養女か。

藤原忠平室、実頼《さねより》の母。

訳　醍醐天皇の時代に、高麗からの渡来人の人相見が参上したことがあった。天皇は御簾の中にいらした。天皇のお声を聞き申し上げると「この人は国の主か。上声がちで下声の少ない話し方だ。お国柄にかなっている」と言った。天皇は恥ずかしく思われ、姿をお見せにならなかった。次に前東宮〔保明親王〕、左大臣〔時平公〕、右大臣〔道真公〕の三人が並んで座り、天皇の命令で人相を見させたが、「第一の人〔前東宮〕は国の規模に比べ容貌がすぐれすぎている。第二の人〔時平公〕は国の規模に比べ賢い判断力がありすぎる。第三の人〔道真公〕は国の規模に比べ才能がありすぎる。それぞれこの国の実情に合っていない。長く栄えられないだろう」と言った。この時、忠平公はまだなりたての公卿で、遠く離れたところに侍っていらした。相人は、周囲を遮って「あそこに侍っている人は、才能も心根も容貌も、すべて国の規模にかなっている。きっと長く朝廷にお仕えするだろう」と申し上げた。宇多法皇はこの占いをお聞きになり、「三人のことは分からないが、忠平公については、今後、きっとよい運勢であろうことはわたしも見てとっていた」とおっしゃった。それで、法皇は第一皇女を、朱雀院の西の対で、忠平公とめあわせた。その時、忠平公はまだ大弁で参議にすぎなかった。同じ朱雀院の東の対に、宇多法皇はおいでであった。また、例の占いについて忠平公は、「わたくしは判断力では、兄である時平公に劣り申し上げるものではないが、他のことでは足下にも及ばない。（その判断力でも劣っているとなると、わたくしは全く取り柄がないことになる。）今日の占いの結果は、わたくしにとって全く恥ずかしいことだ」と言った。

評　底本「相人」を、『大鏡裏書《おおかがみうらがき》』などにより「狛人」と改めた。狛人の相人は『源氏物語』桐壺にも登場し、光源氏の数奇な運命を予言したが、身をやつしている聖徳太子を見出した百済僧日羅（『聖徳太子伝暦《しょうとくたいしでんりゃく》』）らは、その先蹤である。『大鏡』の夏山繁樹《しげき》も、かつて狛人のもとに行って長命を予言されている（道長伝）。本話で天皇が、御簾を隔てているのも、桐壺帝の判断と同じく、宇多の『寛平遺誡《かんぴようのゆいかい》』で「外国の人を引見する時は必ず簾中にいて、直に対面してはいけない」と言っているのを守っている。「多上少下の声」は、日本語の発音を示す際にも用いた「上声」「平声」のような発音の高低を言うか。『大鏡』昔物語では、藤原基経の三人の子が観相を受け、心魂・心うるわしさが小国日本に余る二人の兄時平・仲平と違い、日本の固めとなり子孫が繁栄すると言われた忠平は、「三人のうちでわたしは才覚がなく心が曲がっていると言われたようで恥ずかしい」と語っている。以下、観相の説話には、意外に栄達した／しなかった／人物が多く登場する。

四九　珍材、備後の郡司女との子の事

珍材《よしき》朝臣(1)、美作《みまさか》より上道の路に、備後《びんご》国品治《ほんち》郡に寄宿し、郡司(2)の女を召し腰を打たしむる間、懐孕《かいよう》しをはんぬ。後にその児(3)七歳に至る時、郡司あひ具し、これを前《さき》立て珍材のもとに参り子細を述ぶ。珍材、件《くだん》の事を思ひ出し涕泣す。珍材は極めたる相人なり。よってこの児を見て、「二位中納言に至るべき相あり」といひて養育す。果たして父の相のごとし、と云々。鰯《いわし》の数をかぞへさせて、始めて物の数を知らしむ、と云々。件の郡司死去の後、恒《つね》に憐愍《れんみん》するにより、敦舒《あつのぶ》(4)家中に曹子《ぞうし》を給ひ養ひ立つ、と云々。よってその家に資《すけ》任《とう》(5)らはもっとも親しきなり。

(1)珍材　生没年未詳。平時望《ときもち》(八七七〜九三八)の子。従四位上、美作介、讃岐介。(2)郡司　備中国青河の郡司、もしくは讃岐国の郡司(『公卿補任《くぎょうぶにん》』)。(3)児　平惟仲《これなか》(九四四〜一〇〇五)。珍材の子。文章生、肥後守、左大弁、蔵人頭《くろうどのとう》などを経て従二位中納言に至る。大宰権帥を兼ねるが、宇佐八幡宮に訴えられ停職、大宰府で没。(4)敦舒　生没年未詳。藤原忠厚《ただあつ》の子。従五位下、肥後守。勧学院別当(一〇一五〜二一)。(5)資任　生没年未詳。藤原

敦舒の子。従五位下、武蔵権守。

訳　平珍材朝臣が美作国から上京する途次、備後国品治郡（広島県福山市北部）に寄宿し、郡司の娘を呼んで腰を打たせているうちに懐妊した。後にその子が七歳になった時、郡司はこの子を連れ、先立てながら珍材のもとを訪ね、事情を申し出た。珍材は郡司の娘とのことを思い出し涙を流した。この珍材は抜きん出た人相見だった。それでこの連れてきた子を観て「二位中納言になるべき相がある」と言って育てた。果たして父珍材の相の通り、この子惟仲は、従二位中納言にまでなった。（田舎で育ったので）鰯の数を数えさせて数を教えたという。惟仲の祖父である郡司が亡くなった後は、いつも気にかけて、藤原敦舒が、自らの家で惟仲に部屋を与えて育てたという。その家では敦舒の子資任らが、一番惟仲と親しくしていた。

評　経歴から考えて出色の栄達をした惟仲は、観相に後押しされるように累進していくのだが、こうした構造は、前話の忠平や、伴大納言《ばんだいなごん》の説話（二―四九話）などともよく似ている。

五〇　伴別当、橘頼経の命運を相する事

一条院(1)の御時、伴別当(2)といふ相人ありけり。帥《そち》の内大臣(3)の遠行をも兼ねて相し申したりけり。件《くだん》の者、物へ往きける道に、橘馬允《うまのじよう》頼経《よりつね》(4)といふ武者、騎馬して下人七、八人ばかり具して逢ひたりけるを、この相人見て、往き過ぎて後、喚び返していはく「これは某《なにがし》と申す相人に侍り。かくのごとき事申さしむるは憚りある事に侍れど、また冥加《みようが》のため、申さざるべからず。今夜中、御命に及ばん。慎ましむべし。夭《よう》に中《あた》り給ふ御相、顕現せしめ給ふなり。早く帰らしめ給ひ、祈謝せらるべし」と云々。ここに頼経驚きていはく「何様《いかさま》の祈禱をしてか、その難を免かるべきや」と。相者いはく「その身に取りて去り難く大事に思はしめ給ふ者を、妻子を論ぜず殺しなんどしてぞ、もし転ぜしめ給ふ事も侍るべき」と云々。頼経たちまちに打ち帰りて、路《みち》すがら案ずる様、「大葦毛《おおあしげ》とて持ちたる馬こそ、妻子にも過ぎて惜しき物なれ。それを殺さん」と思ひけり。帰るやおそきと、褻居《けい》の前に一疋《いつぴき》別に立て飼ひければ、かりまたをはげて馬に向けてつる引きたるに、芻《まぐさ》うちくひて立ちたるが、主を見て何心なくいななきけるに、射殺す心地もせで、美麗なる妻の、思はぬ気色にて、大きなる皮古《かわご》に寄り懸かりて、苧《お》といふ物をうみて居たる方へ、引きたる弓をひねりむけてこれを射る。中を射串《つらぬ》きて皮子に射立てをはんぬ。妻は矢に付きて死にをは

んぬ。しかるにこの皮古の内より血流れ出、皮古動きければ、奇しみを成し開きて見る処、法師の腰刀抜きて持ちたる、尻に矢を射立てられて、死なんとて動くなりけり。頼経帰り寝《ぬ》る後、ころさせんとて、密夫の法師を皮子の内に隠し置きたりけるなり。件の相人、直《ただ》なる人にあらざるか。

（1）一条院　在位九八六〜一〇一一。（2）伴別当　諸本「廉平」と注する。廉平は『続古事談』二—八に「伴別当廉平といふ相人」と見え、源高明《たかあきら》の遷謫《せんたく》を予言する。『二中歴《にちゆうれき》』一能歴・相人「廬平」と同人か。（3）帥内大臣　藤原伊周《これちか》（九七四〜一〇一〇）。道隆《みちたか》の子。内大臣となるが、長徳二年（九九六）大宰権帥に左遷、翌年帰京。正二位准大臣。（4）頼経　未詳。

訳　一条天皇の時代に、伴別当という人相見がいた。伊周公の大宰府遠行をも事前に占い申し上げていた。この相人が外出した時、橘馬允頼経という武者が、馬に乗り、下人七、八人ほどを連れて向こうからやって来たが、この相人は様子を見て、すれ違ったところで、頼経を呼び返して、「わたくしはこれこれと申す相人でございます。このようなことを申し上げるのは恐縮なことでございますが、一方では神仏のご加護を得るため、申し上げずにはいられません。今夜のうちに、命に関わる大事が起きるでしょう。お気をつけなさい。災難にお遭いになる相が現れておられます。すぐに帰宅なさり、神仏に祈られるべきです」と言った。頼経は驚いて「どのような祈りをすれば、この災難を逃れられるだろうか」と聞いた。相人は「あなた様にとってこの上なく大切だと思っていらっしゃるものを、妻子でも何でもかまわず殺しなどすれば、あるいは運勢をお変えになることができるかも知れません」と答えた。頼経はすぐに家にとって返したが、道々、「大葦毛と呼んで飼っている馬は、妻子以上に大切だ。それを殺そう」と思った。家に帰るやいなや、居間の前に特別一疋別に立てて世話をしている馬がいて、狩猟用の（先が二股で内側に刃のついた）雁股を弓にあてがい、その馬に向かって弦を引いたが、芻を食べながら立っていた馬が、主人を見て、何の邪心もなく鳴いたので、射殺そうという気持ちになれず、美しい妻が、思いがけない、という表情をしながら、革で包んだ大きな籠によりかかって、麻の糸を撚りながら座っている方向に、引いた弓を一瞬ひねり、方向を変えて矢を射た。矢は妻を射貫いて、籠に突き立った。妻はこの矢のために死んでしまった。しかし、籠から血が流れ出て、籠が動いたので、おかしいと思って開けてみると、法師が腰刀を抜いて持ち、尻に矢を突き刺されて、死にそうにうごめいていた。頼経が帰宅して眠った後、殺させようとして、妻が密夫である法師を籠の中に隠し置いていたのだった。例の相人は、大変な能力の持ち主だったのだ。

評　類話の『善家異記《ぜんけいき》』（『政事要略』九五所収）・『今昔物語集』二四―一四では、危難を予告するのは陰陽師弓削是雄《ゆげのこれお》で、同宿した下級官人の求めに応じて夢判断をするが、密夫が家のどこそこにいると、初めから教えている。『古事談』の場合、頼経がぎりぎりのところで心変わりして、結局妻を射ることになる部分に特徴がある。『宇治拾遺物語』三〇「唐《もろこし》に卒都婆《そとば》に血付く事」で山が海に沈む天変地異を起こしてしまう若者たちは、自分たちの出来心でいたずらしたつもりが、実はそういう人間がいずれ出現することを天は知っていて、遠い昔から警告していた。この若者たちこそが、それであったのだ。本話の場合も、偶然に見える頼経の一瞬の迷いをも織り込んだ上で、名人伴別当は結末を占い出していると考えられ、かくして伴別当は、天にも匹敵する能力の持ち主だったことが知られるのである。

五一　洞昭、俊賢を相する事

洞昭《とうしよう》(1)、俊賢卿《としかた》(2)を側見《そば》ていはく「哀《あわれ》なる目や。あれをもて相ぜさせばや」と云々。件《くだん》の卿、さる者には見えぬ由《よし》とて、年来見えられず、と云々。

（1）洞昭　生没年未詳。『二中歴』他、諸書に観相の名手として名が見える。（2）俊賢　九六〇〜一〇二七。源高明の子。顕基《あきもと》・隆国《たかくに》らの父。斉信《ただのぶ》・公任《きんとう》・行成《（こうぜい）》と並び四納言と称された。

訳　洞昭が、俊賢卿をちらっと見て「すばらしい目だ。あの目で観相をおさせしたいものだ」と言った。俊賢卿は、相人には見られたくないと言って、長年お見せにならなかった。

評　占い師に見てもらって適職を聞くと、決まって「占い師です」と言われる人がいるそうだが、本話の俊賢はその類のようだ。俊賢には、人の見えないものを見表す力があった（二―三一話、久原本『大鏡裏書《おおかがみうらがき》』）が、その能力が彼の目に表れていたのだろう。俊賢はそれを自覚していて、相人に言い当てられるのを煩わしく思い、名人洞昭の観相も許さなかったものか。

五二　洞昭、院源の弟子の短命を相する事

西方院の座主《ざす》〔院源〕(1)、洞昭(2)に問ひていはく「弟子良因(3)はいずれの月日、阿闍梨《あじやり》に補《ふ》すべきや」と。全くその相《そう》なき由《よし》を答ふ。座主わらひていはく「和御房《わごぼう》の相に、このことこそをかしけれ。一々毛孔《けあな》にも成りぬべき闍梨なり。いかが」と云々《うんぬん》。洞昭、房を出づる後、他人に対していはく「命あらばこそ、有職《ゆうそく》にも僧綱《そうごう》にも成れ」と云々。しかるに果たして言ふ所のごとく、すなはち卒去《しゆつきよ》しをはんぬ。生年二十五と云々。極めたる抜萃《ばつすい》の人なり。

（1）院源　九五一?〜一〇二八。平元平《もとひら》の子。比叡山で良源・覚慶に師事。天台座主、僧正《そうじよう》。晩年は西塔北尾谷の西方院に住した。（2）洞昭。前話参照。（3）良因　未詳。

訳　西方院の座主〔院源〕が、相人洞昭に「弟子良因はいつ阿闍梨に任ぜられるだろう」とお尋ねになった。洞昭は、全くそういう相は出ていないと答えた。座主は笑って「名人のおまえ様の観相で、そういう答えが出るとは。毛穴の一つ一つのように、確実に阿闍梨になる人材だが」と言った。洞昭は院源の房を出た後、他の人に向かって「命があればこそ、有職〔已講《いこう》・内供《ないぐ》・阿闍梨〕にも、その上の僧綱〔法印・法眼・法橋《ほうきよう》の三位を加えた僧正《そうじよう》・僧都《そうず》・律師〕にもなるだろうけれど」と言った。果たせるかな、洞昭の言っ

た通りで、ほどなく良因は亡くなってしまった。二十五歳だったという。洞昭は大変抜きん出た相人だったのだ。

評 末尾の評は良因に対するものの可能性もある。毛穴は仏書や古文書に頻出し、全身の毛穴から光や芳香が出る、神罰を全身の八万四千の毛穴毎に被る、など、「無数」を体感と共に表わす表現。将来を嘱望されている人の、命自体が遠からず失われるとの予言は、六一五七話にも見られるところ。

五三　洞昭、頼通を相する事

洞昭(1)、入道殿(2)〔御堂《みどう》〕の御前に参るに、臥しながら謁せしめ給ふ。時に宇治殿(3)〔内大臣〕参らしめ給ふ。しばらくありて母上(4)の御方に入り給ふの後、洞昭申していはく「この君、本《もと》より止《や》むごとなくおはします。しかるに重ねて貴かるべきの御相すでに顕はれ給ふ」と云々。入道殿たちまちに驚き起き給ひ、仰せられていはく「摂籙《せつろく》を譲るべき由《よし》、ただ今心中に案ずる所なり」と云々。

（1）洞昭　前々話参照。（2）入道殿　藤原道長（九六六〜一〇二七）。御堂関白と通称されるが、実際に摂関を務めたのは、長和五年（一〇一六）一月二九日から翌年三月一六日までの摂政だけで、それもすぐに、内大臣頼通に譲っている。本話はその頃の逸話。（3）宇治殿　藤原頼通（九九二〜一〇七四）。道長の長男。（4）母上　源倫子（九六四〜一〇五三）。頼通・教通・彰子らの母。従一位准三宮。

訳　洞昭が入道殿〔道長公〕の御前に参り、道長公は横になりながらお会いになった。そこに〔当時内大臣の〕頼通公がいらっしゃり、しばらくして母上のお部屋にいらした後、洞昭が「頼通公は元々尊貴でいらっしゃいますが、いっそう尊くなられる相が表れておられます」と申し上げた。すると道長公は即座に驚いて起き上がられ、「摂政を譲ろうとの考えを、たった今、心中で思い巡らしていたところだ」とおっしゃった。

評　前日すばらしい夢を見たが、つまらぬ人に語ったということの全体を、人相の違いで言い当てた、若き日の伴善男の上役とされる佐渡国の郡司（二―四九話）の観相も大変なものだったが、本話の洞昭は、短い時間に変化する運勢を見抜いている。道長と倫子が同じ邸内にいる様子から考えて、この説話の場面は、土御門第かと想定される。

五四　匡房、清隆を相する事

江帥《ごうのそち》(1)は、極めたる相人なり。清隆卿《きよたか》(2)、因幡守《いなばのかみ》の時、院(3)の御使として、江帥のもとに到る。持仏堂に入り念誦の間なり。よつて御使を縁《えん》に居《す》ゑて、明障子《あかりしょうじ》を隔ててこれに謁す。清隆卿「御使なり。奇怪の事かな」と思ひながら、数刻問答す。事をはり帰参の時、障子を細目にあけて、喚び返していはく「そこは官《つかさ》は正二位中納言、命は六十六ぞよ」と云々。果たして言のごとし。

(1) 江帥　大江匡房《まさふさ》(一〇四一～一一一一)。成衡《なりひら》の子。正二位権中納言、大蔵卿に至る。『江家次第《ごうしだい》』・『続本朝往生伝《ぞくほんちょうおうじょうでん》』など著作多数。(2) 清隆　一〇九一～一一六二。藤原隆時《たかとき》の子。白河・鳥羽院の近臣で、諸国の国司を歴任したが、任因幡守の史料は未詳。正二位権中納言に至る。(3) 院　白河院。院政一〇八六～一一二九。

訳　匡房卿は大変な相人である。清隆卿が因幡守時代、白河院のお使いで匡房卿のもとに来たことがあった。匡房卿は持仏堂に入って念誦の最中だった。それで御使者である清隆卿を縁に座らせ、自身は明障子を隔てて中にいながら謁見した。清隆卿は「院の使者として来ているのに、異様な応対だ」と思いながらも、何時間かやりとりをした。話が終わり、帰ろうとする時、匡房卿は障子を細めに開け、清隆卿を呼び戻すと「そなたは官職は正二位中納言、寿命は六十六歳だよ」と言った。果たしてその通りになった。

評　匡房の態度は、例えば『宇治拾遺物語』七八ノ一の御室戸僧正《みむろどのそうじょう》隆明のようで、超俗の隆明は、院の使者が来ても、明かり障子を隔てて延々勤行を続け、使者はやっと対面できたかと思うと早々に辞去させられる。本話の匡房がずっと障子を隔てていたのは、顔を見ず、声や物腰などから観相するためだったのだろう。

五五　顕房、白河院を相する事

六条右大臣殿(1)は相人なり。白川院(2)を相し奉りていはく「御寿命、八十に至らしめ給ふべし。ただし頓死の相、遁れ難くおはしますか」と云々。院、暮年に及ばしめ給ふ後、仰せられていはく「右府の相あひ叶ひ、すでに八十に及ぶ。頓死の事、いよいよその憚りあり」と云々。

（1）六条右大臣　源顕房《あきふさ》（一〇三七〜九四）。白河中宮となった娘賢子（藤原師実《もろざね》養女）が堀河を生み、外祖父として力をふるった。従一位右大臣。（2）白川院　一〇五三〜一一二九。

訳　顕房公は相人だった。白河院を観相申し上げ「御寿命は八十におなりになるでしょう。しかし、急死なさる相があるのは、どうしようもございません」と言った。院は晩年「右大臣の観相は正しく、すでに八十になろうとしている。すると急死の危険がいよいよ心配だ」とおっしゃった。

評　二つの予言の一つが当たっているのだから、もう一つも当たる可能性が高い。当時八十歳に近づくほどの長命なのだから、いつ亡くなったとしても、急死というより天寿を全うしたと言えそうに思われる。微笑を誘う内容であることは動くまいが、心用意のないままの死を避けたいとの思いから（三―五七話参照）の懸念か。

五六　顕房、信俊を相する事

また、大外記《だいげき》信俊《のぶとし》(1)、生年八歳の時、兄の囚獄正家俊《ひとやのかみいえとし》(2)にあひ具し、かの殿(3)に参るついでに、屏風の上よりこれを御覧ず。また北の方(4)に申さしめ給ひていはく「この童、家業を継ぐべき者なり」と。北の方仰せられていはく「兄家俊、容体太《はなは》だ優《すぐ》れり。何ぞ家を継がざらんや」と。大臣、左右《とかく》仰せられず、と云々。

（1）信俊　一〇七七～一一四五。清原定俊《さだとし》の子。明経《みょうぎょう》得業生から大外記、明経博士、肥後守。『本朝新修往生伝』三二に「大儒清原信俊」として採られている。（2）家俊　清原定俊の子、信俊の兄。保安二年（一一二一）正月一九日、任囚獄正。（3）殿　前話を受け源顕房。（4）北の方　顕房の北の方、源隆子（一〇四四～八九）。隆俊《たかとし》女。中宮賢子・雅実《まさざね》の母。従二位。

訳　大外記清原信俊が八歳の時、兄の囚獄正家俊について、顕房公のもとに参上した際、顕房公は屏風の上から信俊をごらんになった。顕房公は北の方に「この子は家業を継ぐ人材だ」と申し上げなさった。北の方は「兄家俊は大変立派な風貌なのに、どうしてあの子が家を継がないことがあるでしょう」とおっしゃった。顕房公はそれ以上のことをおっしやらなかった。

評　『官職秘抄』に「諸司正　囚獄　諸道得業生、文章生、問者生等これに任ず」とあり、学者の家の家俊が囚獄正に任ぜられるのは妥当だが、『清原系図』他によれば、父定俊の後を承け、信俊・善定兄弟は明経得業生になり、代々の学者の家の職掌を次いでいるが、兄家俊は囚獄正以外の経歴が未詳である。兄ではなく弟が跡を取った例として、当時知られていたのだろう。

五七　顕房、娘中宮賢子を相する事

また、故中宮〔賢子〕(1)に参らしめ給ひ、退出の時、北の方(2)に申さしめ給ひていはく「いみじき態《わざ》かな。心憂き目を見んずるは。この宮、今一両年の内の人なり」と云々。北の方仰せられていはく「まがまがしく、いかでかかくのごとく申さるるや。全く衰邁《すいまい》の気なくおはしまする物を」と。大臣(3)仰せられていはく「美麗によるべからざるなり。生気《しょうき》なく成り給ひたる物を。今明年を過ぐべからざる人なり」と云々。果してしかり、と云々。

(1)賢子　一〇五七〜八四。源顕房女、藤原師実養女。白河の中宮となり、堀河を生む。応徳元年九月、二十八歳で没。(2)北の方　源顕房の北の方源隆子。前話参照。(3)大臣　前話・前々話に続き、源顕房。

訳　また、故中宮(賢子)が(父顕房公のもとに)おいでになり、お帰りになる時、顕房公は北の方に「大変なことだ、こんな辛い目に遭うとは。この宮は、あと一、二年の命の人だ」と申し上げなさった。北の方は「縁起でもないことを、どうしてそのように申されるのか。全くどこも衰えておられるご様子などないのに」とおっしゃったが、顕房公は「外貌の美しさは問題ではない。活力がなくなっておられるのだ。今年、来年を越せない方だ」とおっしゃった。そして、その通りになった。

評　他人の運命を次々と言い当ててきた顕房は、自らの娘の思いがけない短命をも見抜く。賢子死亡については、二―五三話参照。

五八　正家、相人たる事

正家朝臣《まさいえ》(1)、また相人なり。息男右少弁〔左衛門権佐〕俊信《としのぶ》(2)を相していはく、「弁の靭負《ゆげい》の佐《すけ》となり、官位すでに至る。しかるに正家が服《ぶく》を著すべき相なし。口惜しき態《わざ》かな」と云々。その言、果たして違はず。また白川院(3)を相し奉り、八旬に及ばしむべき由《よし》、これを称す。よつて件《くだん》の日、久我太政大臣(4)執奏なし、と云々。

(1) 正家　一〇二六〜一一一一。藤原家経《いえつね》の子。文章博士、堀河の侍読《じとう》。正四位下、式部大輔、右大弁、越中守、若狭守。(2) 俊信　一〇五五〜一一〇五。藤原正家の子。本名家通。右少弁だったのは堀河朝の康和元年(一〇九九)二月から長治二年(一一〇五)二月一日に没するまでで、右衛門権佐、文章博士、東宮学士。(3) 白川院　正家の没年に五十九歳。それから十八年後、七十七歳で没。(4) 久我太政大臣　源雅実(一〇五九〜一一二七)。顕房の子で、中宮賢子の同母弟。太政大臣就任当時、正家はすでに故人なので、呼称は極官《ごっかん》。

訳　藤原正家朝臣もまた観相に秀でていた。子の右少弁〔左衛門権佐を兼任〕俊信を観相して「弁で衛門の介を兼ねる官位の運勢にはすでに達している。しかしわたくし正家の喪に服す相が出ていない。残念なことだ」と言った。その言葉は果たせるかな現実のこととなり、俊信は父に先立った。また白河院を相し申し上げ、寿命が八十歳に達せられるだろうと言った。それでその日、雅実公はこのことを、院に取り次がなかった。

評　『中外抄《ちゆうがいしよう》』上八二で藤原忠実《ただざね》は「故正家はをそろしかりし者なり」として、観相を申し出た正家が、忠実の繁栄と長寿を予言、息子の俊信はすばらしい儒者で取り立てるべき人材だが、長生きできないのでどうにもならない、と言った。正家の言ったことはすべてが当たった、と語っている。六―五五話の（雅実の父）顕房も、本話の正家も、白河院については同様の相を観じとっていた。雅実が院に正家の観相について伝えなかったのは、正家の観相が日ごろあまりに図星なので、例えば大臣クラスの顕房ならばまだしも、一介の学者が、尊貴な人に向かって「あなたの未来はこうだ」と、超越的な者が申し渡すかのような趣きになることを、はばかったものか。

五九　時望、雅信を相する事

平大納言時望《ときもち》（1）、敦実《あつみ》親王（2）の家に参る。雅信《まさのぶ》（3）年少の時これを出し、時望をしてこれを相せしむ。時望相していはく「必ず従一位《じゆいちい》太政大臣に至らんか。下官の子孫、もし事に触るる者あらば、必ず許容あるべきなり」とて、数剋感歎す、と云々。時望卒去《しゆつきよ》の後、一条左大臣(4)、かの知己の言に感じ、惟仲《これなか》(5)肥後公文《くもん》の間、ことに芳心を施さる、と云々。惟仲は、これ時望の孫、珍材《よしき》(6)の男なり。平家は往昔《おうせき》より累代の相人なり。

（1）時望　八七七〜九三八。高棟王《たかむねおう》の孫、平惟範《これのり》の子。従三位中納言。（2）敦実親王　八九三〜九六七。宇多皇子。醍醐の同母弟。一品《いっぽん》式部卿宮。諸芸能に堪能だった。（3）雅信　源雅信（九二〇〜九九三）。敦実親王の子。藤原道長の嫡妻倫子の父。従一位左大臣に至る。（4）一条左大臣　源雅信。（5）惟仲　平惟仲（九四四〜一〇〇五）。珍材の子。母は備中国青河、もしくは讃岐国の郡司女。文章生、左大弁、蔵人頭《くろうどのとう》などを経て従二位中納言に至る。天元四年（九八一）一〇月、任肥後守。六―四九話参照。（6）珍材　生没年未詳。平時望の子。

訳　平大納言時望が敦実親王の家に参上した。親王は年若いわが子雅信を呼んで時望に観相させた。時望は「必ず従一位太政大臣になるでしょう。わたくしめの子孫がもし問題を起こすような時には、きっとお許し下さい」と相して、しばし感嘆した。時望が亡くなった後、一条左大臣雅信公は、時望が自分の将来性を認めてくれたことを嬉しく思い、惟仲が肥後の公文をしていた当時、特に目をおかけになった。惟仲は時望の孫、珍材の子である。平家は昔から代々観相に優れた人物を輩出しているのだ。

評　『江談抄《ごうだんしょう》』（二―二五）に拠る。本話の「公文」は、文脈に沿えば「公文書」ではなく荘園の「荘官」。惟仲は肥後守に任ぜられたが、下級荘官である公文をしていた時期があった記録は未見。ただし、伴善男《とものよしお》がかつては佐渡国の郡司の従者だったと語られていた（二―四九話）ような異伝が、鰯を数えて数を覚えたという逸話まである惟仲の田舎出身の経歴（六―四九話）とあいまって、惟仲にも生じていた可能性は考えられる。

六〇　一条殿全子、伊通・季通兄弟を相する事

宗通《むねみち》卿(1)の子息両人（兄伊通《これみち》公(2)、弟季通《すえみち》朝臣(3)）童稚《どうち》の時、一条殿(4)の御もとに参る。たちまちに折敷《おしき》に饌を居《す》ゑらる。各食しをはり、退出の後、尼上いはく「この兄児は大臣に至るべきの人なり。弟は凡卑なり。卿相に至るべからず」と云々。果たしてかの言のごとし。

（1）宗通　一〇七一～一一二〇。藤原俊家《としいえ》の子。正二位権大納言。（2）伊通　一〇九三～一一六五。藤原宗通の子。正二位左大臣、太政大臣。（3）季通　一〇九四～一一五九。藤原宗通の子。正四位下、備後守。藤原頼長《よりなが》は、季通が弟の中納言成通・重通《しげみち》に比べ官位が劣ってい

るのを気の毒に思い、正四位下に推薦したが、それ以後生涯昇進しなかった。『尊卑分脈《そんぴぶんみやく》』に「事に坐す」とあるのは、季通が鳥羽入内前の待賢門院璋子と密通していた（『殿暦《でんりやく》』）ことと関連するか。（4）一条殿　藤原全子　一〇六〇もしくは一〇五九～一一五〇。藤原俊家女、宗通の姉。藤原師通《もろみち》の室、忠実の母。従一位准三宮。なお底本他諸本に割注が付されているが、錯綜しているので割愛した。

訳　宗通卿の子息二名〔兄は伊通公、弟は季通朝臣〕が子供の頃、伯母一条殿全子のところに参上した。一条殿はすぐに、片木《へぎ》の角盆に食べ物をお出しになった。それぞれが食べ終わり、帰った後、一条殿の尼上は「上の子はきっと大臣になる。弟は凡庸だ。大臣にはなるまい」と言った。果たしてその通りになった。

評　今回は物の食べ方による観相らしい。人の運命や命を予見する観相の記事群がここで終わり、観相同様運命を予見し命を左右する、医道・陰陽道の説話が続く。

六一　紀国守、医道を子孫に伝へざる事

医家《いか》

典薬頭《てんやくのかみ》紀国守《くにもり》(1)〔中納言長谷雄《はせお》(2)卿の祖父〕、春宮(3)御腹病の時、芒消黒丸《ぼうしょうこくがん》を合はせしめ、兼ねて申していはく「この御薬服しおはしまして後、悩乱せしめ給ふべし。しかれども遂にその験《しるし》あるべし」と云々。きこしめすの後、悶絶せしめ給ふ。これにより、国守の身を、帯刀《たちはき》の陣に下さる。帯刀ら剣を抜き「宮崩じ給はば、国守の身を指し殺すべし」と云々。次に宮平安、御腹病永く癒ゆ、と云々。後日、国守いひていはく「宮もし御命終せば、国守存すべからざるか」とて、医道を出をはんぬ。子孫に於いて永くその道を伝へず、と云々。

(1) 国守　生没年未詳。紀真人《まひと》の子。侍医、内薬正《うちのくすりのかみ》、典薬頭。(2) 長谷雄　八四五～九一二。紀貞範《さだのり》の子。菅原道真に学び、文章博士、従三位中納言。(3) 春宮　未詳。

訳　典薬頭紀国守〔中納言長谷雄卿の祖父〕は、東宮がお腹の病気の時、芒消黒丸を調合させ、服用の前に「この薬はお飲みになった後、一旦苦しまれるはずだ。しかし最終的にはきっと効果がある」と申し上げた。東宮がこの薬を飲まれた後、身もだえして苦しま

れた。そのため国守は、身柄を（東宮や御所の警備に当たる）帯刀の舎人《とねり》たちの詰め所に拘束された。帯刀らは剣を抜き「東宮がお亡くなりになったら、国守を刺し殺してくれる」と言った。この後、東宮の容態は回復し、お腹の病気もすっかり治った。後日、国守は「東宮がもしお亡くなりになったら、わたしも殺されるところだった」と言い、医学の道を退いた。そして子孫に一切、この専門道を伝えなかった。

評　『長谷寺験記《はせでらげんき》』上四に同類話が見える。国守が朝臣《あそん》を賜った承和九年（八四二）三月（『続日本後紀』）頃であれば、天皇は仁明《にんみよう》、同年八月に文徳《もんとく》が立太子している。天皇家の診察にあたるのは侍医で、その診察に基づき薬種の調剤が行われた。芒消（硝）は硫酸ナトリウム十水和物の通称で、下剤として用いられ、『輔仁本草《すけひとほんぞう》』などにも見える。危険を伴う治療を貴人に施すのを、医師が避けようとするのは、例えば七歳の東宮（後宇多《ごうだ》）の全身に黄疸症状が出ているのに、東宮に施した例がないからと、効果と副作用の強い灸治を、和気・丹波の医師たちが施さなかった例にも現れており（『増鏡』八）、本話の国守との違いが分かる。

六二　道長の犬、危難を告ぐる事

陰陽《おんよう》

入道殿(1)、法成寺建立《ほうじょうじこんりゅう》の時、日々御出仕ある頃、白犬を愛して飼はしめ給ひけり。御堂《みどう》へも毎日に御共す、と云々《うんぬん》。ある日、寺門に入らしめ給ふ時、件《くだん》の犬、御共に候ひけるが、御前に進みて、走り廻りて吠えければ、しばらく立ち留まらしめ給ひて御覧じけるに、指せる事もなかりければ、なほ歩み入らしめ給ふに、犬、御直衣《のうし》の襴《らん》をくはへ引き留め奉りければ「いかにも様《よう》あるべし」とて、榻《しじ》を召して尻を懸けしめ給ひて、たちまちに晴明朝(2)臣を召し遣はし、子細を問はるる処、晴明眠り、沈思して申していはく「君を呪詛し奉る者、厭術《えんじゅつ》を御路に埋み、超えさせ奉らむと構へて侍るなり。今、君の御運やんごとなくおはしますにより、御犬吠え顕はす所なり。犬は本《もと》より小神通《こじんずう》の物なり」とて、その所を差し掘らしむる間、土器《かわらけ》二つを打ち合はせて、黄色の紙捻《かみひねり》にて十文字にからげたるを掘り出さしむ、と云々。晴明申していはく「この術は極めたる秘事なり。晴明のほか、当世定めて人知るなきか。ただし、もし道摩(3)法師の所為か。その人を知るべし」とて、懐紙を取り出し、鳥の形を彫り、頌《しょう》を唱へ投げ揚ぐる処、白鷺《さぎ》と成り、南を指して飛び行く。「この鳥の落ち留まる処を以て、厭術の者の住所と知るべし」と申しければ、下部《しもべ》ら、白鳥を守り走り行く間、六条坊門万里小路、川原院の古き師《し》織戸《おりど》の内に落ち留まる。よつて踏み入りて捜し拾ふ処、僧一人あり。すなはち捕へ取り、由緒を問はるる間、道摩、堀川左府(4)の語らひを得《え》、術を施す由《よし》、すでに以て白状す。しかりといへども罪科に行はれず。本国〔播磨〕に追ひ遣はされをはんぬ。ただし永くかくのごとき呪詛を致すべからざる由、誓状を書かせらる、と云々。

(1) 入道殿　藤原道長（九六六～一〇二七）。寛仁三年（一〇一九）に出家。(2) 晴明　九二一～一〇〇五。陰陽道安倍氏（土御門家《つちみかどけ》）の祖。賀茂忠行《ただゆき》・保憲《やすのり》父子に師事。天文博士。従四位下、左京権大夫。著書に『占事略決』。実際は、法成寺建立時（無量寿院を法成寺と改め金堂の落慶供養を行ったのが治安二年（一〇二二））にすでに故人。(3) 道摩　芦屋道満。清明と並んで「一条院御宇《ぎょう》一双の陰陽の逸物」（『峯相記《ほうそうき》』）。(4) 堀川左府　藤原顕光《あきみつ》（九四四～一〇二一）。兼通《かねみち》の子で、道長の従兄弟。

訳　道長公が法成寺（現京都市上京区）を建立し、毎日のようにお参りなさっていた頃、白い犬をかわいがって飼っていらした。お寺にも毎日お供をしていた。ある日、寺の門をお入りになろうとすると、例の犬がお供をしていたが、道長公の足下に回り込み、走り回って吠えるので、しばらく立ち止まって様子をごらんになったが、特別な様子もないので、かまわず歩み入られたが、犬は御直衣の裾の横布をくわえて引きとどめ申し上げたので、「なにか理由があるにちがいない」ということで、榻（牛車前方の横棒である轅《ながえ》を置く台で、乗降にも利用）を持って来させ、腰掛けられると、すぐさま晴明朝臣をお召しになり、どういうことかお尋ねになった。晴明は目を閉じ、熟考して「あなた様を呪い申し上げる者が、まじないを封じ込めたものを通り道に埋めて、その上を通過させ申し上げようと段取ってあるのでございます。今、あなた様のご運がこの上なくていらっしゃるので、愛犬が吠えて、それを露見させたのです。犬はそもそもちょっとした神通力を持っておるものです」と申し上げ、場所を特定して掘らせ、焼き物の小皿二つを合わせて、黄色いこよりを十文字にかけたものを掘り出させた。晴明は「この術は大変な秘法です。晴明以外、現代で知っている者はまずおりません。いや、もしかすると道摩法師の仕業かも知れない。誰の仕業かは分かります」と申し上げ、懐紙を取り出すと、鳥の形に切り、唱え言をして投げ上げたところ、白鷺となって南を目指して飛んで行く。「この鳥が落ちて止まるところが、まじないを封じ込めたものを仕込んだ人間の住まいだと分かります」と申し上げたので、下仕えの者たちが、白い鳥に目をこらしながら走って行くと、六条坊門小路と万里小路の交差するあたり、河原院一帯の、古いしおり戸（細木などを並べて作った簡素な戸）のある建物の中に落ちて動かなくなった。それで下仕えの者たちが踏み込んで、鳥形の紙を探して拾うと、そこに僧が一人いた。すぐさま捕えて事情をお聞きになると、道摩は、顕光公に語らわれまじないを行ったとあっさり白状した。しかし罪に問われず、本国〔播磨〕に追い返しなさった。その際、こうした呪詛を今後二度と行わないとの誓いの文章を書かせなさったという。

評 法成寺は、道長が自邸土御門第の隣りに建立し、亡くなった寺で、道長を御堂と呼ぶのも、この寺に由来する。道長は幼い頃から好んで犬を飼い（『右記《うき》』）、息頼通は足長《あしおさ》丸・その子師実は手長《ておさ》丸という「白毛の犬」をかわいがっていた（『中外抄《ちゅうがいしょう》』下四三）。河原院は源融《とおる》の壮麗な邸（一―七話）だったが後に荒廃、融の子仁康上人が寺に改め丈六仏を安置したが、鴨川の氾濫の影響を避け、かつての顕光の邸で仁康に献じた広幡《ひろはた》寺（院）に、丈六仏を移転した（『続古事談四―二四』・『権記《ごんき》』）。河原院と顕光は、仁康・広幡寺を介してゆかりが深かった。敦明《あつあきら》親王妃となった顕光女延子は、複数の子ももうけたが、東宮を辞退した親王が小一条院《こいちじょういん》になると、道長の聟になってしまった。こうして顕光は道長に深い恨みを持ち、死後道長一門に祟ったとされる。播磨国は智徳法師（『今昔物語集』二四）など、有名な陰陽師を幾人も輩出していることで知られ、例えば『宇治拾遺物語』一二六で晴明を試しに来る謎の老僧も、播磨国出身である。なお本話は、『古事談抜書』二一話との本文比較から、『古事談抜書《こじだんぬきがき》』には、現行の古事談より古い本文を保存している場合があると知られる一話でもある。

六三　施薬院領の明道図の事

施薬院《せやくいん》領の九条の辺《あたり》なる所に、明道図《めいどうず》のあるを、見る人必ず目を病む由《よし》、雅忠《まさただ》(1)朝臣これを申し置く、と云々。

(1) 雅忠　一〇二一～八八。『医心方《いしんぼう》』の著者丹波康頼《やすより》の曾孫。忠明《ただあき》の子。正四位下。典薬頭。施薬院使。高麗国王からの求めがあった際、日本の名医雅忠の派遣を断った大江匡房《まさふさ》の「高麗返牒」は広く知られている。

訳　施薬院領の九条あたりのところに、人体のつぼを表示した明堂図があり、これを見た人は必ず目の病気になると、雅忠朝臣が申し置いた、ということだ。

評　典拠は『富家語《ふけご》』一二〇。施薬院自体は九条坊門にあった。鍼灸は医術の一部なので、前話六二話と本話の順番が入れ替わると、医道の国守・雅忠、陰陽道の晴明の説話二つ、という風にまとまるが、前話のまじないの土器同様、本話の明堂図が神秘的な力を持つ品である点に注目して、この配置にしたものか。

六四　晴明、花山天皇の前生を知る事

晴明は、(1)俗ながら那智千日の行人《ぎょうにん》なり。毎日一時《いっとき》、滝に立ちて打たれけり。前生《ぜんしょう》も止《や》んごとなき大峰《おおみね》の行人と云々。花山院《かざんいん》(2)在位の御時、頭風《ずふう》を病ましめ給ふ。雨気《あまけ》ある時は、ことに発動し、せん方を知り給はず。種々の医療、更に験なし、と云々。ここに晴明朝臣申していはく「前生は止《や》んごとなき行者にておはしましけり。大峰　某《なにがし》宿に於いて入滅す。前生の行徳に答へ、天子の身に生まるといへども、前生の髑髏《どくろ》、巌《いわお》の介《はさま》に落ちはさまりて候ふが、雨気には巌ふとる物にて、つめ候ふ間、今生《こんじょう》、かくのごとく痛ましめ給ふなり。よつて御療治に於いては叶《かな》ふべからず。御首を取り出して広き所に置かるれば、定めて平癒せしめ給はんか」とて「しかじかの谷底に」とをしへて、人を遣はし見せらるる処、申す状相違なし。首《こうべ》を取り出されて後、御頭風永く平癒し給ふ、と云々。

（1）晴明　前々話参照。（2）花山院　在位九八四〜九八六。

訳　晴明は、在俗だが那智で千日修行を行った行者である。毎日二時間滝に立って打たれた。過去世でも、尊い大峰の行者だったとのことだ。花山院が在位の時、頭痛に悩んでいらした。雨が降りそうな時は特にひどくなり、どうすることもおできにならない。いろいろな医術を施したが全く効果がなかった。その時、晴明朝臣が「帝は前世で尊い行者でいらっしゃった。そして大峰の某という参拝所でお亡くなりになった。前世の尊い行徳のおかげで、今生で天皇の身にお生まれになったが、前世の髑髏が岩の隙間に落ちはさまっておりまして、雨が降りそうになると岩は膨張するので、押しつけられて、今生の御身がこのように苦しくおなりになる。だからご自身の治療をしても治りません。髑髏を取り出し広い所に置かれれば、きっと頭痛がお治りになるでしょう」と申し上げ、「どこそこの谷底に」と教え、人を遣ってお見せになると、晴明の申し上げた通りだった。髑髏を岩の間から取り出された後、頭痛は跡形もなく回復なさった。

評　天皇が過去世で僧だったのは、二―五〇話の清和天皇にも共通する。過去世の自分の髑髏に出会う、というのは、例えば鬼と天人が、それぞれ前世の自分の屍《かばね》を槌で打ったり、花を降らせたりしている説話（『発心集《ほっしんしゅう》』七―一二）に見られる。

六五　亀甲の御占の事

亀甲の御占《みうら》には、春日の南、室町の西の角におはする社をば、ふとのとの明神と申す、件《くだん》の社を、この占の時は念じ奉る、と云々。また、伊豆国大嶋の卜人《ぼくじん》は、皆この占をするなり。堀川院(1)の御時、件の嶋の卜人三人上洛す。召して占《うらな》はせらるる処、皆この事を奉仕する者なり、と云々。

(1) 堀川院　在位一〇八六～一一〇七。

訳　亀甲の御占には、春日の南、室町の西の角に鎮座される社をふとのとの明神と申し上げるのだが、その社に向かって、この占いの時には祈念申し上げるのだという。また、伊豆国大嶋の占い師は、みなこの占いができる。堀河院の時代に、その島の占い師三人が上洛し、お召しになって占いをさせられたところ、全員この占いに従事する者たちだった。

評　典拠は『富家語』一一九。亀甲を用いた占いは、紫宸殿軒廊《ししんでんこんろう》で行われる軒廊御卜で用いられた。伊豆は卜術にすぐれた人材を輩出する三国（伊豆・壱岐・対馬）の一つ（『延喜式』三）。都の左京二条にあるふとのとの明神は、『延喜式』二・九に見え、本話の言う位置とほど近い。ちなみに「近代亀卜を伝ふるただ一人なり」『中右記《ちゆうゆうき》』と言われた卜部《うらべ》兼政《かねまさ》が亡くなった後、鳥羽院からの下問に源師時《もろとき》は、堀河朝に（伊豆国大嶋ならぬ）対馬からやって来た金師《かねし》が亀卜に詳しく、御前にお召しになった場に同席した、と答えている（『長秋記《ちようしゆうき》』天承元年（一一三一）八月一二日）。

六六　随身武則・公助父子の事

武則(1)、公助《きんすけ》(2)とて、古随身《ふるずいじん》ありけり。何《いずれ》を父、何れを子とは分明ならず、父子の間なり。右近の馬場の騎射、わろく射たりとて、子を勘当《かんどう》して、晴《はれ》にて殴りけるに、逃《に》げ去る事もなくて打たれければ、見る人「いかに逃げずして、かくは打たるるぞ」と問ひければ、「老衰の父、もし逃げしめば、追ひなどせん程に、もし顛倒しなば、極めて不便《ふびん》なりぬべければ、かくのごとく心のゆくかぎり打たるるぞ」と申しければ、世人《せじん》「いみじき孝子なり」とて、世のおぼえ、その事に出来にけり、と云々。

(1) 武則　秦武則。生没年未詳。藤原兼家《かねいえ》の随身、左近府生《ふしよう》。武則の子武員《たけかず》は、下毛野《しもつけの》公助と共に「やんごとなき舎人共」(『今昔物語集』二八―二)とされ、世代的には武則が親世代、公助らは子世代と考えられるが、武則と公助は親子ではない。『今昔物語集』一九―二六は、公助と父敦行《あつゆき》の説話とする。(2) 公助　下毛野公助。生没年未詳。『下毛野氏系図』は重行《しげゆげ》の子、敦行の孫とする。重行の養子になったか。公助も藤原兼家の随身として武則と並び称せられた。右近将曹《しようそう》。

訳　武則、公助という熟練した随身たちがいた。どちらが父でどちらが子なのかはっきりしないが、父子であった。(右京一条大宮の北にあった) 右近の馬場での (馬を走らせながら的を射る) 騎射の出来が悪かったと言って、子を叱りつけ、公衆の面前で殴ったが、子は逃れることもなく殴られていたので、周囲で見ていた人々は「どうして逃げもせずこうして殴られているのか」と聞くと、「父は年老いており、もしわたくしを逃がそうものなら、追いかけなどしているうちに、倒れたらとても気の毒なことですから、このように納得のいくまで殴られているのだ」と申し上げたので、世間の人は「大変親孝行な子だ」

と称え、この事ですっかり評価が高くなった。

評　本話の典拠も『富家語《ふけご》』(一三〇)。右近・左近の馬場では、右近衛府・左近衛府の騎射が、毎年五月に競馬と共に行われたが、臨時の騎射も行われた。その様子は『年中行事絵巻』に描かれている。なお、『今昔物語集』・『古今著聞集《ここんちょもんじゅう》』・『十訓抄《じっきんしょう》』は本話を孝行の説話群の中で扱う。当時孝行は「技芸」の一分野と見なされていたが、『古事談』は、本話以下、随身に着目して配列していると考えられる。

六七　道長の競馬を実資見物の事

御堂《みどう》(1)、早旦に、人々に私《ひそか》に法興院《ほうこういん》の馬場にて、公時《きんとき》(2)に競馬《くらべうま》を乗せ給ひけるに、小《お》野宮《ののみや》右府《うふ》(3)、古車に乗り、馬場の末に於いて密《ひそか》に見物す。公時勝ちたりけるに、車より纏頭《てんとう》す、と云々。神妙なる紅《くれない》の打衣《うちぎぬ》を肩に懸けて、あげて参りたりければ、御堂「あれはいかに」と驚き問はしめ給ふに、公時申していはく「方《かた》の大将の、馬場の末にてみ給ひ候ふなり」と云々。

（1）御堂　藤原道長。本話の当時、左大臣（2）公時　下毛野公時（?～一〇一七）。公友《きんとも》の子。前話の公助の甥。馬芸に優れた尾張兼時《かねとき》の外孫。道長の随身で、『御堂関白記』に死去の記事がある。当時、右近衛府生。（3）小野宮右府　藤原実資《さねすけ》。当時、大納言・右大将。

訳　道長公が早朝、人々には隠して、法興院の馬場で、右近衛府生下毛野公時に競馬をさせなさっていると、実資公が古い車に乗り、馬場の末でそっと見物していた。公時が勝ったので、実資公は車から褒美を授けられた。立派な紅の光沢のある衣を肩に掛け、馬を跳ねさせながら近づいて参ったので、道長公が「それはどうした」と驚いてお尋ねになると、公時は「右方の大将が、馬場の末で御覧になっておいででした」と申し上げた。

評　法興院は、道長の父兼家が正暦元年（九九〇）に二条京極第を寺に改めたもの。二条京極第では度々競馬が行われており（『小右記』）、前話の下毛野公助らの名も見える。本話の典拠は『中外抄』下四七だが、そこでの藤原忠実《ただざね》の語りの原点と思われる出来事が『小右記』長和二年（一〇一三）九月一三日に見える。身分のある人が晴れの場で話題にするに相応しいのは経書・史書のこと、詩歌のこと、そして弓馬のことで（『中外抄』下二六）、上流貴族は馬や騎手の目利きであり、すぐれた馬や随身は貴族社会の宝であった。

六八　兼時、馬を知る事

宇治殿(1)、若くおはしましける時、花形《はなかた》といふ揚がり馬にたてまつりけるを、兼時《かねとき》(2)といひける御随身《みずいじん》見奉りて「この御馬、腹立ち候ふにより、とくおりさせおはしませ」と申しければ、下りさせ給ひて、他人を乗せて御覧じければ、御馬臥しまろび、乗る人をくひなどしければ、御堂(3)、兼時を召し纏頭《てんとう》す、と云々。

(1) 宇治殿　藤原頼通。(2) 兼時　生没年未詳。尾張安居《やすい》の子。高名の近衛舎人で、下毛野重行《しげゆき》・播磨保信《やすのぶ》(九五五～一〇一五)・物部丈文《もののべたけふみ》らと並び称され、特に馬芸に秀でた。藤原教通《のりみち》・能信《よしのぶ》の舞の師。左近将監《しょうげん》。人長《にんじょう》(神楽《かぐら》の宰領役)のできる数少ない人材でもあった(『続古事談』五―三四)。(3) 御堂　藤原道長。頼通の父。

訳　頼通公がまだお若くていらした時、花形という、飛び跳ねる癖のある馬にお乗りになったが、尾張兼時という御随身がそれを拝見して「この御馬は気が立っていますので、すぐにお下《お》りなさいませ」と申したので、お下りになり、他の者を乗せてごらんになったところ、その馬は転げ回り、騎手に食いつきなどしたので、道長公は兼時をお召しになり、褒美をお与えになった。

評　『中外抄』下二六に拠る。『二中歴《にちゆうれき》』名物歴・馬に「鳥形花形」が見える。馬の性質を見抜く逸話という点では、後代の『徒然草《つれづれぐさ》』一八五「城《じよう》陸奥守泰盛は」などの先縦。競馬で連戦連勝の兼時は、ごくまれに負けた時「負けた時にはどちらに下がるのが作法なのか」と周囲に尋ねて感嘆された、という説話も伝えられている（『古今著聞集』馬芸）。

六九　忠通、賀茂祭に武正・兼行の振舞を見る事

法性寺殿《ほつしようじどの》(1)の御時、賀茂祭の使の禰《くちとり》に武正《たけまさ》(2)、兼行《かねゆき》(3)両人遣はしたりけり。殿下、かへさの日、紫野《むらさきの》に於いて御見物の間、この両人、御桟敷《さじき》の前、各けたみて通りけるを「なほいまして御覧ぜらるべし。今一度北へ罷《まか》り渡れ」と仰せられければ、両人北へ渡りにけり。兼行は、なほまた南へ渡るに、三ケ度御覧じをはんぬ。武正みえざりければ「いかに」と御尋ねの処、「早く、幔《まん》の外より南へ通り候ひぬ」と申しければ、「なほ武正は術《ずち》なき者なり」と仰せられけり。

（1）法性寺殿　藤原忠通《ただみち》（一〇九七〜一一六四）。忠実の子。（2）武正　生没年未詳。藤原師実《もろざね》・師通《もろみち》父子の随身下毛野武忠《たけただ》の子。忠実・忠通の随身。久安二年（一一四六）一月に右近衛将曹。（3）兼行　生没年未詳。秦兼久の子。忠通の随身。天承二年（一一三二）四月に左近衛府生。

訳　忠通公の時代に、賀茂祭使の馬の差し縄を引く係に、下毛野武正・秦兼行両名を派遣された。忠通公は、斎王が上賀茂神社から紫野の斎院御所に帰る日、紫野で行列をごらんになっていた。忠通公は、両名は忠通公の桟敷の前をそれぞれ敬意を表しながら通って行ったが「まだここにいて見物する。もう一度北に向かって通れ」とおっしゃったので、両名は北に向けて再び大路を通った。そして兼行は、もう一度南に向けて通ったので、計三回御覧になった。武正が三度目に現れないので「どうしたか」とお尋ねになると、「すでに、幔幕の外側を通って南に移動致しました」と報告があったので、「やはり武正は食えないやつだ」とおっしゃった。

評　忠通の慨嘆は褒め言葉である。どんなにすばらしい見物も三回見ると飽きてしまう、と思った武正は、あえて三度目を忠通以下の観客に与えずに終えたのである。ちなみに「武正府生」のすばらしさは、『宇治拾遺物語』六二「篤昌、忠恒等の事」の会話の中にも、当時の常識として登場する。

七〇　武正、物言ひの事

知足院殿《ちそくいんどの》(1)、宇治におはします時、武正(2)、御所の侍《さぶらい》を凌礫《りようりやく》し、大略死門に及ぶ間、侍ら参集し、これを訴へ申す。よつて仲行《なかゆき》(3)を御使として、子細を武正に召し問はるる所、申していはく「武正は、少童の時、大殿(4)、召し出し御覧じて御感あり、御沓《くつ》の中三寸ばかりを切り捨て、尻首を閉ぢ合はせて給ひて、はきて候ひしなり」と云々。殿下「いみじく申したり」とて酒を賜り、侍らを謝遣し、訴詔沙汰なし、と云々。

(1) 知足院殿　藤原忠実。(2) 武正　前話参照。(3) 仲行　一一二一〜七九。高階仲範《なかのり》の子。藤原忠実・頼長《よりなが》父子とその子女に仕えた。『富家語《ふけご》』筆録者。(4) 大殿　藤原師実。忠実の祖父で養父。

訳　忠実公が宇治にいらっしゃる時、武正が御所（皇居もしくは院御所か）の侍を踏みにじり、ほとんど死なせてしまいそうになったので、侍たちが参り集まり、この乱暴を忠実公に訴え申し上げた。それで、高階仲行を御使いとして、状況を武正に問いただされたところ、「わたくし武正は、幼かった頃、師実公に召し出され、おほめに与《あずか》り、御沓の中を一〇センチメートルほど切り落とし、前後をとじ合わせて拝領し、履いた者でございます」と申し上げた。これをお聞きになった忠実公は「よくぞ申した」とおっしゃって酒を賜り、侍たちを引き取らせ、訴えは不問に付された。

評　随身は貴人の外出の際に護衛をし、競馬の騎手を務めたが、いずれも魔を払う役割を帯びている。そのため随身は、異次元の力を感じさせる存在感とパフォーマンスが求められた。その様は例えば『宇治拾遺物語』一〇〇「下野武正、大風雨の日、法性寺殿に参る事」にも活写されている。そういう気構えの彼らは、ちょくちょく暴行事件を起こした。日頃似たようなことをし慣れている侍たちは、忠実に一つ貸しを作った形で、引き下がったことだろう。

七一　伊成・弘光、力競べの事

直能

相撲《すまい》の節《せち》以後、二条の帥《そち》(1)のもとに、伊遠《これとお》(2)、男伊成《これなり》(3)をあひ具して参りたりければ、前に召して酒など勧むる間、弘光《ひろみつ》(4)といふ相撲また出来たりければ、同じく召し加へて、酒のませて物語の間、弘光すこぶる酒気入りて、多言に成りて申していはく「近代の相撲は、勢などだに大きに成り候ひぬれば、左右《そう》なく最手《ほて》にも成り、脇《わき》にも立ち候ふなり。昔は勝ちもせよ負けもせよ、取り昇進してこそ至り候へ」と云々。ここに伊遠いはく「これは伊成が事を申すなり。今度脇に立ち候ひにたり。ただし、きと試み候へかし」と云々。時に弘光、左手を指し出して、手乞ひけるを、伊成は掻き合はせて畏《かしこ》まりて居たりけるを、父伊遠「ただ試みられ候へかし」と度々いひければ、弘光が左手を、伊成、右手を以て指をみしと取りたりけるを、引き抜かむとしけれど、え抜けざりければ、戯れにしなすに、右手を以て腰刀のつかに懸けて、抜かんとする体《てい》にしける時、伊遠「さて放ちて候へ」といひければ、放ちをはんぬ。その時弘光いはく「加様《かよう》の手合はせは、さのみぞ候ふ。この事によらず候ふなり。一差《ひとさし》仕《つかまつ》りて見候はん」とて、起《た》ち走りて隠所《いんじょ》へ寄りて、肩脱ぎて括《く》り上げて、袖引きちがへて、庭に出て、ひらひらとねりて「これへ下《お》り候へ、下り候へ」といひけるを、伊成は父に目を懸けて居たりけるを、伊遠「かくほどに申し候へば、早く罷《まか》り下りて一差仕り候へ」といはれて、伊成も隠れにて腰からみて、寄り合ひて、弘光が手を取りて、前へ荒く引きたりければ、うつぶしに引き臥せてけり。弘光おきあがりて「これは謬《あやま》りなり。今度は仕るべし」といひけるを、伊成なほ父の気色を窺ひ、いともすすまざりけるを、「ただ責め寄せて試み候へ」といひければ、進み寄りて、弘光の手を取り、後ろざまへ荒く突きたりけるに、のけざまに顚倒して、頭をつよく打ちてけり。起き上がりて烏帽子《えぼし》の抜けたりけるを取りて推し入れて、帥の前に膝をつきて、ほろほろと落涙して「君の見参《げんざん》は今日ばかりに候ふ」といひて退出して、やがて出家してけり。法皇(5)この事をきこしめし「最手、脇などに昇進しぬれば、われらだにも輙《たやす》く勝負を決せざる事なり。いはんや私に勝負の条、奇怪の事なり」とて、長実《ながざね》卿、しばらく出仕を止めらる、と云々。父、伊成を試みばやと思ひて、ある時、塗籠《ぬりごめ》の中に於いて取り合ひけり。板敷のなるおとおびたたしくて、雷の落つるやうに顚《たお》るる音しけれど、勝負はあへて人知らず、と云々。

(1) 二条の帥　藤原長実(一〇七五~一一三三)。顕季《あきすえ》の子。白河院の寵臣。近衛生母美福門院得子の父。正三位権中納言に至る。長承二年(一一三三)任大宰権帥。本話の当時、伊予守、内蔵頭。(2) 伊遠　豊原惟遠。生没年未詳。左右の最手が両名とも亡くなり、その後に最手となったのが左方　県直《あがたのなお》、右方豊原惟遠だった(『殿暦』天永二年(一一一一)八月)。(3)

伊成　豊原惟成。生没年未詳。惟遠の子。相撲人。天永二年八月の相撲召合で、惟遠・惟成父子の名が見える（『中右記』）。（4）弘光　越智《おち》弘光。生没年未詳。（5）法皇　白河院。永長元年（一〇九六）出家。

訳　（宮中で毎年七月頃行われる）相撲の節の後、長実卿のところに伊遠・伊成父子が連れ立って参上したので、御前にお召しになり酒など勧めた。そこに弘光という相撲もまたやって来たので、同じようにお召しになり、座に加わらせて酒を飲ませ、話をしているうちに、弘光はずいぶん酔い、言葉数が多くなって「この頃の相撲は、なりばかり大きければ簡単に最手（横綱）にもなり、脇（大関）をも張っております。昔は勝つにせよ負けるにせよ、実際の戦績で上位を占めたものです」と申した。それを聞いた伊遠は「それはせがれ伊成のことを申しているのだろう。今回大関になりましたから。しかし、しかとお試し下さいませ」と言った。すると弘光は、左手を出して伊成に手を出すよう促したが、伊成は腕を組んだままかしこまって座っていた。父伊遠が「いいから、試して頂きなさい」と度々言ったので、弘光の左手を、伊成は右手の指でしっかりつかんだ。すると弘光は引き抜こうとしても自分の左手を引き戻せなかったので、冗談めかしながら、右手で自分の腰刀の柄《つか》に手を掛けて抜くような動作をした。そこで伊遠が「では放しなさい」と言ったので、伊成は放した。その時、弘光は「このような手合わせは、ただそれだけのこと。これでどうこうということではありません。一番相撲を取ってみましょう」と言って、席を立って走り、物陰に行って肩脱ぎになり紐で括り上げ、袖を帯にたくし入れて、庭に出ると、ゆさゆさとおもむろに歩き、「こちらに下りて来なさい、下りて来なさい」と言ったので、伊成は父の様子をじっと見て座っていたが、伊遠から「これほど申されるのなら、すぐあちらに下りて、一番仕りなさい」と言われたので、伊成も物陰で着物の上半身部分を帯にたくし込み、弘光に近寄り、弘光の手を取り、手前に強く引いたところ、弘光はうつ伏せに引き落とされた。弘光は起き上がると「今のはまちがいです。今度は本気でやりましょう」と言ったが、伊成はまた父の様子をうかがい、あまり気が進まぬ様子でいた。伊遠が「今度は攻め寄せて試みてご覧なさい」と言ったので、伊成は進んで行って弘光の手を取ると、今度は後ろ方向に弘光を強く突き飛ばしたところ、弘光はもんどり打って倒れ、したたか頭を打った。弘光は起き上がって、飛ばされた烏帽子を取って髻《もとどり》を押し入れると、長実卿の前に膝をつき、はらはらと涙を流して「あなた様にお目にかかるのは今日が最後でございます」と言って退席し、その足で出家してしまった。白河法皇はこのことを耳にされると「横綱、大関などに昇進した相撲に対しては、われわれでも簡単に勝敗を決めさせたりできないものだ。ましてや私的に勝負をさせるなどもってのほかだ」とおっしゃり、長実卿の出仕はしばらく許されなかった。

父伊遠は、子の伊成の実力を自ら試したいと思い、ある時など、塗籠の中で相撲をとった。板敷がものすごい音を立て、落雷のような人の倒れる音がしたが、どちらが勝ったのか、誰も知らないとのことだ。

評「直能」は肉体そのものを用いる技芸の意か。競馬などに従事した随身たちの次に、相撲が配置されているのは、邪気を祓うことで共通しているからである。本来相撲節は、そうした役割に耐えうる人材を、諸国から中央に集め、天皇が臨席して行われる、非常に重視された朝廷の年中行事だった。最手や脇は、神事を行う上で確保されるべき重い役を担ったのである。本話の出来事は、『殿暦』永久四年（一一一六）九月四日に記されている。ちなみに相撲節はその六年後から三十六年間、中絶する。

七二　定朝の子、覚助の事

工匠《こうしょう》

仏師定朝《じょうちょう》(1)の、弟子覚助(2)をば儀絶して、家中へも入れざりけり。しかるに母に謁せんがため、定朝他行の隙《ひま》などには、密々に来けり。肇朝《じょうちょう》、左近府の陵王の面打ち進《まい》らすべき由《よし》、仰せ下さるるにより、至心《ししん》に打ち出して、愛して褻居《けい》の前なる柱に掛けて置きたりけるを、父他行の隙《ひま》に覚助来たりけるに、この面を取り下ろして見て「穴心《あな》う。この定《じょう》にて進らせられたらましかば、浅猿《あさまし》からまし」とて、腰刀を抜き、むずむずとけづり直して、本《もと》のごとく柱に掛け、退き帰りをはんぬ。肇朝帰り来て、この面を見ていはく「この白物《しれもの》、来たり入りたりけりな。不孝の者、他行《たぎょう》の間といへども、入り居る事奇怪の事なり。ただし、かなしく直されにけり」とて、勘当《かんどう》を免ぜしむ、と云々《うんぬん》。

（1）定朝　?〜一〇五七。仏師康尚《こうしょう》の子。藤原道長に重用され、法成寺《ほうじょうじ》の多くの仏像を作り、木仏師《きぶっし》・外才者《げさいのもの》（仏法以外の技能者）としてはじめて僧綱（法橋）に叙され、興福寺造仏の功で法眼に叙された。平等院鳳凰堂阿弥陀像が現存作。後出の「肇（呉音でジョウ）朝」は当て字。（2）覚助　?〜一〇七七。定朝の子。治暦三年（一〇六七）、興福寺造仏の功で法橋、円宗寺造仏の功で法眼に叙された。法勝寺金堂造営中に死亡。

訳　仏師定朝が、弟子で子の覚助を義絶して、家の中にも入れなかった。しかし覚助は母に会うため、定朝が留守の時などには、こっそりと家に戻っていた。定朝に、左近衛府の陵王の面を制作し申し上げよとご命令があったので、心を込めて打ち出し、とても気に入って、居間の正面の柱に掛けておいたが、父定朝が外出している隙に覚助が家に来て、この面を取り外して見て「ああ残念だ。このまま納めたなら、とんでもないことになるだろう」と言って、腰刀を抜き、ざくざくと削り直し、元通り柱に掛けて帰って行った。定朝が帰宅してこの面を見て「あの馬鹿者が帰って来たのだな。親不孝者が、わたしの留守中とは言え、家に入り込むとはもってのほかだ。この陵王の面を作り直してある。しかし、見事に直されている」と言って、勘当を解かせた。

評　直接語り合うことがなくても、お互いのすべきことを知っている、実力者同士のやりとりは、例えば源頼信《よりのぶ》・頼義《よりよし》親子が、闇の中で馬盗人をとらえる説話などをも連想させる（『今昔物語集』二五—一二）。斯界《しかい》の第一人者が、子供の実力に脱帽せざるを得ない、幸福な親の説話としては、六—四四話や四五話の、敦光《あつみつ》や通憲《みちのり》にも通じる。

七三　醍醐天皇、棋勢法師と囲碁の事

囲碁

延喜聖主(1)、棋《き》勢《せい》(2)法師を召し、金の御枕を御懸物《かけもの》にて、囲碁を決せしめ給ふに、数《しばしば》御勝負なし。ある日棋勢法師勝ち奉り、御枕を賜はり、退出の間、蔵人《くろうど》を以て召し返さるる処、申していはく「年来一堂建立《こんりゆう》の宿願候ふ。これを思ひ日を渉《わた》る間、早くこの御懸物を賜はる。帰参して、もし打ち返されまゐらせもぞする」とて、やがて退出す。翌日より一宇の堂を建立す。仁和寺《にんなじ》の北に弥勒寺といふ堂は、この棋勢の堂なり。

(1)延喜聖主　醍醐天皇。在位八九七〜九三〇。(2)棋勢　碁聖《ごせい》とも。寛蓮(八七四〜?)。俗名橘良利《よしとし》。囲碁の名人。『今昔物語集』二四―六は、宇多院の殿上を許された、殿上法師とする。

訳　醍醐天皇が棋勢(碁聖)法師寛蓮をお召しになり、金の枕を勝者への品となさって、囲碁の勝負を決めようとなさったが、何度打っても勝負がつかなかった。ある日、とうとう寛蓮が勝ち申し上げ、金の枕を頂き宮中を退出したが、蔵人にお命じになり、引き返してもう一番仕るよう召されたので、「長年、堂を一つ建立したい宿願がございます。願いながら日ばかりが経ちましたが、今回この賞品を頂きました。今一度戻って、取り替えされてはいけませんから」と言って、すぐさま退出した。そして翌日から一堂の建立を開始した。仁和寺の北にある弥勒寺という堂は、この寛蓮が建てた堂である。

評　『古今著聞集《ここんちよもんじゆう》』博奕《ばくえき》の類話で「聖代にも、か様の勝負、禁なかりけるにこそ」とあるが、賭け事は奈良時代以来度々禁制が発せられていた。ルールが簡単な双六と違い、囲碁は哲学的で上品な遊びとされ、上流貴族の間でも好まれたが、こと碁のこととなると、未練な碁敵となる延喜の聖主を通し、斯道が多くの人々の心をとらえる様を描く。『今昔物語集』二四―六では、天皇は懸物の金の枕を勇んだ若い殿上人に取り戻させようとするが、寛蓮がそれを出し抜いた上で弥勒寺を建立した、とする。『中古京師《ちゆうこけいし》内外地図《ないがいちず》』には、仁和寺の北側と南側の二カ所に、弥勒寺の記載がある。

七四　伊尹、囲碁に負け和歌を詠ずる事

同じ御時(1)、囲碁を好ましめ給ひけり。一条摂政(2)蔵人《くろうど》の頭《とう》のころ、帯を懸物《かけもの》にてあそばしけるに、負け奉りて、御数多く成りければ、一首の和歌を詠ず。

　白浪のうちやかへすとおもふまに浜のまさごのかずぞつもれる

（1）同じ御時　前話を承けると醍醐の時代だが、一条摂政伊尹《これだた》が蔵人頭であったのは村上朝（九五五～九六〇）。『拾遺抄』・『拾遺集』・『一条摂政御集《いちじょうせっしょうぎょしゅう》』でも、和歌の作者は村上天皇（在位九四六～九六七）。（2）一条摂政　藤原伊尹（九二四～九七二）。正二位太政大臣。私家集『一条摂政御集』。

訳　同じく（醍醐）天皇が囲碁を愛好なさり、一条摂政伊尹が蔵人頭だった時、帯を賞品にして打っておられたが、（伊尹は）負け申し上げて、負けが積もったので、一首の和歌を詠んだ。

白浪の…（白石の自分はそのうち盛り返せるかと思っている間に、浜の真砂のように多くの石――（あげ）はま――を取られてしまいました。）

評　『拾遺抄』以下、この和歌の作者は天皇で、「お前が挽回するかと思っていたが、そうはならなかったね」が本来である。そしてその天皇は醍醐ではなく天暦の帝、村上である。『古事談』が醍醐としたのは、前話と同じ聖帝の対照的な様に仕上げたかったか、単純な錯誤かであろう。また第三句が「待つほどに」、第五句が「数ぞまされる」など、歌詞に異同がある。しかし最大の違いは、『拾遺抄』以下にある、勝ち続けてたまった懸物を天皇が伊尹に返してやる、という詞書の内容が『古事談』にはなく、一首を伊尹の作にしている点である。懸物を返すのは、例えば貴重な引出物などをもらっても、内々に返却するのと同様である。『拾遺抄』以下の状況のままで、一首を巻末に置いたとして、余裕ある聖代の王の詠歌が斯道を称える効果は同じようにもたらされただろう。しかし顕兼は、懸物返却を伴う状況を分かり難いと感じたのか、その部分を割愛し、伊尹の側が詠歌によって負けを認める構図に改変している。いずれにせよ本話では、天皇が囲碁の世界にあっても堂々たる王者であったことを記し、巻第一から第五までの巻末話同様、巻第六のこの最終話から、次の巻、今回は冒頭、王の巻である第一王道后宮へと、『古事談』の世界は還流していくことになる。

〔古事談逸文《いつぶん》〕

（一）古事談抄一四　忠実、顕雅に感ずる事

知《ち》足院殿《そくいんどの》(1)、宇治におはします時、深雪の朝、「今朝最前に来臨の人を、実《まこと》の志と知るべし」と待たしめ給ふ間、橋の上に雨皮《あまがわ》を掩《おお》ふ車みえけり。人を遣りて見しめ給ふに、楊梅《やまもも》大納言〔六条右府(2)息〕顕雅《あきまさ》(3)卿なり。参入の後、御対面以前、「早旦にて、朝膳は」とて、便所《びんしょ》に於いて饌《せん》を客に勧められ、これを御覧ぜしむるに、箸を立て盃を取り酒を受けて三度飲みをはり、箸を抜きて押し遣らる、と云々。殿下仰せていはく、「いみじき物食ふ上手なり」と頻《しき》りに感ぜしめ給ふ、と云々。

（1）知足院殿　藤原忠実《ただざね》（一〇七八〜一一六二）。（2）六条右府　源顕房《あきふさ》（一〇三七〜九四）。師房《もろふさ》の子。白河中宮賢子の父。（3）顕雅　一〇七四〜一一三六。源顕房の子。正二位権大納言。ひどい言い間違いが多く、牛車にばかり凝り、漢詩文も操れなかったと、『今鏡』七や二一八六話に見える。参議に任ぜられた二十年後に権中納言、その十年後の長承元年（一一三

二）に権大納言に任ぜられた。

訳 忠実公が宇治においでの時、雪の深い朝、「今朝、一番にやって来る人こそ、本当に志ある人だと分かる」とお待ちになっていたところ、宇治橋の上に、雨皮（生絹《すずし》に油を塗った、牛車を覆う雨よけ。公卿《くぎょう》以上が使用）をつけた車が見えた。人を遣って確かめさせなさると、楊梅大納言（顕房公息）顕雅卿だった。顕雅卿が邸に入ると、御対面の前に「何分早朝なので、朝食は取られたか」と言って、適当な部屋でお膳を勧められ、召し上がる様子を御覧になった。飯に箸を立て、盃を取り、酒を受けて三度飲み終わると、箸を飯から抜いて、お膳を押し返された。忠実公は「大変立派な食べ方だ」としきりと感嘆なさった。

評 前半は六―三三話の藤原在衡《ありひら》を彷彿とさせる。朝廷にも上役のところにも、実直に日参するというのは、なかなかできないことだったらしいのは、藤原頼長《よりなが》が残した遺誡《ゆいかい》（『台記《だいき》』）などからもうかがわれる。今回、雪の中をやって来たのは、時に無能と言われる顕雅で、奉公に加え、後半では、食事というもう一つの取り柄があったことが知られる。「山里は雪ふりつみて道もなし今日来む人をあはれとは見む」（『拾遺集』冬）を念頭に、忠実は風流な心持ちも併せつつ来客を待っていたが、やって来たのは魯鈍《ろどん》と言ってもよい人物だったという意外性が仕掛けられているか。本話は『古事談抄』に見え、『古事談抄』は中世に、『古事談』第二臣節だけを題材に作られた小さな説話集なので、『古事談抄』が編纂に用いた『古事談』第二には、本話が存在していたと推定される。東大寺図書館蔵『古事談』写本の余白の存在と合わせると、本話がもともと、二―六五話と六六話の間に置かれていた可能性が考えられる一方、前後の説話との連絡だけで考えるなら、置かれていた可能性のある候補箇所は、複数存在するとの指摘もされている。

（一二）摂関補任次第別本（国立歴史民俗博物館蔵広橋家本）知足院殿勅勘の時の事

法性寺殿《ほつしようじどの》(1)〔保安二　三　五〕

高陽院《かやのいん》入内《じゆだい》(2)の事により、知足院殿勅勘(3)〔白川院〕(4)の時、顕隆《あきたか》(5)申していはく、「関白勅勘、その替《かわり》いまだ定まらず。中古以来、執柄《しつぺい》の人、なき事これなし。不便《ふびん》なり」と云々。仰せていはく、「関白、内府〔法性寺〕たるべし」と云々。顕隆落涙し、善政の由《よし》申す。その時、法性寺殿摂籙《せつろく》の事あり。〔『古事談』〕

（1）法性寺殿　藤原忠通《ただみち》（一〇九七～一一六四）。忠実の子。姉高陽院の鳥羽后宮への入内問題が原因で、父忠実が白河上皇から蟄居を命ぜられた保安元年（一一二〇）当時、内大臣、左大将。保安二年三月五日は忠通の関白就任の詔が発せられた日付。（2）高陽院　一〇九五～一一五五。忠実女泰子（初めは勲子）。白河院の意向で鳥羽后宮への入内が内定したが、忠実が固辞したため中止。白河院没後の長承二年（一一三三）、鳥羽上皇の后宮に入り、准后、皇后となる。保延五年（一一三九）院号宣下。（3）知足院殿　藤原忠実（一〇七八～一一六二）。当時関白だったが、保安元年一一月に内覧を止められ、翌年一月、内覧に復帰したが関白を辞任した。（4）白川院　院政一〇八六～一一二九。（5）顕隆　一〇七二～一一二九。藤原為房《ためふさ》の子。右大弁、蔵人頭を歴任、正三位権中納言に至る。白河院の近臣で、「夜の関白」と異名をとり（『今鏡』二）、「天下の政この人の一言にあり。威一天に振るひ富《とみ》四海に満つ」（『中右《ちゅうゆう》記《き》』）と言われた。当時、従三位右大弁、中宮亮。

訳　法性寺殿忠通公〔保安二年（一一二一）三月五日〕

高陽院入内の一件で、忠実公が〔白河院の〕勅勘を被っていた当時、左大弁顕隆が白河院に「関白が勅勘を被り、その代わりがまだ定まっておりません。中古以来、摂関が置かれなかったことはありません。不都合なことです」と申し上げた。白河院は「関白は内大臣〔忠通公〕にさせるべきだ」とおっしゃった。顕隆は涙を流し「善政です」と申し上げ

た。それで忠通公は関白に任ぜられた。〔『古事談』〕

評　忠実は永久元年(一一一三)、白河院から、娘勲子(後の高陽院)を鳥羽の后宮に入れるよう持ちかけられた際、同時に提案されていた院の養女璋子と忠通との縁組共々、辞退した。保安元年、鳥羽があらためて忠実に、勲子の入内を勧め、天皇と忠実とでこの縁談を進めていたのを、ちょうど熊野詣に出かけていた白河院に「悪し様《ざま》に」伝えた人がいて白河院は激怒、忠実の内覧をとどめ閉門を命じた(『愚管抄《ぐかんしょう》』四)。白河院は「師実の子家忠を関白にしては」と顕隆に相談したが反対され、「親は親、子は子とこそは、下衆《げす》にも言ふめれば、執政せよ」と忠通を任命することになったという(同前)。本話は、『広橋家本摂関補任次第別本』に「古事談」と出典注記して取られている計六話のうちの一話で、他の五話はみな、現存する『古事談』第二に同話が見られる。『古事談』には、臣下の人事にまつわる記事は、王や后が登場しても、第一王道后宮ではなく第二臣節に配する原則があるので、旁々、本話もかつての『古事談』第二臣節に配されていた可能性が高いだろう。なお、本話が『古事談』第二から脱落したのは、単に物理的な理由に拠るかも知れないが、もしもどこかの段階での、記事の取捨選択の結果だと想像した場合、本話は誰の何を示す説話だと位置づけにくい内容であったために、定着しなかったのかも知れない。

主要参考文献（現在比較的入手しやすいと思われる形式のものを掲げる）

〈本文・影印・注釈・索引・論文集〉

・新訂増補国史大系『宇治拾遺物語　古事談　十訓抄』（一九六五年　吉川弘文館）
・日本古典文学会編　日本古典文学影印叢刊『日本霊異記　古事談抄』（一九七八年　貴重本刊行会）
・志村有弘訳『古事談―中世説話の源流』（一九八〇年　教育社）
・小林保治校注　古典文庫『古事談　上・下』（一九八一年　現代思潮社）
・池上洵一編著『島原松平文庫蔵古事談抜書の研究』（一九八八年　和泉書院）
・川端善明・荒木浩校注　新日本古典文学大系『古事談　続古事談』（二〇〇五年　岩波書店）
・浅見和彦編著『『古事談』を読み解く』（二〇〇八年　笠間書院）
・有賀嘉寿子編『古事談語彙索引』（二〇〇九年　笠間書院）
・浅見和彦・伊東玉美・内田澪子・蔦尾和宏・松本麻子編『古事談抄全釈』（二〇一〇年　笠間書院）
・浅見和彦・伊東玉美責任編集『新注古事談』（二〇一〇年　笠間書院）
・倉本一宏編　ビギナーズ・クラシックス　日本の古典『古事談』（二〇二〇年　KADOKA

WA）

〈本書にかかわる拙著・拙稿〉

・『院政期説話集の研究』（一九九六年　武蔵野書院）
・『小野小町―人と文学』（二〇〇七年　勉誠出版）
・『宇治拾遺物語のたのしみ方』（二〇一〇年　新典社）
・浅見和彦・伊東玉美責任編集『新注古事談』（二〇一〇年　笠間書院）
・浅見和彦・伊東玉美・内田澪子・蔦尾和宏・松本麻子編『古事談抄全釈』（二〇一〇年　笠間書院）
・『むかしがたりの楽しみ　宇治拾遺物語を繙く』（二〇一三年　NHK出版）
・浅見和彦・伊東玉美訳注『新版発心集　上・下　現代語訳付き』（二〇一四年　KADOKAWA）
・伊東玉美編　ビギナーズ・クラシックス　日本の古典『宇治拾遺物語』（二〇一七年　KADOKAWA）
・「院政期社会と伴大納言説話」（『共立女子短期大学文科紀要』三五　一九九二年二月）
・「丹鶴叢書本『古事談』について」（『日本古典文学会々報』一三〇　一九九八年七月）
・「日本古典文学影印叢刊所収『古事談抄』について」（『共立女子短期大学文科紀要』四六　二〇〇三年一月）

・「中世の『古事談』読者―日本古典文学影印叢刊所収『古事談抄』の構成と意義」（『文学』五―三　二〇〇四年二月）
・「『古事談』―貴族社会の裏話」（小林保治監修『中世文学の回廊』二〇〇八年　勉誠出版）
・「『古事談抄』から見えてくるもの」（浅見和彦編『『古事談』を読み解く』二〇〇八年　笠間書院）
・「説話文学における牛」（鈴木健一編『鳥獣虫魚の文学史　日本古典の自然観1　獣の巻』二〇一一年　三弥井書店）
・「日記と説話文学―円融院大井川御幸の場合」（倉本一宏編『説話研究を拓く　説話文学と歴史史料の間に』二〇一九年　思文閣出版）
・「鎌倉道の西行と実方」（『西行学』第十号　二〇一九年八月　再録）

〈本書で用いた上記以外の主な参考文献〉（五十音順）

・相澤鏡子「鴨長明と大原」（『説話文学研究』一五　一九八〇年六月）
・浅見和彦『説話と伝承の中世圏』（一九九七年　若草書房）
・飯淵康一『平安時代貴族住宅の研究』（二〇〇四年　中央公論美術出版）
・池上洵一『説話と記録の研究　池上洵一著作集　第二巻』（二〇〇一年　和泉書院）
・石井進『院政と平氏政権　石井進著作集　第三巻』（二〇〇四年　岩波書店）
・石田実洋「東山御文庫本『御産記　寛弘六年十一月』の紹介」（禁裏・公家文庫研究会編

『禁裏・公家文庫研究』一　二〇〇三年）
・磯高志「源顕兼について―『古事談』と『発心集』との関連追求のために」（『鴨長明の研究』二　一九七六年六月）
・磯水絵『説話と音楽伝承』（二〇〇〇年　和泉書院）
・今村みゑ子「鴨長明の父と母、および勝命のことなど」（『国語と国文学』八七―一　二〇一〇年一月）
・小川豊生「大江匡房の言説と白居易―『江談抄』をめぐって」（太田次男他編『白居易研究講座　第四巻　日本における受容（散文篇）』一九九四年　勉誠社）
・大曽根章介『大曽根章介　日本漢文学論集　第一巻・第二巻・第三巻』（一九九八・一九九九年　汲古書院）
・太田静六『寝殿造の研究』（一九八七年　吉川弘文館）
・小沢正夫「儀同三司母」（『国文学』四―四　一九五九年二月）
・落合博志「『叡山略記』について―紹介と資料的性格の検討―」（一九八八年　説話文学会大会資料）
・落合博志「『古事談』私注数則」（浅見和彦編『『古事談』を読み解く』二〇〇八年　笠間書院）
・河内祥輔『保元の乱・平治の乱』（二〇〇二年　吉川弘文館）
・川端新『荘園制成立史の研究』（二〇〇〇年　思文閣出版）

・神田邦彦「源惟盛（惟成）―妙音院師長より「蒼海波」を受く―」（『日本音楽史研究』五　二〇〇四年七月）
・ニールス・グュルベルク「岩瀬文庫所蔵『言談抄』と大江匡房」（『国語と国文学』六六―一〇　一九八九年一〇月）
・久保田淳『西行　草庵と旅路に歌う』（一九九六年　新典社）
・小島孝之「王権のトポロジー―『古事談』巻六亭宅篇試論―」（久保田淳編『論集　中世の文学　散文篇』一九九四年　明治書院）
・後藤昭雄『本朝漢詩文資料論』（二〇一二年　勉誠出版）
・小林太市郎『大和絵史論　小林太市郎著作集五　日本芸術論篇一』（一九七四年　淡交社）
・五味文彦『院政期社会の研究』（一九八四年　山川出版社）
・五味文彦『平清盛』（一九九九年　吉川弘文館）
・佐久間竜『日本古代僧伝の研究』（一九八三年　吉川弘文館）
・佐竹昭広・久保田淳校注　新日本古典文学大系『方丈記　徒然草』（一九八九年　岩波書店）
・阪本敏行『熊野三山と熊野別当』（二〇〇五年　清文堂出版）
・佐藤辰雄「廉承武伝承の考察」（『日本文学誌要』三四　一九八六年六月）
・佐藤弘夫『神・仏・王権の中世』（一九九八年　法藏館）
・佐藤道生『句題詩論考　王朝漢詩とは何ぞや』（二〇一六年　勉誠出版）
・新村拓『古代医療官人制の研究』（一九八三年　法政大学出版局）

・高橋秀栄「毘沙門堂流の学匠たち―智海・明禅の行実をめぐって」(『印度學佛教學研究』三三(二) 一九八五年三月)
・高橋富雄『奥州藤原氏四代』(一九五八年 吉川弘文館)
・高橋昌明『清盛以前 伊勢平氏の興隆 増補改訂』(二〇一一年 平凡社)
・田口和夫『能・狂言研究―中世文芸論考』(一九九七年 三弥井書店)
・田島公「禁裏文庫周辺の『古事談』と『古事談』逸文」(『新日本古典文学大系月報』100 二〇〇五年一一月)
・田中宗博「『古事談抜書』本文考―『十訓抄』との交錯と独自異文―」(池上洵一編著『島原松平文庫蔵古事談抜書の研究』一九八八年 和泉書院)
・田村憲治『言談と説話の研究』(一九九五年 清文堂出版)
・蔦尾和宏『院政期説話文学研究』(二〇一五年 若草書房)
・土田直鎮『奈良平安時代史研究』(一九九二年 吉川弘文館)
・角田文衛『平家後抄 上』(二〇〇〇年 講談社)
・中原俊章『中世公家と地下官人』(一九八七年 吉川弘文館)
・中村義雄『王朝の風俗と文学』(一九六二年 塙書房)
・新田一郎『相撲の歴史』(二〇一〇年 講談社)
・藤本孝一『中世史料学叢論』(二〇〇九年 思文閣出版)
・渕原智幸『平安期東北支配の研究』(二〇一三年 塙書房)

・細谷勘資『中世宮廷儀礼書成立史の研究』（二〇〇七年　勉誠出版）
・益田勝実「古事談」（『国文学　解釈と鑑賞』三〇―二　一九六五年二月）
・益田勝実「古事談鑑賞」→（浅見和彦編『『古事談』を読み解く』二〇〇八年　笠間書院再録）
・益田勝実著　鈴木日出男・天野紀代子編『益田勝実の仕事　二』（二〇〇六年　筑摩書房）
・元木泰雄『院政期政治史研究』（一九九六年　思文閣出版）
・安良岡康作『徒然草全注釈　下』（一九六八年　角川書店）
・龍福義友「転換期の貴族意識」（『岩波講座　日本通史　第七巻　中世1』一九九三年　岩波書店）

解説

伊東玉美

清少納言の零落

『古事談』らしさを感じられるいくつかの説話を見てみたい。はじめに、一条天皇の中宮定子に仕え、『枕草子』の作者として知られる清少納言《せいしょうなごん》の逸話から。

二―五五話　零落したる清少納言、秀句の事

清少納言零落の後、若《わか》殿上人あまた同車し、かの宅の前を渡る間、宅の体《てい》、破壊《はえ》したるをみて、「少納言、無下《むげ》にこそ成りにけれ」と、車中にいふを聞きて、本より桟《さ》敷《じき》に立ちたりけるが、簾《すだれ》を搔き揚げ、鬼形《きぎょう》のごとき女《おんな》法師、顔を指し出していはく「駿馬《しゅんめ》の骨をば買はずやありし」と云々《うんぬん》〔燕王《えんおう》馬を好み骨を買ふ事なり〕。

清少納言の零落は、既に読者との間で了解済みで、それについて説明なしで説話は始ま

る。彼女の家の前を牛車に乗りこぼれた若殿上人たちが「少納言も落ちぶれたなあ」と言うと、闊達な老女よろしく、かねてから道路を眺めては通行人に声の一つもかけようかという構えの清少納言は、早速顔をさらし、「死馬の骨を五百金に買う」で有名な『戦国策《せんごくさく》』の一節を踏まえ「すぐれた女性は老婆になっても大切にする。そういう心がけでないと、あんたたち偉くなれないよ」と、言い返すのだった。彼女が漢籍の知識に秀で、当意即妙なやりとりをした様は、『枕草子』二八〇「雪のいと高う降りたるを」の香炉峰《こうろほう》の雪の段などで有名だが、老いてなお、彼女の学識と反応の早さは変わらない。若殿上人たちが絶句した様子がありありと浮かぶ上、才女の末路は不幸、というありがちな図式を食い破り、昔の同僚との懲りないやりとりのようであるのが痛快でもある。

鳥羽僧正覚猷の遺言

有名人の個性的イメージを効果的に伝える、『古事談』以外には見られない短い逸話は他にもある。例えば、三―七三話「覚猷、臨終の処分の事」。

覚猷《かくゆう》僧正、臨終の時、処分すべき由《よし》、弟子らこれを勧む。再三の後、硯紙《すずり》等を乞ひ寄せ、これを書くなり。その状にいはく「処分は腕力によるべし」と云々。遂に入滅す。その後、白川院、この事をきこしめし、房中しかるべき弟子、後見などを召し寄せて、遺財等を注《しる》さしめ、えしもいはず分配し給ふ、と云々。

鳥羽僧正覚猷は、今は散逸した『宇治大納言物語』の作者とされる源隆国の子で、天台《てんだい》座《ざ》主《す》にまでなった高僧。「鳥羽絵」という戯《ざ》れ絵《え》の創始者と伝えられる絵の名手でもあり、うさぎやかえるが活躍する「鳥獣人物戯《ちょうじゅうじんぶつぎ》画《が》」の作者に擬せられている。高雅な身分にかかわらず、悪ふざけや勝手放題の発言などで、周囲をやりこめたり、自分がやり返されたりした逸話は、『宇治拾遺物語』や『古《こ》今著聞集《こんちょもんじゅう》』などにも見られるところ。

その覚猷が、亡くなりそうになっているのに、なかなか遺産分配を指示してくれないので、弟子達が懇願すると、覚猷はしぶしぶ「遺産分配は腕力で決めるように」と書き残して亡くなった。僧侶が腕力で、とは世も末だが、僧兵の最盛期でもあるご時世、「何事も今流で」という最後のブラックジョークである。

この話を聞いた白河院（実際は鳥羽院か）は、自ら乗り出し、見事に遺産分配を采配して下さったとのこと。覚猷がそれを見越して、このような注意を引く遺言を残したものかどうか、『古事談』は何も語らない。

後三条天皇と皇子白河院

同じように、比較的言葉少なで印象的な逸話に、例えば次のようなものがある。

一―六九話　後三条天皇、鯖の頭を食する事

ある人いはく、鰯《いわし》は良薬たりといへども公家に供《くう》ぜず。鯖《さば》は苟《いや》しき物といへども供《ぐ》御《ご》に備ふ、と云々。後三条院は鯖の頭に胡椒《こしょう》をぬりて、あぶりて常にきこしめしきと範時語りけり。

四―二二話　後藤内則明、白河院に合戦の物語の事

白川院の御時、後藤内則明《ごとうないのりあきら》、老衰の後、召し出して、合戦の物語せさせられけるに、まづ申していはく、「故正きみの朝臣、鎮守府を立ちてあいたの城に付き侍る時、薄雪の降り侍りしに、いくさの男共」と申す間、法皇仰せられていはく、「今はさやうにて候へ。事の体《てい》はなはだ幽玄なり。残る事等、この一言に定まるべし」とて、御衣《おんぞ》を賜ふ、と云々。

後三条天皇と言われても、「記録荘園券契所」を日本史の教科書で教わったことなどを

除けば、「賀茂川の水、双六《すごろく》の賽《さい》、山法師《やまぼうし》」の「天下三不如意《さんふによい》」（『平家物語』一）や、雨を獄舎に入れた（一―七四話）などの逸話で有名な子の白河天皇ほど、普通の現代人は後三条天皇のことを知らないだろう。鯖の頭に胡椒（実際は胡桃《くるみ》だったと考えられる）を塗ってあぶっていつも召し上がっていた後三条天皇とは、一体どういう人なのだろうと、この説話は考えさせずにおかないはずだ。

同じように、源頼義の郎等で、前九年の合戦、黄海《きのみ》の攻防で生き残った猛将「七騎」の一人、後藤内則明を呼び、合戦の物語――「軍語り《いくさがたり》」をさせた白河院、語り出しを聞くや、「それで十分だ」と言って褒美を給い、辞去させた。本話で白河院はなぜこういう態度をとったのか、興味津々である。

法滅の菩提心

『古事談』の基調は全体として、人生を豊かにはするが、だからどうということもない、他愛のないものばかりなのかというと、そうではない。

比叡山延暦寺と三井寺《みいでら》園城寺《おんじょうじ》は武力闘争を繰り返した時期があったことで有名だが、園城寺が大規模な焼き討ちにあった時、夢の中で、園城寺の守護神新羅明神《しんらみょうじん》の眷族に出会ったある園城寺僧が、思わず「一体あなた方はこの寺の何を守って下さっているのだ」と思いをぶつける。すると後から出て来た、いかにも新羅明神本体を思わせる老僧は、思わぬ回答をする（五―三七話　新羅明神、園城寺守護の事）。

本話は、『古事談』中でも屈指の名篇で、第五神社仏寺を支える理念の一つとなっている説話だと思うが、本話に出て来る、追い込まれた時に発揮される宗教心を、神宮本『発心集』は「法滅の菩提心《ぼだいしん》」と呼んでいる。

恐るべき占いの力

最後にもう一話紹介したい。六―五〇話「伴別当、橘頼経《よりつね》の命運を相する事」は、『古事談』の中では比較的長い方の説話だが、外出先で、今夜のうちに横死の相が表れている武士とすれ違った、占いの名手伴別当が、厳重警戒するようアドバイスすると、相手は「どうしたら死を免れられるか教えてほしい」と懇願する。伴別当は「最も大切なものを殺すことができたら、活路が開けるかも知れない」と答える。帰宅した武士は、最も大切なものといえばうちの馬、と思い、矢を向けるが、無心な姿に心が弱り、思わず妻に矢を向ける。すると……。

本話について私は、例えば『宇治拾遺物語』の中の一説話、三〇「唐《もろこし》に卒都婆《そとば》に血付く事」を横に置くと、読み解けると考えているのだが、この結末のどこまでを、伴別当は予め見通していたのか、読者の想像をいろいろとかき立てる一篇だろう。

このように、『古事談』は多くの場合、簡潔で禁欲的な表現でエピソードを伝え、それをどうとらえるのかは読者にあずける形式をとっている。読者は解説されずに残ったこれらの説話を記憶にとどめ、何かの機会に、それを読み解く楽しみというおみやげを、『古事談』からもらうのである。

考えてみれば、作品の冒頭、王道の巻は、称徳天皇と道鏡の話題が、読者との暗黙の了解がなされている語り口で始まり、第二話は浦島の有名な逸話。ストーリーは分かっているのだが、それらが王道の巻の冒頭を飾っていることをどうとらえたらよいか、解釈に迷う説話から作品が始まるのは、『宇治拾遺物語』が、結局どうとらえるべき説話なのか迷う、一「道命阿闍梨《どうみようあじやり》和泉式部の許《もと》に於て読経し五条の道祖《どうそ》神《じん》聴聞の事」、二「丹波国篠村に平茸生《ひらたけお》ふる事」から始まるのと同様である。

巻名と巻頭話

今、王道という巻名に触れたが、『古事談』全六巻の巻名のうち、「王道」「臣節」「僧行」「勇士」は徳目と言いうるような「価値観」を内包する語である。また「神社仏寺」「亭宅諸道」についても、それらに関する説話であれば、大体このような内容だろうといった、ある種の予見をもたらすので、各説話がその巻名のもとに配置される意味について、読者は考えながら読み進めることになる。

なお『古事談』では、后妃個人にまつわる説話は王道后宮ではなく臣節に収められている。それでは巻第一に后宮話は存在しないのかというとそうではなく、后宮の存在が政治を左右した逸話が巻第一に複数置かれており（二三話「一条天皇幼主の時、夏の公事《くじ》の日の事」、二四話「兼家《かねいえ》、実資《さねすけ》に礼節の事」、三八話「後一条天皇誕生後、諸人伊周《これちか》に参らざる事」、八五話「寛治《かんじ》の行幸、顕房《あきふさ》述懐の事」、八六話「寛治八年の朝覲《ちようきん》行幸の事」）、編者顕兼は、そのようなものとして、后宮をとらえたことを表していると考えられる。ただし、『続古事談』はこの方針に反対で、巻第一王道后宮末尾に二話、后妃の命名にまつわる説話を置き、王道后宮の巻に一目瞭然后宮話と分かる説話を配している。

さて、『古事談』各巻の冒頭話は次のようだった。第一王道后宮は「称徳天皇の御事」、第二臣節は「実行兄弟、忠平の檳榔毛《びろうげ》の車を争ふ事」、第三僧行は「金鐘《こんじゆ》行者、辛国《からくに》行者と験徳を競ふ事」、第四勇士は「源満仲宅の強盗の事」、第五神社仏寺は「伊勢神宮、焼亡《じようもう》の事」、第六亭宅諸道は「南殿《なんでん》の桜・橘の事」である。

第一の巻頭話で、王は臣下との愛欲に溺れ、別の臣下によって死に至らしめられる。第二の巻頭話では臣下を代表する摂関家が代々大切にしてきた車が、他家とのやりとりの中であっさり遺棄される。第三の巻頭話では東大寺創建説話群の冒頭、高僧が験争いの果てに寺敵となる。同様に第四では勇士満仲ではなくその邸に押し入った王族の盗賊が主人公であり、第五では伊勢神宮が盗人の放火で焼亡、第六では王城の象徴南殿の桜が度々枯れたり焼けたりし、最後には重明親王の家の桜を代わりに移植したのだと明かされる。

これらは巻名のイメージに照らして肩すかしを食らわすような記事ばかりである。しかし、一見巻名と齟齬がありながら、第一から第四の巻頭話には、巻編纂の鍵となる視点が必ず盛り込まれている。関心を持たれた方は拙著『院政期説話集の研究』を御覧頂きたいが、第一王道后宮の巻頭話には、顕兼が王道を考える際最も重視している臣との関わり、第二臣節の巻頭話では、巻の編纂原理になっている「摂関家」と「他家」が語られる。第三僧行でも同じく巻の編纂原理となっているキーワード「名僧」「祈禱」「意外性」「弁舌」「聖」が、そして第四勇士は巻全体の傾向にかなった貴族的視点からの武が、それぞれ描かれる。続く第五神社仏寺は、宗廟《そうびよう》伊勢神宮が国家の命運を象徴、第六亭宅諸道では南殿の桜をもたらした重明親王の邸が、王権を産み出すトポスと化す様を描くことで、神社仏寺や亭宅諸道の持つ霊妙さが、それぞれ示されているのである。

巻末話の意味

各巻の巻末には、これもまた印象的な説話が選ばれているが、巻名に対する顕兼のメッセージが託されていると考えられるものばかりである。巻頭話と巻末話は、意外性をもたらしながらも巻の本質を表す内容として、それぞれ照応しているのである。

第一王道后宮末尾の白河院は、臣との関わり方によって王は評価されるべきだと宣言する。第二臣節末尾を飾るのは、花山王朝を支えた藤原惟成《これしげ》ではなくその妻である。第三僧行巻末の持経者《じきょうしゃ》は形ばかりは法体《ほったい》の博打にふける人物だが、身についた信仰の強さを、思わぬ場面で表す。貴族的な価値観と親和する武士の姿を描きがちだった顕兼は、第四勇士巻末で武の暗い一面を無残に描く。第五末尾の西行は崇徳院の霊に向かい、人の意思によってしか魂の救済はなされないことを呼びかけるが、これは巻を貫く聖なる地と人との関係を象徴する。そして第六亭宅諸道の巻末では、専門道の一つである囲碁を愛好した聖帝と斯道《しどう》を、和歌で称えて終わるのである。

巻末話の役割はそれだけにとどまらない。それぞれが、次の巻への橋渡しになっているのである。第一末尾で白河院は臣の抽賞を自讃するが、次の巻は「臣節」である。第二末尾の惟成の妻は、数話前の惟成夫婦の話群を踏まえながら、夫の「入道」後の動静を伝えて語り収められるが、次の巻は「僧行」である。第三末尾の持経者は一向専修の輩の助けを拒むが、その布教者としてわざわざ名が挙げられる「熊がえの入道」熊谷直実《くまがいなおざね》は、次の巻「勇士」につながり、第四末尾の舞台は「熊野」、次の第五は「神社仏寺」の「神社」から始まる。第五神社仏寺の末尾は讃岐の崇徳院の墓所、帝王の魂の住まいを舞台とするが、次の第六は亭宅、それも皇居の話題から開巻する。そして第六の末尾で囲碁と聖帝を称え、第一の「王道」へと還流する。

このようにして『古事談』全六巻は、例えて言えば、巻頭・巻末話が照応して完結する六つの円と、それらが次々と軌跡をつなげて全体を覆う、大きな一つの円によって、構成されているのである。

『古事談』のたのしみ方

説話集盛行の時代にあって、それぞれの編者は自作の編纂方法に工夫を凝らしたが、『古事談』の場合、貴族社会で語られた余談――こぼれ話を思わせる説話ばかりを使い、巻頭・巻末話一つをとってみても、以上のような凝った展開の作品を作り上げた。

例えば歴史物語『大鏡』の巻子本《かんすぼん》の裏側に、本文の記述についてのメモを記した「大鏡裏書」と称される魅力的な書入がある。しかし「大鏡裏書」は、素材の集ではあるが「説話集」ではない。『古事談』は「大鏡裏書」のような素材を用いて、華麗な説話集に仕立てた作品だと言うこともできるだろう。

例えば一人の人について語るとして、その人の経歴を詳しく述べるやり方もあれば、象徴的な逸話を以て伝える方法もある。『古事談』は主に後者の方法を用いて、歴史上の多くの人々を、後代に生き生きと伝えることにも成功した。短いそれぞれのエピソードは、その人物に、編者顕兼がある角度から当てた光と影の織りなす立体である。

大きな人物、小さな人物の多面的な生き様を、愉快に、時にしみじみと味わう。そして、いくつかの謎は心に残り、解決や新たな評価の時を静かに待つ。それがこの作品の、そして説話文学のたのしみ方だと思う。


本書を上梓するにあたり多くの先学の学恩に浴した。成蹊大学名誉教授浅見和彦先生と元筑摩書房伊藤正明様には全面的なお力添えを頂いた。原稿点検に当たっては白百合女子大学大学院博士課程を単位取得修了された成田みずき様の協力を仰いだ。それぞれに心からの感謝を捧げる。

人名索引

1. 『古事談』本文に登場する人名を、現代仮名遣いの五十音順に並べ、その掲出話を説話番号で示す。

2. 注で比定した人物も対象とする。

3. 男子は通行の読み方、女子・僧侶は漢音での音読を原則とする。例えば「性空」を「せ」に立項するなど、通行の読みと異る位置に置く場合がある。

あ

か

き

く

け

こ

さ

し

す

せ

そ

た

ち

つ

て

と

は

ひ

ふ

へ

ほ

本書は「ちくま学芸文庫」のために新たに書き下ろされたものである。

古事《こじ》談《だん》　下

二〇二一年五月十日　第一刷発行

編　者　源　顕兼（みなもとの・あきかね）
校　訂
訳　　　伊東玉美（いとう・たまみ）
発行者　喜入冬子
発行所　株式会社　筑摩書房
東京都台東区蔵前二―五―三　〒一一一―八七五五
電話番号　〇三―五六八七―二六〇一（代表）
装幀者　安野光雅
印刷所　株式会社精興社
製本所　株式会社積信堂

ISBN978-4-480-51052-5 C0195

ちくま学芸文庫